Rebecca Maly

Die Waterperry Girls – Blumenjahre

PIPER

Zu diesem Buch

»Sibylla wischte den Gedanken an Francis davon. Er kroch noch viel zu oft zu ihr zurück. Schlich wie ein Löwe auf Samtpfoten um ihr Herz herum, und sobald sie nicht Acht gab, griff er an und riss tiefe Wunden.
Das geschah immer öfter, je länger Oliver fort war. Mit ihm an ihrer Seite war sie sicher. Dann trauten sich die alten Gefühle nicht an sie heran. Ja, oft dachte sie tagelang nicht zurück. Heute aber schien sie besonders offen für den alten Kummer. Vielleicht lag es am Wetter. Sagte man nicht, dass nasskalte Witterung alte Narben schmerzen ließ? Und war es nicht genau das? Eine alte Narbe?«

Rebecca Maly, geboren 1978, arbeitete zunächst als Archäologin. Bevor die passionierte Gärtnerin sich ganz der Schriftstellerei widmete, war sie in Köln und Los Angeles beim Film tätig. Bei Piper erschien zuletzt »Die Waterperry Girls – Blütenträume«. Außerdem begeisterte sie mit ihrer erfolgreichen Reihe »Die Krankenschwester von St. Pauli«.

Rebecca Maly

DIE WATERPERRY GIRLS

Blumenjahre

Roman

PIPER

Mehr über unsere Autorinnen, Autoren und Bücher:
www.piper.de

Wenn Ihnen dieser Roman gefallen hat, schreiben Sie uns unter Nennung des Titels »Die Waterperry Girls – Blumenjahre« an *empfehlungen@piper.de*, und wir empfehlen Ihnen gerne vergleichbare Bücher.

Von Rebecca Maly liegen im Piper Verlag vor:
Die St. Pauli-Reihe:
Band 1: Die Krankenschwester von St. Pauli – Tage des Schicksals
Band 2: Die Krankenschwester von St. Pauli – Wandel der Zeiten
Band 3: Die Krankenschwester von St. Pauli – Jahre des Aufbruchs

Die englischen Gärtnerinnen:
Band 1: Die Waterperry Girls – Blütenträume
Band 2: Die Waterperry Girls – Blumenjahre

Unser Versprechen für mehr Nachhaltigkeit
• Klimaneutrales Produkt
• FSC®-zertifiziertes Papier
• Hergestellt in Europa

FSC www.fsc.org
MIX
Papier aus verantwortungsvollen Quellen
FSC® C083411

Originalausgabe
ISBN 978-3-492-31832-7
Juni 2022

Redaktion: Sarah Heidelberger
Umschlaggestaltung: Johannes Wiebel | punchdesign
Umschlagabbildung: unter Verwendung von shutterstock.com und Rekha Arcangel/arcangel.com
Satz: Satz für Satz, Wangen im Allgäu
Gesetzt aus der Aldus Nova Pro
Druck und Bindung: CPI books GmbH, Leck
Printed in the EU

1

Borneo, Mai 1939

Da war Blut auf Bennets Hemd.
Blut, das sich rasend schnell ausbreitete.

Bennets Augen waren plötzlich glasig. Er wankte. »Tilda ... Ich ... Ich bin getroffen«, stammelte er.

»Wir werden angegriffen! Mein Mann ist verletzt!«, brüllte sie. Ihre Stimme überschlug sich, klang schrill in ihren eigenen Ohren.

Eben erst hatte es aufgehört zu regnen, und sofort war Nebel aus dem dichten, dunkelgrünen Blätterdach des bornesischen Dschungels aufgestiegen. Ihr hölzernes Flussschiff, ein fast zwanzig Schritt langes Gefährt mit flachem Boden, hatte sich geräuschlos durch die trägen, trübbraunen Fluten des Urwaldstroms bewegt. Hier und da waren an Sandbänken Krokodile zu erahnen gewesen, saßen Reiher auf niedrigen Zweigen und lauerten auf Beute.

Tilda hatte den Tag damit verbracht, die herrliche Landschaft zu beobachten, die an ihnen vorbeizog. Hin und wieder ließ sich sogar ein Blick auf die gewaltigen Berge erhaschen, die sich die meiste Zeit als bläuliche Schemen hinter einem Schleier aus Nebel verbargen. Auf ihrer Expedition waren die Bäume meist so hoch und dicht gewesen, dass von der herrlichen Landschaft in der Ferne nichts zu sehen gewesen war. Nun kehrten sie in dichter besiedelte Küstengebiete zurück.

Das Schiff glitt mit dem Strom und wurde nur durch den Steuermann mit einem langen Stecken auf Kurs gehalten. Die übrige Arbeit tat der Fluss, dessen trübes Wasser dem Meer entgegenstrebte.

Sie reisten beinahe geräuschlos. Etwas anderes blieb ihnen ohnehin nicht übrig, denn der Treibstoff war ihnen schon vor zwei Tagen ausgegangen. Auf dem Schiff breitete sich nun der Duft von würzigem Essen aus, das in diesem Moment aufgetischt wurde. Tilda war zu Bennet gekommen, um ihm Bescheid zu geben. Statt sich auf der Bastmatte niederzulassen und zu essen, waren sie beide wieder einmal so sehr vom Anblick der üppigen Natur gefangen gewesen, dass sie alles andere um sich herum vergaßen.

Der Schuss war wie aus dem Nichts gekommen.

Vögel flogen in Schwärmen auf, und aus dem Wald drangen die Warnrufe von Affen. Erst jetzt bemerkte Tilda ein schmales Holzboot, das sich aus einem überwucherten Nebenarm schob.

Um sie herum brach Panik aus. Der Schiffseigner rief seinen beiden Helfern etwas zu, seine Frau duckte sich in eine Nische.

Auf dem Wasser erschienen nun nicht nur ein, sondern zwei kleine Ruderboote und kamen erschreckend schnell näher. Sie würden das größere Flussschiff bald eingeholt haben.

»Wir müssen hier weg, Bennet«, flüsterte Tilda gepresst. Nachdem die Angst wie ein Sturm über sie hinweggefegt war und sie beinahe von den Beinen gerissen hatte, klärte sich ihr Verstand nun. Sie umfasste Bennet mit beiden Händen und zog ihn von der Reling fort, während sich weitere Kugeln krachend in die Bordwand gruben.

Die angreifenden Boote zingelten sie von zwei Seiten ein.

Tilda hatte nur noch einen einzigen Gedanken: Fort! Ihren Liebsten in Sicherheit bringen!

Brüllaffen schrien in den Bäumen am Ufer, der Himmel war noch immer voller aufgeschreckter Vögel. Ihre kleine Schiffsmannschaft mühte sich mit Rudern und Staken, den Angreifern zu entfliehen, doch es schien aussichtslos. Zu schwerfällig war ihr voll beladenes Flussboot. Sie schrien die Angreifer in ihrer Sprache an. Die Köchin hingegen kauerte zitternd in ihrem Versteck.

Tilda zog Bennet mit sich. Er stolperte und hielt sich die Brust. Endlich erreichten sie einen sicheren Bereich zwischen hochgestapelten Kisten voller Fundstücke. Sie zwängten sich in einen schmalen Gang. »Setz dich«, drängte Tilda heftig atmend.

Bennet versuchte, sich abzustützen, doch ihm rutschten die Beine weg, und er sackte auf dem Boden zusammen. Auf einer der Kisten blieb eine Blutspur zurück.

»Bring dich in Sicherheit, Tilda. Du musst dich retten«, keuchte er, und seine grünen Augen wurden dunkel wie ein Urwald, in dem man sich leicht verirrte.

»Unsinn, ich lasse dich nicht allein. Und wo sollte ich denn auch hin?«, erwiderte sie flüsternd.

»Tilda!«

»Leise jetzt.«

Er blinzelte langsam und lehnte den Kopf mit halb geschlossenen Augen gegen eine der Kisten. Die Schüsse hatten aufgehört, doch Tilda nahm ohnehin nichts mehr wahr außer Bennet und dem Blut auf seinem dünnen Tropenhemd. Energisch riss sie es auf und streifte es über seine Schultern. Mit dem zusammengeballten Stoff wischte sie das Blut fort, bis sie die Wunde besser erkennen konnte.

Die Kugel war knapp unter dem rechten Schlüsselbein eingedrungen und auf gleicher Höhe wieder ausgetreten, das sah sie nun.

Aus der Wunde auf dem Rücken ragte ein Knochenstückchen.

Übelkeit schwappte über Tilda hinweg, doch sie schluckte hart und fing sich rasch wieder. Für derlei Befindlichkeiten war jetzt keine Zeit!

Energisch riss sie das Hemd entzwei und drückte die eine Hälfte auf die Eintrittsstelle, um den Blutfluss zu stoppen. Bennet stöhnte, sein Kopf sackte nach vorn.

»Bennet? Bennet, Liebster, bleib bei mir. Nicht einschlafen. Ich liebe dich, hörst du? Bleib bei mir, verdammt!« Ihre Stimme zitterte. Sie drückte ihm einen Kuss auf den Mund, und tatsächlich hob er den Kopf wieder und lächelte gequält. »Zu … Befehl.«

Ein Ruck ging durch das Flussboot. Männer sprangen an Deck. Der Bootseigner Samat schrie etwas, die Angreifer brüllten zurück, dann fiel ein weiterer Schuss, und es wurde schlagartig still.

»Miss?«, hörte Tilda Samat mit zittriger Stimme rufen. Er musste es noch einmal wiederholen, bis sie reagierte.

Sie nahm Bennets Hand und legte sie auf das zusammengeknüllte Hemdstück. »Drück das auf die Wunde«, beschwor sie ihn. Er tat es, hielt Tilda aber mit seiner anderen Hand am Arm fest. »Nicht.« Er blickte ihr tief in die Augen.

»Ich muss.« Langsam richtete sie sich auf und sah erst jetzt, was inzwischen geschehen war. Vier Räuber, zwei von ihnen mit Gewehren bewaffnet, waren an Bord gekommen. Die Mannschaft stand mit erhobenen Händen da. Nur sehr langsam folgte Tilda ihrem Beispiel, als ein Gewehrlauf zu ihr herüberschwenkte.

Sie waren überfallen worden, aber warum? Weshalb ausgerechnet sie? Sie hatten doch nichts! Was wollten diese Leute von ihnen? Tilda würde ihnen alles geben, nur damit sie wieder verschwanden und sie Bennet so schnell wie möglich zu einem Arzt bringen konnte. Die Sorge um ihren Mann war es auch, die Tilda in dieser Situation nicht den Kopf verlieren ließ.

»Was wollen diese Leute von uns?«, wandte sie sich an Samat.

»Geld, Miss. Alles von Wert.«

»Wir haben nichts.«

»Das habe ich ihnen auch gesagt, aber sie glauben mir nicht. Sie denken, alle Engländer sind reich.«

Der Anführer der Gauner, ein hagerer Kerl mit knotigen Gelenken und schütterem Bart, schrie etwas. Dann schlug er der Köchin Eseha den Gewehrkolben an die Schläfe. Die zarte Frau brach sofort zusammen. Ihr Mann sank mit einem Klagelaut in die Knie.

Tilda musste die Sprache nicht verstehen, um zu wissen, dass er gerade um das Leben seiner Liebsten flehte. Sie selbst stand einfach da wie zur Salzsäule erstarrt, während die Räuber begannen, die Kisten zu öffnen und die gesammelten Pflanzen herauszuwerfen. Achtlos trampelten sie über einmalige Bromelien, Lilien und Orchideen, wühlten sich bis zum Grund der Behältnisse vor und schleuderten die leeren Kisten über Bord.

»Tilda«, hörte sie Bennet flüstern und drehte sich zu ihm. Mit dem ausgestreckten Arm hielt er ihr ein kleines Goldkreuz an einer Kette hin, das er als Andenken an seine verstorbene Schwester Beatrice trug. In der blutverschmierten Handfläche lag auch sein Ehering. »Gib ihnen den Schmuck.«

Ihr Herz fühlte sich an, als würde es zwischen Gewichten zerquetscht, während sie ihren eigenen Ring vom Finger zwang. In der schwülen Dschungelwärme saß er sehr fest. Die Kette mit dem Silbermedaillon war schnell abgenommen.

»Hier, mehr haben wir nicht.«

Sie hielt den Schmuck dem Räuber hin, der ihr am nächsten war, einem brutal aussehenden Kerl, dem zwei Schneidezähne fehlten. Er grapschte die magere Beute gierig aus Tildas Hand, an der Bennets Blut klebte.

Der Spuk endete genauso plötzlich, wie er begonnen hatte. Als sich weitere Flussschiffe näherten, sprangen die Bewaffneten auf ihre schmalen Holzboote und machten sich mit schnellen Ruderschlägen davon, um in einem der zugewachsenen Nebenarme unterzutauchen.

Tilda war sofort wieder bei Bennet, der überraschenderweise schon etwas besser aussah. Die Blutung war fast zum Stillstand gekommen. Sein Gesicht war blass, doch er sah mit wachem Blick zu ihr auf.

Eseha kam zu Bewusstsein und hielt sich den schmerzenden Kopf. Im Dschungel, in dem es kurz ungewöhnlich still gewesen war, breitete sich wieder der übliche Lärm aus. Vögel sangen durcheinander, überall sirrten, zirpten und brummten die Insekten und wurden nur hin und wieder vom Ruf eines Affen unterbrochen. Die mächtigen Bäume schüttelten im auffrischenden Wind Wassertropfen aus ihren glänzenden Blätterkronen, als würden sie sich für den nächsten Schauer bereit machen.

An Bord kehrte nach kurzer, hektischer Betriebsamkeit jeder an seinen Posten zurück, und bald bewegten sie sich wieder den Fluss hinab. Mit Staken stießen die Männer das Schiff in den sedimentgefärbten Fluten vorwärts. Jeder hatte es nun eilig, doch Tilda ging es dennoch nicht schnell genug. Am liebsten hätte sie sich selbst ein Ruder geschnappt. Nun rächte sich, dass sie mit der Kohle für die kleine Dampfmaschine nicht besser gehaushaltet hatten und sie schon vor Tagen ausgegangen war. Also ging sie zu Samat, redete auf ihn ein, dass Bennet schnell zu einem Arzt musste, obwohl der nächste noch eine mehrtägige Reise weit entfernt war. Ihr Bootsführer wusste das alles und hatte auch ohne ihr Zutun bereits geplant, einen anderen Kurs einzuschlagen. Er wusste von einer Missionsstation, die über einen Arzt verfügte, nur zwei Tagesreisen entfernt. Bis dahin würden sie allein zurechtkommen müssen. Bennet hatte auf Expeditionen immer eine umfangreiche kleine Apotheke dabei. Auf sein Verlangen hin brachte Tilda ihm Penizillin und Schmerzmittel. Er spülte beides mit viel Wasser hinunter und schloss die Augen. Dann saß sie neben ihm und bewachte seinen Schlaf.

Sie strich ihm vorsichtig über die Stirn, die sich ungewohnt kalt anfühlte. In ihrem Herzen blieb ein klammes Gefühl. Sie hatte solche Angst, ihn zu verlieren. Hin und wieder sah sie auf die Stelle an ihrem Ringfinger, wo der nun fehlende Ehering ein weißes Band hinterlassen hatte, und merkte anfangs gar nicht, wie ihr die Tränen kamen.

Bennet änderte seine Position auf dem provisorischen Lager, das sie unter der aufgespannten Plane an Deck eingerichtet hatte, drückte ihre Hand und sah mit seinen grünen Jadeaugen zu ihr auf. »Hab keine Angst, Tilda. Ich bin aus härterem Holz geschnitzt, als du glaubst.«

2

London, Mai 1939 – Chelsea Flower Show

Francis hatte Sibylla sofort erkannt. Sie gar nicht bewusst gesehen, sondern vielmehr gespürt. Als wären ihre Wurzeln miteinander verflochten. Ihr braunes, kinnlang frisiertes Haar schimmerte golden. Sie betrachtete seinen Garten mit echtem Interesse.

Francis war unsicher, was er tun sollte. Ihre Trennung vor fast zwei Jahren war abrupt gewesen, und keiner von beiden hatte sie gewollt. Sie hatten dem Willen der Healeys folgen müssen, die nicht ertrugen, dass sich die Tochter mit einem gewöhnlichen, nahezu mittellosen Mann einließ. Unter der Drohung, dafür zu sorgen, dass Francis andernfalls nie wieder eine Anstellung finden würde, hatten sie geschworen, fortan getrennte Wege zu gehen. Es hatte ihm beinahe das Herz gebrochen.

Und nun, nachdem er sie so lange nicht mehr gesehen hatte, war sie plötzlich hier.

Anfangs hatte er die Schuld an ihrem gemeinsamen Unglück bei sich gesucht, später bei ihr, denn es war leichter, wütend auf Sibylla zu sein, als sie zu vermissen.

Schließlich hatte er eingesehen, dass keiner von ihnen beiden zu belangen war. Allenfalls ihre Eltern und die allgemeinen Konventionen, die Frauen gegenüber besonders ungerecht waren.

Wäre ihre Lage umgekehrt gewesen, er der Fabrikantensohn und sie ein Mädchen aus einfachen Verhältnissen, hätte er sie heiraten können. Sicher hätte es auch dann ein wenig Gerede gegeben, aber das wäre schnell vergessen gewesen, und seine Eltern hätten es ihm nach Einsatz einiger Überredungskunst sicherlich auch erlaubt. Wenn nicht, hätte er sich über ihren Willen hinwegsetzen können. Nicht aber Sibylla. Denn ihr Vater blieb bis zur Ehe ihr Vormund.

Francis beschloss, sie nicht sofort anzusprechen. Stattdessen betrachtete er ihre Silhouette. Ihre Taille hatte er schmaler in Erinnerung, wusste noch genau, wie es sich anfühlte, wenn er sie beim Tanzen emporhob, sie herumwirbelte. Mein Gott, wie sie getanzt hatten! Lindy Hop und Swing, bis man die Tanzfläche für sie räumte, die Leute zusahen, klatschten und sie anfeuerten. Mit keiner Frau hatte er sich so zur Musik bewegen können wie mit ihr.

Ohne sie war er kaum noch ausgegangen. Es bereitete ihm keine Freude mehr, weil überall Erinnerungen lauerten. Vielleicht würde es erst mit der Zeit besser werden. Oder mit einer neuen Frau in seinem Leben.

Zum Glück hatte er derzeit den Kopf voll mit anderen Dingen. Die Arbeitsstelle bei dem Landschaftsarchitekten Ephraim Temple nahm ihn ganz und gar in Beschlag, denn er besuchte nebenher an drei Tagen die Universität und musste die versäumte Arbeitszeit so gut wie möglich nachholen.

Sein Arbeitgeber und gleichzeitiger Förderer war ausgesprochen zufrieden mit ihm. Es machte Francis stolz, bedeutete aber auch, dass er sich mit ständig neuen und größeren Prüfungen konfrontiert sah, denen er sich nicht immer gewachsen fühlte. Bislang war es stets gut ausgegangen, doch die Selbstzweifel fraßen an seiner Kraft und nahmen ihm nachts die Ruhe.

Einen eigenen Garten zu entwerfen und ihn hier auf der Flower Show zu präsentieren, war eine weitere große Hürde auf seinem Werdegang, die sich bei Gelingen zu einem wichtigen Trittstein mausern konnte.

Offenbar fand seine mutige Mischung der Stile Anklang beim fachkundigen Publikum. Dass nun ausgerechnet Sibylla hier stehen geblieben war und seine Schöpfung musterte, ließ sein Herz jagen wie nach einem Dauerlauf. Seine Komposition gefiel ihr, das konnte er an ihrem Gesicht ablesen. Nun sah sie sich nach der Plakette um, auf der sein Name vermerkt war.

Sie zuckte zusammen, dann strich sie mit den Fingern über die Buchstaben, scheinbar ohne es selbst zu bemerken. Wie aus einem Traum gerissen, sah sie sich hektisch um, bemerkte Francis aber aus dem Blickwinkel nicht. Als sie die Flucht antrat, rief er ihren Namen.

Sie musste ihn gehört haben, ihr Schritt geriet aus dem Takt, doch sie drehte sich nicht um. Francis wusste nicht, was in ihn gefahren war. »Sibylla?« Er holte sie mit schnellen Schritten ein und berührte sie am Arm. »Miss Healey!«

»Mein Name lautet Sable«, erwiderte sie kühl. Als sie sich nun umwandte, war ihr praller Kindsbauch nicht zu übersehen. In ihm krampfte sich alles zusammen. Sie war verheiratet! Schwanger gar!

So schnell? Es war doch kaum Zeit vergangen seit ihrer Trennung! Unbewusst war er immer davon ausgegangen, dass sie ebenso trauerte wie er. Francis war nicht bereit für eine neue Frau, doch Sibylla …

»Schwanger?«, flüsterte er so erstickt, dass er selbst nicht wusste, ob er es laut gesagt hatte.

Sie blickte ihn starr an. Ihr hübsches Gesicht wirkte plötzlich kantig wie eine Maske. Sibylla biss die Zähne fest aufeinander, und in den schönen blauen Augen schimmerte es verräterisch.

Hatten ihre Eltern sie gezwungen zu heiraten? Sosehr es ihm auch wehtun würde, er musste wissen, wie es ihr ergangen war. »Geht es dir gut?«, fragte er. »Liebst du ihn?«

Sie nickte, gab ein Geräusch von sich, bei dem es sich um ein Ja handeln mochte. »Du hast den schönsten Garten«, brach sie ihr Schweigen.

»Wir könnten … könnten einen Tee …«, stammelte er, doch sie schüttelte nur heftig den Kopf. »Nein, Francis, ich muss jetzt gehen, leb wohl.«

Sie wandte sich ab. Francis wusste nicht, was er tun sollte. Ihr plötzliches Auftauchen hatte alles verändert. Sie durfte jetzt nicht so einfach wieder verschwinden. Er folgte ihr. »Sibylla!«

»Ich kann dich nie wiedersehen«, rief sie, und schon war sie von der wachsenden Besuchermenge verschluckt worden.

Francis blieb zurück und fühlte sich um eine Chance betrogen, die sich nur Augenblicke lang präsentiert hatte, wie um ihn zu verspotten. Nur um ihm an einem Tag, der zu einem Triumph hatte werden sollen, vorzuführen, was er alles verloren hatte.

Der Anblick seines Gartens, den er wochenlang akribisch geplant hatte, ekelte ihn plötzlich an. Er wandte sich ab und eilte in die andere Richtung davon. Zu viele Erinnerungen hingen an diesem Ort. Er hätte niemals herkommen dürfen.

Sibylla blickte zurück. Folgte er ihr? Nein. Sie atmete auf, doch zugleich war da ein Hauch von Enttäuschung. Andere

Männer hätten wohl nicht so schnell aufgegeben und sie weiter bedrängt. Nicht jedoch Francis.

Er hatte ihren Willen seit jeher akzeptiert, und das war einer der Gründe, warum sie sich so zu ihm hingezogen gefühlt hatte. Sie begegneten sich auf Augenhöhe.

Sibylla rieb mit einer Hand über ihren Bauch. Die Schmerzen hatten nachgelassen. Ihr Kleines trat sie nicht mehr, und die Übelkeit verschwand. Es kam ihr vor, als würde das Ungeborene Francis ablehnen. Sibylla war nun Oliver Sables Frau, erwartete sein Kind, und sie liebte ihn. Wenn auch auf eine völlig andere Weise als Francis. Der frühere Gärtner ihrer Eltern war ihre erste große Liebe gewesen, und die vergaß man nicht. Warum nur tat es auch nach zwei Jahren noch so weh, an ihn zu denken?

Warum konnte ihr dummes Herz nicht einsehen, dass sie einen anderen Weg eingeschlagen hatte? Den Pfad an Olivers Seite, den sie nicht mehr verlassen konnte. Und auch nicht wollte. Sie hatten sich gemeinsam ein Leben aufgebaut und würden in wenigen Wochen zu einer richtigen kleinen Familie werden.

Es tat gut, einfach weiterzugehen und die vielen Eindrücke auf sich einstürmen zu lassen. Menschenlärm und Trubel lenkten sie ab, dazu die vielen Zelte, in denen weitere Ausstellungen und Wettbewerbe stattfanden. Es duftete nach Pflanzen und Zuckerwatte.

Im vergangenen Jahr war sie noch mit ihrer besten Freundin Tilda über das Ausstellungsgelände flaniert. Sie hatten jede freie Minute miteinander verbracht, auch weil damals schon feststand, dass Tilda bald auf Expedition gehen würde. Seitdem war so viel geschehen. Sibylla versuchte, sich jede Einzelheit in Erinnerung zu rufen, um den Gedanken an Francis aus ihrem Kopf zu verbannen.

Hier hatte Tilda ihre selbst gezüchtete Rose ausgestellt und damit ihr Stipendium gewonnen. Dort waren sie mit einer ganzen Schar von Mädchen in die Seerosen-Ausstellung eingefallen und hatten einige besonders hübsche Exemplare für ihre Schule erworben.

Sibylla ging unbewusst schneller. Dort! Dort war der Stand der Schule! Neue Mädchen hatten ihren Platz eingenommen und warteten mit vor Aufregung geröteten Wangen auf Besucher. Die Schule stellte robuste Obst- und Gemüsepflanzen aus, aber auch wunderschöne Ziersträucher und Blumen. Besonderes Augenmerk lag in diesem Jahr wie so oft auf den Erdbeeren, die mittlerweile wohl in ganz England bekannt sein mussten. Selbst König George und seine Frau Elisabeth schätzten die Früchte der Waterperry-Züchtung *Royal Sovereign*.

»Mrs Sable, welch eine Freude!«, wurde Sibylla von der Rektorin begrüßt, einer resoluten und strengen, aber doch warmherzigen Frau, deren ganze Leidenschaft der grünen Natur und der Frage galt, wie der Mensch sie verbessern konnte. Sie kannte Mrs Havergal hauptsächlich in Hosen, derben Schuhen und einem grünen, formlosen Kittel; heute trug sie dem Anlass entsprechend ein Kostüm, in dem sie ein wenig wie verkleidet aussah.

»Mrs Havergal, welch eine Freude!« Sie gab ihr die Hand und bekam einen kräftigen, etwas rauen Händedruck und ein herzerwärmend ehrliches Lächeln zurück.

»Wie geht es Ihnen? Ist die Erdbeerernte gut angelaufen?«

»Alles bestens«, erwiderte Mrs Havergal. »Die kleine Staudenrabatte, die Sie neben dem Tennisplatz angelegt haben, zeigt sich dieses Jahr in ihrer ganzen Schönheit. Duftende Blüten und Schmetterlinge, so weit das Auge sieht. Auch unsere Bienen lieben die üppigen Trachtpflanzen. Sie sollten einmal zu Besuch kommen, wenn es Ihr Zustand erlaubt.«

»Das würde ich nur zu gern, aber zuerst muss mein Kleines auf die Welt kommen. Ich wage mich kaum noch von daheim fort, aber die Chelsea Flower Show konnte ich mir einfach nicht entgehen lassen. Führen Sie mich ein wenig herum?«

»Selbstverständlich.«

Sibylla betrat den kleinen Pavillon der Schule und fühlte sich sogleich um ein, zwei Jahre zurückgeworfen, als sie selbst noch hier gestanden und Besucher empfangen hatte. Wie immer waren die Pflanzen der Schule exquisit. Sibylla spürte, dass sie es überraschenderweise vermisst hatte, sich mit Stecklingen und Veredelungen zu beschäftigen.

Und hier, genau hier an dieser Stelle, war sie dem König und der Königin höchstpersönlich begegnet. Nur wegen ein paar Erdbeeren, die allerdings zweifellos besonders gut schmeckten.

Mrs Havergal erkundigte sich, ob Sibylla inzwischen neue Artikel verfasst hätte, und war erstaunt, dass es mittlerweile so viele waren.

»Ich erinnere mich noch sehr genau an Ihre ersten Schritte, Mrs Sable. Wie aufgeregt Sie waren. Ich schätze mich stolz, dass eine so begabte Schriftstellerin wie Sie ihren ersten Artikel in unserer Schülerzeitung veröffentlichte. Sie werden noch Karriere machen, meine Liebe.«

Sibylla fühlte, wie ihre Wangen zu glühen begannen.

»Nun schauen Sie nicht so irritiert. Wer gute Arbeit leistet, darf auch stolz darauf sein. Ich hoffe doch, Sie bleiben Ihrem Thema treu?«

»Ja, natürlich. Es gibt noch so viele spannende Persönlichkeiten mit einem Hang zum Gärtnern, das reicht für ein ganzes Leben.«

»Und wir sorgen ständig für Nachwuchs«, erwiderte Mrs Havergal lachend.

Sie plauderten noch ein wenig über gemeinsame Bekanntschaften, dann verabschiedete sie sich.

Sibylla atmete tief durch, was mit dem großen Bauch gar nicht so einfach war, und schlenderte los. Sie hatte noch einige Termine, doch nun, da sie nicht mehr abgelenkt war, sah sie wieder Francis vor sich. Die Enttäuschung in seinem Blick, als hätte er gehofft, dass sie doch auf ihn wartete. Aber wie? Außerdem hatten sie einander geschworen, sich niemals wiederzusehen. Leise krochen Schuldgefühle näher, die Sibylla jedoch nicht an sich heranlassen wollte. Sie hatte darauf verzichtet, ihm zu schreiben, um ihren Vater nicht gegen ihn aufzuwiegeln. Für Francis hatte sie sich zusammengerissen, aus Liebe zu ihm verzichtet.

Es war die Wahrheit. Aber warum fühlte es sich dann trotzdem falsch an, fast wie eine Lüge?

Sibylla streifte über die Ausstellung, ohne wirklich etwas anzusehen. Das herrliche Frühlingswetter besserte ihre Stimmung nicht. Als sie schließlich auf ihre Eltern traf, wollte sie eigentlich nur noch nach Hause zurückkehren.

3

Borneo, drei Wochen später

Bennet saß auf der Terrasse ihres kleinen Häuschens und blickte hinab auf den Fluss. Friedlich lag er da, wie ein breites, golden schimmerndes Band. Ein Mann ruderte seine kleine Familie auf einem schlanken Einbaum zur anderen Seite. Sonnenlicht brach sich silbrig auf dem Inhalt eines Flechtkorbes.

Bennet benötigte kein Fernglas, um zu wissen, womit er gefüllt war. Neben Knollen würden die Leute Hunderte winziger Fische zum Verkauf anbieten. Die kleine Ansiedlung hatte einen Marktflecken, wo die Bauern die Früchte ihrer Arbeit anboten, Fischer ihren Fang verkauften.

Er sehnte sich danach, endlich wieder mehr zu sehen als die Hütte und das wenige, das er von der Terrasse aus erkennen konnte.

Wer hätte gedacht, dass auf dieser Reise nicht seine geliebte Tilda, sondern er in Lebensgefahr geraten würde? Er hatte sich so in ihr geirrt. Sie war stark und tapfer und so mutig, dass sie es mit jedem Mann aufnehmen konnte.

Auch jetzt schwang sie Grabhacke und Schaufel, während er zur Untätigkeit verurteilt war und wie ein alter, gebrechlicher Mann auf der Veranda saß.

Er lehnte sich in seinem Stuhl zurück und rieb über die Eintrittsstelle der Kugel. Einen Verband trug er nicht mehr, doch die frische Narbe schmerzte und juckte im Wechsel.

Mit geschlossenen Augen rief er sich den verhängnisvollen Tag erneut in Erinnerung. Räuber hatten ihr Flussschiff überfallen, auf dem sie eine mehrtägige Expedition tief in den Dschungel unternommen hatten. Und was für ein Erfolg die Exkursion gewesen war! Ihre Stiegen und Kisten waren bis unter den Rand gefüllt mit seltenen und unbeschriebenen Pflanzen. Genug für ein Lebenswerk, selbst wenn er nie wieder auf Forschungsreise gehen sollte. Und nun war all das verloren.

Irgendwann war ihr Treibstoff zu Ende gegangen, und so hatten sie sich auf eine ruhige Fahrt flussab eingestellt. Mit Staken und Ruder ging es auch so gut voran.

Als die Räuber auftauchten, hatte er sie nicht einmal bemerkt. Der Schuss fühlte sich an wie ein Faustschlag. Der Schmerz kam später. Ihm war die Luft weggeblieben, dann hatte er gespürt, wie ihm das Blut den Rücken hinunterlief. Ihm fehlten die Erinnerungen an die Minuten danach. Tilda hatte ihn in Sicherheit gebracht, dabei Ruhe bewahrt.

Auf der Rückfahrt war er immer wieder eingeschlafen. Als sie schließlich einen Missionsarzt fanden, waren fast zwei Tage vergangen, und die Wunde hatte sich entzündet. Zum Glück hatten sie genug Penizillin bei sich gehabt.

Das Fieber war gekommen und wieder gegangen. Beim nächsten Mal war er hier aufgewacht, in seinem eigenen Bett, und Tilda weinte, als er zum ersten Mal ihre Hand nahm und sie drückte. An einige Tage aber konnte er sich nicht mehr erinnern.

Nun ging es ihm endlich besser, doch es war ein schleichender Prozess. Er konnte aufstehen und ein wenig herumgehen, doch es ermüdete ihn schnell. Seine innere Unruhe wuchs mit jeder Stunde. Er wollte endlich wieder Teil dieses Abenteuers sein statt nur Zuschauer!

Wenigstens konnte er sich nun so wie früher der Bestimmung und Katalogisierung ihrer Sammelstücke widmen. Er legte Herbarien an, für die er Blätter, Wurzeln und Blüten presste. Zeichnete und beschrieb, was Tilda ihm brachte.

Nachdem er die Schrauben an einer Pflanzenpresse festgezogen hatte, lehnte er sich mit einem Seufzer zurück. Sogar das war anstrengend gewesen.

Er schob die Reste der Lilie von der alten Zeitung, die ihm als Unterlage diente, und überflog die Zeilen, die er bis dahin nicht bewusst wahrgenommen hatte. Sie waren so weit weg von Europa, dass die Politik daheim aus dem Blick geriet. Bennet hatte sich nie besonders dafür interessiert, er verstand sich als Weltbürger, weniger als Engländer. Wer in so vielen Ländern gelebt hatte wie er, verlor seine Wurzeln. Womöglich war es eine Art Selbstschutz. Dann tat es weniger weh, wenn das Schicksal ihn von einem Ort fortriss und an einen anderen trieb. Eine Lektion, die er schon als Kind verinnerlicht hatte. Die ständigen Reisen seiner Eltern hatten dafür gesorgt, dass seine Schwester Beatrice und er keine Freundschaft länger als einige Monate gepflegt hatten und sich deshalb umso mehr aneinanderklammerten.

Sein Blick fiel wieder auf die alte, vergilbte Zeitung, auf der Erde und Pflanzensäfte Flecken hinterlassen hatten. Sie war bereits mehrere Monate alt, er wusste gar nicht mehr, woher sie stammte. Vom Japanisch-Chinesischen Krieg stand dort geschrieben. Es war der zweite dieser Art. Die japanische Armee drang immer weiter auf chinesische Gebiete vor. Die Truppen Chinas waren rückständig und kaum gerüstet, und um nicht noch mehr Territorium zu verlieren, sah sich die Führung scheinbar zu immer drastischeren Maßnahmen gezwungen.

Über dem nächsten Absatz hatte ein dunkler Erdfleck das Papier aufgeweicht. Bennet schob seine Brille höher auf die Nase. Entzifferte Buchstabe um Buchstabe.

Um den Vormarsch der Japaner zu stoppen, hatte China die Dämme des Gelben Flusses zerstört. Bennet war noch nie dort gewesen, doch das war auch nicht nötig, um zu wissen, dass es ein gewaltiger Strom war. Die verursachte Überflutung hatte die einrückenden Soldaten zwar aufgehalten – aber zu was für einem Preis? Beinahe eine Million Zivilisten waren ertrunken, Tausende Dörfer dem Erdboden gleichgemacht. Niemand hatte diese Menschen gewarnt. Bennet berührte das unglaubliche Ausmaß der Katastrophe. So viele einzelne Schicksale … einfach ausgelöscht. Er starrte weiter auf die Zahl – 890 000 – und kam sich selbst plötzlich völlig unbedeutend vor. Was war er schon? Eine winzige Ameise in einem gewaltigen System kleiner Leben. So schnell zertreten, ausgelöscht …

Seine Verwundung, das lächerliche Gefühl, nicht produktiv genug zu sein – was hätten all die Menschen, die dort ertrunken waren, dafür gegeben, mit ihm tauschen zu dürfen? Er knüllte die Zeitung zusammen, stützte sich am Tisch ab und stand auf. Langsam trat er an das Geländer der Veranda, blickte erst auf den Fluss hinab, der harmlos und friedlich in seinem Bett dahinzog, dann auf die Berge in ihren Nebelkleidern, die wie Schemen hinter dem Wald aufragten.

Frauen sangen, während sie Wäsche wuschen und auf den Büschen zum Trocknen ausbreiteten. Kinder tollten mit kleinen Hunden am Ufer umher. Alles machte einen friedlichen Eindruck und konnte doch die Unruhe in seinem Inneren nicht besänftigen. Seitdem er dem Tod nur knapp entkommen war, war etwas mit ihm geschehen, das sich so leicht nicht abschütteln ließ.

Bennet stützte sich auf die Brüstung, lehnte sich weit nach vorn und konnte schräg hinter dem Häuschen auf einer kleinen Parzelle die Frau sehen, deren bloßer Anblick das klamme Gefühl in seiner Brust schon ein wenig zu lindern vermochte.

Mit der Präzision eines Uhrwerks schwang Tilda eine Hacke. Müdigkeit schien sie nicht zu kennen. Sämtliche Vorurteile, die er über Frauen in der Feldforschung hegte, hatte sie in einem Sturm hinweggefegt. Ihr Tatendrang, die Begeisterung und Energie, mit der sie ihre Ziele verfolgte, waren inspirierend.

Und er? Er schaffte es nicht einmal aus ihrem Häuschen heraus. Wut über seine eigene Unzulänglichkeit machte sich in ihm breit. Keinen weiteren Tag sollte es so weitergehen. Er setzte seinen Hut auf, drückte eine Hand auf die schmerzende Schulter und ging zu dem angelehnten Baumstamm, der von der Terrasse zum Boden führte. Zwei Meter nur. Zwei Meter und doch ein schier unüberwindbares Hindernis.

In den Stamm waren Kerben geschlagen, die als Trittstufen dienten. Ein Geländer gab es nicht. Er hatte anfangs über dieses Konstrukt gescherzt und überlegt, sich eine vernünftige Treppe bauen zu lassen, doch Tilda hatte nichts davon hören wollen. *Dann sieht unser Häuschen ganz verkehrt aus,* hatte sie gesagt. *Lernen wir lieber, ein bisschen geschickter zu sein.*

Bennet biss die Zähne zusammen und betrat die erste Stufe. Er wankte. Oder war es der Stamm, der sich bewegte? Noch ein Schritt. Gut gegangen. Doch beim nächsten wurde ihm einen Moment lang schwarz vor Augen. Es war doch eine dumme Idee gewesen. Unsicher griff er mit der Hand ins Leere, verlor das Gleichgewicht …

Tilda richtete sich auf und drückte den Rücken durch. Etwas hatte sie innehalten lassen. Ein Geräusch? Sie nahm den breiten Strohhut ab und wischte sich den Schweiß von der Stirn. Heute hatte es erst ein einziges Mal geregnet, was in diesem Winkel der Welt bereits als trockener Tag galt. Es sah nicht so aus, als würden die Wolken bald Erleichterung bringen. Wenn es regnete, arbeitete sie einfach mit nasser Kleidung weiter, wie es auch die Einheimischen taten. Kalt wurde ihr hier niemals, der Regen verschaffte die nötige Kühlung.

Tilda blickte auf die geraden Furchen, die sie mit der Hacke in den weichen Urwaldboden gezogen hatte. Er war arm an Nährstoffen, deshalb hatte sie schon vor einigen Wochen damit begonnen, die Fischabfälle der Dörfler zu sammeln und neben neu gesetzten Pflanzen in den Boden einzubringen. Solange Gräten und Köpfe noch frisch waren, war die Arbeit nicht unangenehm.

Zwei Furchen würde sie noch ziehen, dann konnte sie mit dem Pflanzen beginnen. Sie hatte sich fest vorgenommen, die von Bennet gesammelten Lilien bis zu ihrer Rückreise nicht nur am Leben zu halten, sondern sie zu fördern, gesund und robust zu machen, vielleicht sogar schon zu vermehren. Schließlich ging es nicht nur um die wissenschaftliche Präsentation seltener und unbekannter Arten – sie wollten auch Geld damit verdienen. Das war bitter nötig. Bennets Verwundung hatte sie in ihrem Zeitplan weit zurückgeworfen, und durch den Überfall der Räuber hatten sie einen Großteil ihrer Funde unwiederbringlich verloren.

Doch Tilda war nicht bereit, sich einfach damit abzufinden. Sie würde es schon mit den Fährnissen dieser Expedition aufnehmen!

Die Ausbildung in Waterperry kam ihr dabei sehr zugute, und sie dachte oft an ihre strenge, aber freundliche Lehrerin Mrs Havergal zurück.

Rascheln im Laub, schlurfende Schritte. Wer da wohl kam? Sie wandte sich um. »Bennet!« Erschrocken eilte sie ihm die letzten Schritte entgegen. »Du meine Güte, wie siehst du denn aus?«

»Nun, wie sehe ich denn aus, Darling?«, erwiderte er etwas abgekämpft und lächelte schief. Sein Gesicht war unter der Sonnenbräune blass, Schweißperlen sammelten sich auf seinen Wangen und der Nase. Seine grünen Augen wirkten unter den dunklen Wimpernbögen ungewöhnlich hell. Den zerknitterten Hut trug er in der Hand. Seine Hose war am linken Knie verschmutzt und aufgerissen, auf dem Bein war Blut.

»Ich … Ich weiß nicht. Was *machst* du denn hier?«

»Ist es so verwerflich, seine Ehefrau zu besuchen?«

»Nein, natürlich nicht.« Tilda legte ihm die Hände an die Wangen, ging auf die Zehenspitzen und küsste ihn. »Das ist die schönste Überraschung heute.«

»Ich kann doch nicht für immer dort eingesperrt bleiben wie ein Vogel im Käfig.«

Sie zupfte das zerrissene Hosenbein auseinander, um sich sein Knie anzusehen. Nur ein paar blutige Schrammen und ein blauer Fleck. Nichts Ernstes. »Ich frage wohl besser nicht genauer nach, wie das passiert ist.«

Bennet grinste. »Führ mich lieber herum. Von der Terrasse aus ist kaum zu ermessen, was du in den vergangenen Wochen alles erreicht hast.«

»Nun gut.« Sie ließ die Hacke liegen und hakte sich bei

ihm unter. »Willkommen in der Gärtnerei Morris, Sir.« Sie kicherte gut gelaunt. Wie lange hatte sie darauf gewartet, ihm alles zu zeigen! Sie war stolz auf das, was sie mit einfachsten Mitteln erreicht hatte.

Sie mussten ein Stückchen gehen, dann war sie im Herzen der Pflanzung angelangt. »Hier sind all die Lilien, die ich nach ihrer Begegnung mit den Räubern noch retten konnte. Wie du siehst, machen sie sich recht gut und treiben kräftig aus. Ich habe für den Anbau den alten Obstgarten benutzt. Schau, die Mangobäume, Papayas und Bananenstauden sorgen für Schatten, damit sie nicht verbrennen. Ich habe mir auch noch andere Bäumchen bringen lassen. Die Einheimischen waren so hilfreich, schau nur, hier.« Sie führte ihn zu einem jungen Bäumchen, das sie wie in einer englischen Baumschule mit zwei Stützen versehen hatte. »Das ist eine Guave. Und das dort ist ein Rambutan, die Bäume werden riesig, doch das erleben wir wohl nicht mehr. Er trägt aber jetzt schon erste Früchte.«

Seitdem sie ein wenig sesshaft geworden waren, hatte Tilda es zu einer kleinen Wissenschaft gemacht, alles zu probieren, was die Einheimischen an seltsamen Früchten anbauten und aßen. Selbst mit der stinkenden Durian hatte sie sich mittlerweile angefreundet.

Bennet bückte sich, um einige Pflanzen zu begutachten, und drehte die Blüten verschiedener Exemplare zwischen den Fingern. »Wenn ich dich nicht hätte«, seufzte er.

Ein Schatten huschte durch Tildas Gedanken. Wenn er sie nicht hätte, dann wäre ein Großteil der Pflanzen verloren gewesen. Und vielleicht auch Bennet, denn ohne ihr schnelles Handeln … Nein, sie mochte gar nicht daran denken.

»Ich möchte das daheim auch probieren, Bennet.«

»Hmm?«

»Baumreihen und niedrige Pflanzen abwechselnd setzen, damit sie einander gegenseitig nutzen. Wie wir jetzt schon Brunnenkresse einsetzen, damit sie die Schädlinge vom Gemüse fernhält. Die Wurzeln der Bäume reichen tiefer und ziehen das Wasser hinauf, Gemüse und Obst schützen den Boden mit ihrer Blätterschicht zugleich davor, auszutrocknen. Ich muss nur noch mit Düngearten und Bodenaufbau experimentieren.«

Er küsste sie auf die Wange. »Davon müsstest du deine Eltern überzeugen, sie haben die Gärtnerei, nicht ich.«

»Ich werde auch Mrs Havergal davon erzählen.« Tilda war ganz berauscht von der Idee, in Waterperry ein eigenes Experimentierfeld anzulegen. Schließlich hatte die Rektorin ihr ja angeboten, die Schulzeit dort zu beenden. »Ich werde mir noch weitere Waldgärten ansehen und alles genau aufschreiben.«

»Ich wusste doch, was für eine Forschernatur in dir steckt. Ziehst du deshalb immer frühmorgens mit den Frauen los?«

»Du hast mich beobachtet.« Tilda war erstaunt. Also vergrub er sich nicht so tief in seine Forschung, wie sie geglaubt hatte.

»Ich vermisse dich jeden Moment, den du nicht bei mir bist. Natürlich sehe ich dir nach! Du hast nur nie zurückgeblickt«, konterte er, und sie meinte, einen Hauch von Anklage aus seinem Tonfall herauszuhören.

»Wie hätte ich denn ahnen können …?«

Er lächelte geheimnisvoll. »Jetzt weißt du es, und nun bin ich ja hier. Dort oben fällt mir die Decke auf den Kopf. Ich kann mich doch nicht jetzt schon an die Nachbearbeitung setzen, während hier draußen das Leben pulsiert. Von heute an werde ich wieder jeden Tag mithelfen.«

»Das ist schön.« Tilda schmiegte sich an ihn. Es kam ihr

noch immer unwirklich vor, dass Bennet ihr nicht vom Schicksal genommen worden war. Jeder Tag mit ihm war wie ein Geschenk, auch wenn sie meist nur die Morgen und Abende miteinander verbrachten. Ab heute würde das wieder anders werden. »Ich freue mich darauf. Sicherlich finden sich Möglichkeiten, wie du in den Gärten arbeiten kannst.«

Sein Blick verdunkelte sich. »Im Moment bin ich ganz und gar damit beschäftigt, mich auf den Beinen zu halten.«

»Dann machen wir es anders. Wir lassen hier draußen einen Tisch für dich zimmern, und du kümmerst dich um die Teilung der Pflanzen. Ich denke, wenn wir noch einige Monate hier sind und uns gut kümmern, können wir mit der doppelten oder dreifachen Menge heimfahren! Nirgendwo anders werden sie so gut gedeihen wie in ihrer natürlichen Heimat. Was hältst du davon?«

»Dass meine Frau ein Genie ist. Du wirst uns noch reich machen.«

»Reich muss ich nicht sein, Hauptsache, ich habe dich, und wir sind glücklich.«

Er schloss sie von hinten in die Arme. Gemeinsam sahen sie auf die wolkenbekränzten Berge, die wie blaue Zacken aus dem Urwald ragten. Es duftete süß nach überreifen Mangos und Erde, und Tilda glaubte, noch nie so glücklich gewesen zu sein wie in diesem kostbaren Augenblick.

4

Oxford, Ende Juni 1939

Ich bin so froh, dass du hier bist, Mum. Lass mich nicht allein, lass mich jetzt nicht allein!«, stöhnte Sibylla. Es fühlte sich an, als würde ihr Innerstes entzweigerissen, dabei hatten ihre Wehen gerade erst begonnen.

Ihre Mutter wohnte bereits seit fünf Tagen bei ihr. Oliver war in der Kaserne, und sie wollte in den letzten Tagen der Schwangerschaft nicht ganz auf sich allein gestellt sein.

Nun lief sie an den Arm ihrer Mutter geklammert in der Wohnung auf und ab, während die Haushälterin das Bett für die Niederkunft vorbereitete.

»Soll ich mich nicht hinlegen?«

»Nein, du läufst, so ist es besser, komm.«

»Aber meine Beine fühlen sich an wie Pudding.«

»Sibylla, Mädchen, du bist stark.« Die Stimme ihrer Mutter wurde weich, und sie rieb Sibylla den Rücken. Das hatte sie schon als Kind geliebt, und nun linderte die liebevolle Geste für einige Atemzüge den Schmerz, bevor es wieder von vorn losging.

»Komm, stütz dich hier ab.«

Sibylla lehnte sich mit beiden Händen auf den Wohnzimmertisch. Ihre Mutter huschte unterdessen von einem Fenster zum anderen und zog die schweren Vorhänge zu. Gut so. Ihre Nachbarn mussten nicht sehen, wie sie am helllichten Tag in ihrem weiten, hellblauen Nachthemd herumgeisterte.

Als die nächste Wehe kam, vergaß sie, zu atmen. Das Kind! Sie spürte genau, wie es sich bewegte! Ihr Wasser war erst vor einer Stunde gebrochen. Es kam ihr jetzt schon wie eine kleine Ewigkeit vor. Wie sollte das nur weitergehen?

»Ich schaffe das nicht.«

»Natürlich schaffst du das, Darling.« So energisch hatte Sibylla ihre Mutter noch nie erlebt. »Du willst dein Kindchen doch endlich in den Armen halten können, oder nicht? Es will hinaus, und du willst es heraus haben. Das schafft ihr nur gemeinsam. Und nun los, auf die Beine.«

Sibylla drückte sich hoch und sah sich zweifelnd in ihrem Wohnzimmer um. Die zugezogenen Vorhänge sorgten für schummriges Licht. Es kam ihr merkwürdig vor, hier zu sein, falsch. Zugleich missfiel ihr die Vorstellung, sich in ein Auto zu quetschen, um unter der Aufsicht von Fremden ihr erstes Kind zu bekommen. Dies hier war ihr Heim, der Ort, den sie selbst liebevoll eingerichtet hatte wie ein Nest. Hier fühlte sie sich wohl. Sie wollte nicht fort. Aber was, wenn etwas schiefging? »Sollten wir keinen Arzt holen?«

»Papperlapapp. Ich habe dich und deinen Bruder allein auf die Welt gebracht, und deine Haushälterin, die gute Rose …«

»… hat acht gesunde Kinder bekommen, ich weiß, ja.« Sibylla stöhnte. Es klang selbst in ihren eigenen Ohren jämmerlich. Die Wehen kamen jetzt schneller. Alles zog, zerrte und quetschte. Sie fühlte Nässe an ihrem Oberschenkel. »Der Teppich«, keuchte sie und wankte am Arm ihrer Mutter zurück in den Flur.

»Alles bereit, Madam.« Rose kam aus dem Schlafzimmer an ihre andere Seite geeilt und blickte besorgt auf die

Standuhr. »Jetzt ist es bald so weit«, sagte sie weich, nachdem sie wohl den Abstand der Wehen geprüft hatte.

Sibylla wusste nur, dass es schlimmer wurde. Zwischen den Krämpfen bekam sie kaum noch genug Luft. Die Zeit verging schleichend, floss wie träger Sirup. Sie war wie benommen, entrückt beinahe. Nach einer Weile schwand die Angst, obwohl der Schmerz stetig zunahm. Sie überließ sich ganz den beiden erfahrenen Frauen.

Presste, wenn sie pressen sollte, atmete, wenn sie dazu angefeuert wurde, wie bei einem Tausendmeterlauf.

Sie gebar den kleinen Philipp kniend, die Arme um den Bettpfosten gekrampft, weil sich jede andere Position falsch anfühlte.

Als sie schließlich im Bett lag, das kleine, noch ein wenig nasse Kind in den Armen, war sie so glücklich wie wohl noch nie in ihrem Leben. »Ich hab ihn so lieb«, sagte sie mit Tränen in den Augen. Ihre Mutter und die Haushälterin Rose saßen an ihrem Bett und lächelten. Ja, sie wussten ganz genau, wie Sibylla sich nun fühlte.

»Und? Hat sich die Mühe gelohnt?«

»Oh, Mum, wie kannst du das nur fragen? Natürlich, schau ihn dir doch nur an, wie hübsch er ist! Und so klein.«

Sie strich ihrem Sohn über die Wange. Philipp gab schmatzende Geräusche von sich und zog die Unterlippe ein. Seine blauen Augen waren nur ein wenig geöffnet und blickten scheinbar ziellos umher.

»Mr Sable kommt«, sagte Rose und sprang auf. Da hörte auch Sibylla den Schlüssel im Schloss und gleich darauf, wie die Haustür geöffnet wurde. »Ja, ist es denn schon so spät?«, fragte sie irritiert.

»Bald wird es sieben. Ihr beiden habt euch Zeit gelassen«, sagte ihre Mutter und huschte aus dem Zimmer.

Und dann war Oliver da.

Er blieb im Türrahmen stehen. Im Gegenlicht sah Sibylla nur seine Silhouette, kantig in der Uniform, beinahe wie der Umriss einer Statue.

»Komm her und begrüße deinen Sohn.«

»Ein … Ein Sohn«, flüsterte er mit belegter Stimme und näherte sich zögernd. Ihm hing der Duft von Sonnenwärme an, und ein Hauch Tabak. Seine lackierten Stiefel glänzten ebenso wie die Gürtelkoppel. Er streifte seine Jacke ab und kniete sich neben das Bett. »O mein Gott, Sibylla, du machst mich zum glücklichsten Mann der Welt.«

»Umso besser, dass du die glücklichste Frau der Welt hast. Willst du ihn nicht in den Arm nehmen?«

»Kann ich das denn?« Er küsste sie auf die Stirn, dann auf den Mund. Ihre Lippen waren ganz spröde, weil sie so viel geschrien hatte, aber Oliver schien es nicht zu bemerken.

Sibylla setzte sich vorsichtig im Bett auf. Sie wusste noch nicht, wie viel sie sich zutrauen konnte. Aber so geschwächt wie vor einer halben Stunde war sie auch nicht mehr. Es war doch erstaunlich, was die Natur einem Frauenkörper abverlangte. Besonders, wenn man bedachte, wie die Männer das angeblich schwache Geschlecht behandelten. Oliver strich ihr mit den Fingerspitzen über den Arm, als fürchte er, sie könne jeden Moment zerbrechen.

»Ich wünschte, du hättest hier sein können«, sagte sie leise.

»Ich wäre wohl kaum von Nutzen gewesen. Geht es dir gut?«

»Es tut weh, aber der Kleine ist ein herrlicher Trost. Hier, nun nimm ihn endlich.« Sie legte ihm seinen Sohn vorsichtig in die Arme. Unter Olivers breiten Schultern sah das Baby noch winziger aus. Das kleine, gerötete Gesichtchen verschwand beinahe in der flauschigen Decke.

»Er kommt ganz nach dir, schau.« Sibylla strich vorsichtig die Mütze zurück. Ein dichter Schopf aus flaumigem blondem Haar war darunter zu sehen.

»Es ist so weich! Ich glaube, ich habe noch nie etwas Weicheres berührt.« Olivers Blick verklärte sich. Sibylla beobachtete abwechselnd ihn und seinen Sohn. Wie Oliver das Baby vorsichtig mit einem Finger streichelte und die Anspannung, die ihn schon seit Monaten wie ein Schatten begleitete, nach und nach verschwand. In seinen Wangen erschienen endlich wieder die Grübchen, die sie so liebte.

»Was für ein Wunder.«

»Ja.«

Er nahm wieder auf dem Bett Platz, und Sibylla lehnte sich an ihn. Gemeinsam hielten sie ihren Sohn im Arm. »Du darfst nie wieder weggehen, hörst du, Oliver?«, sagte sie träge. Eine große Müdigkeit kam über sie. Sie fühlte sich so sicher in seinen Armen.

»Jetzt ist ja erst einmal Wochenende, und dann beantrage ich einige freie Tage, versprochen.«

Sibylla hörte seine Worte noch nachhallen, während sie sich mit dem wohligen Gefühl, dass Oliver auf sie aufpasste, der Müdigkeit überließ.

Francis nichts sagten. Es klang, als ginge es um gewaltige Flächen.

Mrs Linnhurst hielt ein zerknittertes Spitzentaschentuch in den Händen und beobachtete mit glasigem Blick ihren ältesten Sohn. Francis musste kein Hellseher sein, um ihre Gedanken zu kennen. Sie fürchtete um sein Leben und das seines jüngeren Bruders. Das Gespenst des Krieges ging um in England.

»Sie wissen, was der Einmarsch in Polen bedeutet, Boyle?«, fragte Linnhurst.

»Natürlich. England wird den Krieg erklären. Wir können gar nicht anders. Ich hoffe, die Franzosen ziehen mit und lassen uns nicht hängen.«

»Es hätte schon viel eher passieren müssen! Diesem Hitler hätte man nie so viel Macht geben dürfen. Spätestens diesen März hätte doch jedem klar sein müssen, dass die Deutschen gestoppt werden müssen«, wetterte Linnhurst.

Francis setzte sich und dachte daran, mit welcher Unruhe er davon gelesen hatte, dass Hitler Böhmen und Mähren annektierte und fünf Tage darauf von Litauen das Memelland zurückgewann.

Nicht jeder hatte Francis' Sorge geteilt. Manche wollten es einfach nicht sehen. Es waren Gebiete, in denen viele Deutsche lebten und die vor dem Friedensvertrag von Versailles zum Deutschen Reich gehört hatten. Sie glaubten allen Ernstes, die Deutschen würden sich damit zufriedengeben. Nun war das Gegenteil eingetreten.

Er rang die Hände. Premierminister Neville Chamberlain und seine Beschwichtigungspolitik waren gescheitert. Wo würde das nur enden?

»Chamberlain muss umgehend den Krieg erklären!«, sagte Francis, während sich alles in ihm zusammenzog. Er war jung, er würde den Dienst an der Waffe nicht ausschlagen können. Und hätte er das überhaupt gewollt?

»Der feige Hund«, grollte Linnhurst. »Wenn ich nur jung genug wäre, ich würde …«

Die Söhne des Hausherrn sprangen auf, der jüngere noch einen Augenblick vor seinem Bruder. »Wir werden unser Vaterland nicht im Stich lassen!«

»Was redet ihr denn da?«, schluchzte Mrs Linnhurst. Das Gesicht ihres Mannes war hart, als er ihr eine Hand auf die Schulter legte. Dies war ein intimer Moment, in dem Francis sich als Außenseiter völlig deplatziert fühlte.

Er erhob sich und wandte sich ab, um den Salon zu verlassen.

»Mr Boyle, was hatte Sie eigentlich hergeführt?« Mr Linnhurst räusperte sich.

»Ich wollte Ihnen mitteilen, dass wir die Brunnenfiguren aufgestellt haben und heute Nachmittag eine Wasserprobe machen wollen. Aber das ist jetzt nicht mehr von Bedeutung.«

Francis wandte sich endgültig ab. Sein Auftraggeber schwieg.

Mit einem Stein in der Brust nahm er das von der Köchin geschnürte Päckchen entgegen, verabschiedete sich von dem Butler und zog seine dreckverkrusteten Schuhe wieder an.

In seinem Kopf spielten sich Erinnerungen ab wie alte Filmaufnahmen. Sein Vater, der vom Schlamm in Frankreichs Schützengräben erzählte. Sein Vater, dessen Gesicht fahlgrau wurde, wenn ihn die Albträume des Ersten Weltkriegs auch bei Tag heimsuchten.

Francis blickte auf die golden in der Sonne schimmernden Figuren von Nixe und Schwan, und ihm wurde flau.

6

5. September 1939

Vor zwei Tagen hatten England und Frankreich Hitlers Deutschland den Krieg erklärt, und heute würde Oliver auf unbestimmte Zeit aus ihrem Leben scheiden.

Sie waren gemeinsam mit dem Automobil zum Bahnhof gefahren. Nun schob Sibylla den Kinderwagen, während Oliver eine Tasche geschultert hatte. Seine Hand lag auf ihrer am Bügelgriff des Kinderwagens. Die Finger fühlten sich kalt an, obwohl in diesem Moment die Septembersonne zwischen den Wolken hindurchblitzte. Tauben hoben sich mit klatschenden Flügeln von einem Dach und rauschten durch die Luft.

Philipp hatte seine blauen Augen weit aufgerissen. »Glaubst du, er kann die Vögel erkennen?«, brach Oliver das Schweigen, das sie in eine bleischwere Decke hüllte, seitdem sie aus dem Auto gestiegen waren.

»Ich weiß es nicht, aber er erkennt dich und mich und kann uns unterscheiden.«

»Ich weiß«, erwiderte Oliver leise und legte den Kopf ein wenig schief, um seinen Sohn zu betrachten.

Sibylla hatte bislang wenige Männer kennengelernt, die sich so sehr für ihre kleinen Kinder interessierten. All ihre Freundinnen erzählten, dass ihre Männer sich erst richtig mit ihrem Nachwuchs beschäftigten, wenn die Kinder vier oder fünf Jahre alt waren. Oliver war anders. Ein Goldstück.

Sibylla schmiegte sich im Gehen an ihn. »Du musst mir schwören, auf dich aufzupassen.«

»Darum brauchst du mich nicht zu bitten, Liebes, aber ich verspreche es dir gern. Du weißt, es war nie mein Ziel, im Militär Karriere zu machen wie mein Bruder. Aber nun ist es meine Pflicht, für König und Vaterland einzustehen. Ich hoffe, du verstehst das.«

»Natürlich, und ich bin stolz auf dich.«

Sie erreichten den Bahnhof. Das Straßenbild hatte sich geändert. Immer mehr Soldaten in Feldgrau strömten in Begleitung ihrer Lieben, viele aber auch allein, den Zügen zu. Die Stimmung war seltsam. Sie sah solche mit ernsten Gesichtern wie ihren Oliver. Andere, die ihren meist weiblichen Begleitungen gute Laune vorgaukelten. Und dann gab es noch jene, die es scheinbar kaum erwarten konnten, den Deutschen auf dem Feld entgegenzutreten. Sie waren in der Überzahl, und Sibylla kam es vor, als würden sie einander anstacheln, um ihre eigene Furcht zu überwinden. Einem jeden von ihnen musste klar sein, dass sie selbst oder einer ihrer Kameraden nicht zurückkehren würden.

All die düsteren Gedanken fetzte der Klang patriotischer Lieder davon, die aus tiefster Lunge gesungen wurden. Menschen mit Fähnchen in den Händen winkten ihnen zu. Fahnen flatterten auch von jedem öffentlichen Gebäude und schmückten den Bahnhof.

Sibylla hatte keine Fahne dabei, auch wenn sie durch und durch an England und die Pflicht zum Sieg glaubte.

Vor ihnen begannen sich die Menschen zu stauen. Jemand rempelte den Kinderwagen an. Philipp begann zu quengeln.

»Nehmen wir hier Abschied, ich möchte nicht, dass du

mit dem Kleinen auf dem Bahnsteig hin und her geschubst wirst.«

»In Ordnung«, sagte Sibylla mit einem gezwungenen Lächeln. Da war ein seltsames Flattern in ihrer Kehle. Es fühlte sich an, als würde ihre Stimme gleich brechen. Als müsse sie ihrer Verzweiflung mit Schreien Luft machen.

Oliver nahm Philipp vorsichtig aus dem Kinderwagen, und der Kleine hörte sofort auf zu quengeln. Winzige speckige Händchen reckten sich nach den glänzenden Uniformknöpfen. Vater und Sohn lächelten. Sibylla versuchte, sich diesen Anblick einzuprägen wie eine Fotografie. Dabei kämpfte sie weiter gegen die Tränen. Oliver sollte sie schön in Erinnerung behalten und nicht mit rot verheulten Augen.

»Sei lieb zu deiner Mummy.« Er küsste seinen Sohn auf die Stirn und legte ihn zurück in den Wagen. Sibylla klammerte sich an Oliver, drückte ihre Wange fest, ganz fest an seine Brust, bis sie sein Herz laut und schnell schlagen hörte.

»Mein Mann«, flüsterte sie.

»Meine Frau. Danke, dass du mich in dein Leben gelassen hast.« Er erwiderte ihre Umarmung, küsste sie leidenschaftlich, schob sie dann von sich, doch Sibylla ließ nicht los. Sie konnte nicht!

»Sei nicht unvernünftig, der Zug …«

Plötzlich war sie allein. Oliver schulterte seine Tasche und lief mit großen Schritten davon, als fliehe er vor ihr und den Gefühlen, die sie beide nicht im Griff hatten.

Sibylla hasste ihre Tränen in diesem Moment, denn sie ließen ihre Sicht verschwimmen, sodass sie Oliver kaum mehr erkennen konnte. Er tauchte in das Meer von Soldaten ein. Groß, wie er war, meinte sie für eine Weile noch, seinen Kopf mit der Soldatenmütze zwischen den anderen herausragen zu sehen. Dann war es vorbei. Er war fort, und sie würde ihn frühestens in einem halben Jahr zum Fronturlaub wiedersehen.

Wie mechanisch schaukelte sie den Kinderwagen und starrte auf den Rauch der ein- und ausfahrenden Züge. Sie war allein. Die Vorstellung, in das große, leere Haus zurückzukehren, war beinahe unerträglich. Wie angewurzelt waren ihre Beine, dann gab sie sich schließlich einen Ruck, drehte den Kinderwagen um und lief los. Entgegen dem nicht abreißenden Strom von Menschen, vorbei an Fahnen, Propagandaplakaten und Straßenverkäufern, die ein Extrablatt nach dem anderen anpriesen. Die Strecke kam ihr so viel weiter vor als auf dem Hinweg.

Sie stieg in das Automobil, das von nun an ganz allein ihr zur Verfügung stand, und schloss die Tür. Die Stille war unvollständig. Philipp schlummerte neben ihr auf dem breiten Beifahrersitz, und draußen lärmte noch immer eine Stadt im Ausnahmezustand.

Nein, sie konnte jetzt nicht einfach nach Hause fahren. Sibylla startete den Wagen und reihte sich in einen Strom von Fahrzeugen ein.

Hinaus, nur hinaus aus Oxfords Enge.

Als die ersten Felder vorbeirauschten, kurbelte sie erleichtert ihr Seitenfenster herunter. Herbstgeruch. Warmer Asphalt und feuchtes Laub. Hier war alles wie immer. Schafe grasten auf üppigen grünen Wiesen, Bauern brachten die letzte Ernte ein oder pflügten die brachen Felder um.

Die Natur hatte ihre eigene Zeit und ihren eigenen Kalender. Es war ein beruhigender Gedanke. Ganz gleich, ob die Menschen einander den Krieg erklärten, sich hinter Barrikaden verschanzten oder erschossen … die späten Klaräpfel würden dennoch reifen, die Trauben sich prall und dunkelrot an den Ranken zeigen und der Grünkohl sich auf dem Feld dem ersten Frost entgegensehnen.

Und plötzlich wusste Sibylla, wo sie jetzt sein wollte.

Die Fahrt nach Waterperry weckte angenehme Erinnerungen.

Nachdem sie sich anfänglich gesträubt hatte, auf das Mädcheninternat zu gehen, war ihr Widerstand schnell gebrochen gewesen. Einen guten Anteil daran hatte wohl auch Tilda gehabt, deren Begeisterung für alles, was grünte und wuchs, schrecklich ansteckend war.

Bald kamen das Anwesen und die kleine Marienkirche mit den geordneten Feldern, Obsthainen und Gewächshäusern dahinter in Sicht.

Ein Dutzend Schülerinnen war mit Hacken in einem Beet zugange. Emsig hoben und senkten sich die Werkzeuge. Alles sah haargenau so aus, wie Sibylla es in Erinnerung hatte. Sie parkte auf einem gekiesten Vorplatz. Sobald sie den Motor abstellte, hörte sie den Gesang der Mädchen, der mit dem Wind zu ihr hinübertrieb.

»Hier war deine Mummy mal zu Hause«, sagte Sibylla und strich dem mittlerweile erwachten Philipp über die Pausbäckchen. Er stieß ein vergnügtes Quietschen aus.

Sibylla packte den Kinderwagen aus, richtete Bettchen und Gestell und legte den Kleinen hinein.

Sie hätte direkt zu den arbeitenden Schülerinnen gehen können, die Rektorin war fast immer bei ihnen. Mrs Havergal unterrichtete so häufig wie möglich persönlich.

Aber noch fühlte sich Sibylla nicht bereit. Sie brauchte einen Moment für sich. Schweigend umrundete sie die kleine Kirche, sprach in Gedanken ein Gebet und bat um Olivers Sicherheit. Die Hand an die raue Kirchenwand gelegt, blickte sie zum Himmel hinauf, wo die letzten Schwalben mit dem Wind spielten und nichts von Kriegen wussten. Ihre hellen Rufe machten Sibylla noch wehmütiger. Schließlich riss sie sich los und schob ihren Kinderwagen tiefer in die weitläufige Anlage von Waterperry hinein. Ein neuer Garten war hinzugekommen. Jemand hatte es sich zur Aufgabe gemacht, aus Steinen und Trockenmauern ein Refugium für mediterrane Kräuter aufzubauen. Sibylla bückte sich, nahm etwas Erde zwischen die Finger und zerrieb sie. Es war viel Sand darin, um das Wasser abzuleiten, von dem es in England mehr als genug gab. Diese Erde in solchen Mengen zu mischen und zu sieben, musste eine arge Plackerei gewesen sein.

»Mrs Sable, sind Sie das etwa?« Dort stand sie, die Rektorin, in ihrer grünen Kittelschürze, mit schweren Stiefeln an den Füßen und einem breiten, braunen Hut auf dem Kopf. Das dunkle Haar, von grauen Strähnen durchzogen, fiel als langer Zopf über ihren Rücken. Sie lächelte, und um ihre Augen sprossen zahlreiche Fältchen.

»Entschuldigen Sie bitte den Überfall.«

»Ehemalige Schülerinnen sind jederzeit willkommen. Das waren nicht nur leere Worte.«

»Als ich losgefahren bin, wusste ich selbst nicht, dass mich mein Weg hierherführen würde. Aber …«, sie stutzte. »Ich glaube, meine Seele wollte an einen Ort, an dem ich glücklich war.«

Mrs Havergal unterzog sie einer langen Musterung, dann trat sie neben Sibylla und legte ihr kurz die Hand auf den Rücken. Gemeinsam blickten sie in den Kinderwagen. »Das bedeutet mir viel, besonders aus dem Mund einer solch guten und anfangs doch so widerstrebenden Schülerin.«

Sibylla wurde ein wenig leichter ums Herz. »Hier fühlt sich alles wie immer an.«

»Es ist eine kleine Oase, ja«, erwiderte Mrs Havergal und vermied, dabei auszusprechen, woran sie wohl beide dachten.

»Dieser Garten ist neu?«

»Ja.« Mrs Havergal schien wie ausgewechselt. Mit wachsender Begeisterung erklärte sie Sibylla, dass er aus zwei Bereichen bestand, einem, in dem die spanische Macchia nachgebildet wurde, und einem für die Provence. Daher wuchsen neben Steineichen, Erdbeerbäumen, Zistrose, Myrte und Baumheide auch Lavendel und Ginster in dem Gärtchen. Sibylla folgte ihrer Führerin auf kleinen Steinpfaden von einem Garteneck ins andere und ließ sich von den vielen Informationen überfluten. Genau das brauchte sie jetzt.

»Ich könnte darüber schreiben«, sagte sie schließlich, als sie zurück beim Kinderwagen waren.

»Gerne. Ich kann Ihnen eine Pflanzenliste zukommen lassen.«

»Nein, ich hole sie lieber ab.«

Sofort musste Sibylla an ihren Schreibtisch in ihrem großen, leeren Haus denken, und ihr wurde wieder schwer ums Herz. »Er ist einfach weg, wissen Sie?«

»Ihr Mann?«

Sibylla nickte. »Ich ertrage das nicht.«

»Sie müssen. Für ihn. Zehntausenden Frauen geht es heute wie Ihnen. Wir alle müssen jetzt tapfer sein. Für die Nation und für die Soldaten, die England verteidigen.«

7

Jesselton, Borneo – Oktober 1939

Der Hafenort lag im Norden von Borneo und war Umschlagplatz für allerlei Produkte, die der Urwald und einige Plantagen lieferten. Ursprünglich von der *North Borneo Chartered Company* gegründet, verfügte der Ort nun über einen weitläufigen, wenn auch etwas zu flachen Hafen und eine Eisenbahnstation. Aus der Region wurden Kautschuk, edle Hölzer, Wachs, Honig und Rattan ausgeführt.

Bennet unterhielt zu mehreren Reedern einen losen, aber regelmäßigen Briefverkehr, und so hatten sie den Export einiger Kisten voller Orchideen verabredet, die mit einem schnellen Dampfer nach England transportiert werden sollten.

Als sie die Stadt an Bord eines kleinen Schaufelraddampfers erreichten, fühlte sich Tilda nach der Stille ihres abgeschiedenen Heims wie erschlagen. Zahllose kleine Boote und Einbäume reihten sich an den Ufern. Es waren so viele, dass Neuankömmlinge keinen Platz mehr fanden und ihr eigenes Gefährt oft Dutzende Meter vom nächsten Steg an anderen Booten festmachen mussten. Um ans Ufer zu gelangen, kletterten sie dann bepackt mit Bündeln, Kindern und Körben über die anderen Boote hinweg.

Andere verließen ihre Gefährte erst gar nicht, sondern verkauften ihre Waren von Bord aus. Diese schwimmenden

Märkte kannte Tilda auch aus den Urwalddörfern, nur dass sie dort viel kleiner waren.

Auf die Reling gestützt, beobachtete sie das bunte Treiben. Es war angenehm, wieder ein wenig zu reisen. Es hatte ihr gefehlt, auch wenn die Arbeit in ihrem Garten und den Pflanzungen sie von früh bis spät beschäftigte. In den vergangenen Wochen hatte sich Bennet wieder mehr eingebracht. Die körperliche Arbeit, anfangs schon nach kurzer Zeit erschöpfend, hatte ihn gekräftigt und die Genesung vorangetrieben. Nun war er bis auf die rötlichen Narben auf Brust und Rücken wieder ganz der Alte.

Tilda hatte in ihrer gemeinsamen Zeit auf Borneo gemerkt, dass ihr die wissenschaftliche Arbeit wenig Freude bereitete. Immer wieder verlor sie dabei die Konzentration und das Durchhaltevermögen, was beim direkten Umgang mit Pflanzen niemals geschah. Zwar war sie jedes Mal begeistert, wenn sie eine neue unbeschriebene Art entdeckte, aber dabei blieb es dann auch. Sie auseinanderzupflücken, Staubgefäße, Blütenblätter und allerlei anderes zu zählen, millimetergenau zu vermessen und exakt zu beschreiben, lag ihr nicht. Sie brauchte handfeste Arbeit wie die Luft zum Atmen. Und so verbrachten sie die Vormittage gemeinsam im Freien, am Nachmittag aber zog sich Bennet an seinen Schreibtisch zurück und war erst zum Abendessen wieder davon wegzubekommen, während Tilda weiter unter freiem Himmel arbeitete.

»Das Schiff dort ist es.« Bennet wies auf einen in Blau und Grau gestrichenen Frachter, der draußen in der Bucht ankerte. Ein Floß mit massiven Kisten wurde hinausgerudert, um es zu beladen.

»Du kannst den Namen erkennen?«

»Ja, zwischen allem Rost steht er eindeutig. Das ist die *Peregrine*.«

»Dann sind wir rechtzeitig da, hoffe ich.«

»Ich denke schon. Mr Parkland hat mir geschrieben, dass sie erst in zwei Tagen auslaufen.« Er massierte ihr den Rücken, wie er es oft tat. Besonders abends genoss Tilda diese Liebkosung sehr und konnte dabei schnurren wie eine Katze. Dann knetete Bennet ihr die verspannten Rückenmuskeln, bis sich alles ganz warm und kribbelig anfühlte. Tilda unterdrückte in dem Wissen, dass es hier bei einer kurzen Geste der Zuneigung bleiben würde, ein Seufzen.

»Es ist so ungewohnt«, sagte sie.

»Nicht wahr? So geht es mir auch immer, wenn ich nach England zurückkomme. Das Leben dort ist wie ein gewaltiges Rauschen, dem man kaum entfliehen kann. Zum Glück liegt die lange Schiffsreise zwischen der Stille hier und dem Trubel dort.«

»Du sagst es. Ich mag es mir kaum vorstellen.« Sie überlegte kurz. »Ob ich je wieder dieselbe sein werde wie vor unserem Aufbruch?«

»Nein, das wirst du nicht, und das ist gut so.« Bennet nahm ihre Hand und drückte mit einem schelmischen Lächeln einen Kuss auf ihre Knöchel. Der schmale Bart kitzelte auf ihrer sonnengebräunten Haut.

Sie kicherte. »Was soll daran gut sein? Werde ich genauso launisch und von chronischem Fernweh geplagt sein wie du?«

»Unter anderem, das lässt sich wohl nicht vermeiden. Aber du wirst auch unsere Heimat mit anderen Augen sehen. Wer die Welt bereist hat, weitet den Horizont nicht nur hier, sondern auch hier.« Er tippte sich auf die Brust und gegen die Schläfe.

»Wenn du meinst«, erwiderte sie unsicher.

»Die Leute werden dir einen anderen Respekt entgegenbringen, und sie werden dich ausfragen.« Er verdrehte die

Augen. »Bei jedem Anlass werden sie einen Weg finden, dich zu löchern. Dann wollen sie von deinen Abenteuern hören. Besser, du fängst schon mal an, dir welche auszudenken.«

Meinte er das ernst? »Haben wir nicht genug echte Abenteuer erlebt?«

Er zuckte mit den Schultern. »Wenn sie nicht zu persönlich sind? Die Leute wollen unterhalten werden, den immer wieder durchlebten Schrecken in deinen Augen sehen, wenn du dich erinnerst. Wie die Geier, die sich an deinen Gefühlen ergötzen. Darauf kann ich verzichten.«

»Vielleicht hast du recht.«

»Aber ein paar Kannibalen, das geht immer.«

»Sicher doch, lilienzüchtende Kannibalen aus den Urwäldern Borneos.« Sie lachte auf.

»Die auf Tigern reiten!«

»Hier gibt es keine Tiger«, entgegnete Tilda schulmeisterlich und erhob tadelnd den Finger, dabei konnte sie sich ein Grinsen nur schwer verkneifen.

»Das wissen die nicht. Und sie wollen es auch gar nicht wissen.«

Sie fabulierten und lachten, bis ihr Schaufelraddampfer an einem breiten Holzsteg anlegte. Sofort schwärmten Träger und Händler herbei. Eine Gangway wurde angelegt. Sie bestand aus ein paar Bohlen, auf die Querlatten genagelt waren. Unter der Last der ersten Passagiere, denen es nicht schnell genug gehen konnte, bogen sie sich tief herab und begannen zu schwingen. Früher wäre Tilda bei dem Anblick angst und bange geworden und sie hätte sich selbst bereits im schlammigen Wasser gesehen, hilflos zwischen Steg und Schiffswand paddelnd. Doch auch in dieser Hinsicht hatte sie sich verändert.

Mühelos balancierte sie zwischen den Passagieren an

Land, während Bennet dem Schiffseigner noch einmal die Adresse nannte, an die ihre Kisten geliefert werden sollten. Er redete eindringlich auf ihn ein und steckte ihm noch etwas Geld zu, dann verabschiedeten sich die Männer mit Handschlag.

Bennet war wieder ganz der Alte. Leichtfüßig eilte er über die Bretter an Land. Wie hatte er sich noch vor wenigen Wochen bei jedem Schritt gequält, doch nun war alles wieder gut. Tilda war so froh und erleichtert. Was hatte sie ihn lieb, diesen Mann, der nun vor fast drei Jahren still und heimlich ihr Herz erobert hatte. Tag für Tag die Enttäuschung über sein eigenes Unvermögen und den Schmerz in seinem Gesicht zu sehen, war beinahe unerträglich gewesen. Nun war die Freude in seine Augen zurückgekehrt, zusammen mit der flammenden Begeisterung für alles Neue und Fremde.

Gut gelaunt hakte sie sich bei ihm unter, als würden sie durch die feinen Parks von London flanieren. Doch ach, wie anders war es hier!

Die Häuser, oft nicht mehr als tausendfach geflickte Bretterbuden, waren Opfer des ständigen Regens. Überall prangten morsche Stellen, Matsch war an den Wänden hinaufgespritzt. Wo die Dächer nicht mit Palmwedeln oder vereinzelt auch Ziegeln gedeckt waren, zeigte sich beinahe allgegenwärtig rostiges Wellblech. Viele Menschen trugen ihre Last in Körben auf Kopf oder Rücken, wenige benutzten Handkarren und Fahrräder.

Bennet zog Tilda hastig zur Seite, als sie von einem Mann überholt wurden, der gebündelte Fische über der Schulter trug, von denen die Hälfte noch zappelnd nach Luft schnappten.

»Dass sie die Viecher nicht gleich totschlagen …«, murmelte Tilda.

»In der Wärme halten sie so länger.«

»Hmm«, erwiderte sie nur. Es stimmte, was er sagte, dennoch taten ihr die Fische leid. Dass sie nichts fühlten, nur weil ihr Blut kalt war, mochte sie nicht glauben.

Sie kauften sich scharf gebratene Spieße mit Reis und einer noch schärferen Soße am Straßenrand, tranken Kokosnusswasser und ergänzten ihre Mahlzeit um rohe grüne Papaya, die das Feuer im Mund zu löschen vermochte.

Schlendernd ging es an Gewürz- und Obsthändlern vorbei. Sie lugten nach Hahnenkämpfen, die in Nebengassen veranstaltet wurden und Männer und Kinder zu wildem Geschrei animierten.

»Weißt du noch, damals, in Port Said?«, sagte Tilda.

»Natürlich.« Er drückte sie mit einem Seufzer an sich und ließ den Arm um ihre Schulter liegen.

»Wie wir uns vorher gezankt haben, oje. Aber der Spaziergang durch den Ort hat alles wieder ins Lot gerückt.«

»Heute gibt es zum Glück nichts zurechtzurücken. Und hier sind auch keine Lastkamele, mit denen ich dich besänftigen könnte.«

»Nein, wir haben uns gut zusammengerauft, wir zwei. Ich kann mir gar nicht vorstellen, wie es sein würde, wenn du hier wärst und ich zu Hause in England auf dich warten müsste. Ich hätte all das nicht gesehen. Es ist so herrlich.«

»Alles? Matsch, Regen, Hahnenkämpfe?«

»Alles! Solange du nur bei mir bist.«

»Das ist ein Wort.« Er zog seine Taschenuhr heraus und klappte sie auf. »Wir müssen zu Mr Parkland, fürchte ich.«

»Oh, schon so spät! Weißt du denn den Weg?«

»Ja, und selbst wenn nicht, seine Kontorei ist eines der wenigen Steingebäude und liegt gleich neben der Kirche.« In diesem Moment läutete eine kleine, helle Glocke. Sie klang wie eine Schiffsglocke, die einer neuen Aufgabe zugeführt worden war. Dreimal durchbrach ihre Stimme den Lärm der Stadt. Sie hatten noch fünfzehn Minuten.

Bennet nahm Tilda bei der Hand, und los ging es. Sie ließ sich einfach mitziehen, froh, auf nichts anderes achten zu müssen, als wohin sie trat. Die kräftigen Stiefel machten sich auf den matschigen Wegen wieder einmal bezahlt. Sie hoffte nur, dass dieser Mr Parkland kein zartes Fräulein erwartete.

Das rote Backsteingebäude war wirklich nicht zu übersehen, wenn man wusste, wonach man suchte. Auf dem Vorplatz standen mehrere Automobile und ein angeschlagen aussehender Laster. Britische Fahnen flatterten im auffrischenden Wind, den ein leises Grollen begleitete. Der nächste Regenschauer würde also mit einem ausgewachsenen Gewitter einhergehen.

Tilda drehte sich um und blickte zurück. Aus Westen zog eine massive Wand schwarzgrauer Wolken heran, die sogar die Einheimischen nicht unberührt ließ. Sie gingen schneller, blickten sich hektisch um.

»Ich hoffe, dein Mr Parkland setzt uns nicht so bald wieder vor die Tür.«

Sie betraten einen weiten Raum, in dem zwei große Schreibtische standen. Die Wände waren voller Regale, in denen sich Aktenordner stapelten. An der Decke drehte sich ein Ventilator und rührte die stehende Luft um, die ein wenig nach Zigarettenrauch, Schweiß und Vogelkot roch. Letzteres lag an den beiden Papageien, die auf einer Sitzstange saßen und Mangos mit den Schnäbeln zerpflückten.

Ein junger Mann in beigefarbener Tropenkleidung sah hinter einem Schreibtisch auf und winkte sie heran.

»Guten Tag. Das Ehepaar Morris, wir haben einen Termin bei Mr Parkland.«

Wenn Bennet sie so vorstellte, bekam Tilda noch immer ein warmes Gefühl in der Brust. Sie drückte kurz seine Hand, auch wenn es sich in dieser Situation nicht gehörte. Die gestohlenen Ringe hatten sie noch nicht ersetzt. Aber brauchten sie die wirklich, um stets zu wissen, dass sie zusammengehörten?

»Ich melde Sie an.«

Kurz darauf wurde die Tür erneut geöffnet. Sie betraten ein mit edlen Hölzern und importierten Möbeln ausgestattetes Büro, das den Reichtum des Eigentümers zur Schau stellte. An den Wänden hingen Gemälde, denen das feuchtwarme Klima sichtlich nicht bekam. Es gab klassizistisch anmutende Statuen, daneben einige Schrumpfköpfe mit zugenähten Mündern. An den Wänden hingen Pelze seltener Tiere und Trophäen bunter Vögel aus dem Regenwald.

Der Mann hinter dem Schreibtisch war massig. Trotz seines beachtlichen Bauchumfangs wirkte er nicht träge. Zu einem kakifarbenen Anzug trug er einen blauen Seidenschal. Der graue Vollbart war gründlich gestutzt, die kleinen, dunkelbraunen Wieselaugen sprühten vor Intelligenz. Dies ist ein Mann, den man nicht unterschätzen sollte, dachte Tilda, während sie ihrerseits seine Musterung über sich ergehen ließ.

»Eine junge Lady im Regenwald, was für ein ungewöhnlicher, aber erfreulicher Anblick!« Er räusperte sich. »Daniel, Erfrischungen. Hopphopp!«

Der Sekretär zog sich mit einer knappen Verbeugung zurück.

»Mr und Mrs Morris also. Nehmen Sie doch Platz.« Er wies auf zwei Stühle. »Ehrlich gesagt habe ich nicht erwartet, dass Sie überhaupt auftauchen. Zumindest nicht mitsamt Ihrer Lieferung.«

»Sie haben von dem Überfall auf unser Flussschiff gehört?«, erkundigte Tilda sich.

Mr Parkland blickte sie kurz verständnislos an, dann hob er eine Braue. »Sagen Sie nicht, Sie wissen es nicht? Europa ist ein Tollhaus! Hitler hat Polen überfallen, und nun hat jeder jedem den Krieg erklärt.«

Tilda hörte die Worte, aber sie konnte, *wollte* sie nicht verstehen. »Krieg?«, flüsterte sie erstickt.

»Wasser und einen Schnaps für die junge Dame, sie wird kreidebleich!«, rief Parkland seinem Angestellten hinterher.

Bennet nahm ihre Hand. Plötzlich kam ihr das Büro heiß und kalt zugleich vor. Der Ventilator an der Decke schien stillzustehen, stattdessen drehte sich das Zimmer um sie herum.

»Wie schlimm ist es?«, fragte Bennet nun. Seine Ruhe war bewundernswert und brachte auch Tilda wieder zu sich.

»Wenn Sie mich fragen …«, Parkland seufzte und raufte sich das schüttere Haar, das schon fast nicht mehr als solches zu bezeichnen war. »Es wird schlimm, sehr schlimm. Wie letztes Mal. Aber was weiß ich schon. Ich habe zuletzt vor elf Jahren einen Fuß auf europäischen Boden gesetzt.«

»Verdammt.«

»Sie sagen es, Mr Morris.«

»Wird Ihr Frachter dennoch planmäßig auslaufen?«, fragte Bennet. Er wirkte ruhig, doch Tilda, die sich langsam wieder fing, merkte, wie sehr er mit sich kämpfte.

»Nennen Sie mich einen Hasardeur, aber ich halte eingegangene Abmachungen. Das Schiff legt übermorgen ab. Es sind viele Tiere für die Zoos in London und Amsterdam an Bord, Zwergnashörner, Orang-Utans. Ihre Pflanzen bekommen einen Winkel auf dem beheizten Frachtdeck.«

»Wir müssen nach Hause!«, sagte Tilda mit belegter

Stimme und sah dabei ihre Eltern vor sich. Ganz allein, ohne ihr einziges Kind. Sie kannte ihren Vater, er würde vor Sorge um sie kein Auge mehr zubekommen.

»Tilda, darüber reden wir später.«

»Für Sie beide wäre durchaus noch Platz auf dem Schiff. Aber wenn ich mir den Rat erlauben darf: Bleiben Sie besser hier und sitzen Sie es aus. Wenn es hart auf hart kommt, brauchen Sie kein Geld, um hier zu überleben. Ziehen Sie die Köpfe ein, und warten Sie, bis der Sturm vorüber ist.«

Wie um seine Worte zu unterstreichen, krachte ein Donner, so laut, als würde der Himmel zerreißen. Tilda zuckte zusammen.

Helle, lange Vorhänge bauschten sich vor den Fenstern, als die ersten Fallböen den Regen herabrauschen ließen. Die Himmelsschleusen öffneten sich, und für eine Weile war es so laut, dass sie ihre Unterhaltung nicht fortsetzen konnten.

Parkland sah sie mitfühlend an und nahm dann eine Zeitung aus der Schreibtischschublade.

Gierig lasen sie die einen Monat alten Nachrichten, und doch war es kaum zu fassen. So viele Fronten und bereits so viele Tote.

»England ist sicher, unsere Marine ist der deutschen haushoch überlegen.« Bennet versuchte spürbar, überzeugend zu klingen. »Dein Vater muss nicht mehr an die Front. Mach dir keine Sorgen.«

»Aber Sibylla …«

»Du kannst ihr nicht helfen, Tilda.«

Dann war ihr plötzlich klar geworden, dass auch Bennet an die Front gehen musste, sobald sie nach England kämen. Er war jung und kräftig, und die Schussverletzung beeinträchtigte ihn nicht mehr. Mit einem Blick in seine nachdenklichen Augen erlosch jeder Wunsch in Tilda, in zwei Tagen den Dampfer zu besteigen.

Als sie eine halbe Stunde später hinaustraten, in eine Welt, die wie reingewaschen duftete, stand ihr Beschluss fest. Sie würden auf Borneo bleiben. Nicht nur für ein weiteres halbes Jahr wie ursprünglich geplant, sondern bis dieser verdammte Krieg zu Ende war. So lange konnte das ja wohl nicht dauern!

»Ich schreibe meinen Eltern und Sibylla. Jetzt gleich, dann können die Briefe noch mitfahren!«

»Mach das«, sagte Bennet, und sie hörte die Erleichterung in seiner Stimme. »Dies ist also vorerst unser Zuhause. Wir sollten zur Bank gehen, ich muss sehen, wie viel Geld wir noch haben.«

»Notfalls gehst du fischen. Für den Rest reicht der Garten, wenn ich die richtigen Dinge anbaue. Und diese Leguane, die mir immer an das Obst gehen, schmecken mit den richtigen Gewürzen auch nicht übel.«

»Ach, Tilda.« Bennet gab ihr einen Kuss auf den Mund, und obwohl sie zitterte und nicht damit aufhören konnte, wusste sie, dass sie es schaffen würden. Gemeinsam.

8

Healey House, Dezember 1939

Noch immer schämte Sibylla sich ein wenig dafür, ihrem neuen Haus fluchtartig den Rücken gekehrt zu haben. Seit Oliver an der Front war, kam es ihr vor wie ein Käfig. Ihr gemeinsames Heim glich ohne ihn einer leeren Hülle. Vielleicht wäre es anders gewesen, wenn sie dort länger gemeinsam mit ihm und Philipp gelebt hätte. So erinnerte sie alles nur ständig daran, wie allein sie doch mit dem Kleinen war.

Zuerst versuchte sie, der Situation mit Ausflügen zu entfliehen, die häufig nach Waterperry führten. Als dann ihre Mutter anbot, sie könne doch in ihr Elternhaus zurückkehren, hatte sie keinen Moment gezögert. Das Auto voll beladen mit allem, was sie zum Leben und Arbeiten benötigte, war die Fahrt wie eine Befreiung gewesen.

Nun lebte sie schon einige Monate wieder daheim. Ihr altes Zimmer sah nun nicht mehr aus wie das eines Mädchens, sondern wie das einer Mutter. Eine hübsche Wiege für Philipp stand gleich neben dem Fenster. Oft saß sie in der tiefen Nische und hielt ihn auf dem Arm, um ihn zu stillen. Danach schlief er ein, und sie blickte hinaus auf den vertrauten Garten und ließ ihre Gedanken fliegen.

Manchmal flogen sie in die falsche Richtung. Dann erinnerte sie sich, wie sie früher auf das leise Knarren gelauscht hatte, das verriet, dass jemand die Tür des Nebengebäudes benutzte. Erinnerte sich, wie aufgeregt sie gewesen war, wenn sie einen heimlichen Blick auf Francis erhaschen konnte, der aus dem kleinen Cottage trat.

Seitdem sie Philipp hatte, war alles anders. Ihre Verliebtheit in den ehemaligen Head Gardener ihrer Eltern schien wie aus einer anderen Welt, einem anderen Leben zu stammen. Damals war sie eine andere Sibylla gewesen, und doch ertappte sie sich hin und wieder dabei zu überlegen, wie es ihm wohl nun erging.

Heute fiel Schnee, und er schien anschließend nicht zum üblichen Matsch zusammenschmelzen zu wollen. Nach und nach tupfte er die weiten, grünen Rasenflächen des Gartens mit seiner Farbe. Philipp schlief in seiner Wiege, und Sibylla saß an ihrem Lieblingsplatz mit zwei Briefen von den beiden Menschen, die ihr neben Eltern und Sohn am meisten bedeuteten.

Sie hatte immer ein wenig Angst, Olivers Schreiben zu öffnen. Dabei war jeder Brief ein gutes Zeichen, denn nur wer lebte, der schrieb seinen Liebsten. Trotzdem trug sie ihn schon seit Stunden ungelesen mit sich herum. Zuletzt hatte sie sich einen Tee gekocht und mit ein wenig Gebäck neben sich gestellt. Beides war mittlerweile verzehrt.

Draußen blieben die dicken, weißen Flocken nun an der Borke der alten Eichen kleben, die ihre kahlen, rauen Äste dem grauen Himmel entgegenreckten. Elstern gaukelten in den Zweigen.

Sibylla gab sich einen Ruck, riss sich von dem Anblick los und schlitzte vorsichtig den Brief auf. Zuerst steckte sie die Nase hinein. Es roch nach feucht gewordenem Papier. Wie gern hätte sie den Duft von Olivers Haut oder seinem Rasierwasser eingeatmet, auch mit ein wenig Zigarettengeruch hätte sie sich zufriedengegeben. Stattdessen erwartete sie Papiergeruch. Aber der Brief war von ihm. Oliver hatte ihn berührt, geschrieben, vielleicht einige Tage bei sich getragen. Sibylla drückte ihn kurz an ihre Brust, dann überwand sie sich und öffnete ihn.

Meine liebste Frau,
lange musste ich auf Post von Dir warten. Vor einer Woche trafen dann gleich neun Briefe auf einmal ein. Welch eine Freude! Seitdem trage ich sie immer bei mir, direkt am Herzen, und lese sie, sooft ich kann. Dann meine ich, Deine geliebte Stimme zu hören. Es tröstet mich, zu wissen, dass Du und mein kleiner Philipp wohlauf seid. Du hast gut daran getan, zu Deinen Eltern zu ziehen. Dich allein in der Stadt zu wissen … Wer weiß, wie lange Oxford noch sicher ist.
Von mir gibt es nichts Neues zu berichten. Wir haben uns hier, so gut es geht, eingerichtet. Das Deutsche Reich wirft seine Truppen nach Osten. Die Westfront ist statisch. Wir sitzen und warten. Die Franzosen nennen es schon drôle de guerre, den »komischen Krieg«, weil unsere Situation so seltsam ist. Noch habe ich meine Waffe nicht auf einen Feind richten müssen, aber auch das Warten frisst zunehmend an den Nerven.
Wie Du sicherlich schon befürchtet hast, werden wir dieses Jahr Weihnachten nicht gemeinsam verbringen. Ich werde es mir mit meinen Kameraden so gut wie möglich einrichten und an Euch denken. Vielen Dank für den herrlichen Pudding, den Du mir geschickt hast. Die Woche in der Post hat ihm nicht geschadet. Der Teig war saftig, ach, und er schmeckte so köstlich nach Heimat. Verzage also nicht, meine Liebste, und ich werde es auch nicht. Gott schütze Euch und unsere stolze Nation.

Sibylla wischte sich eine Träne von der Wange und küsste den Brief. »Wie froh ich bin, dass du dich in einem *komischen Krieg* langweilst«, sagte sie lächelnd und atmete erleichtert auf.

Dann folgte Tildas Brief. Er war erst vor einer Stunde mit der neuen Ladung Kisten gekommen, die bereits im Gewächshaus standen.

Sie würden sie öffnen, sobald ihr Vater aus der Fabrik kam. Seit Kriegsbeginn blieb er länger und länger. Die Tuchfabrik hatte die Produktion fast komplett umgestellt und baute weitere Kapazitäten auf. Anstelle von Stoffen für Gardinen und Bettlaken produzierten sie nun schweren Uniformstoff, der dringend für den Winter an der Front gebraucht würde. Der stete Strom an jungen Männern musste ausgerüstet und eingekleidet werden.

Sibyllas Vater war still geworden, seitdem sein Lebenswerk durch äußere Kräfte geändert und verformt wurde. Verbissen schluckte er seinen Stolz herunter und versuchte, die Vorgaben des Ministeriums zu erfüllen.

Die Verträge mit der Regierung waren knapp bemessen. Ihre Gewinnspanne war stark gesunken, und der Patriotismus verbot es, mehr zu verlangen. Die Nation benötigte die Anstrengung von jedem Einzelnen, um diesen Krieg zu gewinnen, auch die des Fabrikanten Healey.

Tildas Kiste würde den Vater aufmuntern. Aber nun erst einmal der Brief.

Verehrte Freundin,
auch uns hat die Nachricht vom Kriegsausbruch ereilt, wenngleich mit einigen Wochen Verspätung. Ich sorge mich um Dich, liebe Sibylla, und um meine Eltern. Hier in unserem tropischen Paradies ist der Krieg weit weg, doch der Schrecken reicht bis hierher. Wir haben beschlossen, auf Borneo zu bleiben.
Ich schreibe dies mit Tränen in den Augen und bin dennoch fest entschlossen. Für lange, lange Zeit werden wir also Brieffreundinnen bleiben. Bitte sei so lieb und sieh nach meinen Eltern und Grandma Maryann.
Die Fotografie von Deinem kleinen Philipp ist allerliebst. Ich wage gar nicht, mir vorzustellen, wie das sein mag, einen eigenen kleinen Menschen zur Welt zu bringen. Er muss wie eine Insel des Glücks sein. In nicht allzu ferner Zukunft werden hoffentlich auch Bennet und ich Eltern, aber noch scheint mir nicht die rechte Zeit gekommen zu sein.
Verfahrt mit den Pflanzen aus der Lieferung, wie Euch beliebt. Den Markt dafür hat bestimmt der Krieg vernichtet. Behaltet, was Euch gefällt. Falls sich Käufer finden …

Sibylla überflog die nächsten Zeilen. Sie kannte das Prozedere. Sie überwiesen Bennet einen Teil und zahlten den Rest auf ein Konto ein. Dieses Mal fehlten dem Brief die detailreichen Beschreibungen von Natur und Umwelt, die Tildas Post sonst so lebendig machten. Einmal hatte sie sogar die abgeworfene Haut einer giftigen Schlange und die rötlichen Haare eines Waldaffen mitgeschickt.

Aber nicht dieses Mal. Tilda fürchtete sich genauso sehr vor dem Krieg wie sie selbst.

Sibylla nahm sich fest vor, schon am nächsten Tag zur

Gärtnerei der Allers zu fahren, um der Freundin berichten zu können, wie es um ihre Familie stand.

»Ach, Tilda«, murmelte sie. »Ich werde dich so vermissen, aber bleib bloß dort in deinem Urwaldparadies.«

In diesem Moment begann Philipp zu quengeln. Die Zeit für seinen Mittagsschlaf war verstrichen. Sie nahm ihn aus dem Bettchen und roch sofort, dass es mit Stillen nicht getan war.

Als sie schließlich mit dem Kleinen auf dem Arm die Stufen hinabstieg, um sich zu ihrer Mutter in den Salon zu gesellen, duftete es bereits nach Kaffee. Auf dem Couchtisch stapelten sich Kisten mit Weihnachtsschmuck, überall glitzerten und funkelten Kugeln, Schleifenbänder und Lametta. Sibylla wurde ganz warm ums Herz. Draußen der Schnee, wenngleich mittlerweile mit Regen gemischt, und hier drinnen warme Lichter und der Duft von Zimtgebäck. In dem warmen Licht glänzten die viktorianischen Möbel aus edlem Kirschbaumholz wie rotgoldenes Kupfer. Sibylla hatte ihre gewundenen Formen schon immer gemocht. Von ihren Großeltern angeschafft, gehörten sie ebenso unwiderruflich zu diesem Anwesen wie die prachtvollen Orientteppiche, Vaters schwere, fast deckenhohe Bücherregale und die Gemälde von Landschaften und seltenen Pflanzen an den Wänden.

An anderen Tagen ließ Sibyllas Mutter oft die schweren, dunkelgrünen Vorhänge schließen, um das schlechte Wetter auszusperren, doch nicht heute. Heute leuchtete der Garten im Zauber frisch gefallenen Schnees und machte die gute Stube umso heimeliger. Im Kamin knackte und knisterte ein Feuer hinter einem Messingschirm, der sowohl den kleinen Philipp als auch die Teppiche vor Funkenflug schützte.

»Ich dachte, wir zwei Frauen und der kleine Mann könnten dieses Jahr gemeinsam für Weihnachtsstimmung sorgen«, verkündete ihre Mutter, kam auf sie zu und nahm sie in den Arm. Sibylla fühlte sich so geborgen wie lange nicht mehr.

»Das ist schön, ich helfe dir gerne.«

»Dann leg den Kleinen doch auf den Boden, auf die Decke mit der Rassel dort. Deinen alten Stoffhund habe ich auch gefunden, als wir den Weihnachtsschmuck heraufgeholt haben.«

Sie setzten sich auf die Couch, tranken Kaffee und wählten gemeinsam die Dekoration aus. Sibylla erzählte von Olivers Brief und blickte dabei hin und wieder zu ihrem Söhnchen. Philipp hielt den Stoffhund mit beiden Händen fest, rollte sich hin und her und gluckste vor Vergnügen.

»Ich bin so dankbar, dass ihr mich aufgenommen habt.«

»Ach, Darling, das ist doch selbstverständlich!«

Sibyllas Kehle wurde eng, doch sie vertrieb die Traurigkeit energisch mit einem Lächeln. »Und nun lass uns ein hübsches Gesteck für den Flur herrichten, damit Pa bei seiner Heimkehr etwas zu sehen hat. Hoffen wir, dass der Krieg sich nicht bis hierherwagt.«

9

Borneo, Mai 1940

Es war ein eintöniges, schlichtes und zugleich sehr erfüllendes Leben, das sie in ihrem kleinen Häuschen führten. Tilda kam es vor, als sei sie in einem goldenen Käfig gefangen, der von Horizont bis Horizont reichte und dessen Stäbe sie an den meisten Tagen nicht bemerkte.

Sie hatten sich gut eingerichtet. Die Zierpflanzen nahmen noch immer ein Drittel des Gartens ein, aber auf der restlichen Fläche wuchsen Obst- und Gemüsesorten, von denen kaum eine in England gedieh, nicht einmal in Gewächshäusern. Seit Neustem hielten sie wie die Einheimischen eine Gruppe Hühner unter dem Haus, was ihnen Eier und einen gelegentlichen Sonntagsbraten bescherte.

Bennet hatte seine alten, abgetragenen Schuhe bei einem Nachbarn gegen handgeflochtene Reusen eingetauscht. Fast jeden Abend legte er sie nun im Fluss oder einem der Nebenarme aus. Am Morgen fand sich fast immer etwas Essbares darin. Fische, Krebse und vor einigen Tagen sogar eine ertrunkene Schlange. Bennet hatte sie nur mitgebracht, um sie Tilda zu zeigen und das Reptil in Ruhe zu studieren.

Schlussendlich hatte Tilda mithilfe einer Nachbarin das Tier erst gegart und dann mit einer kräftigen Soße aus Kokosnuss, Chilischoten und Gemüse serviert.

Fortan stand auch Schlange auf dem Speiseplan. Die

nächste, die sie in ihrem Garten überraschte, würde sicher nicht wie früher nur mit Stockwürfen verscheucht.

Der Garten brauchte nicht viel Arbeit, und so schrieben sie an den Nachmittagen Artikel für Fachzeitschriften, die erst nach dem Krieg oder vielleicht auch niemals publiziert werden würden.

Tilda war mehrfach allein nach Jesselton gereist, um das wenige einzukaufen, das sie nicht selbst herstellen oder eintauschen konnten. Seitdem immer mehr englische Soldaten auf Borneo stationiert wurden, hatten sie beschlossen, vorsichtig zu sein. Der Norden Borneos, wo sie sich aufhielten, war britisches Hoheitsgebiet, und die allgemeine Wehrpflicht galt rein theoretisch auch hier. Aber solange Bennet niemandem auffiel, war er sicher.

Gestern war sie wieder mit dem Raddampfer dort gewesen, um die Post zu holen, die für sie gesammelt wurde, auf der Bank nachzusehen, wie viel Geld ihnen noch blieb, und einzukaufen.

Der dicke Stapel Papier und die Farbbänder für die Schreibmaschine würden nun wieder eine Weile ausreichen. Sie hatten ihren Vorrat an Medikamenten für Notfälle aufgestockt, und Munition für Bennets Gewehr war auch in ausreichender Menge vorhanden. Tilda wollte schießen lernen. Die Idee war ihr vor einigen Wochen gekommen und ging ihr nicht mehr aus dem Kopf.

Sie wollte sich wehren können, wenn Bennet sie einmal nicht verteidigen konnte. Vermutlich war das unnötig, doch der Krieg machte auch hier in der Ferne vor ihren Köpfen und Herzen nicht halt.

Überraschenderweise hatten sie mehr als genug Geld. Sibyllas Eltern und ihre reichen Freunde schienen noch immer Pflanzen zu sammeln, anders konnte sie es sich nicht erklären. Die Überweisung war vor einem erklärenden Brief eingetroffen, den sie bereits sehnlichst erwartete. Denn Sibylla hielt sie nicht nur auf dem Laufenden, wie es um sie und ihre kleine Familie stand, sondern sah auch hin und wieder bei Tildas Eltern vorbei. Von ihrer Freundin konnte sie sich einen ehrlicheren Bericht erwarten als von ihrer Mutter.

»Bist du so weit?«, rief Bennet. Er hatte einen Seesack geschultert und trug in der rechten Hand eine abgewetzte, aber frisch geölte Ledertasche.

»Ja, alles ist bereit«, erwiderte Tilda. Sofort machte gute Laune der nachdenklichen Stimmung Platz. Zu ihren Füßen standen zwei Flechtkörbe. Sie waren bis oben hin mit haltbaren Knollen, Reis und einigen Konserven beladen. Obenauf war Obst und Gemüse, das sie in den nächsten Tagen zuerst würden aufbrauchen müssen. In zwei weiteren Körben harrte eine bedauerliche Schar von Hühnern und Enten aus.

Bennet winkte zwei jungen Männern, damit sie ihnen mit dem Gepäck halfen. Am Flussufer hatte bereits ein kleines Boot angelegt, das sie an ihr Ziel bringen würde.

Eine Expedition wird uns guttun, hatte Bennet vor einigen Tagen wie aus dem Nichts verkündet und war seitdem nicht mehr davon abzubringen gewesen.

Nun würden sie sich also tief in das Stammesgebiet der Iban vorwagen. Die Eingeborenen waren als Piraten und Kopfjäger bekannt und hatten den ersten Kolonialisten Albträume beschert. Angeblich war das alles nun vorbei, doch Tilda war noch nicht ganz überzeugt. Schließlich hatten sie bereits eine Begegnung mit Flusspiraten hinter sich, die beinahe tödlich verlaufen war.

Waren die Männer, die Bennet angeschossen hatten, nicht vielleicht auch Iban gewesen?

Tilda folgte Bennet über einen schmalen Pfad bis ans

Ufer. Der Führer, den er dieses Mal ausgesucht hatte, war angeblich mit den Bewohnern ihres Expeditionsziels verwandt, und sie hatten daher nichts zu befürchten.

Nun sah Tilda den Mann zum ersten Mal. Er war vielleicht vierzig Jahre alt, kleiner als sie, zierlich und doch sehnig gebaut. Neben einem Lendenschurz trug er ein gewöhnliches, einst weißes Unterhemd, das schon bessere Tage gesehen hatte. Auf seinen Schultern prangten kreisrunde Tätowierungen, und die Ohren waren nicht nur durchstochen, sondern die Löcher auch stark geweitet.

Seine dunklen Augen wirkten schlau und listig wie die einer Manguste. Er trug eine gefährlich aussehende Machete im Gürtel und in der Linken ein Gewehr.

Als Bennet ihm die Hand hinstreckte, grinste er breit und schlug ein.

»Das ist Nok, das dort sein Bruder Ajuk.« Der jüngere Mann sprang von Bord und machte einen ulkig aussehenden Bückling. Ajuk war ein wenig größer und sein Haar wie mit einem Topfdeckel frisiert. Er trug ein Stirnband aus geflochtenen Pflanzenfasern und mehrere Ketten aus Korallen und Knochen. Auch in seinem Gürtel fehlte die Machete nicht. Gleich daneben hingen ein Beutelchen und eine hübsch verzierte Pfeife.

Ihr Boot war ein geschnitztes Kunstwerk mit bunt bemaltem Bug. Es verfügte über ein Segel aus geflicktem Tuch und einen kleinen Dieselmotor zweifelhafter Güte.

Tilda sprang an Bord. Besser, sie brachte es hinter sich, bevor sie noch ganz der Mut verließ.

Als sie auf das Meer hinaustrieben, saß Tilda auf einer Gepäcktasche und versuchte, die Vorstellung abzuschütteln, wie Nok und Ajuk ihnen die Köpfe abschlugen und sie dann triumphierend mit in ihr Dorf brachten. Dort würde man sie räuchern und in eines dieser hübschen Versammlungshäuser bringen. Keine Wehrpflicht der Welt würde Bennet dann noch in den Krieg schicken können. Doch das war ein zweifelhafter Trost.

In der Luft nahm der würzige Geruch von Salzwasser zu. Tilda stand auf und setzte sich im Bug des Schiffs auf die wettergegerbte Bordwand. Es war lange her, dass sie zuletzt die Flusssysteme verlassen hatten und auf das offene Meer gefahren waren.

Über dem Land hing Dunst, Wolken stauten sich an den bewaldeten Berghängen. Ein vertrauter Anblick. Sie drehte sich wieder nach vorn. Wie auf einer Straße glitten sie über trübes, goldbraunes Flusswasser in die türkisblaue Weite des Ozeans hinaus. Hier war auch die Luft glasklar. Sie roch frisch und rein, unberührt von den würzigen Ausdünstungen des Urwalds. An der Küstenlinie wuchsen Mangroven, Bäume, deren rötliche Wurzeln sie wie auf dünnen Stelzen aus dem Wasser hoben. Gerade setzte die Ebbe ein, und die schwindenden Fluten legten Schlammflächen frei, auf denen das Leben nur so wimmelte.

Auch wenn Tilda sie nicht erkennen konnte, wusste sie doch, dass es sich um kleine Krabben handelte, außerdem Fische, die sich auf ihren Brustflossen hopsend über Land bewegten, stets beobachtet von hungrigen Reihern und Schreitvögeln.

»Schau, die Korallen«, machte Bennet sie auf die fremde Welt aufmerksam, die gleich unter ihnen vorbeizog. Vielfarbige Terrassen und Etagen breiteten sich am Meeresgrund aus, und auch hier huschte überall buntes Leben umher.

Nok und Ajuk navigierten sie sicher durch die Untiefen der Riffe und zwischen bewaldeten Inseln hindurch, auf denen große Vogelkolonien brüteten. Keiner von beiden machte den Anschein, im nächsten Moment nach einer Machete zu greifen und ihre Passagiere massakrieren zu wollen. Tilda entspannte sich langsam und überließ sich den neuen Eindrücken.

Hinter den Inseln wurde das Meer merklich rauer.

Einzelne Schaluppen kreuzten nahe der Küste. Weit draußen war ein Schwarm von Öltankern zu sehen. Die stählernen Kolosse fuhren Kolonne. Das war ungewöhnlich.

Tilda wandte sich zu Bennet um, der unter seinem Hut die Augen zusammenkniff. »Als würden sie einen Überfall erwarten«, murmelte er.

»Aber wer sollte sich für Borneo interessieren?«

»Japan?«, erwiderte er nachdenklich. »Die britischen Truppen hier sind ja bereits aufgestockt worden. Angeblich sind Borneos Ölfelder kriegsentscheidend. Außerdem haben die Amerikaner ein Öl- und Wirtschaftsembargo verhängt.«

Tilda lief es eisig den Rücken hinunter. Sie griff nach seiner Hand. Bennet drückte sie und strich mit dem Daumen über ihre Knöchel.

»Ich dachte, wir wären hier sicher«, sagte Tilda leise.

»Ich hoffe es. Aber vielleicht haben wir uns auch getäuscht. Vielleicht ist es nirgendwo mehr sicher.«

10

Englischer Kanal, Mai 1940

Der Abend dämmerte über dem Meer. Am Horizont glaubte Francis, die französische Küste zu erahnen. Er saß mit einigen Kameraden an Deck des Zerstörers. Manche schrieben ihren Liebsten, die meisten spielten Karten oder sahen zumindest dabei zu.

Francis hatte in sein Notizbuch geschrieben und so lange an Entwürfen für einen italienisch anmutenden Kräutergarten gefeilt, bis es zu dunkel geworden war, um den Stift sicher zu führen. Er hatte das Buch zugeklappt und sich mit dem Rücken an das noch warme Metall des Schiffskörpers gelehnt.

Das Meer sah so ruhig aus. Hier und da flammten Positionslichter anderer Schiffe ihrer Flotte auf, während die Dunkelheit zunahm und erste Sterne entblößte. Die Nacht kam und mit ihr eine gefährliche Zeit, gefährlicher noch als sonst. Francis fühlte sich nicht wohl in seiner Haut, aber wer tat das dieser Tage schon?

Sie alle hatten Angst, auch wenn es keiner von ihnen gerne zugab. Die deutschen U-Boote waren wie unheimliche Geister. Einfache Soldaten wie seine Kameraden und er merkten nicht, wenn sie sich näherten. Vielleicht wurden sie von der Brücke aus bemerkt, dann wurde Alarm ausgelöst und man besetzte die Gefechtsstationen.

Aber sehen konnten sie den Feind dann noch immer nicht.

Francis war erst seit drei Wochen auf See. Wie passend, dass man ihn, der sich besonders für wasserreiche Gartenarchitektur interessierte, in die Marine gesteckt hatte, dachte er manchmal.

Er hatte die Einberufung nicht abgewartet. Sie hätten ihn ohnehin gezogen, jung und gesund, wie er war. Nach Nächten ohne Schlaf hatte er sich einen Ruck gegeben und sich freiwillig gemeldet. Je eher dieser Krieg vorüber war, desto schneller konnten sie alle zu einem normalen Leben zurückkehren. Wenn denn genug übrig war, für das es sich zu leben lohnte. Diese verdammten Deutschen fielen wie Heuschrecken in den Nachbarländern ein und schienen kein Ende zu kennen.

Er blätterte durch sein Notizbuch, in dem kaum noch etwas zu erkennen war, und nahm nur am Rande wahr, dass sich jemand näherte. Als er aufsah, blickte er in ein vertrautes Gesicht. Es war sein Jugendfreund Steven. Sie hatten sich gemeinsam gemeldet und waren wie durch glückliche Fügung nach einer getrennten Grundausbildung beide auf diesem Schiff gelandet.

»Fertig gespielt?«, fragte Francis und blickte dabei auf das abgegriffene Kartendeck in der Hand seines Freundes. Der ließ die Pappschachtel in seiner Hosentasche verschwinden und nickte. »Sonst rauben die mir noch mein letztes Hemd. Und du? Schreibst du deinem Liebchen?«

»Ich habe kein Liebchen, das weißt du genau.«

Steven gab ein protestierendes Grunzen von sich, lehnte sich an die Wand und ließ sich daran herunterrutschen, bis er neben Francis saß. Er war ein kräftiger Kerl. Den überflüssigen Speck hatte er in der Grundausbildung verloren, nun wirkte er noch ein wenig Furcht einflößender als früher. Schon in Kindertagen war Steven Francis' Lebensversicherung gewesen. Auch wenn er vielleicht etwas zu viel trank und ein loses Mundwerk hatte, war er dennoch herzensgut. Vielleicht war das der Grund, warum er trotz seiner Pausbacken und dem etwas zu weichen Gesicht immer eine Freundin hatte. Frauen blickten tiefer als Männer, die nur den Stiernacken und das laute Gehabe wahrnahmen.

»Und wem schreibst du dann die ganze Zeit, Franny?« Er boxte ihn freundschaftlich gegen den Oberschenkel.

»Nenn mich nicht so.«

»Doch, das muss ich, wenn mein Kamerad so ein schlimmer Langweiler ist. Nun heraus mit der Sprache.«

»Ich entwerfe Gärten.«

»Immer noch? Hier? Wer will denn Gärten, wenn unsere Städte in Schutt und Asche liegen? Häuser, Straßen, Infrastruktur, das ist es, was wir brauchen werden, wenn diese Scheiße zu Ende ist. Vorausgesetzt, wir leben noch. Du kannst dir gleich einen neuen Job suchen, mein Freund, für deine Blumen wird keiner mehr Zeit haben.«

Wie auf ein geheimes Zeichen hin blickten sie beide in den schwarzen, größtenteils wolkenverhangenen Himmel. Die Deutschen hatten besonders in den vergangenen Nächten vermehrt Angriffe geflogen. London hatte schwere Treffer erlitten, Tausende, vielleicht Zehntausende waren tot oder ohne Dach über dem Kopf.

Francis zog die Schultern hoch. »Das glaube ich nicht, ich will es nicht glauben. Der Mensch braucht doch auch Schönes. Theater, Musik, Gärten.«

»Einen vollen Bauch.«

»Den kann auch ein Garten vollmachen. Und außerdem – würdest du nicht trotzdem tanzen gehen, wenn sich die Gelegenheit bietet, Bauch voll oder nicht?«

Steven seufzte. »Kann sein. Ja, schon. Womit sich der

Kreis schließt. Ich glaube nicht, dass du kein Mädchen hast, Francis. Die Prinzessin, was ist mit der?«

»Was für eine Prinzessin?«, fragte er und merkte doch am sich sofort einstellenden Kummer, dass sein Freund den Finger zielgenau in die Wunde gelegt hatte. So flapsig ihr Umgang miteinander auch war, kannten sie sich doch sehr gut. Zu gut vielleicht.

»Na, die Kleine, mit der du immer getanzt hast, als sei der Teufel in euch gefahren.«

»Das ist Jahre her.«

»Mag sein, aber ich habe doch gemerkt, wie sie dich angeschaut hat und du sie.« Wieder knuffte er ihm gegen den Oberschenkel. »Hast du ein Foto? Los, zeig her, komm schon.«

Francis wollte über alles in der Welt lieber reden als über Sibylla und den Schmerz, den allein die Nennung ihres Namens mit sich brachte. Aber wenn die ewigen Sticheleien endlich aufhören sollten, blieb ihm keine Wahl.

»Es ist aus und vorbei, Steven. Versteh das doch. Ihr Vater hat mich rausgeschmissen. Wegen ihr. Sibylla ist längst verheiratet und Mutter. Also lass mich gefälligst in Ruhe damit.«

Steven klopfte ihm mit seiner Pranke auf die Schulter. »Tut mir leid, Kumpel. Warst also nicht gut genug für die feine Lady.«

»Nein, das dachten zumindest ihre Eltern. Von ihr hatte ich mehr erwartet. Aber sie hat sich schnell getröstet.«

»Und du hängst ihr noch immer nach, du dummer, treuer Hund.«

»Ist wohl so«, erwiderte Francis murrend und zog die Schultern hoch.

»Weißt du, was? Wenn wir das nächste Mal an Land gehen, suchst du dir ein Mädchen und hast ein bisschen

Spaß. Und wenn ich dafür meinen ganzen Sold ausgeben muss.«

»Steven, ich würde nie mit einer …!«

»Und genau das ist dein Fehler, du Idiot.« Steven hielt ihm die Hand hin, damit er einschlug. Wie sollte er ihm klarmachen, dass er noch mit überhaupt keiner Frau geschlafen hatte, geschweige denn mit einer Prostituierten? Wenn er es sagte, wäre ihm noch mehr Spott gewiss. Mit einem Knoten im Magen schlug Francis ein, damit Steven endlich Ruhe gab.

In diesem Moment brüllten die Motoren auf, und der Zerstörer nahm plötzlich Kurs auf das kontinentale Festland.

Die Männer packten hastig ihr Zeug ein. Es wurde laut, jeder fragte sich, was nun kommen würde. Griffen sie an? Wurden sie angegriffen? War es eine Übung?

»Auf die Gefechtsstationen!«, schallte es über Deck, und dann rannten sie nur noch. Steven hatte ihn mit der einschlagenden Hand direkt auf die Beine gezogen. Sie hetzten an Kameraden vorbei, setzten im Laufen die Mützen auf.

Als sie ihr Flakgeschütz erreichten, atmeten sie beide schwer. »Siehst du was?«, schrie Steven gegen das Dröhnen der Motoren an. Die drei Schlote stießen pechschwarzen Rauch in den Nachthimmel und verdunkelten die Sterne. Kein Mond weit und breit. Dafür wurde das Ufer, auf das sie nun zuliefen, von Feuergefechten hell erleuchtet. Francis meinte, Explosionen zu hören, dabei waren sie dafür noch viel zu weit weg.

Bei jedem Lichtblitz verstärkte sich der dumpfe Druck in seinem Bauch.

Bei Morgendämmerung wusste auch der letzte Mann, dass sie auf das französische Dünkirchen zuhielten. Es war der letzte Brückenkopf, über den die Alliierten noch Zugang zu den in Frankreich und Belgien stationierten Truppen hatten, ein letzter Hafen, um die eingekesselten Soldaten zu evakuieren. Angeblich waren es Hunderttausende Berufssoldaten, die nun von allen Seiten durch die Deutschen attackiert wurden. Die Lichtblitze waren Zeugnisse der Rückzugsgefechte.

Auch das Ausmaß der Mission wurde am frühen Morgen deutlich. Neben weiteren Zerstörern und anderen militärischen Schiffen waren Fähren, Passagierschiffe und sogar Fischtrawler beteiligt. Selbst kleine Segler hatten sich vereinzelt angeschlossen.

»Das ist unglaublich«, murmelte Steven, der Kaffee schlürfte und an einem Zwieback kaute. Wenn er nervös war, stopfte er so viel in sich hinein wie möglich, das war schon früher so gewesen. Francis hingegen hätte den Kaffee beinahe wieder ausgespuckt, weil sein Magen sich zu einem kleinen, steinharten Klumpen zusammengezogen hatte.

»Das kann nicht gut gehen. Die lassen uns doch niemals durch.«

»Dann brechen wir eben durch. Hunderttausende Kameraden, Francis, Hunderttausende! Es muss gelingen, und wenn wir dabei draufgehen!«

Dünkirchen war in Rauch gehüllt. Es gab eine Art Korridor, in dem sich die Transportschiffe hintereinanderreihten. Einzelne legten bereits wieder ab. Die Decks wimmelten vor Menschen, waren bis zum letzten Platz belegt.

Ein leises Summen, kaum hörbar, wie die Erinnerung an eine vorbeifliegende Hummel.

Francis stellten sich die Nackenhaare auf.

Er kannte dieses Geräusch.

Alarm schrillte, er zuckte zusammen, und dann waren

sie plötzlich da. Deutsche Flieger. Sie stürzten in Formation aus den Wolken, verteilten sich und spien Garben von Lichtblitzen aus. Ein kleines Fischerboot ging sofort in Flammen auf.

Von jenem Moment an waren Francis´ Gedanken wie ausgeschaltet. Er funktionierte nur noch. Schoss, während Steven lud. Männer neben ihnen taten das Gleiche. Maschinengewehrfeuer mähte über das Deck, zerfetzte alles, was nicht aus Stahl war: Leinen, Seile, Beiboote, Menschenkörper.

Der Lärm war ohrenbetäubend. Verwundete schrien, dazu ratterndes Schnellfeuer, Explosionen und das Dröhnen von Flugzeugmotoren.

Mehrere Boote brannten bereits, einige davon mit Hunderten von Menschen auf der Rückfahrt. Kleine, dunkle Schemen sprangen von Bord, manche brannten. Bald wimmelte das Wasser vor Ertrinkenden und Trümmern.

»Schneller, Mann, schneller, die knallen uns alle ab!«, brüllte Steven. Schweiß klebte ihm das Haar an die Stirn und lief seine Wangen hinab, vielleicht waren es auch Tränen. Der Rauch war beißend.

Wieder jagten drei deutsche Flugzeuge heran. Nah beieinander, was sie zu leichteren Zielen machte, doch sie waren noch immer schnell wie Falken und fast genauso wendig.

Francis drückte den Abzug, und die Leuchtspurmunition zog Linien durch die Luft, schwenkte auf das herannahende Trio ein.

»Scheiße!«, brüllte Steven, als die Deutschen das Feuer erwiderten und Kugeln auf sie niederhagelten.

»Treffer!« Heiß flutete Triumph gepaart mit einer gehörigen Portion Rachsucht durch Francis´ Brust, als das linke Jagdflugzeug Feuer fing. Die Tragfläche knickte ab, dann waren sie vorbei. Er blickte ihnen nach, sah zu, wie das Flugzeug auf dem bleigrauen Meer aufschlug. Der Pilot hatte es nicht mehr hinausgeschafft.

»Hast du ihn erwischt, Francis?«

»Siehst du doch.«

»Ich kann mich nicht so gut umdrehen.« Stevens Stimme klang abgehackt. »Ich glaube, ich brauche einen Arzt.«

»Was?«

Sein Freund aus Kindertagen war aschfahl. Er presste beide Hände auf seinen Oberschenkel, doch das Blut sprudelte trotzdem in regelmäßigen Stößen zwischen seinen Fingern hervor. Francis öffnete seine Koppel und riss den Gürtel aus der Hose, dann schlang er ihn um Stevens Bein und zerrte ihn mit aller Kraft zu.

»Scher dich nicht um mich, hol diese verdammten Schweine vom Himmel!« Steven stieß ihn mit der Faust vor die Schulter, und Francis stolperte mit weichen Knien zurück an sein Geschütz.

Dünkirchen, Frankreich – zur selben Zeit

Oliver Sable rannte, und er hatte das Gefühl, schon seit Stunden nichts anderes zu tun. Mit der rechten Hand hielt er sein Gewehr, mit der linken stützte er einen Kameraden, dessen Namen er nicht kannte. Der junge Mann mit dem schottischen Dialekt und dem roten Haar hatte Granatsplitter im Unterschenkel. Sein Hosenbein war nass vor Blut, doch es war keine Zeit, es neu zu verbinden.

Wer verharrte, starb. Ihre Realität hatte sich auf diese einzige kleine Tatsache reduziert, und so schleppten sie sich weiter, mal über Wege, mal querfeldein, wenn Trümmer, ausgebrannte Fahrzeuge oder Bombenkrater ein Durchkommen unmöglich machten. Der Untergrund war Schlamm oder Sand, nie fest, nie so, dass sie leicht vorankamen. Vor ihnen fuhren Transporter, bis in den letzten Winkel beladen mit Verwundeten.

Das Gewehr schlackerte um seine Hüfte, der Schotte fluchte, als er stolperte, und verstärkte den Griff an seiner Schulter. »Nur … Nur ein Stück … Bald geschafft«, keuchte Oliver und wusste doch genau, dass die deutschen Stukas, Sturzkampfbomber, Dünkirchen bereits sturmreif geschossen hatten. Vielleicht war der Hafen ebenfalls zerstört. Trotzdem klammerte er sich an die Hoffnung, denn andernfalls wäre er hier und jetzt einfach zusammengebrochen.

Olivers Beine brannten, in seinen Seiten stach es wie tausend Messer, sein Kopf fühlte sich hingegen taub an.

Er hatte zu viel gesehen, zu viele Tote, zu viele Verstümmelte. Junge Männer waren auf dem Feld zurückgeblieben, halbe Kinder, die noch viel weniger Jahre gelebt hatten als er.

Oliver und seine Kameraden waren in einem Akt der Verzweiflung Rommels Panzern entgegengetreten. Weil Dünkirchen nicht fallen konnte, nicht fallen durfte! Immer wieder waren einzelne Panzer durch ihre Linien gebrochen. Zum Glück war die deutsche Infanterie zu langsam gewesen, um diese Stellen zu verteidigen und auszubauen.

Eine gute Macht musste mit den Alliierten gewesen sein, denn es gelang wieder und wieder, diese Speerspitzen zurückzuschlagen, ja, sogar Panzer zu zerstören, obwohl ihnen die nötige Ausstattung mit panzerbrechender Munition fehlte.

Der schiere Wille, alles zu geben, um der Operation *Dynamo* zum Erfolg zu verhelfen, hatte sie angetrieben.

Jede Stunde, die sie länger durchhielten, rettete das Leben Zehntausender Kameraden. Fast die gesamte britische

Berufsarmee war auf dem Festland stationiert gewesen und musste nun über einen einzigen Hafen evakuiert werden. Diese Männer durften nicht verloren gehen, durften sich nicht den Deutschen ergeben. Sie waren das Rückgrat und der Schild von Englands Verteidigung. Gingen sie unter, so war der Krieg verloren und die Lieben in der Heimat in größter Gefahr.

Oliver sah Sibylla und den kleinen Sohn vor seinem inneren Auge und spürte eine Kraftreserve aufwallen, von deren Existenz er bislang nichts geahnt hatte.

»Komm, Junge, komm, es ist nicht mehr weit!«, rief er dem Schotten zu, der sich immer schwerer auf ihn stützte.

Dann näherte sich plötzlich ein unheilvolles Dröhnen, und die grauen Wolken spien einen Schwarm feindlicher Jagdflugzeuge aus, die genau auf den großen Tross von Männern und Fahrzeugen einschwenkten. Junkers Ju 87, die gefürchteten deutschen Bomber. Als die ersten in den Sturzflug gingen, der große Präzision beim Abwurf ermöglichte, erklang auch wieder das Kreischen der Jericho-Trompeten. Perfider Terror, der durch Fahrtwindsirenen an den Flugzeugen ausgelöst wurde und deren Klang jeden Soldaten bis in seine Albträume verfolgte.

»Gott steh uns bei«, schrie der Schotte mit aufgerissenen Augen und brach in die Knie.

11

Oxford, zwei Wochen später

Schon am Vortag war Sibylla mit dem kleinen Philipp heimgefahren, hatte die Tücher von den Möbeln genommen, eingekauft und alles für Olivers Ankunft vorbereitet. Die Lebensmittel waren schon seit einer Weile rationiert. Umso glücklicher war sie um die Erträge aus dem elterlichen Garten, die einen Teil ihres grünen Paradieses nun dem Anbau von Obst und Gemüse widmeten und auf Sibyllas Anraten hin inzwischen auch Hühner, Enten und Kaninchen hielten. Noch etwas, was sie in Waterperry gelernt hatte.

Und so würde Oliver nun ein Festessen nach dem anderen erwarten. Sein Fronturlaub war nicht lang. Nur zehn Tage gönnte man ihnen, um all das nachzuholen, was sie in den vergangenen Monaten verpasst hatten.

Acht Monate war es bereits her, dass er eingezogen worden war, und nur ein einziges Mal war er bislang daheim gewesen, kurz nach Weihnachten. Oliver wirkte müde und ein wenig dünner als früher, aber sonst schien es ihm gut zu gehen. Er war kaum in Kampfhandlungen verwickelt gewesen.

Das war nun anders, wie seine Briefe verrieten, und doch konnte Sibylla nur erahnen, was er alles durchgemacht haben musste. Genau deshalb sollte nun alles perfekt sein. Sie hatte einen Braten vorbereitet, seinen Lieblingskuchen gebacken. Nun war es Zeit, ihn vom Bahnhof abzuholen.

Der kleine Philipp trug seinen ersten Anzug, wie ein winzig kleiner Gentleman sah er aus. Sogar eine kleine Papierblume hatte sie ihm angesteckt.

Sibyllas Wahl war auf das blaue Sommerkleid mit der schmalen Taille gefallen, das Oliver am liebsten an ihr sah, dazu der Silberfuchs, wie das Kleid ein Geschenk von ihm. Es war eigentlich ein wenig zu kalt, um so dünn bekleidet ohne Mantel hinauszugehen. Sibylla hatte das Kleid trotzdem angezogen. Dann holte sie sich eben einen Schnupfen, was machte das schon?

Sie wollte um jeden Preis das Funkeln in Olivers Augen sehen, diesen ganz besonderen Blick, wenn ihm die Kleinigkeiten auffielen. Die Ohrringe, die er ihr geschenkt hatte, das Haar, das sie mit einem Lockenstab so in Form gebracht hatte, wie es ihm am besten gefiel. Oliver war ein Mann, der auf solche Details achtete.

Und doch war Sibylla nervös. Einige Bekannte hatten berichtet, dass ihre Ehepartner nach der Zeit an der Front zu Fremden geworden waren.

Aber doch nicht ihr Oliver!

Die Fahrt zum Bahnhof verging wie im Flug, denn die Straßen waren weit leerer als vor dem Krieg. Hin und wieder blickten die Menschen nach oben, als befürchteten sie jederzeit einen deutschen Luftangriff. Oxford war bislang wie durch ein Wunder verschont geblieben, während London, das herrliche London!, in Schutt und Asche gebombt wurde. Vermutlich war es nur noch eine Frage der Zeit, bis es auch sie erwischte. Sibylla musterte über den Spiegel ihren kleinen Sohn auf dem Rücksitz, der mit großen Augen auf die rasch vorbeiziehenden Alleebäume starrte.

War es wirklich eine gute Idee, die Tage mit Oliver in der

Stadt zu verbringen? Sie würde ihn fragen. Notfalls konnten sie zu den Eltern. Sibylla blickte konzentriert auf die Straße vor sich.

Das dort, das konnte doch nicht ... Aber doch, der Mann, der dort an der Zufahrt zum Parkplatz stand und winkte, war eindeutig Oliver. Er war früher gekommen!

Sibylla trat auf die Bremse, verschwendete keinen Gedanken daran zu parken, sondern blieb mitten in der Zufahrt stehen. Sie sprang aus dem Wagen und fiel ihrem Mann um den Hals. Oliver erwiderte die Umarmung, hob sie hoch und drückte sein Gesicht in ihre Halsbeuge.

»Endlich. Endlich!« Sibylla kämpfte mit den Tränen und verlor. Es war, als fiele eine riesige Last von ihr. Fesseln, die sie unbemerkt eingeschnürt hatten und langsam immer schwerer wurden, bis sie sich kaum noch bewegen konnte.

Als Oliver sie wieder abstellte, wurde ihr klar, dass sie einen kleinen Stau ausgelöst hatten, aber niemand hupte oder drängelte. Das ältere Paar im Wagen hinter ihr erwiderte ihren Blick. Die Dame im schicken cremefarbenen Kostüm lächelte ihnen zu, während ihr Begleiter wirkte, als sei er tief in Gedanken versunken. Als erinnere er sich an die Zeit, als seine eigene Liebe noch so jung war, oder an den letzten großen Krieg. Vermutlich war er selbst Soldat gewesen, und vermutlich war das Wiedersehen mit seiner Liebsten ganz ähnlich verlaufen.

»Steigen wir ein«, sagte Sibylla und setzte sich wie selbstverständlich ans Steuer. Sie konnte nicht ganz fassen, dass sie ihren Oliver tatsächlich wiederhatte. Auch wenn sein Blick etwas Unstetes, Schattenumwölktes hatte und seiner Haut ein fremder Geruch entstieg, so war er doch ihr lang und schmerzlich vermisster Mann.

Nach kurzem Zögern lud er seine Tasche in den Kofferraum und nahm auf dem Beifahrersitz Platz.

Während sie den Wagen startete, wandte Oliver sich im Sitz zu seinem Sohn um. Er streckte die Hand aus und zog sie dann blitzschnell zurück, als habe er sich verbrannt. Gleich darauf begann Philipp zu weinen.

»Er kennt mich nicht mehr.« Olivers Stimme klang hohl und zerbrechlich wie Glas.

»Aber doch, natürlich. Er ist in letzter Zeit nur immer etwas unleidlich, wenn er aufwacht. Er beruhigt sich gleich wieder, du wirst schon sehen.«

Doch Philipp wurde nicht leiser, sondern steigerte sich in sein Geschrei hinein, bis er feuerrot im Gesicht war und sich mit den zornig geballten Fäustchen fuchtelnd selbst wehtat. Sibylla versuchte, ihn zu beruhigen, während sie auf die Straße sah, doch nichts half, nicht einmal die vorbeiziehenden Alleebäume, die ihm sonst immer so gefielen.

Oliver saß auf dem Beifahrersitz, das Gesicht nun aschfahl und wie zu einer Maske versteinert, als löse das Weinen Erinnerungen in ihm aus.

Als Sibylla an einer roten Ampel seine Hand berührte, zuckte er zusammen. Ein kurzes Zittern lief durch seinen Körper, dann atmete er geräuschvoll aus.

»Wir sind gleich zu Hause«, sagte Sibylla.

»Ich weiß.«

Philipp krakeelte, bis sie in die Einfahrt fuhr und den Motor abstellte. Oliver schulterte seine Tasche und hielt ihr die Tür auf. »Ich lege ihn hin«, sagte Sibylla entschuldigend und hastete ins Obergeschoss.

Was war nur in den Kleinen gefahren? Selbst nachdem sie ihm die Brust gegeben hatte, dauerte es noch eine ganze Weile, bis er schließlich einschlief, die Wangen noch immer rotfleckig und die Wimpern von Tränen verkrustet.

Sibylla trat an ihren Schminktisch und korrigierte die am Morgen noch sorgsam mit dem Brennstab geformten Wellen. Auf dem Weg ins Erdgeschoss wurden ihre Schritte ungewollt langsamer.

Sie wusste nicht, was sie zu Oliver sagen sollte. Wieder musste sie an Vaters bleiernes Schweigen denken, wenn es um seine Zeit an der Front ging. Sollte sie Oliver also am besten erst gar nicht darauf ansprechen?

Als sie das Wohnzimmer betrat, fand sie ihn noch in Uniform ausgestreckt auf der Couch. Neben ihm standen eine Flasche Brandy und ein leeres Glas. Die Flasche war voll gewesen, nun fehlte ein Viertel.

Sibylla setzte sich in einen Sessel neben ihn. War dies noch der Mann, von dem sie sich im Januar verabschiedet hatte?

Sein Gesicht war schmaler geworden, dafür wirkte der Kiefer ein wenig breiter. Von den so geliebten Grübchen fehlte jede Spur. Dünne, rosige Narben, keine länger als ein Fingernagel, zeichneten seine linke Hand. Auch auf der linken Wange befanden sich einige davon, als habe er nahe an einer Explosion gestanden.

Die Narben würden verblassen und schließlich weiß werden, bis sie kaum noch zu sehen waren. Seine Haut war gebräunt von der vielen Zeit im Freien. Vielleicht wirkte ihr Oliver auch deshalb um einige Jahre älter.

Sibylla widerstand dem Drang, ihn zu berühren, die Wege, die sie mit den Augen beschritten hatte, mit den Fingern nachzuzeichnen. Dabei sehnte sich alles in ihr nach Berührung, nach Zärtlichkeit. Dafür wäre später noch genug Zeit, tröstete sie sich. Sollte er nur schlafen, bis sie das Essen auftischte, und sich von den zurückliegenden Strapazen erholen.

Die Ente schmorte schon seit dem späten Morgen im Ofen, Kartoffeln und Sellerie waren vorbereitet und mussten nur noch kochen. Der Tisch war bereits gedeckt.

Sie schlich auf leisen Sohlen in die Küche und besorgte den Rest des Essens. Hoffentlich würde Philipp schlafen, bis Oliver und sie ein wenig Zeit miteinander verbracht hatten.

Als Sibylla alle Töpfe aufgesetzt hatte, kehrte sie ins Wohnzimmer zurück. Oliver warf den Kopf hin und her, stöhnte, dann zuckte seine linke Hand nach oben, als wolle er sich schützen. Ihn so zu sehen, tat ihr in der Seele weh.

»Oliver! Mein Oliver, du bist daheim, niemand kann dir etwas tun.« Sie legte ihre Hand auf seine Schulter. Es dauerte, bis ihn der Albtraum aus seinen Klauen entließ.

Als er schließlich die blauen Augen öffnete, wirkte er erschöpft, aber zugleich erleichtert. Sibylla strich ihm über die Wange mit den frischen Narben, und er fing ihre Hand ab und küsste sie. »Du«, sagte er leise und setzte sich auf.

Sie musterten einander wie zwei Fremde, die sich zum ersten Mal sahen. Nach und nach entdeckte Sibylla ihren vertrauten Mann wieder, der ihr so gefehlt hatte. Die Grübchen in den Wangen waren doch noch da, auch wenn er nicht lachte, und seine großen Hände fühlten sich an wie immer.

»Du hast mir so gefehlt«, sagte sie und kämpfte mit den Tränen. »Ich weiß gar nicht, warum ich dumme Gans jetzt weine, ich habe dich doch wieder.«

»Schscht, nicht.« Nun hielt er ihre beiden Hände. Sein Atem roch nach Brandy, wenn er sprach, aber das machte nichts. »Hast du Hunger? Ich habe schon für jeden einzelnen Tag das Essen geplant, heute gibt es Ente.«

»Ente? Ich dachte, das Essen sei rationiert.« Er wirkte aufrichtig verblüfft.

»Ja und nein. Meine Eltern bauen jetzt Gemüse an und halten Kleinvieh.« Sie musste lachen.

»Deine Eltern?« Er hob eine Braue, und endlich, endlich lachte er und sah dabei fast wieder genauso aus wie früher.

»Ja, und nun komm, damit der Vogel nicht verbrennt.«

Sie standen auf. »Warte. Eins musst du wissen.« Er wurde plötzlich ernst, und sie hätte ihn am liebsten gebeten zu schweigen. Stattdessen schwieg sie.

»Ich wäre in Dünkirchen beinahe gestorben. Ohne dich und den kleinen Philipp wäre ich jetzt tot.«

»Aber wir …«

»Ich wusste, dass ihr auf uns wartet. Für euch wollte ich leben, für euch habe ich die Kraft gefunden weiterzulaufen, als ich eigentlich mit den Kräften am Ende war.«

»Wir werden immer auf dich warten. Immer!« Sibyllas Stimme zitterte.

»Ich weiß. Und deshalb werde ich immer die Kraft finden weiterzugehen, ganz gleich, was passiert.«

»Ganz gleich, was passiert«, wiederholte Sibylla und nahm sich vor, stets an diesen Moment zu denken, wenn sie wieder einmal die Kraft verließ. Auch sie würde immer weitergehen. Für ihn. Für Oliver.

12

Borneo, September 1940

Manchmal, wenn sie wieder in einer neuen kleinen Hütte mitten im Urwald aufwachte, konnte Tilda sich nicht erinnern, dass es jemals anders gewesen war. Dann kuschelte sie sich fester an Bennet und lauschte dem Konzert von Brüllaffen, Fröschen und Zikaden, hörte die Schlangenadler am Himmel rufen und den charakteristischen Gesang der Hornvögel, der sich immer wieder daruntermischte.

Jeder Expeditionstag ähnelte dem vorherigen, und doch brachte jeder einzelne auch etwas Neues. Eine neue Pflanze, einen nie gesehenen Vogel, der dann oft entweder auf der Speisekarte oder als Kopfschmuck ihrer Gastgeber endete. Sie jagten und sammelten mit den Urwaldmenschen und lernten nach und nach ihre Sprache.

Monate waren so ins Land gegangen, und es hatte sie nicht gekümmert. Doch an diesem Morgen war etwas anders. Tilda spürte eine starke innere Unruhe. Sie hatte von Waterperry geträumt und von ihren Eltern, die sie von dort weggeholt hatten, damit sie nicht mehr mit Bennet zusammentraf, und sie war einfach mitgegangen. Der Traum war so intensiv und real gewesen, dass sie jetzt noch ein wenig entrüstet war, dass sich ihr Traum-Ich nicht gegen die Eltern gewehrt hatte. Als bedeute Bennet ihr nichts.

Morgenlicht fiel weich durch die Plane, die ihnen als Dach diente. Die Wände ihres Unterschlupfs bestanden aus Fliegengittern und nichts weiter. Bennet schlief mit nacktem Oberkörper und machte leise Geräusche, die die Bezeichnung Schnarchen nicht verdienten.

Sein Mund stand ein wenig offen, die leichte Adlernase machte sein Profil unverkennbar, und doch sah er dem Mann, den sie geheiratet hatte, kaum noch ähnlich. Sein Haar war länger geworden und lag nicht mehr glatt an den Kopf frisiert. Sein früher bis auf einen schmalen Oberlippenbart glatt rasiertes Gesicht wuchs nun regelmäßig zu wie ein ungepflegter Garten im Urwald. Für den gelegentlichen Kahlschlag, der zumindest jede Woche durchgeführt wurde, hegte Bennet das letzte Klümpchen Rasierseife wie einen Schatz.

Heute war Samstag und das dunkle Barthaar weich. Tilda strich mit den Lippen über seine Wange, um es zu spüren. Morgen früh wäre es fort und Bennets Gesicht wieder kratzig.

Er tat im Schlaf einen tiefen Atemzug. Unter seinen Lidern bewegten sich die Augen. Er träumte, träumte vielleicht von ihr, denn nun lächelte er.

Tilda zog es beinahe schmerzhaft zu ihm hin. Sie liebte diesen Mann, wie sie nie geglaubt hatte, jemanden lieben zu können. Mit jeder Faser ihres Körpers, jedem Hauch ihrer Seele, in jeder wachen Minute. Immer.

Ihm durfte nichts zustoßen. Auch deshalb war ihre Expedition immer länger und länger geworden. Sie scheuten sich beide davor, aus dem Schutz des Urwaldes aufzutauchen. Tilda fürchtete sich vor schlechten Nachrichten von daheim und davor, dass der Krieg ihr womöglich doch noch den Liebsten stehlen würde. Bennet war ein guter Mann, den man nicht an die Waffe zwingen durfte. Er neigte nicht zur Gewalt und würde daran zerbrechen, auf einen Menschen schießen zu müssen.

Zudem war er kein Patriot. Das konnte schon während der Ausbildung zum Problem werden. Bennet Morris hatte keine Wurzeln. Nationen, Ländergrenzen und Konflikte interessierten ihn nicht. Irgendwie gelang es ihm, über alle Sprachbarrieren hinweg mit Menschen jeden Schlages zu kommunizieren. Das bewunderte sie an ihm. Wenn er wollte, kam er mit jedem zurecht. Deshalb erschien es ihr umso merkwürdiger, dass er daheim so oft angeeckt war. Einmal hatte sie ihn darauf angesprochen und zu hören bekommen, dass er nicht von jedem gemocht werden wollte. Er biedere sich nicht an, besonders nicht bei Leuten, die auf ihn herabsahen und deren Wohlwollen ihm nichts nutzte. Dann versuchte er es gar nicht erst.

Mit den Urwaldbewohnern kam er gut zurecht, zog leichtfüßig mit den Männern auf die Jagd und brachte seinen Anteil Fleisch heim.

Tilda legte ihre Wange auf seine Schulter, auf die Stelle mit der Narbe. Nie wieder durfte der Tod ihm so nahekommen.

Im Lager erwachte das Leben. Sie hörte die ersten Frauen singen, während sie Süßkartoffeln und Kochbananen vorbereiteten. Kinder liefen lachend zu einem schmalen Wasserlauf und begannen zu planschen. Krokodile gab es hier nicht.

Mit den Fingern strich Tilda die Formen von Bennets gebräunter Brust nach, folgte den Linien seiner Schlüsselbeine über die Mitte hinab zum Nabel. Als sie dort ankam, schlug er die Augen auf, sah sie mit einem diabolischen Lächeln an und flüsterte: »Ja, gerne.«

Der Tag verging wie so viele davor ohne Eile und ohne einen festen Plan. Sie beschrieben eine neue Orchidee und gingen mit ihren Gastgebern auf Vogeljagd.

Am Nachmittag stießen sie über Wildpfade nach Norden vor und stolperten regelrecht in ein Holzfällerlager.

Die Arbeiter saßen um ein Feuer, tranken pechschwarzen Kaffee, rauchten und wendeten einen toten Brüllaffen über dem Feuer, um das rote Fell abzubrennen. Es stank bestialisch. Tilda kannte das Prozedere. Als Nächstes würden sie das Tier abwaschen, dann mit Pflanzenfasern eng zusammenschnüren und schließlich langsam bis zum Abend garen. So blieb das Fleisch schön saftig und erinnerte entfernt an Schwein.

Als die Männer sie bemerkten, griffen sie nach den Äxten. Der Vorarbeiter zog gar eine Pistole. Bennet packte sein Gewehr in der Mitte und hob die Hände. »Guten Tag, die Herren!«, rief er. »Sie wollen doch keinen Landsmann erschießen.«

Der Vorarbeiter, ein kräftiger Glatzkopf, dessen gerötete, fleckige Haut auf einen Engländer schließen ließ, schob seine Pistole zurück in den Gürtel.

»Ein Engländer bei den Wilden?«, fragte er irritiert.

»Und eine Engländerin.« Bennet gab den Leuten aus dem Dorf ein Zeichen, am Waldrand zu warten. Tilda folgte Bennet zum Feuer, wo er sie vorstellte.

Der Vorarbeiter Mr Fletcher lud sie ein, Platz zu nehmen, und für eine Weile beantworteten sie geduldig seine ungläubigen Fragen.

»Pflanzenkundler, Sie beide? Auch die Dame?«

»Auch die Dame«, erwiderte Tilda freundlich, aber bestimmt. »Und Sie schlagen so weit im Landesinneren Holz? Ist das nicht ungewöhnlich?«

»Es gibt Seen hier, darüber lassen sich die Hölzer leicht

in einen Fluss und dann zum Meer flößen. Außerdem bin ich hier noch allein. Woanders wird mir die Konkurrenz zu groß. Immer häufiger werden die Lager überfallen, daher auch die unfreundliche Begrüßung.«

»Schon vergessen.« Bennet rieb sich das Kinn. Er taxierte sein Gegenüber genau, als überlege er, wie vertrauenswürdig dieser Mr Fletcher war. Seine Arbeiter, einige Engländer, ein paar Mischlinge und zwei drahtige, kleine Eingeborene, wirkten auf Tilda wie eine Bande von Halsabschneidern. Andererseits sahen sie selbst wohl nicht viel besser aus.

»Wir sind schon einige Monate im Wald, was gibt es Neues?«

Fletcher zuckte mit den Schultern. »Meine Informationen sind drei Wochen alt, zumindest die aus Europa ... Sie wissen selbst, wie das ist. Es scheint, dass ich meine Axt bald an den Nagel hängen muss. Auf den Weltmeeren wird es immer unsicherer. Holz ist gefragt, aber die Frachter laufen Gefahr, zwischen die Fronten zu geraten. Das Empire verstärkt seine Marine im Pazifik. Ich habe gehört, dass sie Zerstörer vor die Küste Borneos verlegen ... Aber wenn Sie mich fragen, sicherer fühle ich mich dadurch nicht, ganz im Gegenteil.«

»Warum?«, fragte Tilda, und während sie es noch sagte, taten ihre Gedanken den nötigen Sprung. »Sie würden sie nicht herverlegen, wenn die Region sicher wäre.«

»Richtig.« Fletcher rieb sich die fleckige Glatze. »Ich wollte den Krieg eigentlich hier aussitzen.«

Tilda sah zu Bennet. Ihre Blicke begegneten sich. Seine grünen Augen wirkten dunkel. Er machte sich Sorgen, das war nicht zu verhehlen. Ihr kleines Paradies war in Gefahr.

»Und England?«, fragte Bennet.

»London ist schwer unter Beschuss. Ich habe nur ein

paar Fotografien in alten Zeitungen gesehen, es ist schrecklich. Zehntausende ohne Obdach oder tot, es droht Hunger.«

Tilda nahm Bennets Hand, drückte sie. Es fühlte sich an, als habe sich in ihrer Seele ein Riss aufgetan.

»Und Oxford?«

»Von Oxford habe ich nichts gehört. Haben Sie Verwandte dort, Madam?«

Ärmelkanal, November 1940

Das Meer war kalt, so kalt und grau.

Francis klammerte sich mit letzter Kraft an ein hölzernes Trümmerteil und zwang sich dazu, mit den Beinen zu treten. Er musste in Bewegung bleiben, die großen Muskeln benutzen, damit sie ihre Wärme auch in den Rest des Körpers transportierten.

Er atmete keuchend, der Wind fetzte die Wölkchen davon und trug die Schreie sterbender Kameraden mit sich. Francis wollte ihnen helfen, hätte nur die Richtung wechseln müssen, um sie zu erreichen, doch sein Überlebensinstinkt obsiegte. Er konnte nicht helfen, konnte sein Trümmerstück nicht teilen. Es zu teilen hieße, dass sie beide ertrinken würden. Also versuchte er, seine Ohren vor den Schreien der anderen zu verschließen, und trat und trat.

Er musste fort von dem sinkenden Zerstörer, der sie mit in die Tiefe zu ziehen drohte. Weg aus seinem hellen Fackelschein, der alles rundherum erleuchtete und die Schiffbrüchigen so zur Zielscheibe machte. Auch die große Ansammlung von Matrosen und Soldaten im Wasser war gefährlich, da sie von oben leicht zu orten war. Die Stukas waren noch da und schickten ihre tödlichen Garben herunter. Mähten durch sterbende Männer, die keinen Widerstand mehr leisteten.

Irgendwo unter ihnen in der schwarzen Meerestiefe lauerten die U-Boote, von denen eines erst ihre Steueranlage zerstört und dann das manövrierunfähige Schiff beschossen hatte, bis es lichterloh brennend sank.

Die Wellen waren hoch wie zwei Mann. Sie hoben Francis hoch, und er versuchte zu sehen, was um ihn herum geschah. Doch alles zitterte, weil seine Zähne so klapperten und er sie nicht aufhalten konnte. Dort trieb der Zerstörer, nur noch das Heck mit der völlig verbogenen Schraube war zu sehen. Der Rest der Flotte war viel weiter im Westen. Die deutschen Flieger konzentrierten ihr Feuer nun dort.

Francis fühlte die Druckwellen der Explosionen im Wasser, wenn die U-Boote feuerten.

Die nächste Woge, wieder wurde er dem schwarzen Nachthimmel entgegengehoben. Die Menschen im Wasser wurden weniger, die Trümmer mehr.

Dort! War das dort nicht ein Rettungsboot?

Francis tauchte unter. Schluckte Wasser, das in seine ohnehin schon brennende Lunge geriet. Seine Hände hatten einfach losgelassen. In wilder Verzweiflung trat er mit den Beinen und stieß nach oben vor. Sein Kopf schlug gegen das Trümmerteil. Dumpfer Schmerz, Schwindel.

Er geriet in Panik. Seine Beine waren schwer wie Blei, die Schuhe mit den Stiefeln wurden mit jeder Sekunde schwerer. Er trat und trat, zog sich unter dem Trümmerstück hindurch und kam tatsächlich auf der anderen Seite hinaus. Hustend rang er nach Luft, die nach Salz, Schweröl und Rauch schmeckte. Er sah nur Schemen, weil seine Augen tränten, also lauschte er angestrengt, versuchte herauszufiltern, was wichtig war. Wellen, Schreie, aber kein erneutes Maschinengewehrfeuer. Das Brummen der Flugzeuge war weit fort.

»Hilfe«, keuchte er, »Hilfe!«

Schließlich fischten sie ihn doch noch aus dem Wasser, als er bereits jede Hoffnung zu verlieren drohte. Zwei Tage lang hatte er mit vier weiteren Kameraden auf einem kleinen Rettungsboot verbracht. Sie wechselten sich an den Rudern ab, hielten stur den Kurs nach Nordwest. Als sie schließlich von einem Fischerboot aufgefunden wurden, waren sie nur noch zu dritt. Zwei Kameraden waren an ihren Verletzungen gestorben. Francis verlor auf dem Transport nach London das Bewusstsein und wachte erst zwei Tage später wieder auf, als er auf einer Bahre eine Treppe hinuntergetragen wurde. Sirenen heulten.

Er kippte zurück in die Ohnmacht und erwachte als Nächstes in einem Schutzraum. An der Decke flackerte spärliches Licht. Staub rieselte von den Wänden, wenn in der Nähe ein Treffer Gebäude zersprengte.

»Wo bin ich?«, fragte er und verrenkte sich auf der Liege, bis er eine Frau im weißen Kittel sah. Ihr Gesicht war schmal und ebenmäßig wie das eines Engels. Sie bemerkte ihn, kam zu ihm und überflog eine Kreidetafel, die auf seinem Schoß lag. Aus der Nähe bemerkte er die Schatten unter ihren Augen. Sie sah aus wie jemand, der in kurzer Zeit stark gealtert war. Ihr Lächeln würde er dennoch nie wieder vergessen. »Da haben Sie sich einen schönen Zeitpunkt ausgesucht, um aufzuwachen, Mr Boyle.«

»Wo bin ich?«

»In London, in Sicherheit.« Sie nannte den Namen des Lazaretts und den des Schutzraums, der sich in einem U-Bahn-Schacht befand, doch Francis hörte kaum zu. Stattdessen sah er auf die eleganten Bewegungen ihrer Lippen. »Was haben Sie mir gegeben?«

»Morphium, gegen die Schmerzen. Ihr Arm.«

»Mein Arm?« Francis setzte sich wackelig auf. Sein rechter Arm befand sich in einer Schlinge. Dumpfer Schmerz pochte in Schulter und Handgelenk.

»Sie hatten eine gebrochene Elle, Muskelrisse.«

»Aber ich bin gerudert.«

»Das haben Ihre Kameraden auch gesagt, was auch den Zustand der Verletzung erklärt. Sie haben Nervenschäden. Vermutlich ist der Krieg für Sie vorbei.«

Francis starrte sie an, als habe sie ihm von Zeppelinen auf dem Mond erzählt. Er wusste, er sollte etwas fühlen. Freude oder Enttäuschung. Aber da war nichts. Einfach gar nichts.

Für ihn war der Krieg also vorbei. Vor seinem inneren Auge sah er die beiden Matrosen, deren Leichen sie über Bord geworfen hatten, weil das Rudern auch ohne das zusätzliche Gewicht schon anstrengend genug gewesen war. Sah seinen guten Freund Steven, der an einem Schuss ins Bein verblutete. Das würde ihm selbst jetzt nicht mehr passieren können, und doch empfand er nichts dabei. Der Krieg hatte ihn leergefressen.

Draußen heulten die Sirenen. »Wann kann ich nach Hause?«

»In ein paar Tagen, wenn alles gut heilt.«

»Und dann?«

Sie sah ihn traurig an. Wer konnte schon wissen, wie oft sie diese Frage bereits gehört hatte? »Haben Sie eine Frau? Kinder?«

Er schüttelte den Kopf. »Nein, ich habe niemanden.«

13

Oxford, November 1940

Sie hatten gelebt wie in einem Traum, während die Welt um sie herum in Schleiern lag. Nun war Oliver wieder fort, und sie wusste nicht, wohin sie ihn dieses Mal entsenden würden. Die Ungewissheit raubte Sibylla den Schlaf. Die erste Nacht im verlassenen Ehebett hatte sie sich hin- und hergewälzt, nach ihm getastet und ihn nicht gefunden. Das Gesicht tief in seinem Kopfkissen vergraben, an dem noch sein Duft haftete, war sie schließlich eingeschlafen. Am Morgen waren ihre Augen verklebt, doch die Tränen der Nacht waren längst getrocknet. Sie hatte sich gemahnt, stark für ihn zu sein, weil er stark für sie war.

In einigen Tagen wollte Sibylla wieder ins Haus ihrer Eltern umziehen, doch noch gab es einiges zu erledigen. Allem voran hatte sie einen Brief an ihre Freundin zu schreiben. Er war längst überfällig.

Philipp spielte im Erdgeschoss mit Rose. Die Haushälterin, die zuvor Jahre bei den Sables gedient hatte, war ein wahrer Schatz. Sie war ruhig, liebevoll und brachte die Erfahrung einer mehrfachen Mutter und Großmutter mit sich.

Dieses Mal würde sie Sibylla zu ihren Eltern begleiten. Sie brachte es nicht über sich, die Frau in einer harten Zeit wie dieser mit halbem Lohn zurückzulassen. Besser, Rose kam mit, sorgte sich um den Kleinen, wenn Sibylla ihre Artikel schrieb, und machte sich auch sonst ein wenig nützlich. Das verwaiste Haus brauchte keinen Hüter, und solange es nur darum ging, hin und wieder nach dem Rechten zu sehen, konnte sie mit einer entsprechenden Bitte auch den Angestellten der Nachbarn etwas zustecken.

Aus dem Wohnzimmer klang fröhliches Kinderlachen hinauf. Es war wie Balsam für ihre Seele. Wäre Philipp nicht gewesen …

Geschätzte Freundin,
ich hoffe, es geht Euch gut in Eurem kleinen Paradies. Deine Eltern habe ich vor einer Woche besucht. Sie pflanzen nun vermehrt Obst und Gemüse zur Nahrungsgewinnung an, denn das ist es, was die Leute jetzt kaufen wollen. Die Rationierung trifft besonders die Armen hart, und wer kann, versucht, auch auf kleinen Fleckchen selbst etwas anzubauen. Der Rücken Deines Vaters ist wieder besser, und Deine herzensgute Grandma ist munter und rüstig wie eh und je. Sie spricht bei jedem Besuch viel von Dir. Ich denke, nein, ich weiß, dass sie sehr stolz auf Dich ist. Deine Mutter ist ganz vernarrt in meinen kleinen Philipp, und ich sehe ihr an, dass sie es kaum erwarten kann, bis auch Du etwas Kleines bekommst.
Mein Oliver war zehn Tage bei mir, und wir haben versucht, jede Minute miteinander zu genießen. Er hat mit seinem Sohn laufen geübt und ist sehr stolz. Aber ach, er hat sich verändert. Vielleicht hast Du von der Evakuierung Dünkirchens gehört. Er war einer der Letzten, die es geschafft haben, und musste viele Kameraden zurücklassen. (Ich lege Dir einen Zeitungsartikel bei.) Er hat nicht darüber reden wollen, aber das Erlebte verfolgt ihn.

Manchmal sitzt er einfach da und ist in Gedanken ganz weit weg. Nachts plagen ihn Albträume. Ich würde ihm so gerne helfen, aber wie nur?
Ich fühle mich hilflos angesichts dieses Monstrums, das seine Seele angreift. Und doch lacht er mit Philipp, ist lieb und sehr aufmerksam zu mir. Ein Mann, wie ihn sich jede Frau nur wünschen kann.
Nun ist er wieder fort. Ich weiß nicht, woher er die Kraft nimmt, an die Front zurückzukehren. Das Land braucht tapfere Patrioten wie ihn, aber ich bin selbstsüchtig. Ich brauche ihn auch, der kleine Philipp braucht ihn! Ich will nicht, dass der Junge seinen Vater nicht mehr erkennt, wenn er heimkommt. An die andere Möglichkeit mag ich gar nicht denken.
An manchen Tagen fällt es mir vor lauter Sorge schwer, überhaupt zu arbeiten, dann folgen wieder welche, an denen ich mich hinter meinem Schreibtisch verkrieche und gedanklich in der schönen, ungefährlichen Welt der Gärten verweile. Wer hätte gedacht, dass die Menschen meine Artikel überhaupt noch lesen wollen. Doch es scheint mir, als böten meine kleinen Berichte ihnen ebenso einen Weg aus dem schrecklichen Alltag, der uns nun alle gefangen hält, wie mir.
Du fehlst mir, liebe Freundin, ganz besonders in diesen schweren Zeiten. Ich wünschte, Du wärst hier, und zugleich bin ich froh, dass Du es nicht bist, sondern weit weg und in Sicherheit …
Von ganzem Herzen Deine Freundin,
Sibylla

Borneo, Dezember 1940

Es war das Wochenende vor Weihnachten, doch bei Tilda wollte sich einfach keine feierliche Stimmung einstellen, was nicht nur auf den Mangel an Schnee, Lametta und Weihnachtsgebäck zurückzuführen war. Sie waren schon seit einigen Wochen aus der Wildnis zurück. Seitdem waren Bennet und sie von einer Unruhe erfasst, mit der sie sich gegenseitig auf die Nerven gingen. Sie versuchten, so viel wie möglich über den Krieg in Europa herauszufinden. Scheinbar war Hitler mit seinem Westfeldzug erfolgreich gewesen. Die Niederlande, Belgien und Luxemburg waren beinahe über Nacht gefallen, Frankreich widerstand länger, doch nun war auch das vorbei. Deutsche Fliegerstaffeln waren an der Küste stationiert worden und bombten das geliebte London in Schutt und Asche. Die Bevölkerung litt, Sibylla schrieb von drohenden Hungersnöten.

Was Bennet um den Schlaf brachte, war ein von Hitler geschlossener Pakt. Das Deutsche Reich und das Königreich Italien hatten sich mit dem Japanischen Kaiserreich verbündet. Sie nannten es die Achse Berlin-Rom-Tokio. Was bedeutete, dass der Krieg seinen Arm nun auch bis zu ihnen ausstreckte. Borneo war zwischen den Niederlanden und Großbritannien aufgeteilt. Die Ölvorkommen waren immens wichtig für England, das einige Zerstörer in den Pazifik verlegt hatte. Mit dem Militärbündnis zwischen Hitler und Japan stand der Feind plötzlich direkt vor der Tür, und das amerikanische Embargo nahm dem Kaiserreich fast jede Energiequelle. Sicher ging ihr Blick schon länger zu den Ölfeldern direkt vor ihrer Haustür.

Bennet war dafür abzureisen, solange sie noch konnten, während Tilda sich am liebsten im tiefsten Urwald verkrochen hätte. Nun, so sah es zumindest ein Teil von ihr. Den anderen zog es immer stärker zurück nach England. Sie wollte in dieser schweren Zeit bei ihrer Familie sein, aber wie? Wie nur, ohne zugleich den Menschen zu gefährden, der ihr von allen am meisten bedeutete?

Es war ein furchtbares Dilemma, aus dem es keinen Ausweg zu geben schien. Deshalb stritten sie oft. Stritten, weil sie Angst umeinander hatten, und keiner war dem anderen deshalb böse.

An diesem Morgen wollte Tilda wieder einmal nach Jesselton fahren. Sie machte sich zurecht, während Bennet hinter ihr auf und ab lief, wobei er mit seinen langen Beinen nur wenige Schritte machen musste, um ihr kleines Heim in der Gänze zu durchmessen.

»Kannst du nicht ein einziges Mal im Leben stillstehen?«, fauchte sie und fühlte wieder, wie die Gereiztheit in ihr aufstieg, obwohl sie genau verstand, was in Bennet vorging.

»Kann ich nicht. Kann ich nicht und will ich nicht«, grollte er und nahm seine stete Wanderung wieder auf.

Tilda packte ihre Tasche samt der Vollmacht, die Bennet ihr für sein Konto und die über ihn laufenden Versandgeschäfte ausgestellt hatte. Hinzu kamen eine lange Liste von zu tätigenden Einkäufen sowie diverse Briefe und Frachtpapiere für Pflanzen. Auf gut Glück würden sie eine weitere Sendung aufgeben. Keine davon ging mehr an die Händler, die ihnen diese Fahrt ursprünglich ermöglicht hatten. Stattdessen landete alles bei den Healeys. Sie hatten genug Platz in ihren Gewächshäusern, um die Pflanzen aufzubewahren, bis sich Käufer fanden oder die Zeiten wieder besser wurden.

»Bennet!« Tilda trat ihm in den Weg, sodass er fast mit ihr zusammenstieß. Er schnaubte und wollte die Richtung wechseln, doch sie hielt ihn fest. Mit einem fast schon gewaltsamen Ruck riss sie ihn zu sich herum, schlang ihm die Arme um den Hals und küsste ihn hart auf den Mund.

Bennet erwiderte den Kuss mit plötzlichem Hunger und hob sie hoch. Sie umklammerte seine Mitte mit den Beinen und schmiegte sich fest an ihn, wollte den Mann, den sie liebte, mit jeder Faser ihres Körpers spüren.

Bennet blickte ihr aus nächster Nähe ins Gesicht, seine Augen waren ein Strudel von Grüntönen, hungrig und wild wie der Dschungel. Sein Mund glänzte feucht von ihrem Kuss. »Was war das denn?«, sagte er, die Stimme ein wenig rau.

»Ich. Nur ich.« Sie hatte noch immer die Arme um seine Schultern und die Schenkel um seine Mitte geschlungen. »Ich ertrage es nicht, wenn du herumläufst wie ein Tiger im Käfig. Du bist hier nicht eingesperrt, es gibt nur einen einzigen Ort, den du meiden sollst. Und das ist Jesselton.«

»Aber du …«

»Ich bin dort nicht in Gefahr, Bennet. Hab nicht immer solche Angst um mich. Ich bin schon ein großes Mädchen.«

Sein Blick wurde einen Moment lang unstet. Sie ahnte, wohin die Reise seiner Gedanken nun ging. Zu seiner toten Schwester. Aber sie war nicht Beatrice.

Tilda strich Bennet über die linke Braue. »Nicht, Liebster«, sagte sie weich.

Er reagierte kaum. Erst als sie die Hüften bewegte, hatte sie schlagartig wieder seine volle Aufmerksamkeit.

»Böses Weib.« Er setzte sie ab und blickte auf seine Taschenuhr. »In einer halben Stunde musst du los.«

»Das schaffen wir.« Tilda fühlte, wie ihr das Blut in die Wangen schoss. Sie wurde noch immer rot, wenn Bennet sie mit diesem Hunger in den Augen ansah, und daran würde sich wohl nie etwas ändern. Das hoffte sie zumindest.

Sie begann, sein Hemd zu öffnen, ein Knopf nach dem

anderen, schob es ihm von den Schultern und begann, mit den Lippen den Linien seines schönen Körpers zu folgen. Er war schmal und sehnig wie eine Katze, genauso biegsam und genauso stark. Wieder hob er sie mühelos hoch, doch dieses Mal trug er sie zum Bett, nachdem er den Schreibtisch wohl für zu voll befunden hatte. Er schob ihren Rock hoch, zog ihr Höschen herunter und vergrub sein Gesicht zwischen ihren Schenkeln. In diesem Moment war es Tilda egal, ob sie den Raddampfer verpassen würde, ganz und gar egal.

Bennet hatte sich beim Rudern kräftig ins Zeug legen müssen, damit sie den Dampfer weiter flussab noch rechtzeitig erreichte.

Die Fahrt nach Jesselton dauerte mehrere ereignislose Stunden. Mittlerweile hatte Tilda sich am Urwald sattgesehen und blickte nicht mehr jeden Moment hinaus. Viel lieber beobachtete sie die Menschen um sich herum. Es waren Waldarbeiter, einfache Bauern und Fischer, die für Besorgungen in die einzige größere Stadt der Region fuhren. Frauen unterhielten sich in ihrer melodischen Sprache, und jede schien irgendeiner Handarbeit nachzugehen. Sie flochten etwas, bohrten Löcher in Samenkapseln, um sie aufzufädeln, oder bereiteten Waren vor, die sie auf dem Markt verkaufen wollten. Dabei stillten sie wie nebenbei ihre Kinder oder sorgten sich um größere. Die Männer saßen weiter weg an Deck, rauchten und spielten dabei irgendeine Art Würfelspiel. Gewann einer, stießen ihn seine Kameraden an oder schlugen sich selbst vor Enttäuschung auf die Oberschenkel.

Tilda kam sich seit längerer Zeit zum ersten Mal wieder vor wie eine Außenseiterin. In ihrem Dörfchen gehörte sie mittlerweile dazu. Sie war eine der Frauen, die morgens aufs Feld zogen, die Hühner versorgten, mit der Machete Pfade frei hielten.

Hier auf dem Schiff aber war sie wieder eine Weiße, eine Frau aus einer anderen Welt, von der die Menschen hier genauso wenig eine Vorstellung hatten wie die meisten Engländer von Borneo. Was das Gefühl noch verstärkte, war ihr Wissen um einen drohenden Krieg, von dem die einfachen Leute hier nicht einmal etwas ahnten. Sie wollte sie warnen, ihnen raten, vorsichtig zu sein, und tat es doch nicht. Was hätte sie auch sagen sollen?

Doch vielleicht spürten sie es auch ohne ihre Warnung, denn Jesselton hatte sich verändert. Mehrere Kriegsschiffe lagen im Hafen. Graue, martialische Kolosse, wie sie gar nicht an diesen friedlichen Ort passen wollten. Ihre harten, starren und scharfkantigen Linien standen in scharfem Kontrast zu den bunten Fischerbooten, deren Leinen und Segel stets in Bewegung waren, und den Hütten aus Flechtwänden, den Dächern aus raschelnden Palmwedeln.

Tilda ging in einem Pulk von Frauen von Bord und tauchte sofort im wuseligen Betrieb des Fischmarkts unter. Mit einem Tuch um den Kopf und ihrem für eine Rothaarige ungewöhnlich stark gebräunten Gesicht fiel sie so kaum mehr auf. Eine Gruppe Matrosen lief an ihr vorbei, ohne ihr einen zweiten Blick zuzuwerfen. Sie redeten laut, und sogar ihre Sprache und die Stimmen wirkten in dieser Umgebung hart. Sie gehörten hier nicht her.

Tilda fühlte sich um ihr kleines Paradies betrogen, dabei war sie doch eigentlich genauso eine Fremde wie die Matrosen. Die Menschen Borneos hatten sicher nicht darum gebeten, dass ihr Land zwischen Großbritannien und den Niederlanden aufgeteilt wurde, die sich zur *Schutzmacht* erklärten. Und genauso wenig brauchten sie Forscher und Botaniker, die ihre Berge vermaßen und ihre Pflanzen mit lateinischen Namen versahen. Wozu auch? Sie waren bislang doch stets gut ohne all das zurechtgekommen.

In dieser Stimmung erreichte Tilda das Kontor von Mr Parkland. Sie war pünktlich, lediglich bei der Post war sie zuvor gewesen und hatte bei einer kleinen Garküche etwas verteufelt Scharfes gegessen.

Bei Parkland kannte man sie mittlerweile, und sie stellte erleichtert fest, dass sich wenigstens hier nichts geändert hatte. Dem Vorraum haftete noch immer das seltsame Geruchsgemisch von überreifen Früchten und Vogelkot an. Die Papageien saßen auf ihren Stangen und krächzten, nur der junge Sekretär war heute nicht da. An seiner Stelle hinter dem Schreibtisch saß ein älterer Herr, der sie mit Namen begrüßte. Allzu viele rothaarige Engländerinnen, die einen Termin mit seinem Vorgesetzten hatten, gab es in Jesselton wohl nicht.

»Sie werden bereits erwartet, Mrs Morris. Was darf ich Ihnen zu trinken bringen? Wasser? Wir haben auch frische Limonade.«

»Dann nehme ich doch die, vielen Dank.«

Parkland erhob sich hinter seinem großen Schreibtisch und trat um ihn herum zu ihr. »Mrs Morris, ein Licht in diesen schwierigen Zeiten. Wie geht es Ihnen?« Er hauchte einen Kuss über ihre Handknöchel und rückte ihr einen Stuhl zurecht. Tilda nahm Platz und berichtete kurz von ihrer letzten Expedition. »Wie Sie schon wissen, möchten wir gern eine letzte Pflanzenlieferung auf den Weg schicken.«

Er rieb sich mit einem Tuch über den verschwitzten Nacken. Zwar drehte sich über ihnen emsig ein Ventilator an der Decke, dennoch war es stickig, und Tilda wurde umso bewusster, wie gut sie es mit ihrem Stelzenhäuschen getroffen hatten. Das Verwaltungshaus des Kontors war aus

Stein errichtet, und die Fenster waren viel zu klein. Zwar sperrten sie die Sonne aus, aber damit auch die frische Luft.

»Der Weg durch den Suezkanal ist unpassierbar. Die Schiffe müssen Afrika umrunden und sind mindestens zwei Wochen länger unterwegs als üblich. Ich fürchte, viel von Ihrer Ware wird das nicht überstehen. Außerdem muss ich ein Drittel mehr verlangen, es sind schwierige Zeiten.«

»Verstehe.« Tilda nickte und überschlug im Kopf, was das für sie bedeuten würde. Es war ein Nullgeschäft. Aber es deswegen gar nicht erst zu versuchen, widerstrebte ihr. Schließlich hatte sie die Pflanzen teils schon seit einem Jahr auf diese Reise vorbereitet. »Versuchen wir es trotzdem. Irgendwann wird der Krieg enden, dann haben die Menschen wieder einen Sinn für seltene Pflanzen.«

»Das hoffe ich.« Parklands Gesicht hellte sich kurz auf. Scheinbar hatte er nicht erwartet, dass sie unter diesen Umständen auf das Geschäft eingehen würde. »Ich lasse die Papiere fertig machen. Wie viele Kisten?«

»Drei, nein, sagen wir vier. Setzen wir alles auf eine Karte.« Tilda gab ihrem Gefühl nach. Sie hatte eine Ahnung, dass dies ihre letzte Sendung sein würde. Parkland rief seinem Sekretär unterdessen die Eckdaten des Vertrags zu. »Aber kommen Sie erst damit zu mir, wenn ich Sie rufe, wir wollen nicht gestört werden«, sagte er schließlich.

Tildas Herz schlug augenblicklich schneller. Der Fernhändler schloss mit Nachdruck die Tür.

Als er sich wieder an seinen Schreibtisch setzte, war der Blick seiner braunen Augen dunkel, und eine tiefe Falte furchte seine Stirn.

»Mrs Morris. Ich mag Sie und Ihren Mann gern. Tatsächlich gehören Sie zu den mir liebsten Menschen an diesem Ende der Welt.«

Tilda dachte an ihre eher privaten Treffen mit Parkland

und seiner sehr sympathischen Frau zurück. Zwei hatte es gegeben, und sie waren ihnen zu einer angenehmen Abwechslung geraten, die sie gern hätten wiederholen wollen, vielleicht sogar schon zu Weihnachten. Sie sagte nichts, sondern musterte ihr Gegenüber aufmerksam.

»Was ich jetzt tue, grenzt vermutlich an Hochverrat, Mrs Morris. Ich setze auf Ihre Verschwiegenheit.«

»Ja, natürlich«, erwiderte sie mit enger Kehle und bereute es beinahe sofort, denn schließlich wusste sie nicht einmal, worüber sie schweigen sollte.

Parkland schob ihr ein offiziell aussehendes Schreiben herüber und faltete dann seine Hände, während sie las.

Darin wurde Parkland gebeten, nach bestem Wissen und Gewissen eine Liste all jener ihm bekannten Männer auf Borneo aufzustellen, die britische Staatsbürger und im wehrfähigen Alter waren oder der Armee in anderer Weise als Führer oder Übersetzer dienlich sein konnten.

Wie eine Schraubzwinge legte sich Angst um ihre Brust. »Das bedeutet …« Sie konnte nicht weiterreden.

»Es bedeutet, ich muss Ihren Mann nennen, Mrs Morris.«

»Nein!«, protestierte sie.

»Ich muss, alles andere wäre zu auffällig. Er ist kein Unbekannter in dieser Region, und sein Name kommt oft in den Frachtpapieren vor. Sicher bin ich nicht der Einzige, der dieses Schreiben erhalten hat.«

Tilda fühlte ein Brennen in ihrer Kehle aufsteigen, aber sie weigerte sich, zu weinen, dazu war sie viel zu wütend. Parkland sah sie beschwörend an. »Verstehen Sie, Mrs Morris? Die können Ihren Mann nicht holen, wenn er nicht da ist.«

»Wir können doch nicht für Jahre im Urwald untertauchen!«

»Es gibt andere Länder, Mrs Morris, auch wenn es langsam schwer wird, welche zu finden, die nicht von Krieg bedroht sind.« Nun rieb er sich mit beiden Händen über das Gesicht.

»Mein Sohn hat sich freiwillig gemeldet, ich habe versucht, es ihm auszureden.«

»Es tut mir leid.«

»Vielleicht bin ich ein Feigling, Mrs Morris. Aber ich habe als sehr junger Mann im letzten Krieg gekämpft. Das wünsche ich niemandem, nicht einmal meinem ärgsten Feind.« Er nahm ihre Hand und hielt sie mit seinen beiden fest. »Überlegen Sie, was Sie tun wollen, aber überlegen Sie schnell. Ich werde die Antwort auf dieses Schreiben in zehn Tagen aufsetzen, andere sind vielleicht schneller.«

14

Oxford, Januar 1941

Nach den Seeschlachten und dem Bombenterror in London, das jeden Tag mehr von seinem alten Charme verlor, kam Francis Oxford vor wie ein Fiebertraum.

Keine einzige Bombe hatte die altehrwürdige Universitätsstadt bislang getroffen. Auf den ersten Blick schien es, als gäbe es keinen Krieg. Sah man genauer hin, fanden sich die Zeichen auch hier. Flüchtlinge aus der Hauptstadt kampierten auf offener Straße oder in eigens errichteten Zeltstädten. Suppenküchen sprossen überall aus dem Boden, um jene, die alles verloren hatten, zumindest mit einer warmen Mahlzeit am Tag zu versorgen.

Kinder bettelten auf der Straße, und immer wieder sah Francis Kriegsversehrte, die es weit schlimmer getroffen hatte als ihn. Manche wankten mit Verbänden um den Kopf oder an Krücken vor den Hospitälern auf und ab, saßen in Rollstühlen, nachdem sie eines oder beide Beine verloren hatten. Und dann waren da noch jene, die der Krieg um den Verstand gebracht hatte. Die kannte er bereits aus London. Männer mit leeren Blicken, so hohl wie rissige Gefäße, in denen der Terror widerklang. Tote, in lebendigen Körpern gefangen. Manche schrien, andere plapperten wirr, manche sprachen gar nicht mehr.

Francis ertrug ihre Nähe nicht. Er wollte nicht werden

wie sie, doch solange er in ihren Gesichtern den Schrecken der Fronterfahrung lesen konnte, kannten auch seine Gedanken keinen anderen Weg als den zurück dorthin. In den Bombenhagel vor Dünkirchen, zu den vielen zerrissenen Leichen im Wasser, zu sich selbst Monate später, wie er beinahe ertrunken wäre.

Er kehrte der Innenstadt den Rücken. Sein Arm zitterte. Er hielt ihn fest und fragte sich, ob die Verwundung Fluch oder Segen war.

Eigentlich hatte er nicht das Gefühl, schon genug getan zu haben. Er wollte und wollte gleichzeitig nicht zurück an die Front. Sicherlich konnte er der Armee auch noch mit einem Arm nützlich sein, und sei es beim Nachschub. Er könnte Munition an die Front schaffen, Essen oder Ausrüstung.

Wem nutzte er schon daheim? Einen Gartenarchitekten brauchte nun sicherlich niemand.

Er hatte nicht darauf geachtet, wo er langlief, hatte sich treiben lassen, weil er den Besuch bei seinen Eltern noch etwas aufschieben wollte. Und nun war er hier, ausgerechnet in dem Park, in dem er sich zum ersten Mal mit Sibylla getroffen hatte. Gleich dort war der Bootsverleih.

Er lief unter kahlen Kastanien entlang, quer über einen Rasen und hin zum Wasser des kleinen Flüsschens. Die Boote waren bis auf eines nicht mehr da, die Verkaufsbuden für den Winter oder vielleicht auch für die Dauer des Krieges geschlossen.

Francis ging zum Steg hinab. Das Holz war von Reif überzogen. Dort, wo am Ufer Vegetation auf Wasser traf, trugen die wintergrauen Halme Röcke aus Eis, die leise klirrend gegeneinanderrieben. Enten, von denen es hier früher immer viele gegeben hatte, sah er keine einzige. Vermutlich waren sie der Lebensmittelrationierung zum Opfer gefallen. Entweder weil die Leute ihr altes Brot nun lieber selbst aßen oder weil die zahmen Wasservögel gleich selbst zur Mahlzeit geworden waren.

Er setzte sich auf die reifbedeckten Bohlen des Stegs. Nachdem er es stundenlang bei eisigen Wassertemperaturen im Ärmelkanal ausgehalten hatte, kümmerte ihn das bisschen Kälte nicht. Eigentlich kümmerte ihn überhaupt nicht mehr viel.

Was waren sie hier glücklich gewesen. Es war einer der wenigen Tage mit Sibylla, die rundherum vollkommen gewesen waren. Sie hatten ihn gemeinsam genossen und keinen einzigen Gedanken an das Morgen verschwendet. Noch immer erinnerte er sich genau an den zarten Duft ihrer Haut, daran, wie es sich anfühlte, wenn ihr seidiges Haar über sein Gesicht strich, an ihr glockenhelles Lachen und die geheimnisvolle Art, mit der sie ihn angesehen hatte, als wisse sie selbst nicht, ob sie ihn liebte oder es nur vorspielte, um ihn zu necken.

Mittlerweile hatte er ihr verziehen, dass sie so schnell einen anderen Mann gefunden hatte. Womöglich hatte sie keine Wahl gehabt, hatten ihre Eltern sie so stark unter Druck gesetzt, bis sie nachgab.

Er hoffte nur, dass sie ihr Glück gefunden hatte. Wenigstens sie sollte glücklich sein, wenn er es schon nicht sein konnte. Er klammerte sich an die Vorstellung, denn etwas anderes ertrug er nicht. Und doch würde er nicht vergessen, wie sie ihn bei ihrem letzten, zufälligen Treffen angesehen hatte. Sie empfand noch immer etwas für ihn. Vielleicht jetzt nicht mehr, aber als er sie vor dem Krieg hochschwanger auf der Chelsea Flower Show getroffen hatte, da schon.

Hoffentlich war der, dessen Namen sie trug, gut zu ihr.

Nun kroch die Kälte von dem vereisten Steg doch durch seinen Körper, streckte frostige Finger aus, die sich beinahe schmerzhaft durch ihn wanden. Es war, als zupften sie an den scheußlichen Erinnerungen daran, wie er knapp dem Tod im Meer entronnen war. Zupften sie aus dem schlechten Versteck, in die er sie erfolglos zu verbannen versucht hatte. Druck auf seiner Lunge. Wogen wie Faustschläge, die ihm die Besinnung raubten. Die bleischwere Kleidung, die ihn hinab in die schwarze Tiefe zog.

Francis legte seine rechte Hand auf die glitzernden Holzbohlen. Unter seiner Haut zerbrachen kleine Kristalle und schmolzen dann. Er war noch warm, er lebte. Der Tremor ließ seine Muskeln zucken. Er drückte die Hand fest auf die Planken, bis das Zittern aufhörte. Dann erst stand er auf und war bereit, diesen Ort der Erinnerung zu verlassen.

Wie sollte er mit dieser zuckenden Hand je Pläne zeichnen? Er würde nie wieder Gartenentwürfe anfertigen können. Die Erkenntnis traf ihn wie ein weiterer Schlag. Er war nutzlos, taugte zu nichts mehr!

Francis rappelte sich auf. Er stand da, die Hände zu Fäusten geballt, und starrte auf das Wasser, das sich sacht kräuselte und die froststarren Halme gegeneinanderrieb. Starrte und rang nach Atem wie ein Ertrinkender. Beißender Schmerz zuckte durch seinen Arm bis hinauf in die Schulter.

Was war er nur für ein Mann. Ein jämmerlicher Kerl. Kein Wunder, dass Sibylla so schnell einen Besseren gefunden hatte. Einen Moment lang gab er sich seinem Selbstmitleid hin, während die Winterkälte in seinen Leib kroch und nicht nur sein Arm zitterte, sondern sein ganzer Körper.

Dann mischte sich etwas anderes dazu. Ekel. Er ekelte sich vor seiner Schwäche, seiner Bereitschaft, sich gehen zu lassen. Davon wurde nichts besser. Andere hatte es viel schlimmer getroffen. Sein Freund Steven, der fröhliche, gutmütige Steven, der so oft für ihn Schläge eingesteckt hatte, war tot. In Francis' Armen verblutet war er und hatte noch im letzten Augenblick gelächelt. Als sei das alles nur ein schlechter Scherz. Wer starb denn schon an einer winzigen Kugel im Bein?

Zwei der Kameraden, die mit ihm auf dem Rettungsboot gewesen waren, tot. Beide mit Kindern daheim … Der eine erfroren, der andere erschreckend langsam an seinem Bauchschuss krepiert. Und nun stand Francis hier und bemitleidete sich selbst wegen eines zuckenden Arms und weil er keine Frau hatte, zu der er zurückkehren konnte. Aber wenigstens kehrte er zurück!

Francis straffte die Schultern, schob seine Hände in die Hosentaschen und ging los. Große, raumgreifende Schritte, damit ihm wieder warm wurde und die Kälte mitsamt dem Elend aus seinem Leib getrieben wurde.

Seine Eltern warteten auf ihn, seitdem er ihnen aus dem Londoner Hospital geschrieben hatte. Nun fühlte er sich endlich in der Lage, ihnen in die Augen zu sehen. Mutters Tränen und Vaters Mitleid zu ertragen.

Er würde einige Tage bleiben und sich dann eine Aufgabe suchen. Vielleicht konnte er dem Land doch noch nützlich sein!

Waterperry School of Horticulture

Sibylla hatte Philipp bei Mrs Rose im Haus ihrer Eltern zurückgelassen und war schon am frühen Morgen nach Waterperry gefahren. Der Brief von Mrs Havergal war unmissverständlich gewesen: Ihr Talent als Autorin war gefragt, und aus irgendeinem Grund schien es unabdingbar, dass sie zu Sonnenaufgang am Internat war. In Kleidung, die *für einen Tag bei Nässe und Kälte tauglich war.* Sie sollte also bei diesem bösartigen Nieselregen den ganzen Tag draußen verbringen, vermutlich für eine Reportage.

Sibylla hatte sich für einen Mantel aus schwerem Tweed entschieden, dazu einen passenden Glockenhut, Hosen und gut gefettete, hohe Lederstiefel. Auf den hübschen neuen Silberfuchs, den Oliver ihr trotz seiner Abwesenheit zu Weihnachten geschenkt hatte, verzichtete sie mit leiser Wehmut. Der passende Muff musste aber mit und würde ihre armen Hände vor dem Erfrieren retten.

Die Scheibenwischer verschmierten den feinen Niesel scheinbar mehr auf der Scheibe, als das Wasser zu entfernen. Beiderseits der Straße zog eine triste Szenerie vorbei. Das Land wirkte auf sie öde und tot.

Selbst die ewig grünen Wiesen hatten durch den Frost der letzten Tage ihre strahlenden Farben eingebüßt, als läge ein gräulich gelber Schleier darüber und drücke die Gräser mit seinem Gewicht herunter. Kahle Bäume und Hecken standen wie Skelette in der Landschaft und reckten ihre schwarzbraunen Glieder in einen einförmig grauen Himmel.

Sibylla wünschte sich zurück in den Salon des elterlichen Hauses, wo zu dieser Jahreszeit stets ein munteres Feuerchen im Kamin prasselte. Noch vor zwei Jahren hätte sie nicht geglaubt, den Aufenthalt dort je wieder so genießen zu können. Nach der Sache mit Francis war sie fest entschlossen gewesen, den tiefen Graben, der ihre Familie gespalten hatte, zu hegen und zu pflegen.

Ihre Eltern sollten auf ewig bereuen, ihr die Liebe ihres Lebens genommen zu haben. Doch was änderte sich nicht alles mit einem Kind! Philipp sollte nicht ohne Großeltern aufwachsen müssen, und wenn sie ehrlich zu sich selbst war, so brauchte auch sie ihre Eltern gerade mehr denn je.

Vielleicht hätte sie ohne den Krieg auch weiterhin mehr Abstand gewahrt, mit Oliver an ihrer Seite, der zwar nicht wusste, aber doch ahnte, was vorgefallen war. Aber nun, allein mit dem Kind, hatte Sibylla eine Brücke errichtet, die sie wieder mit den Eltern verband, auch wenn der tiefe Graben für immer bleiben würde. Denn ganz verzeihen würde sie ihnen nie.

Sibylla vertrieb den Gedanken an Francis. Er kroch noch viel zu oft zu ihr zurück. Schlich wie ein Löwe auf Samtpfoten um ihr Herz herum, und sobald sie nicht achtgab, griff er an und riss tiefe Wunden.

Das geschah besonders oft, je länger Oliver fort war. Mit ihm an ihrer Seite war sie sicher. Dann trauten sich die alten Gefühle nicht an sie heran. Ja, oft dachte sie tagelang nicht zurück. Heute aber schien sie besonders offen für den alten Kummer. Vielleicht lag es am Wetter. Sagte man nicht, dass nasskalte Witterung alte Narben schmerzen ließ? Und war es nicht genau das? Eine alte Narbe?

Sibylla lenkte den dunkelgrünen Jaguar an Mauern aus Feldsteinen entlang, auf denen sich Moose und Flechten festgesetzt hatten. Die Straße war eng und gewunden. Hier musste sie besonders vorsichtig fahren, denn manchmal tauchten unvermittelt Schafe auf, die es irgendwie von ihrer Weide heruntergeschafft hatten oder gar von ihrem Besitzer auf eine andere getrieben wurden. Diesen wolligen, blökenden Hindernissen konnte sie hier kaum ausweichen.

Also ging sie vom Gas und fuhr das letzte Stück zum Internat langsam und konzentriert.

Schließlich tauchte das vertraute Gebäude aus dem Nieselregen auf. Zu seiner Linken zeichneten sich die klaren Linien einer kleinen Kapelle ab, in der Mrs Havergal jeden Sonntag und auch oft unter der Woche betete. Die Schulleiterin besaß eine angenehme, niemals aufdringliche Frömmigkeit, die sich perfekt in die Ordnung und Struktur der Schule einfügte.

Manchmal dachte Sibylla an die Morgengebete zurück. Das gemeinsame Singen hatte ihr gefallen, und Mrs Havergal spielte immer sehr schön auf dem alten Harmonium.

Sie parkte neben einem in die Jahre gekommenen Pritschenwagen, den mehrere Schülerinnen gerade mit Werkzeug beluden. Sibylla musterte die Mädchen in ihren schlichten Uniformen aus weiten Hosen, Stiefeln und grünen Kitteln. Sie trugen braune Hüte mit breiten Krempen und Schals zum Schutz vor der Witterung. Sibylla musterte eine nach der anderen und erkannte keine davon. Alle ihre alten Mitschülerinnen waren nun genauso wie sie selbst eigene Wege gegangen.

Wie immer waren auch ein, zwei Frauen darunter, die sich von den jungen Mädchen abhoben. Ihre Gesichter waren ernster, die Körper nicht mehr so zart, wie zu schnell gewachsene Fohlen. Es waren junge Witwen oder Frauen, die aus einer gescheiterten Ehe geflohen waren. Manche wurden zu guten Gärtnerinnen, andere nutzten die Zeit auf der Schule nur, um wieder zu sich selbst zu finden, und blieben selten länger als ein Jahr.

Sibylla suchte ihr Schreibzeug zusammen, verstaute alles in einer kleinen Handtasche und stieg aus.

Die jungen Frauen musterten sie, bis auf eine unterbrachen sie aber ihre Arbeit nicht. Eine Blondine, das Haar so kurz, dass es kaum noch unter dem Hut hervorlugte, kam mit strahlendem Lächeln auf sie zu. »Sie müssen Mrs Sable sein! Wir haben schon so viel von Ihnen gehört. Es ist mir eine Ehre, Sie kennenzulernen.«

Sibylla fühlte sich völlig überrumpelt. »Ganz meinerseits, Miss …«

»Charlet Winter, aber alle nennen mich Charlie. Ich habe all Ihre Artikel in den alten Schülerzeitungen gelesen, und Ihre Sonntagskolumne über berühmte Gärtnerinnen. Die hat mich dazu gebracht, es selbst einmal zu versuchen. Und was soll ich sagen, es ist genau das Richtige für mich.«

Sie redete so schnell, dass ihr kaum Zeit zum Luftholen blieb. Sibylla wurde verlegen. Sie wusste, dass sie einige begeisterte Leserinnen hatte, war aber noch keiner begegnet. Bislang waren ihr allenfalls Briefe über die Redaktionen weitergeleitet worden. »Vielen Dank, Miss Winter … Charlie. Ihre Begeisterung motiviert mich, weiter mit ganzer Kraft zu schreiben.«

»Und genau deshalb sind Sie ja auch hier. Du meine Güte, ich dummes Ding. Sie möchten sicherlich zu Mrs Havergal. Ich bringe Sie sofort hin.«

»Das ist nicht nötig, verraten Sie mir einfach, wo sie ist.«

»Beim Mist, Mrs Sable, dem abgelagerten vom Vorjahr.«

Sibylla verzog das Gesicht. Sobald es ihr bewusst wurde, kaschierte sie es mit einem Lächeln. »Wo der Misthaufen ist, werde ich wohl meinen Lebtag nicht vergessen, da hängen Erinnerungen dran.« Sie zwinkerte Charlie zu und machte sich auf den Weg.

Die Miete lag genau zwischen Feldern und Gewächshäusern, sodass sie von allen Anbauflächen gleich gut zu erreichen war. Hier landeten wohlgetrennt Mist von Hühnern und Enten und den beiden Internatspferden. Dazu kaufte das Internat noch einigen tierischen Dünger an.

An diesem kalten Tag dampfte der abgelagerte Mist, während er von einem weiteren Trupp Mädchen erst auf Schubkarren geschaufelt und dann über eine Holzrampe auf einen kleinen Lkw geladen wurde. Mrs Havergal war mittendrin und überwachte, dass die Schubkarren auch schön weit hinten ausgekippt wurden, damit möglichst viel aufgeladen werden konnte. »Nun los, Mädchen, ein bisschen mehr Schwung nehmen, dann klappt das schon.«

Eine junge Frau nahm mit verbissenem und ein wenig

verzweifeltem Gesicht Anlauf und rannte die schwingende Rampe hinauf, wackelte am Ende gefährlich und schaffte es mit gehörigem Kraftaufwand, sich gerade noch hinaufzuretten.

Sibylla schmunzelte. Sie wusste genau, wie sich das anfühlte. Sie war mehr als einmal mit der Schubkarre verunglückt, einmal auf genau so einer Rampe, was unter den Schülerinnen stets mit liebevollem Spott vergolten wurde. Selbst Tilda war es passiert, und das wollte etwas heißen.

Als Mrs Havergal sich in ihre Richtung wandte, zog sie die Hand aus dem Muff und winkte.

»Da sind Sie ja, wie schön.« Die Rektorin kam über die Rampe von der Ladefläche hinab und ergriff Sibyllas Hand mit ihren beiden. »Vielen Dank, dass Sie meiner Einladung gefolgt sind. Ihre Talente sind das, was unser Projekt jetzt braucht, um zum vollen Erfolg zu werden.«

»Sie müssen mir nur noch verraten, worum es geht«, sagte Sibylla und wünschte insgeheim, sie würden sich irgendwo unterstellen können. Doch die Rektorin schien den Nieselregen, der mittlerweile in dichten Schleiern fiel und einen stärker durchnässte, als es jeder Schauer konnte, nicht zu bemerken. Leichte Windböen trieben die feinen Wassertropfen mühelos unter den Hut und in ihren Kragen, auch Sibyllas Beine fühlten sich klamm an.

»Es war zwar vor Ihrer Zeit, aber sicherlich erinnern Sie sich an die Women's Land Army, die während des Ersten Weltkriegs die fehlenden Männer auf den Höfen ersetzte und viel dazu beitrug, dass die Bevölkerung nicht noch mehr gelitten hat.«

»Ja, natürlich! Und so etwas soll es wieder geben?«

Mrs Havergal nickte.

»Aber ich weiß nicht, wie ich mithelfen kann, ich habe ein kleines Kind, und wir haben bereits bei meinen Eltern

Gärten angelegt.« Zudem war es eine scheußliche Vorstellung, von morgens bis abends auf dem Feld schuften zu müssen. Schon jetzt sträubte sich alles in ihr dagegen.

Mrs Havergal lachte. »Sie werden ja ganz blass! Keine Sorge, Sie sollen nicht mitarbeiten, auch wenn Sie natürlich jederzeit eingeladen sind. Was wir brauchen, ist Ihre wundervolle Schreibe. Erzählen Sie den Menschen davon. Motivieren Sie die Leute, ihre eigenen Gärten anzulegen, daheim, auf Dächern, in Stadtparks und zerbombten Hinterhöfen. Für Gemüse findet sich immer ein Eckchen.«

Sibylla dachte an die junge Charlie, die durch ihre Artikel dazu angeregt worden war, es mit dem Gärtnern zu versuchen. Ob ihre Worte wirklich so viel Macht haben konnten? »Nun«, murmelte sie ein wenig überwältigt. »Ich kann es zumindest versuchen.«

Kurz darauf saß sie neben Mrs Havergal im Wagen und erfuhr alles über die *Dig For Victory*-Kampagne der Regierung. Alle Mädchenschulen, die sich dem Gartenbau verschrieben hatten, nahmen teil, zudem Vereine, Schulkinder, Alte und Kriegsversehrte. Jeder, der eine Hacke halten konnte, sollte Nahrung anbauen, auch mitten in der Stadt, lautete die Devise.

»So schlimm steht es?«, sagte Sibylla und fühlte sich, als habe sie bislang in einem goldenen Käfig gelebt. Natürlich waren ihr die vielen Obdachlosen aufgefallen, und auch die immer länger werdenden Schlangen an den Essensausgaben, aber sie hatte fest geglaubt, dass die Nahrungsmittel für alle reichten. Dass die Regierung es schon richten würde. Schließlich war ein Großteil des Landes vom Krieg unberührt geblieben.

Mrs Havergal nickte. »So schlimm, ja. Wenn die Leute nur noch Brot und Kartoffeln essen, überleben sie zwar, aber sie werden krank. Das Volk muss stark bleiben. Sie sagen, das sei jetzt unsere Front. Wir Frauen stehen hier für unser Land ein, die Männer in der Ferne. Wenn die Leute ihr Essen selbst anbauen, bekommen die Soldaten auch genug, verstehen Sie?«

Sibylla nickte. »Aber was ist meine Aufgabe bei alldem?«

»Sie schreiben über unser heutiges Vorhaben. Wir brechen in einem Park die Erde um. Aus einer Wiese wird ein Acker, die Mädchen werden ihn umgraben und düngen. Anwohner und Zuschauer versuchen wir direkt für unsere Sache zu gewinnen. Waterperry wird dieses Projekt von nun an betreuen, aber es ist nur eines von vielen, die in diesem Frühjahr folgen sollen. Sämlinge und Setzlinge bekommen die Teilnehmer von uns.«

Sibylla musterte Mrs Havergal, die eindeutig Feuer und Flamme für den Plan der Regierung war. Dennoch war da etwas, das ihren Enthusiasmus trübte, und Sibylla ahnte auch, was. »Sie geben Ihre Setzlinge kostenlos ab?«

»Sie haben es erfasst. Der Marktverkauf wird größtenteils ruhen, was uns vor Probleme stellt.«

»Ein Teil der Finanzierung der Schule kommt durch die Verkäufe herein, nicht wahr?«

»Ja, aber dieses Jahr wird es noch gehen. Und vielleicht ist nächstes Jahr alles so weit eingespielt, dass die Menschen selbst …«

»… oder der Krieg ist vorbei«, fiel Sibylla ihr ins Wort. Sie versuchte, hoffnungsvoll zu klingen, und hatte doch sofort einen schalen Beigeschmack im Mund.

Mrs Havergal antwortete nicht. Keine von beiden wollte aussprechen, was sie beide ahnten. Wenn dieser Krieg schnell endete, dann weil England fiel und genauso überrannt wurde wie halb Europa. Wenn es sich hielt, und das musste es – es musste einfach! –, dann mussten sie sich auf eine lange, entbehrungsreiche Zeit einstellen.

15

Borneo, Februar 1941

Sie hatten erwogen, nach Thailand zu gehen, doch seit Dezember war es auch dort nicht mehr sicher. Frankreich hatte gegen Hitlerdeutschland verloren. Nun waren die Franzosen schwach und beinahe wehrlos.

Thailand witterte seine Chance, einst verlorene Gebiete zurückzuerobern, und griff die französische Kolonie Indochina an. Flugzeuge beider Seiten bombardierten Orte in Laos, Vietnam und Kambodscha und lieferten sich heftige Seeschlachten. Die Welt war verrückt geworden.

Bennet und Tilda nahmen in der Nacht Abschied von ihrem Häuschen und den Gärten.

Tilda hatte in den vergangenen Tagen viel geweint, doch jetzt fühlte sie sich wie versteinert. Eine wandelnde Statue. Sie musste wie Stein sein, musste diesen Panzer tragen, denn sonst hätte sie sich einfach mit Armen und Beinen an einen der Pfosten ihres Stelzenhäuschens geklammert, die das Dach stützten, und geschrien. Aber sie schrie nicht. Sie weinte auch nicht. Stattdessen schlich sie einfach hinter Bennet her zu einem wartenden Boot, das sie auf einen recht kleinen Hochseedampfer bringen würde, der sie unauffällig aufnehmen sollte. Zu gefährlich war es geworden, im Hafen von Jesselton einzusteigen.

Mr Parkland vertraute dem Kapitän, und sie hatten einen

saftigen Aufpreis bezahlt, um nachts mit einer Ladung grüner Papaya, harter kleiner Zitronen und Bananen an Bord gehen zu dürfen.

Tilda sah nicht zurück, weil sie Angst hatte, der Anblick des Häuschens würde ihren Schutzmantel zerbrechen lassen wie Glas. Sie hörte Bennet vor sich leise seufzen. Schon das reichte, dass sich die ersten feinen Risse bildeten.

Sag nichts, dachte sie, *bitte, sag jetzt einfach nichts.*

Er tat es nicht, nahm ihr nur das Gepäck ab und half ihr ins Boot. Dabei hielt er sich steif, als wolle auch er keinen letzten Blick riskieren. Erst als sie ablegten und nebeneinander auf dem Gepäck saßen, hielt er ihr seine Hand hin, die Innenfläche nach oben. Es war ein Angebot. Sie zögerte, dann legte sie die ihre doch hinein und verschränkte die Finger mit seinen.

»Wir waren so glücklich«, sagte sie mit belegter Stimme.

»Ja, und wir werden es wieder sein. Wir nehmen das Glück einfach mit uns.« Er sah sie beschwörend an. Tilda wusste, dass seine Augen jetzt genauso dunkelgrün waren wie der Urwald bei Nacht. Ein Zittern lief durch ihren Körper, doch sie ließ das Weinen nicht heraus.

Er legte ihr den Arm um die Mitte. Schweigend ließen sie sich noch ein letztes Mal vom Konzert der Nachtvögel verzaubern, die dem ersten Licht der Dämmerung entgegensangen, einzig unterbrochen vom leisen Eintauchen und Plätschern der Ruder, die sie schneller dem Meer entgegentrugen, als es der Fluss von allein getan hätte.

Schon hatten sie die Biegung erreicht, und Tilda drehte sich ruckartig noch einmal um. Sie hielt es einfach nicht mehr aus. Doch das Häuschen war bereits zwischen den Bäumen verschwunden. »Es ist fort«, sagte sie bestürzt.

»Ja.«

Sie schwiegen, bis sie gemeinsam mit der milchigen

Dämmerung das Meer erreichten. Ihr Boot kämpfte sich durch die Brandung. Das Schiff wartete bereits. Die Silhouette malte sich schwarz gegen den verblassenden Nachthimmel ab. Nur zwei kleine Positionslichter funkelten an Deck, winzig wie Sterne.

»Ich rieche den Wald schon nicht mehr«, murmelte Bennet mit leisem Schmerz in der Stimme. Dann nahm er seine Pistole in die Hand und prüfte das Magazin. Bis zu diesem Moment wussten sie nicht, ob sie Parklands Kapitän vertrauen konnten.

»Steck sie weg«, sagte Tilda leise. »Wenn du vorhast, jemanden zu erschießen, hätten wir auch einfach bleiben können. Und wenn du es nicht vorhast, brauchst du die Waffe nicht.«

Bennet knurrte einen Fluch, so leise, dass sie keine einzelnen Worte ausmachen konnte, dann schob er die Pistole in seinen Hosenbund und zog die Jacke darüber.

Als ihr kleines Boot gegen den Rumpf des Dampfers stieß, war Tilda so flau, dass sie am liebsten Reißaus genommen hätte. Sie gab eigentlich nichts auf diffuse Ängste und Ahnungen und konnte sich immer recht gut davor abschirmen, doch jetzt bröckelte ihre unerschütterliche Zuversicht.

Etwas sagte ihr, dass es keinen Unterschied machte, ob sie blieben oder dieses Schiff bestiegen. Das Ungemach lauerte überall. Vor dem, was sie erwartete, konnten sie nicht davonlaufen.

»Morris?«, rief jemand von oben herab und schwenkte eine Laterne.

»Ja.«

»Beeilen Sie sich.« Ein Seil mit einem Netz daran wurde heruntergelassen. Sie stellten ihre Taschen und eine einzelne Kiste in das Netz und hängten es an mehreren Stellen in einen Haken ein. Eine Seilwinde quietschte, und ihr Gepäck hob sich in den Nachthimmel und wurde an Bord gebracht. Als Nächstes kam ein Fallreep hinunter. Tilda wollte schon danach greifen, doch Bennet hielt sie zurück. »Nicht, du weißt nicht, was dich oben erwartet«, flüsterte er, überprüfte noch einmal den Sitz seiner Waffe und ergriff dann das Seil.

Tilda schaute gebannt zu, wie er die wackelige, aus nichts anderem als verknotetem Seil bestehende Leiter hinaufstieg. Wellen hoben das kleine Boot hoch und rieben es gegen die Bordwand des Dampfers. Holz knirschte gegen Stahl.

Bennet war verschwunden. Bange Augenblicke starrte sie die Krümmung des Schiffsrumpfs hinauf, dann endlich beugte er sich über die Reling. »Komm vorsichtig hoch, gut festhalten.«

Darauf wäre ich allein sicherlich niemals gekommen, dachte sie bissig und wusste doch, dass sie nur deshalb so gereizt war, weil sie die Traurigkeit nicht an sich heranlassen wollte. Während sie die Hände fest um die Seile schloss und den ersten Fuß auf eine Querverbindung setzte, wurde ihr in aller Klarheit bewusst, dass sie hier, an diesem vergessenen Zipfel der Welt, dauerhaft glücklich geworden wäre. Sie hätten ein bescheidenes kleines Leben geführt, und sicher hätte Tilda ihre Familie und Freunde vermisst. Und doch wäre alles gut gewesen.

Doch nun war es vorbei damit. Das Brennen in ihrer Kehle wollte sich gerade wieder in den Vordergrund drängen, als eine größere Welle den Dampfer in Bewegung versetzte. Das Fallreep schaukelte an der Bordwand hin und her, und Tildas Knöchel schrappten an rostigem Metall entlang. Sie biss die Zähne zusammen. Sie durfte jetzt nicht loslassen. Um nichts in der Welt durfte sie loslassen!

So schnell sie konnte, stieg sie das wackelige Reep hinauf, das sich ständig anfühlte, als wolle es unter ihr nachgeben. Endlich reckte sich ihr eine vertraute Hand entgegen, die sie auch im Dunkeln wohl unter Hunderten erkannt hätte. Erleichtert griff sie zu. Sofort hielten sie lange, sehnige Finger, zogen sie hinauf. Sie machte einen großen Schritt über die Bordwand und blieb neben Bennet stehen, ohne ihn loszulassen. Ihre Knie fühlten sich weich an, und erst jetzt merkte sie, dass sie die Luft angehalten hatte. »Geschafft«, sagte sie leise, dann nahm sie den kräftigen Mittfünfziger wahr, der neben Bennet stand. Eine Laterne beschien sein blondes, von der Sonne strähnig ausgeblichenes Haar, das einen starken Kontrast zu seiner stark gebräunten Haut bildete. Er musterte sie mit hellen Augen, deren Farbe Tilda in der Dunkelheit nicht deutlich erkennen konnte. »Willkommen an Bord der *Sussex Star*«, sagte er lächelnd, und um seine Augen sprossen Fältchen ohne Zahl. Tilda fand ihn auf den ersten Blick sympathisch.

»Das ist Kapitän Gerken, Tilda, er bringt uns heim.«

Aber ich bin *daheim*, bäumte sich etwas in ihr auf. Doch sie erwiderte nur tapfer Gerkens Lächeln und schüttelte seine Hand. »Vielen Dank, Kapitän.«

»Brechen wir auf.« Er rief seinen Männern Befehle zu, doch jeder schien bereits zu wissen, was von ihm erwartet wurde.

»Man bringt Sie gleich in Ihre Kabine.«

»Nein, noch nicht, ich will noch ein Weilchen hier draußen bleiben«, sagte Tilda mit belegter Stimme. Sie winkte den beiden Fischern zu, die sie hergebracht hatten. Die setzten bereits Segel, um in der Morgendämmerung zwischen den Eilanden ihre Netze auszuwerfen. Ihr Boot glitt langsam davon.

Die Schiffsmotoren, die bislang nur leise gebrummt hatten, tönten plötzlich lauter. Matrosen eilten über Deck, und rasselnd wurde der Anker an seiner Kette hochgezogen. Trümmer von Korallen und weichem Gestein folgten nach oben und lockten eine gierige Vogelschar an.

Aus den Schloten drang schwarzer, schwerer Rauch. Er wurde vom Wind hinabgedrückt. Einen Moment lang hüllte er Tilda ein, bis ihre Augen tränten. Das Schiff schob sich langsam vorwärts und nahm an Fahrt auf. Sie spürte mehr, als dass sie sah, wie Bennet neben sie trat und ihr über den Rücken rieb. Die vertraute Berührung zerriss mühelos ihren Schutzpanzer. Tilda lehnte sich an ihn, brauchte Bennet gerade mehr denn je. Ihr war gleich, was die anderen darüber dachten und ob ihr Verhalten womöglich ungebührlich war. Sie umschlang Bennets Mitte mit beiden Armen und presste sich an seine Brust. Dabei sah sie auf das Meer und die schrumpfende Küstenlinie zurück. Die Sonne hatte den Horizont noch nicht erreicht, doch sie sandte bereits ihre Boten voraus. Dämmerlicht tauchte die vereinzelten Wolken, die sich über dem Wald zu dichten Gruppen sammelten, in zarte Violetttöne, die nach und nach erst in Rot und dann in Goldgelb übergingen.

Scharen von Seevögeln durchmaßen den Himmel mit ihren scharfkantigen Flügeln. Schwarze Silhouetten vor einem ganzen Kaleidoskop aus Farben, die sich auch in den tanzenden Wogen brachen.

»Das ist so schön.« Tilda wischte sich eine Träne von der Wange.

»Ja. Als würde Borneo versuchen, uns wieder zurückzulocken.«

»Ich habe eine solche Angst, dass wir das hier nie wiedersehen, Bennet.«

»Solange wir leben, werden wir reisen«, erwiderte er rau.

»Und das soll mich trösten?«

»Tilda, Liebste, fang nicht wieder an. Es gibt kaum einen Ort, an den wir uns wenden können, wo kein Krieg herrscht, wir nicht unter Feinden sind oder nicht von mir verlangt wird, eine Waffe in die Hand zu nehmen. Entweder wir sind so lange auf See, dass alles vorüber ist, wenn wir ankommen, oder sie ziehen mich ein, sobald wir in England sind. Aber dann kämpfe ich wenigstens in Europa und nicht einen halben Erdball von dir entfernt.« Er drückte Mund und Nase in ihr Haar und schwieg. Es gab nichts mehr zu sagen.

Tilda strich ihm über den Rücken. Seine Muskeln waren wie versteinert vor Anspannung. Äußerlich wirkte Bennet ruhig wie fast immer, doch in ihm schien etwas zu toben, das er nur unter Aufwendung all seiner Kräfte im Zaum halten konnte.

In diesem Moment gab etwas in Tilda auf. Sie hatten ihr Heim auf Zeit verlassen und würden nicht mehr zurückkehren. Dieser Kampf war verloren. Doch der nächste, weit größere, lag noch vor ihnen.

16

Oxford, Februar 1941

Es hatte Francis überraschend gutgetan, Zeit in seinem Elternhaus zu verbringen. Er war zur Ruhe gekommen, soweit das möglich war. Am Tag fühlte er sich beinahe wieder wie früher. Doch seine Albträume ließen sich so wenig abschütteln wie sein eigener Schatten.

Oft besuchte er seine Schwester, die mit ihren drei Kindern allein zurückgeblieben war, während ihr Mann an der Front kämpfte. Doris war ein funkelndes Juwel. Ganz gleich, wie schwer sie auch an ihrer Situation und der Sorge um ihren Mann trug, verlernte sie es nie, zu lächeln und die kleinen glücklichen Momente im Leben zu schätzen.

Francis hatte erst geglaubt, sie tue es für ihre Kinder, doch da kannte er seine Schwester schlecht. Sie brauchte niemandem etwas vorzutäuschen. Vermutlich konnte sie das nicht einmal.

An diesem kühlen, aber trockenen Morgen spielte Francis mit seinen fünf und sieben Jahre alten Neffen Fußball, während Doris mit ihrer Schwiegermutter und der kleinen Tochter losgezogen war, um für Essen anzustehen. Sie würden sich aufteilen, eine beim Bäcker, die andere beim Gemüsehändler. Die Zuteilungsmarke für Fleisch hatten sie bereits aufgebraucht, neue würde es mit Glück in zwei Wochen geben.

Francis wünschte, er könnte mehr tun, um sie zu unterstützen, hatte ihr alles von seinem Sold gegeben, was er gerade so abzweigen konnte. Er rauchte nicht mehr, stattdessen kauften sie für das Geld mehr Essen für die Jungen, die immer hungrig waren.

Francis, der in einem kleinen Tor aus Stöcken stand, ließ gerade unter großen Gesten absichtlich einen Ball passieren, als die Frauen zurückkehrten. Die Jungen rannten Mutter und Großmutter entgegen, Francis folgte mit dem Ball unter dem Arm und nahm Doris eine voll beladene Tragetasche ab. Der Griff schnitt ihm in die Finger. Die Hand zitterte mit seinem Arm um die Wette, der sofort gegen die Belastung protestierte, doch wenigstens ließ er den Einkauf nicht fallen. Seine Finger gehorchten ihm wieder. Zumindest das. »Habt ihr viel bekommen?«

»Kartoffeln, Steckrüben, ein paar Zwiebeln. Zum Glück auch etwas Schmalz.«

»Getrocknete Bohnen und einen Kohl«, ergänzte ihre Schwiegermutter, die den Kinderwagen schob und ihn gleichzeitig wippte, damit das Kind nicht wach wurde.

Ihre kleine Prozession erreichte das schmale, etwas heruntergekommene Häuschen, das sie bewohnten. Die weiße Tünche blätterte an einigen Stellen ab, der Sockel aus ineinandergefügten Findlingen war an manchen Stellen feucht. Francis war auf das Dach gestiegen und hatte einige Schindeln ersetzt oder zumindest so weit durchgetauscht, dass die schadhaften am Dachüberstand lagen, wo eindringendes Wasser nichts ausmachte.

Sie verstauten alles in Vorratsschränken. »Francis, bleibst du noch ein paar Tage?«, fragte Doris unvermittelt, während sie eine große Steckrübe, einige Kartoffeln und ein kostbares Stückchen Schweineschwarte für das Mittagessen herauslegte.

»Wenn du möchtest, gern, aber ich will euch nicht zur Last fallen.«

»Ganz im Gegenteil, ich habe einen Überfall auf dich vor, Brüderchen. Ich habe unsere alte Nachbarin Mrs Lane beim Bäcker getroffen. Sie hat gefragt, ob du ihrem Mann helfen würdest, die alte Buche an ihrem Haus zu fällen. Du könntest ein Viertel von dem Holz als Lohn bekommen. Wir haben fast keine Kohle mehr, und es bleibt noch lange kalt.«

Francis legte seiner Schwester beide Hände auf die Schultern und sah ihr fest in die Augen, die seinen so ähnlich waren. »Jederzeit. Ich helfe euch, wann immer es in meiner Macht steht. Natürlich bekommt ihr das Holz.« Er fühlte sich leicht in diesem Moment. Für einen Augenblick schien das Gewicht von ihm gehoben, das ihn stets niederdrückte. Er war nicht nutzlos, er konnte trotz des versehrten Arms etwas tun, das seiner Schwester und ihrer Familie half, und sehnte schon das Gefühl völliger Erschöpfung herbei, das ihn morgen Abend nach einem Tag harter körperlicher Arbeit ereilen würde.

Seitdem er sich so weit erholt hatte, dass er sich nicht mehr krank und träge fühlte, weil sein Körper schlicht von der Anstrengung der Heilung ermattete, hatte er sich danach gesehnt, sich endlich wieder zu verausgaben. Schon früher war er auf diese Weise seine Sorgen und Albträume losgeworden. Wenn seine muden Muskeln am Abend seinen Kopf mit ins Reich der Träume rissen, schlief er wie ein Stein.

»Was ist, Francis? Brüderchen?« Doris musterte ihn besorgt. Verdammt, was war nur mit ihm los? Wie lang war er in Gedanken weggedriftet?

»Alles in Ordnung.« Er wollte sich von ihr losmachen, doch sie hielt ihn fest, zog ihn an sich. Kannte ihn besser als er selbst, denn nun waren sie in der Ausgangsstellung zum

Tanzen. Sie drehte sich ein paarmal, als höre sie in ihrem Kopf wilde Musik. »Na los, Francis.«

Er machte ein paar unentschlossene Schritte, doch für die Musik, die sie hörte, blieb er unempfänglich.

Protestierend boxte sie ihm gegen die Brust und erinnerte ihn dabei fatal an Sibylla. Auch sie hatte es nicht hingenommen, wenn er sich verweigerte.

Doris stampfte mit dem Fuß auf. »Nein, nein, nicht dieser Blick, Herr Bruder, nicht das alte Leiden. Du bist krank, du brauchst Medizin, aber keine, die dir ein Arzt verschreiben kann. Heute Abend gehen wir tanzen, du und ich.«

Francis seufzte und hob seine Hand, die wie zum Beweis prompt zu zittern begann.

»Das ist keine Ausrede. Deine Füße und deine Beine sind in Ordnung, führen kann ich mich selbst.«

Sie stemmte die Hände in die Hüften, sah ihn herausfordernd an, und da wusste er, dass sie ihm keine Chance lassen würde.

Seine Tanzschuhe passten ihm noch. Es waren jene schwarzweißen aus Leder, in denen er die schönsten Abende mit Sibylla verbracht hatte. Mit dem Ende ihrer Liaison hatte er damals auch die Schuhe verbannt. Es fühlte sich falsch an, ohne Sibylla die Tavern zu betreten, wie eine Mischung aus Verrat und dem Versuch, sich selbst zu vergiften. Die Erinnerungen würden wehtun, aber womöglich war die Zeit dafür längst gekommen.

Doris und er waren zu Fuß gegangen, den ganzen Weg bis ins Zentrum. Sie trug ein hübsches, grün kariertes Kleid mit einem breiten, weißen Gürtel. Der Rock schwang bei jeder Bewegung und war in den Augen vieler Leute sicherlich unanständig kurz, doch niemand wagte, etwas zu sagen, solange Francis an ihrer Seite ging.

Doris hatte sich bei ihm untergehakt und ignorierte das Zittern, das seinen Arm in Wellen befiel, als sei es gar nicht da. Seine Schwester war ein Schatz, daran hatten auch ihre Heirat und die Geburt von drei Kindern nichts geändert. Ganz im Gegenteil.

Wäre die Nacht nicht so ungewöhnlich still gewesen, hätte es genauso gut zehn Jahre eher sein können, als sie beide noch bei den Eltern gelebt hatten und der Vater Francis als Aufpasser mitschickte.

Wie sehr sich doch alles geändert hatte. Die Welt taumelte in einer Spirale der Gewalt immer schneller abwärts.

Francis fragte sich, wo das enden würde. Vielleicht in einem gewaltigen Knall, der Völker und Länder hinwegfegen würde wie lästige Insekten.

»Irgendwo in London regnen Bomben vom Himmel, und wir gehen tanzen«, sagte er leise.

Doris drückte seinen Arm, während sie an einer Reihe von Propagandaplakaten vorbeiliefen, auf denen die Bevölkerung zum Durchhalten aufgerufen wurde und junge Männer dazu, sich freiwillig an die Front zu melden.

»Was sollen wir denn sonst tun?«, erwiderte Doris, und er meinte zu hören, wie der altbekannte Trotz ihre Stimme färbte. »Wir können doch nicht einfach dasitzen und zusehen, wie die Welt vor die Hunde geht! Du bist beinahe draufgegangen für Volk und Vaterland. Wenn jemand ein Anrecht auf ein wenig Ablenkung hat, dann du!«

»Mag sein, aber es fühlt sich trotzdem falsch an.«

»Weil du, mein lieber Bruder, *willst,* dass es das tut. Du schleppst Schuldgefühle mit dir herum, schwer wie Mühlsteine.« Sie sah ihn mit blitzenden Augen an. In ihrer Stirn wippte eine dunkle, aufgedrehte Locke. Es sah aus, als müsste es schrecklich kitzeln. Francis ertappte sich dabei, lieber über Doris' Haar nachzudenken, als sich einzugestehen, dass sie einen wunden Punkt traf.

»Wenn du schon nicht für dich mit ganzem Herzen dabei bist, dann sei es für mich, Francis. Ich komme vor Angst um meinen Mann fast um. Lenk mich nur einen einzigen Abend lang ab, nur für ein paar Stunden, dann habe ich wieder genug Kraft, um weiterzumachen und für die Kinder da zu sein. Genug, um nicht in Tränen auszubrechen, wenn sie nach ihrem Vater fragen.«

»Versprochen«, murmelte Francis und versuchte sich an einem Lächeln.

Die Tavern sah aus wie immer. Zwar war die Speisekarte bis auf einige Kleinigkeiten zusammengestrichen worden und das Bier aberwitzig teuer, aber es roch noch immer gleich, und der Beat, der bis auf die Straße hinausschallte, fand Echo in seinem Herzschlag.

Doris zog ihn hinter sich her in das vertraute Dunkel holzgetäfelter Wände und dichten Zigarettenrauchs. Von den Wänden blickten Legenden des Swing und amerikanische Lindy-Hop-Größen aus gerahmten Plakaten.

Es war überraschend voll, allerdings gab es einen Überschuss an jungen Frauen, eine jede von ihnen herausgeputzt. Kurz dachte Francis an seinen gefallenen Freund Steven. Wie wohl er sich hier gefühlt hätte in der Rolle des Hahns im Korb! Hoffentlich gab es ein Paradies, und hoffentlich sah seins genauso aus.

Doris verschwendete keine Minute. Energisch drängelte sie sich in gerader Linie der Tanzfläche zu, über der sich die Spiegelkugel hastig drehte und ihren Funkenregen versprühte. Es würde keinen Drink vor dem ersten Tanz geben, denn sie hatten nur Geld für einen einzigen.

Doris griff seine Hände, nahm die zitternde mit etwas mehr Kraft in ihre. Ein Lied endete, sie huschten auf die

Tanzfläche, und dann verstrichen ein, zwei bange Herzschläge. Der Sänger der kleinen Band zählte an. Der Trompeter blies ein Fanal, dann ratterte die Drum los. Doris sah aus, als fielen mit einem Schlag sämtliche Sorgen von ihr ab. Ihre Füße hämmerten über das Parkett, als würde sie steppen. Francis zählte still, dann setzte er ein.

Die Musik riss sie beide davon. Schnell und schneller drehten sie sich, feuerten einander mit Blicken an. Tanzten bis zur völligen Erschöpfung und darüber hinaus.

Es war nicht wie mit Sibylla, aber doch fast genauso gut. Unbewusst hielt er nach ihr Ausschau, suchte ihr Antlitz in der vorbeihuschenden Menge, als *müsse* sie einfach da sein.

Doris riss ihn wieder und wieder von diesem Abgrund fort. Ihr Lächeln und der Ausdruck blanker, trotziger Lebensfreude waren wie Medizin. Er war nicht nutzlos, er war nicht kaputt. Er konnte noch tanzen, wenn auch nicht so wie früher. Doch er fühlte die Musik noch, und in diesem winzigen Augenblick spürte er, dass er wieder glücklich sein würde, irgendwann.

Doris' Wangen hatten mittlerweile die Farbe reifer Himbeeren angenommen, und sie atmete mit leicht geöffnetem Mund. Ihm selbst rann der Schweiß aus dem sorgsam gescheitelten Haar. Ohne sich abzusprechen, verließen sie atemlos die Tanzfläche, und dann stolperte Francis beinahe, als er ein vertrautes Gesicht gleich vor sich sah.

Eisig wie kalter Stahl drückte sich der Verlustschmerz in sein Genick. Er spannte Rücken und Schultern an. Vorbei war es mit dem kleinen Glück, das er kurz unter dem Licht der Spiegelkugel wiedergefunden zu haben glaubte. Stattdessen reckten die Schuldgefühle ihre hässlichen Köpfe. Er hatte versucht, vor ihnen davonzulaufen, doch im Gegensatz zu ihm wurden sie nicht müde, kannten keinen Schlaf und keine Pause.

»Francis, du bist es wirklich! Ich dachte, ich sehe einen Geist!«

So fühle ich mich auch, wollte er antworten, als sein Jugendfreund Blake auf ihn zukam. Francis schob Doris von sich. Seine Schwester sah ihn mit einem verständnisvollen Lächeln an, in dem keine Freude lag, und machte sich auf den Weg zu einer Gruppe Frauen, die sie zuvor bereits mit einem Winken gegrüßt hatte.

In Francis sträubte sich alles, doch er lief nicht davon. Dies war ein Gespräch, das er früher oder später führen musste. Vielleicht war früher besser.

Blake gab ihm die Hand, dann umarmten sie sich und klopften einander auf den Rücken.

»Einen Drink, ich lade dich ein«, sagte Blake. Francis trottete in seinem Fahrwasser zur Bar, während um ihn herum die Musik leiser wurde und dafür die Gespräche beinahe ohrenbetäubend laut. Blake bestellte Whisky, dann verzogen sie sich gemeinsam an einen Stehtisch in einem Winkel, in dem es so ruhig war, dass sie einander verstanden, ohne schreien zu müssen.

»Auf Steven.« Blake stieß sein Glas gegen das von Francis.

Ein Tropfen des Drinks schwappte über und glitt ihm kalt über die Finger. Francis nippte und fühlte der angenehm rauchig, fruchtigen Torfnote nach, die sich in seinem Mund ausbreitete. Es gelang ihm nicht, sich lange abzulenken, auch wenn der Whisky vorzüglich war. »Seit wann weißt du es?«

»Ich war bei seiner Beerdigung.«

Francis trank schnell noch einen Schluck. Wie seltsam es war, sich vorzustellen, dass er in Stevens schwerster Stunde bei ihm gewesen war, nicht aber auf seiner Beisetzung. »Ich war dabei, als er starb.«

Auf Blakes Stirn bildete sich eine tiefe Falte. Sie tranken beide einen Schluck, bevor Francis von dem schweren Beschuss ihres Zerstörers vor Dünkirchen berichtete. Wie sie vorher noch gescherzt hatten und Steven dann am Bein getroffen wurde. Es war wie ein nie enden wollender Albtraum, der sich auch bei Tage wiederholte.

»Ich konnte nicht weg, Blake. Ich wollte ihm helfen, aber die Stukas kamen über uns wie die Hornissen. Ich habe sein Bein abgebunden und dann weitergefeuert. Jedes Flugzeug, das wir vom Himmel holten, rettete Hunderten Kameraden das Leben. Und ich habe einfach nicht gemerkt, wie schlimm es um ihn steht. Es nicht gemerkt! Er hat neben mir gelegen, seine Scherze gemacht und ist dabei einfach verblutet.«

»Du musst dich nicht rechtfertigen, Francis.« Blake schlug ihm auf die Schulter.

»Wenn nicht, warum frisst es dann so an mir? Er war mein Freund, verdammt, mein Waffenbruder! Aber hätte ich meinen Posten verlassen und ihn zu den Sanitätern bringen sollen? Das Deck des Zerstörers … Du kannst es dir nicht vorstellen. Überall Leichen, es brannte, und dann die Schreie! Ich habe sie trotz des Flakfeuers gehört, als sei es eine völlig andere Frequenz. Da waren Männer, denen hatte es die Beine weggerissen …« Francis rieb sich über die Augen. Als ob sich die Bilder von einer solch harmlosen Geste vertreiben ließen! Er stürzte den restlichen Whisky hinunter, das half ein wenig.

»Wie sollte ich ihn denn durch diese Hölle tragen?«, sagte er erschöpft.

Blakes Kiefer spannten sich an, er schluckte und schüttelte dann den Kopf. »Gar nicht, Francis.«

Sie schwiegen eine Weile miteinander. Blake bestellte noch einen Drink, und sie tranken, ohne dass einer von ihnen ein Wort sagte. »Musst du wieder zurück?«, fragte Blake irgendwann.

Francis schüttelte den Kopf und hob seine Hand. Der Tremor kam wie auf Knopfdruck. »Damit treffe ich nichts mehr. Und du? Hast du schon Bescheid?«

Blake lachte trocken auf. »Ich wollte Steven und dir nacheifern, aber ich bin ihnen nicht gut genug. Herzfehler. Wer hätte das gedacht.«

»Ja. Wer hätte das gedacht«, murmelte Francis, wandte sich zur Tanzfläche um und erinnerte sich wehmütig an seinen ganz eigenen Herzfehler.

17

Oxford, März 1941

Sibylla hätte nicht erwartet, mit ihren Reportagen zur *Dig For Victory*-Kampagne so viel Erfolg zu haben. Ihre Artikel wurden in verschiedenen Zeitungen mehrfach abgedruckt.

Gemeinsam mit Mrs Havergal arbeitete sie an einem Kalender für Laiengärtner. Während die unermüdliche Rektorin von Waterperry ihre Schülerinnen genaue Listen ausarbeiten ließ, welche Gartenarbeiten in welchem Monat anstanden und welche Bedingungen wie Wetter, Temperatur und Bodenbeschaffenheit nötig waren, steuerte Sibylla unterhaltsame und zugleich lehrreiche Begleittexte bei. Dafür erhielt sie nicht nur einen Anteil des Verkaufserlöses, sondern auch einen Vorschuss vom Ministry of Agriculture.

Sie schrieb so viel, dass es sich anfühlte wie ein Rausch, der sie zumindest zeitweilig ihre Sorgen und Nöte vergessen ließ. Heute war ein ganz besonderer Brief eingetroffen.

Sibylla las ihn wieder und wieder, prüfte den Absender erneut und war dann endlich überzeugt, dass sie keinem Scherz aufsaß. Es war ein Brief vom Landwirtschaftsministerium an sie persönlich.

Er war gestern schon eingetroffen, doch sie hatte ihn erst heute Morgen geöffnet, nachdem Philipp sie um kurz vor sechs wachgequengelt hatte. Nun, nachdem sie die Morgentoilette erledigt und ein schlichtes, aber hübsches Hauskleid angezogen hatte, schlief er wieder tief und fest in seiner Krippe. Sibylla betrachtete ihren Sohn eine Weile versonnen. Seine runden Bäckchen waren noch vom Weinen gerötet. Blonde Locken standen in alle Richtungen. Die Arme hatte er über den Kopf gelegt und die kleinen Hände wie zu einem stillen Protest zu Fäustchen geballt. Er sah aus wie ein Engel auf einem alten Gemälde.

Seitdem sie ihn hatte, war alles anders. Die Liebe zu ihm ließ sich nicht in Worte fassen. Hier versagten ihre schriftstellerischen Fähigkeiten. Alle anderen Gefühle verblassten vor dem Wunsch, diesen Winzling zu schützen. Sie hätte alles für ihn aufgegeben, ihre Familie, ihren Mann, sogar ihr eigenes Leben. Hoffentlich war der Krieg bald zu Ende, dann konnte er in Frieden aufwachsen.

Sibylla riss sich von seinem Anblick los, nahm den Brief an sich und verließ ihr Zimmer auf Zehenspitzen. Ihre weichen Hausschuhe flüsterten über das Parkett. Sie passierte eine große Standuhr im Flur. Es war kurz vor sieben. Aus dem Salon im Erdgeschoss klang das Klappern von Geschirr. Der Duft von gebratenem Speck, Eiern und Schnittlauch wehte ihr entgegen.

Wie immer wurde im Hause Healey pünktlich um sieben Uhr das Frühstück serviert, daran hatte auch der Krieg nichts ändern können. Ihr Vater saß bereits am Tisch und las wie jeden Morgen die Zeitung. Seine Stirn war gerunzelt, und die Brille saß weit vorn auf der Nase. Ohne aufzusehen, trank er einen Schluck Tee und stellte die filigrane Tasse mit schlafwandlerischer Sicherheit zurück auf die Untertasse.

»Guten Morgen«, grüßte Sibylla leise und setzte sich. »Ist etwas Besonderes passiert?«

»Hmm?« Ihr Vater sah auf, schien sie erst jetzt zu bemerken und strich sich durch das mit jedem Tag etwas grauer werdende Haar.

»Ob etwas Besonderes ist«, wiederholte sie ihre Frage.

»Die Luftangriffe lassen wohl nach. Es gibt deutsche Truppenbewegungen von Frankreich weg, zurück nach Deutschland. Alle rätseln über das Warum. Sicherlich nicht aus Freundlichkeit. Die Royal Air Force, sosehr sie auch gefeiert wird, hat das nicht erreicht. Wenn du mich fragst, brauchen die Krauts ihre Truppen einfach woanders.«

Sibylla streckte die Hand aus und hob die Zeitung an, um eine Überschrift zu lesen. »Hilfsgüter?«

»Die Amerikaner entsenden mehr Waffen und Nahrungsmittel, jetzt hat der Kongress wohl auch die rechtlichen Grundlagen geschaffen. Geliefert haben sie ja schon zuvor.«

»Gut.« Mehr fiel Sibylla nicht dazu ein. Eigentlich wollte sie nicht über den Krieg sprechen. Einen einzigen Morgen lang sollte es nicht um den Schatten gehen, der sie schwarz und schwer umzingelte und das Licht selbst aus den schönsten Frühlingstagen sog.

Als hätte er ihre stumme Bitte vernommen, faltete ihr Vater die Zeitung zusammen und legte sie auf einen Stuhl neben sich. Mit einem schwachen Lächeln meinte er: »Genug davon. Wie geht es meinem Enkel?«

»Gut, nachdem er mich die halbe Nacht auf Trab gehalten hat.«

»Du könntest ihn nachts deinem Kindermädchen überlassen.«

Sibylla zog es sofort in der Brust, als habe jemand an dem unsichtbaren Band gezupft, das sie mit Philipp verband. Manchmal kam es ihr so vor, als sei die Nabelschnur nie durchtrennt, sondern nur verwandelt worden. »Du hast keine Ahnung, wie das ist, Pa. Ich habe ihn doch am Tag schon so wenig.«

Er säbelte ein Stückchen Wurst ab, spießte es auf und zeigte damit auf sie. »Es war ja nur ein Vorschlag. Deine Mutter wollte davon auch nie etwas hören. Aber beschwere dich nachher nicht über deine dunklen Augenringe.«

Sibyllas Hand ging sofort zum Gesicht. »So schlimm sind sie nicht, oder?«

Er lächelte nur und wandte seinen Blick zu dem Brief, den sie mitgebracht und neben sich abgelegt hatte. »Von Oliver?«, fragte er.

Sie schüttelte den Kopf. »Ich habe schon seit zwei Wochen nichts mehr von ihm gehört.« Mittlerweile hielt sie sich während der Durststrecken zwischen seinen Briefen tapferer. Es bedeutete weder, dass ihm etwas zugestoßen war, noch, dass er nicht schrieb. Manchmal brauchte die Feldpost einfach eine Weile, doch dann konnte sie sich oft über mehrere Umschläge zugleich freuen.

»Der Brief ist vom Ministry of Agriculture.«

Ihr Vater hob die Brauen und legte sein Besteck zur Seite. Sie hatte seine gesamte Aufmerksamkeit und fühlte sich beinahe wieder in Kindertage zurückversetzt, wenn sie etwas ausgefressen oder es Zeugnisse gegeben hatte.

»Es geht um ein Projekt für *Dig For Victory*, einen Propagandafilm, an dem ich mitwirken soll. Aber dazu später. Ich habe eine Bitte.«

»Wenn es in meiner Macht steht …«

»Das flache Stück Land«, sie wies aus dem Fenster. »Dort hinten, das vor dem Wald, wo nur Wiese ist und die paar Hortensien.« Das Anwesen verfügte über einen derart weitläufigen Garten, dass er beinahe schon als Park zu bezeichnen war. Manche Stadtparks waren kleiner. Innerhalb der hohen Hecke des Healey-Anwesens gab es nicht nur zwei große Gewächshäuser für die Orchideenzucht der Eltern, sondern auch einen Gemüsegarten, einen Rosengarten und einen, der französischer Garten genannt wurde. Daneben wurden noch Küchenkräuter angebaut, Wasserspiele speisten einen Teich, und große Wiesenflächen und Alleen leiteten den Blick auf geometrischen Pfaden in die Ferne.

»Was ist damit?«, fragte ihr Vater und drehte sich auf seinem Stuhl um.

»Gib ihn mir. Ich möchte ihn für ein Projekt. Es sind schwere Zeiten. Unsere Angestellten könnten dort mit ihren Familien Obst und Gemüse anbauen, in ihrer freien Zeit, natürlich.«

Ihr Vater rieb sich das Kinn. »Wann ist meine Tochter unter die guten Samariter gegangen?«, fragte er mit einem Lächeln, und sie wusste sofort, dass sie ihn nicht weiter überzeugen musste.

»Dann werden sie dort auch die Filme drehen, und ich kann das Ganze begleiten. Großartig!« Sie sprang auf, eilte um den Tisch und drückte ihrem Vater einen Kuss auf die Wange.

»Was ist denn hier los, habe ich etwas verpasst?« Ihre Mutter betrat das Zimmer und musterte ihren Mann und die Tochter überrascht.

»Sibylla hat soeben eine Bauernrevolution auf unserem Grund und Boden angezettelt«, sagte Vater schmunzelnd. »Und ich habe ihr nichts entgegenzusetzen.«

Eine Woche später – Sonntag

Was für ein Durcheinander. Sibylla konnte kaum fassen, was sie mit ihrer spontanen Idee angerichtet hatte.

Drei Tage nachdem der Vater ihr das Stück Wiese überlassen hatte, fast fünfhundert Quadratmeter insgesamt, hatten sie mit dem Abstecken begonnen. Gemeinsam mit Mrs Havergal war auf Papier ein Plan entstanden, den es nun in die Tat umzusetzen galt.

Sibylla war überrascht, wie viel Freude es ihr bereitete. Sie kam sich vor wie die Rädelsführerin in einer Rebellion, die dem grünen, gepflegten, aber auch völlig nutzlosen Rasen den Kampf angesagt hatte.

Ihr Hauptquartier bestand aus einem Klapptisch unter einer alten Linde. Den Plan hatte sie mit Heftzwecken am Tisch festgemacht, nachdem der Wind ihn ihr mehrfach hatte entreißen wollen.

Ihre Zeichnung war dilettantisch, aber wenigstens die Abmaße stimmten, und ihre Schreibschrift war hübsch, sodass jeder, der wollte, lesen konnte, *was* gepflanzt werden sollte.

Wiederholt hatte sie sich bei dem Blick auf ihr Machwerk dabei ertappt, an Francis zu denken. Diese Sache hätte ihm sicherlich eine geradezu diebische Freude bereitet. Sein Geschick mit Tusche und Bleistift und seine akkuraten Zeichnungen waren ihr noch immer lebhaft im Gedächtnis. Es waren keine künstlerischen Werke, wie sie Tildas Mann schuf, doch nüchtern und korrekt bis in den letzten Winkel.

Kurz bevor ihr Vater sie entdeckt und ihren gemeinsamen Traum beendet hatte, saß sie eines Nachmittags bei Francis und hatte ihm zugesehen, wie er einen Plan anlegte. Seine Konzentration war spürbar, wie ein statisches Knistern in der Luft. Beinahe unbeweglich saß er da, während seine Füße unruhig zappelten, weil er eigentlich kein Mann war, den es lange auf einem Stuhl hielt. Wie gerne sie seine kräftigen Hände mit dem stets sichtbaren Adergeflecht beobachtet hatte, Arbeiterhände, die das Geschick eines Künstlers bewiesen.

Hände, die sie mühelos getragen hatten …

Einen Augenblick lang ließ sie die Traurigkeit zu und fühlte sich wie eine Verräterin. Sie verriet nicht nur Oliver, der es nicht verdiente, dass sie ihn in Gedanken betrog. Nein, auch an Francis beging sie Verrat. Sie wandte sich um und betrachtete das kleine, alte Haus, in dem er gewohnt hatte. Das Fensterchen, unter dem sein Tisch gestanden, und die rustikale alte Holzbank, auf der er am Morgen immer seinen ersten Tee getrunken hatte. Die schwere Holztür, deren Knarren sie unter Hunderten herausgehört hätte.

Das elterliche Anwesen steckte voller Erinnerungen wie dieser, zu denen sie nicht zurückkehren wollte und es doch immer wieder tat.

Sie sollte sich schämen. Nachdem ihr Vater Francis fristlos kündigte, hatte sie sich geschworen, ihre Eltern für immer spüren zu lassen, was sie ihr angetan hatten. Und nun war sie trotz aller Vorsätze hier.

Francis würde es vermutlich nie erfahren, trotzdem hoffte sie, dass er ihr verzeihen könnte, dass sie so wenig Rückgrat besaß.

Sie seufzte und zwang sich wieder dazu, auf ihr rustikales Machwerk zu blicken. Das alles sollten sie heute noch abstecken. Ein Haufen Pflöcke und einiges an Schnur lagen bereit. Mrs Havergal war bereits eingetroffen und sprühte nur so vor Tatendrang. Sibylla gab sich einen Ruck und ging auf ihre ehemalige Lehrerin zu.

»Hierhin, die jungen Damen, schauen Sie hierhin!« Der Kameramann winkte und grimassierte. Lächeln sollten sie auch noch.

Sibylla stand als Erste in einer gemischten Reihe aus Schülerinnen und Hausangestellten ihrer Eltern. Ein jeder trat mit kräftigen Schuhen auf einen Spaten und legte Stück um Stück Erde um. Der seit bestimmt einhundert Jahren sorgsam gepflegte Rasen der Healeys verwandelte sich vor laufenden Fernsehkameras in einen Acker.

Auch wenn Sibylla die Hände wehtaten und sie wegen der Kameras am liebsten ständig in einem Spiegel ihr Aussehen kontrolliert hätte, bereitete ihr die Arbeit Freude.

Endlich hatte dieser entlegene Winkel des Gartens eine sinnvolle Aufgabe erhalten. Wer konnte schon Gras essen?

Während sie das gut geschärfte Spatenblatt erneut in die satte Erde stieß, musste sie an den Moment zurückdenken, da sie die Angestellten ihrer Eltern zusammengerufen hatten und ihren Plan erklärten.

Insgesamt arbeiteten sieben Leute für die Familie. Zwei Gärtner, der alte Porter George, der auch als Fahrer für den Vater fungierte, dazu die Haushälterin Mrs Gleeson und zwei Maids. Außerdem kam an drei Tagen in der Woche eine Wäscherin, und dann war da noch Rose, die sie selbst mitgebracht hatte.

Sie hatten sich in einem Nebenraum der Küche versammelt und blickten ihr ein wenig unsicher entgegen. Fürchteten sie Lohnkürzungen oder gar, ihre Anstellung zu verlieren? Die Kriegszeiten gingen auch an den Healeys nicht ganz spurlos vorüber. Die Einnahmen waren eingebrochen, aber ihre Eltern hatten sich bewusst dafür entschieden, die Angestellten weiter zu bezahlen und den Lohn regelmäßig der Inflation anzupassen.

»Meine Damen und Herren, ich habe Sie heute aus einem besonderen Grund hier zusammengerufen, der bei Gelingen meines Vorhabens unser aller Situation nicht verschlechtern, sondern verbessern wird.« Damit hatte sie ihre Aufmerksamkeit. Eine Maid und der Hilfsgärtner entspannten sich sichtbar. Sie wären wohl die Ersten gewesen, die ihre Anstellung verloren hätten.

Kurz umriss Sibylla die schlechte Versorgungslage mit Lebensmitteln und die Mission von *Dig For Victory*, die einfache Arbeiterschaft auch in Mangelsituationen mit ausreichend gesunder Nahrung zu versorgen.

»Es ist eine zweite Frontlinie, die Heimatfront, an der wir alle kämpfen können. Wenn die Menschen sich in Dörfern und Städten selbst versorgen, bleibt mehr für unsere Soldaten im Feld, was sich als kriegsentscheidend erweisen könnte.« Sie blickte kurz auf ihre Notizen, erwartete Erwiderungen von ihren Zuhörern, doch die blieben geradezu unheimlich still.

»Mein Vater stellt Ihnen ein Stück Land zur Verfügung, auf dem Sie gemeinsam mit Ihren Familien Obst und Gemüse anbauen können. Die Setzlinge erhalten wir von der Waterperry School of Horticulture, und die Rektorin höchstpersönlich wird uns in den Anfängen zur Seite stehen. Was sagen Sie?«

Die alternde Haushälterin Mrs Gleeson starrte Sibylla an, als habe sie eine völlig fremde Person vor sich. Es war schließlich Porter George, der die Faust in die flache Hand schlug. »Bei Gott, ich werde ackern, so viel meine alten Knochen hergeben, damit meine Kinder und Enkel etwas auf den Tisch bekommen.« Seine Augen glänzten verräterisch, als er aufstand, Sibyllas Hand ergriff und sich zackig verneigte. »Danke, Madam, danke.«

Sibylla hatte sich völlig überwältigt gefühlt. Sie kannte den mürrischen, stets korrekten Porter schon seit frühester

Kindheit. Noch nie in all den Jahren war er so kurz davor gewesen, die Fassung zu verlieren. Auch die anderen Angestellten dankten ihr nun und boten an, an Sonntagen auch ihre Familien mitzubringen, damit sie mithelfen konnten.

»Es gibt nur eine Bedingung«, rief Sibylla in das Stimmdurcheinander und hatte sofort aller Aufmerksamkeit. »Ich bin darum gebeten worden, an einem Propaganda- und Lehrfilm mitzuarbeiten. Ein Kamerateam wird unsere Anstrengungen begleiten, damit mehr Menschen unserem Beispiel folgen. Wir sind Pioniere, meine Damen und Herren!«

Und da waren sie nun, an einem kalten Samstag im März, und zerstörten Vaters Rasen. Anfangs waren besonders die Maids verschämt gewesen, sobald sich die Kamera auf sie richtete, doch mittlerweile lächelten und scherzten auch sie mit den Schülerinnen aus Waterperry.

Mrs Gleeson war nach zwei Stunden in die Küche zurückgekehrt, um eine warme Mahlzeit für alle Helfer zuzubereiten.

Ihre Eltern hatten Sibylla in dieser Sache die Führung überlassen, doch jetzt betraten sie den Garten und schienen beeindruckt.

Der Regisseur wusste mit seinem besonderen Gespür sofort, wen er vor sich hatte, gestikulierte dem Kameramann, und schon setzte sich die kleine Entourage in Bewegung. Sibylla verpasste es einen leisen Stich. Sie wechselte einen Blick mit Mrs Havergal, die ihr mit einer hektischen Kopfbewegung bestätigte, was sie zu tun hatte. Sie würde sich dieses Projekt nicht wegnehmen lassen. Sibylla schulterte ihre Hacke, wobei sie sich ein wenig martialisch fühlte, und marschierte mit großen Schritten zu ihren Eltern. Doch ihre Befürchtungen stellten sich als unbegründet heraus.

»… ich stelle nur das Land zur Verfügung, für alles andere ist meine Tochter zuständig. Es war ihre Idee, sie hat alles bis ins Detail geplant, und ich bin sehr stolz auf sie. Die Nation braucht mehr Frauen wie meine Sibylla.« Vater machte eine einladende Geste, und sie trat mit klopfendem Herzen ebenfalls vor die Kamera.

Es war eine Sache, in einer Gruppe bei der Arbeit gefilmt zu werden, etwas anderes, wenn ihr jemand ein Mikrofon vorhielt und sich die gesamte Aufmerksamkeit von Kamera und Reporter auf sie konzentrierte. Aber Sibylla wusste, was sie sagen wollte. »Vater, denkst du nicht auch, dass jeder, der über ungenutzten Grund und Rasenfläche verfügt, sie seinen Mitbürgern zur Verfügung stellen sollte, um Gärten anzulegen? Ist es nicht geradezu eine patriotische Pflicht?«

Ihr Vater wirkte ein wenig überrumpelt. Sie sah ihm förmlich an, wie seine Gedanken rasten. Seine wohlhabenden Freunde und Bekannte würden es ihm womöglich übel nehmen. Schließlich wählte er einen Kompromiss. »Jeder Bürger sollte überlegen, was er zum Gewinn dieses Krieges beitragen kann.«

Es war Nachmittag, als sie die ersten Saaten ausbrachten. Sibylla legte vorgekeimte Kartoffeln in eine Furche und schob mit den Füßen Erde darüber. Ihre Stiefel starrten vor Schlamm und verkrusteter Erde. Sie fühlte sich so müde, dass ihr alles wehtat. Aber wenn sie sich umsah, war da vor allem Stolz. Die komplette Fläche war umgegraben. Schnüre und kleine Täfelchen kennzeichneten die einzelnen Pflanzbereiche.

Was Tilda jetzt wohl gesagt hätte? Mit solch einer Entwicklung hätte sie bei ihrer vornehmen Freundin wohl nicht gerechnet. Lächelnd nahm Sibylla die nächste Kartoffel aus dem Eimer, drehte sie vorsichtig mit den schon grünen Keimen nach oben und legte sie in die Erde.

»Es wird Zeit, dass du heimkommst«, murmelte sie und wusste doch, dass Tilda es besser nicht täte.

Seit Wochen war kein Brief mehr aus Borneo gekommen. Auf den Ozeanen tobten Seeschlachten. Vermutlich war Sibyllas Angst um die Freundin unbegründet und nur die Post verloren gegangen, dennoch nagte die Sorge beständig an ihr.

»Mrs Sable, Mrs Sable, schauen Sie, wer da kommt!«, rief Porter George mit einem erfreuten Ton in der Stimme.

Sibylla sah auf und ließ augenblicklich den Korb mit den Saatkartoffeln fallen. Mit einem Schlag war alle Müdigkeit vergessen, und sie begann zu rennen.

18

Vor der Küste von Kapstadt, März 1941

Ihre Überfahrt war ganz anders verlaufen als ihre erste Reise, die sie gemeinsam in einer winzigen Kabine verbracht hatten. Dieses Mal gab es mehr als genug Arbeit für beide. Sie hatten neben einigen Herbarien auch lebende Pflanzen mitgenommen, die sie nun für eine gemeinsame Publikation untersuchten und bestimmten.

Die Pflanzen durften abwechselnd im winzigen Lichtbereich vor den beiden Bullaugen der Kabine stehen, und nach einer Rücksprache mit den Verantwortlichen hatte Tilda weitere ihrer Gewächse im kleinen Speisesaal unterbringen können, allerdings waren nur blühende Exemplare gewünscht, um die Tristesse des schmucklosen Raums ein wenig zu lindern. Sie reisten auf einem Frachtschiff, das nur bedingt Passagiere beförderte, und waren daher viel unter sich.

Bedauerlicherweise konnte Bennet keine Zeichnungen anfertigen, weil sich die steten Bewegungen der Motoren als Vibrationen auf alles Feste und Lose auf dem Schiff übertrugen.

Als nun Kapstadt in Sicht kam, waren sie mit ihrer Arbeit gut vorangekommen, und Tilda sehnte sich einer Abwechslung entgegen. Sie stand bereits an Deck, als Bennet zu ihr trat und kurz seine Hand auf ihre legte.

»Hast du mit ihm gesprochen?«, fragte Tilda. Bennet hatte nach dem Kapitän gesucht, um den Ablauf der nächsten Tage zu besprechen.

»Ja, er hat jetzt einen Überblick über die anstehenden Reparaturen. Es wird wohl mindestens zehn Tage, vielleicht aber auch ganze zwei Wochen dauern, bis das Schiff die Fahrt fortsetzen kann. Wir können weiterhin in unserer Kabine wohnen, sagt er, allerdings sollen die Mechaniker wohl auf die Uhrzeit keine Rücksicht nehmen. Sie werden in Schichten arbeiten, damit sie so schnell wie möglich fertig werden.«

»Verstehe.« Tildas Stimmung sank ein wenig. Ihre Kabine lag nicht allzu weit vom Maschinenraum entfernt, wo die meisten Arbeiten nötig waren. Es würde rund um die Uhr knallen und hämmern, und auch die metallene Außenhülle leitete Geräusche fast ungebremst weiter.

»Wir haben schon Schlimmeres überstanden«, sagte sie mit einem Seufzen und blickte dem fremden Land entgegen, dass näher und näher rückte.

»Müssen wir aber nicht.« Bennet grinste plötzlich breit und zog ein zusammengefaltetes Papier aus der Tasche. Es war mit seiner sorgfältigen Handschrift bedeckt, aber so schnell, wie er damit hin und her wedelte, war es Tilda unmöglich, etwas zu entziffern.

»Was ist das?« Unruhig trat sie von einem Bein auf das andere. Sie konnte es gar nicht leiden, wenn er sie so neckte.

»Eine Adresse, die mir der Kapitän gegeben hat. Ein Bekannter von ihm, ein Landsmann miiiiit …«, er zog das Wort in die Länge, »… einem Pflanzentick, wie er selbst es wohl nennt. Er hat mehrere Gästehäuser auf seinem großen Anwesen.«

»Und wir dürfen …?«

»Ja, vorausgesetzt, wir benehmen uns und sind ihm

sympathisch. Wir fahren heute mit dem Kapitän los, um ihn zunächst nur zu besuchen. Wenn alles glattläuft, werden wir einen schönen Ort zum Wohnen haben.«

Für einen Moment gelang es Tilda, die Sorgen zu vergessen, die sie beständig plagten. Jede Verzögerung, die sie von England fernhielt, war ihr recht. Zwei Wochen wurden ihnen also geschenkt. Sie würde jeden einzelnen Tag wie eine Kostbarkeit zelebrieren.

Und doch sehnte sie sich auch zurück in ihre alte Heimat. Sie vermisste ihre Familie und die gute Freundin, von denen sie während ihrer langen Reise keine Nachrichten mehr erhielt. Sicherlich sah Sibylla noch immer hin und wieder nach ihren Eltern. Trotzdem ließ die Sorge Tilda oft nicht schlafen.

Was, wenn eine Bombe die Gärtnerei traf? Die Region befand sich eindeutig noch in Reichweite der Deutschen, besonders seitdem sie die französische Küste eingenommen hatten und von dort aus operierten. Für ein Flugzeug war der Ärmelkanal keine Distanz.

Manchmal beneidete sie Bennet ein wenig. Er hatte niemanden, um den er sich sorgen musste, außer sie selbst, und sie war ja bei ihm. Seine Mutter war in Südamerika sicher. Für gute Freundschaften war er nie lange genug an einem Ort geblieben.

»Freust du dich schon?«, fragte er und wirkte dabei ein wenig nachdenklich.

»Natürlich«, erwiderte sie schnell und lächelte die schweren Gedanken fort.

Das Schiff schob sich langsam in eine weite Bucht. Aus grüner Küstenvegetation schälten sich mehr und mehr Häuser hervor, die sich unter einem flachen Berg zusammendrängten, als suchten sie in seinem Schatten Schutz. Es sah aus, als sei der seltsamen Felsformation die Spitze abgeschnitten worden. Dichte Wolken trieben am Himmel, wagten sich aber kaum auf das Meer hinaus.

Noch konnten sie das Land nicht riechen. Der kräftig blasende Wind kam von der See her, pfiff in den Schiffsaufbauten und trieb den Rauch der Maschinen vor ihnen her. Jetzt, so nah dem Festland, waren die Möwen überall und füllten das erwartungsvolle Schweigen der Passagiere mit ihrem Geschrei.

Bald war der Hafen deutlicher zu erkennen. Es gab Trockendocks, von denen ein stetes Hämmern herüberdrang. Der weiße Sand des Küstenstreifens war fast überall verschwunden und von schiefen Hütten, großen Lagerhallen und Schuppen überwuchert. Ein wenig vom Hafen entfernt war die Bebauung lockerer. Das Land stieg hinter dem Strand steil an, und überall krallten sich kleine Häuser in den Fels. Dazwischen wuchsen vereinzelt windschiefe Bäume und niedrige Büsche. Verglichen mit dem üppigen Urwald Borneos, wo sich Pflanzen auch noch in den winzigsten Lücken fanden, wirkte die Natur hier mager und trocken. Außerdem war es auf eine angenehme Art kühler.

Tilda sah einigen blau bemalten hölzernen Fischerbooten nach, bewunderte den Tafelberg mit seinen Wolkenschleiern und merkte kaum, dass sie bald anlegen würden. Die Motoren wurden gedrosselt, und schon war es, als würde der Bug plötzlich nur noch durch das glatte Wasser gleiten, statt Wellen aufzuwerfen und sich hindurchzukämpfen.

»O nein«, sagte Bennet leise und klammerte die Hände so fest um die Reling, dass sich die Sehnen abzeichneten.

Tilda folgte seinem Blick, und ihre Stimmung sank. Zwischen Fischerbooten und kleinen Frachtern lagen Schiffe, die eindeutig der britischen Marine angehörten. Der Krieg hatte auch Südafrika erreicht.

Healey House, März 1941

Der Korb mit den Pflanzkartoffeln polterte unbeachtet zu Boden. Sibylla begann zu rennen. Auch wenn er keine Uniform trug, hätte sie ihn unter Tausenden erkannt. »Oliver! Oliver!«, rief sie.

Er riss sie in seine Arme, hob sie hoch und drückte sie so fest an sich, dass sie keine Luft mehr bekam. Sie bettete ihre Wange an seinen Hals, suchte den vertrauten Geruch seiner Haut. Einen Arm um seine Schulter, grub sie die freie Hand im Nacken in sein festes, blondes Haar. »Warum hast du denn nicht geschrieben, dass du kommst?«, keuchte sie zwischen Freudentränen.

Er setzte sie ab. »Lass dich ansehen.« Er schmiegte beide Hände an ihre Wangen und musterte ihr Gesicht mit großer Zärtlichkeit im Blick. »Du bist bei jedem Wiedersehen schöner.«

Sibylla stellte sich auf die Zehenspitzen, um ihn zu küssen. Wenn er auch nicht vertraut roch, so schmeckte er doch zumindest genauso, wie sie ihn in Erinnerung hatte. Seufzend schmiegte sie sich an ihn, als ihr plötzlich klar wurde, dass das Kamerateam ihnen gefolgt war.

»Ist das nicht herrlich?«, sprach der Reporter in sein Mikrofon. »So sieht es aus, wenn unsere Helden von der Front heimkehren und ihre Liebste umarmen. Frauen wie Sibylla Sable, die selbst an vorderster Front kämpfen – an der Heimatfront! Sind Sie stolz auf Ihre Frau?« Er drückte Oliver das Mikrofon ins Gesicht. »Ich … Natürlich«, stotterte der und wurde blass.

»Entschuldigen Sie uns einen Moment.« Entschlossen nahm Sibylla Oliver bei der Hand und zog ihn so schnell aus dem Trubel fort, wie sie konnte. Erst in dem kleinen französischen Kräutergarten, den ihre Großmutter einst geschaffen hatte, hielt sie an. Hier schloss sie ihre Arme erneut um Olivers Mitte und drängte sich gegen ihn. Eine Weile blieben sie einfach so stehen. Oliver strich ihr langsam über Kopf und Rücken. Der Glücksrausch, ihn zu berühren, seinen Atem hören zu können, machte Sibylla einen Augenblick lang wie benommen.

»Du lebst«, sagte sie schließlich, und alle Anspannung, die sich in den vergangenen Wochen und Monaten aufgebaut hatte, schrumpfte zu einem winzigen Rest zusammen. Ganz verschwand sie nicht, denn Oliver war zu still.

Sie nahm seine Hand und führte ihn zu einer kleinen, steinernen Bank. Sofort kroch die Kälte durch ihre Kleidung. »Haben sie dich überraschend beurlaubt?«, fragte sie schließlich, weil sie sich nicht erklären konnte, warum er nicht vorher Bescheid gegeben hatte. »Ich hätte dich doch abgeholt.«

»Ach, Sibylla.« Er blickte sie an, strich ihr vorsichtig mit zwei Fingern über die Wange. »Du stellst immer genau die falschen Fragen.« Sein Lächeln war so verlogen, dass es beim bloßen Zuschauen wehtat.

»Es tut mir leid«, erwiderte sie, ohne zu wissen, wofür sie sich eigentlich entschuldigte. Aber das war es, was sie empfand. Oliver tat ihr leid. Dass er nun diese Dunkelheit in sich trug, die sogar bis in seine Augen strahlte. Dass er keine Wahl hatte und sie unwissentlich genau das Falsche sagte. In ihr bäumte sich etwas auf. Sie wollte den Mann zurück, den sie geheiratet hatte.

»Dir muss nichts leidtun, du bist perfekt. Ich aber …« Er blickte in die triste, graubraune Märznatur und war in Gedanken plötzlich ganz weit weg.

Verwandelten sich die kahlen Dornenranken der Rosen vor seinem inneren Auge in Stacheldraht? Der aufgeworfene Boden in ein Minenfeld?

Sibylla hielt seine Hand in ihrer und fühlte sich ganz krank. Ein Strudel aus Fragen raubte ihr den Atem, doch nicht eine davon durfte sie stellen.

Stattdessen wartete sie, bis er wieder bereit war weiterzusprechen. Sie beobachtete sein Profil, die markante Kieferpartie, die sie so liebte. Die strahlend blauen Augen, die bei jedem Fronturlaub ein wenig dunkler wurden. Sein blondes Haar war kurz geschnitten, im Nacken nicht mehr als ein Ozean aus Stoppeln, durch den sie gern ihre Finger schob.

»Ich bin bereits seit vier Tagen zurück.«

Seine Worte stachen ihr wie Messer ins Herz.

»Aber, aber warum …«, stotterte sie hilflos.

Er sah weiter auf das Durcheinander der dornigen Rosenranken statt zu ihr. »Weil ich noch nicht bereit für Philipp und dich war. Mit dir und dem Kleinen möchte ich glücklich sein. Ich musste erst die Dunkelheit abstreifen. Versteh doch«, sagte er weich und blickte ihr tief in die Augen. »Ihr beide seid mein Schatz, mein kleines, kostbares Paradies. Ab jetzt will ich fröhlich sein.«

»Aber Oliver, so einfach geht das doch nicht! Wir können doch nicht so tun, als seist du nur auf Geschäftsreise gewesen.«

»Doch, genau das wünsche ich mir. Bitte. Für mich«, beschwor er sie und fasste sie dabei fest an den Schultern.

»Aber willst du nicht über deinen letzten Einsatz …«

»Nein!«, unterbrach er sie scharf, dann zog er sie mit einem Ruck an sich und presste seinen Mund auf ihren. Zwischen japsenden Atemzügen küssten sie sich wie zwei Verhungernde. Küssten sich und hielten sich so verzweifelt aneinander fest, dass es schmerzte. Er durfte nie wieder fortgehen, doch Sibylla wusste, dass es auch dieses Mal nur ein Besuch auf Zeit war. Der Krieg würde ihren Oliver erneut zurück an die Front zerren, und wenn sie ihn dann wiederbekam, fehlte ein weiteres Stückchen von seiner Seele.

Wie viel, fragte sie sich. Wie viel konnte er noch geben, ohne vollends zu zerbrechen?

19

Oxford – Musterungszelt, April 1941

Francis fühlte sich krank vor Unruhe. Die ganze Nacht lang hatte er kein Auge zubekommen, sich hin und her geworfen wie im Fegefeuer. Auf der einen Seite stand der Wunsch, seinem Land zu dienen, auf der anderen die blanke Angst. Wieder und wieder starb sein bester Freund in seinen Armen. Verblutete mit einem Lächeln im Gesicht.

Als er das aufgebaute Zelt erreichte, standen dort bereits Dutzende junger Männer. Sie lachten und prahlten, überboten sich scherzhaft, wer im Einsatz mehr Deutsche umbringen würde. Francis musterte sie beklommen. Natürlich brauchte das Heer mehr Soldaten, und auch er fand, dass jeder seinen Dienst zur Verteidigung der Heimat gegen Hitlers mörderischen Größenwahn leisten sollte.

Schließlich hatte er selbst sich ebenfalls freiwillig gemeldet, und seine Einstellung hatte sich trotz seiner Erfahrungen an der Front nicht geändert.

Aber vor ihm standen halbe Kinder. Bestimmt hatte die Hälfte von ihnen keinen Brief bekommen, der sie einberief. Sie sahen aus, als seien sie gerade erst sechzehn geworden, und konnten sich nur freiwillig gemeldet haben. Angestachelt von Patriotismus und Gemeinschaftssinn.

Vor ihm knufften sich zwei junge Kerle und strotzten nur so vor Übermut. Sie erinnerten ihn so sehr an Steven und sich selbst. Unzertrennlich waren sie in dem Alter gewesen. Waren jedes Wochenende umhergezogen, hatten den Mädchen nachgestellt und waren doch meist zu feige gewesen, sie anzusprechen.

Diese Jungs hier würden sich statt im Kino bald in Schützengraben wiederfinden, in Bunkern, Flakstellungen, wo ihre Freundschaft auf eine harte Probe gestellt werden würde.

Francis entschied sich dennoch, den Mund zu halten und nicht zu versuchen, ihre Meinung zu ändern. Jeder wurde gebraucht, auch diese halben Kinder. Wer war er, darauf Einfluss zu nehmen?

Langsam rückte die Schlange vor, und die Gespräche der Wartenden wurden ernster. Das Knattern der Fahnen, die an kurzen Masten flatterten und als Wimpel an Bändern über der Straße hingen, übertönte bald alles. Im Zeltinneren schepperte Blasmusik aus einem angeschlagenen Grammofon.

Francis reichte das Schreiben, das ihn in der Woche zuvor erreicht hatte, einem Uniformierten, der Namen auf einer Liste abhakte.

»Ah, ein Veteran«, murmelte der Mann und rieb sich über den roten Schnauzbart. Sein uninteressierter Blick wich zurückhaltender Freundlichkeit. »Und, geht's zurück?«

Francis zuckte mit den Schultern und ließ den Arm los, den er bislang mit der anderen Hand festgehalten hatte. Möglichst unauffällig, sodass es aussah, als würde er einfach nur entspannt stehen. Der Tremor arbeitete sich von seinen Fingern über den Ellenbogen bis in die Schulter hinauf.

»Ich würde ja, Sir, aber ich fürchte, ich treffe auch den dicksten Nazi nicht mehr.«

»M-hmm.« Der Schnauzbart nickte verständnisvoll. »Muss der Arzt entscheiden, steht hier.«

Francis bekam seinen Brief zurück und erhielt eine Nummer, dann gesellte er sich wieder zu den wartenden Jungen. Hier herrschte nun endgültig Schweigen. An den dünnen Stoffwänden reihte sich ein Propagandaplakat ans nächste. Francis ließ seinen Blick darüberschweifen – und vergaß plötzlich, zu atmen. Das konnte doch nicht wahr sein!

Er trat näher heran. In der Tat, dort lächelte Sibylla triumphierend vom Papier. Sie stand in einer Reihe mit einem alten Mann und zwei jungen Mädchen, alle traten zugleich kräftig auf ihre Spaten. *Heimatfront,* stand darüber. *Dig For Victory!*

Ausgerechnet Sibylla. Ausgerechnet sie stand Pate für eine Propagandaaktion, die halb England zu Gemüsebauern machen sollte. Es war absurd. Sofort musste er an ihre ersten Unterrichtsstunden denken, wie sie sich angestellt hatte, wenn sie ihre hübschen Finger dreckig machen sollte. Die Art, wie sie ihn neckte, um ihn abzulenken.

Auch auf dem Plakat war der Ehering an ihrem Finger zu erahnen. Der Anblick versetzte ihm einen Stich, und er wandte sich von dem Plakat ab wie ein scheuendes Pferd. Warum nur konnte er nicht von ihr loskommen? Es war, als sei er verhext worden und müsse den Zauber bis an sein Lebensende ertragen. Einerseits fühlte es sich an vielen Tagen an wie eine Strafe, andererseits half ihm die Erinnerung an sie über viele schwere Stunden hinweg.

»Boyle? Nummer 132?«, wurde er aufgerufen.

»Hier, sofort.«

Er trat in einen abgetrennten Bereich. Hier standen drei Schreibtische und eine Krankenliege. Drei Ärzte versahen in dem Separee ihren Dienst. Gerade standen zwei junge Männer mit bloßen Oberkörpern da und wurden abgehört.

Einer musste zwischendurch immer wieder schnelle Kniebeugen machen.

Francis war mulmig zumute. Schweigend wartete er ab, bis der Arzt die Krankenakte studiert hatte. »Na, dann zeigen Sie mal her, Mr Boyle.«

Er streckte den Arm aus, der erstaunlich gut kooperierte. Der Arzt begann die Muskeln zu untersuchen. Drückte hier und dort und fand zielgenau schmerzende Stellen.

»Muskulär in Ordnung«, brummte er.

Sobald Francis den Arm entspannte, begann er wieder zu zittern, und er ertappte sich dabei, leise Erleichterung zu verspüren. Warum sah der Arzt nicht hin, während der Tremor wie in Wellen durch seine Muskeln lief?

Schon flaute es ab. Der Arzt hob den Kopf, blickte auf Francis´ Finger, kritzelte dann wieder etwas in seine Unterlagen.

»Andere Beschwerden, Mr Boyle?«

»Albträume, aber wer hat die nicht?«

»Sie sagen es. Strecken Sie noch mal zur Seite.«

Francis folgte der Anordnung. Dieses Mal griff der Arzt beherzter zu, und er musste die Zähne aufeinanderbeißen, um nicht doch einen Schmerzenslaut hindurchzulassen.

»Nervenschäden. Könnte sein, dass auch noch kleine Splitter zurückgeblieben sind. Ich fühle Knoten, das sind entweder Narben oder verkapselte Fremdkörper. Nerven heilen schlecht, Mr Boyle.«

»Schon gehört«, murmelte er.

Der Arzt gab ihm einen Stift, den er zwischen zwei Fingern halten sollte. »Ganz sacht, bitte.«

Francis stand vor Anstrengung bald der Schweiß auf der Stirn. Seine Hand zitterte wie verrückt.

»Fester zugreifen!«

Er fasste den Stift, als wolle er ihn zerquetschen, und siehe da, das Zittern verschwand.

Wieder machte sich der Arzt Notizen. »Der Krieg ist für Sie endgültig vorbei, Mr Boyle.«

»Es findet sich keine Aufgabe?« Nun hätte er erleichtert sein sollen, und doch schlich sich Enttäuschung ein. Einerseits wollte er seinem Land weiterhin dienen, andererseits wusste er schlichtweg nicht, was er, zum Krüppel abgestempelt, hier in der Heimat ausrichten sollte.

»Jedenfalls nicht an der Front, Sir. Andere sind nun an der Reihe. Aber ich lese, dass Sie jahrelang als Head Gardener tätig waren und danach als Landschaftsarchitekt. Sie sind genau der richtige Mann für *Dig For Victory*. Bringen Sie dem Volk bei, wie es sich selbst ernähren kann, das ist mitunter wichtiger als ein weiterer Mann mit einem Gewehr.« Er streckte Francis die Hand hin. »Kopf hoch, Soldat! Sie haben eine Chance auf ein neues Leben erhalten, da sind Sie vielen Kameraden voraus.«

»Ja, Sir«, sagte Francis und erwiderte den Handschlag. Er nahm seine Papiere an sich und floh aus dem Musterungszelt, ohne zurückzublicken.

Von der nächsten Litfaßsäule lächelte ihn erneut Sibylla an. In diesem Augenblick schwor er sich, sich für immer aus *Dig For Victory* herauszuhalten. Zu groß war die Gefahr, dabei Sibylla in die Arme zu laufen. Das fehlte noch! Als wäre er nicht schon geplagt genug.

Gleich am nächsten Tag würde er Kontakt zu seinem ehemaligen Arbeitgeber aufnehmen. Irgendwo auf dieser Insel musste es noch reiche Ignoranten geben, die sich ihren Garten verschönern lassen wollten. Und wenn es keine Arbeiter gab, würde er eben jeden Zoll allein umgraben! Wenn er auch kein Gewehr mehr sicher abfeuern konnte, einem Spaten war er allemal gewachsen.

Kapstadt, zur gleichen Zeit

In der Stadt brodelte das Leben. Tilda und Bennet hatten das Schiff recht spät am Abend verlassen und dann noch fast eine Stunde im Zollamt verbracht. Erst danach waren sie völlig übermüdet in einem Hotel abgestiegen und hatten den Besuch bei den Freunden des Kapitäns verschoben.

Es war das erste Mal seit viel zu langer Zeit, dass sie in einem Hotel mit weißer, duftender Bettwäsche schlief, stellte Tilda fest und genoss das Gefühl des gestärkten Leinens zwischen ihren Fingern, das so ausgiebig gemangelt worden war, dass sich keine einzige Falte zeigte.

Sie hatten sich das Frühstück aufs Zimmer bringen lassen und danach gebadet wie die Könige. Das Hotel verfügte sogar über einen hauseigenen Barbier, und Bennet hatte sich mit genießerisch geschlossenen Augen die Wangen rasieren und die Haare schneiden lassen.

Tilda ließ ihre Finger fasziniert über die weiße Haut in seinem frisch ausrasierten Nacken gleiten, die in den vergangenen Monaten kein Licht gesehen hatte. Es sah ein wenig merkwürdig aus, fand sie, aber schon in einer Woche würde dort wieder alles von kurzen Stoppeln bedeckt sein.

Sie fühlte sich noch immer satt und bis in die letzte Pore sauber geschrubbt, als sie zu ihrem Stadtbummel aufbrachen. In nur drei Stunden würde ein Wagen sie zum Anwesen von Mr Landers bringen, dem Freund des Kapitäns. Bennet ließ sich vom Portier einige Tipps geben, dann brachen sie auf.

Die Stadt war alt und durch die Besiedlung von Holländern und Engländern geprägt. Aber auch die ursprünglichen Besitzer des Landes prägten das Stadtbild mit ihrer lebhaften und farbenfrohen Kultur. Es gab einen prächtigen Markt, auf dem Gemüse, Alltagsgegenstände und Buschfleisch verkauft wurde. Sie liefen langsam an den von Fliegen umschwärmten Ständen vorbei und warfen erste Blicke auf Antilopen und Vögel, die sie hoffentlich bald mit eigenen Augen und quicklebendig in freier Wildbahn würden bestaunen dürfen.

Garküchen gab es auch hier. Fettgebackenes brutzelte in großen Kesseln oder lag auf Brettern aus. Es gab allerlei auf Spießen oder mit Kräutern auf Schalen Angerichtetes. Die exotischen Düfte kitzelten in der Nase. Ob man hier auch so gern würzig und scharf aß wie auf Borneo?

Tilda lief das Wasser im Mund zusammen. Nur das enorme Sättigungsgefühl nach dem Hotelfrühstück bremste ihr Verlangen, alles zu probieren.

»Denk dran, wir sind bei Mr Landers zum Essen eingeladen«, mahnte Bennet sie grinsend und schob seinen Hut ein wenig in den Nacken.

»Jaja, ich weiß doch.«

»Lass uns vom Markt verschwinden. Morgen holen wir das nach und probieren alles, wonach uns der Sinn steht, versprochen! Wir haben mindestens zehn Tage, um alle Stände abzuklappern.«

»Oh, schau, probieren wir dann auch die Heuschrecken?«

Bennet musterte sie, als sei er nicht sicher, ob sie ihn auf den Arm nahm. Aber so schlecht sahen die übergroßen Hüpfer nicht aus, wie sie dort ordentlich auf einen Spieß gefädelt und offensichtlich kandiert oder mit einer glänzenden Soße getränkt in der Sonne glänzten.

»Alles, was Mylady wünscht.« Bennet hob ihre Hand, grinste schelmisch und drückte einen Kuss auf ihre Knöchel.

Der Weg vom Markt herunter führte an einem Wust an Blumenhändlern vorbei. Dunkelhäutige Frauen priesen lautstark ihre Waren an, die sich in allen Farben des Regenbogens zeigten. Arme voller Gerbera, Nelken und vielen

Pflanzen, die ihnen nur vage bekannt vorkamen, wurden hier feilgeboten. Sie waren derart gerade und gut gewachsen, dass sie nur aus Gärtnereien stammen konnten.

Sie schlenderten die Victoria & Alfred Waterfront entlang, wo vom Meer her eine frische, fast schon kalte Brise wehte, und beschleunigten dann ihren Schritt, um möglichst viel von der Stadt zu sehen und all die neuen Eindrücke in sich aufzusaugen.

Nach der langen Zeit auf See und dem damit verbundenen Stillhalten tat es ihnen beiden gut, sich nun so ausgiebig die Beine zu vertreten.

»Ich bin richtig hungrig danach, Neues zu sehen«, seufzte Tilda. »Es fühlt sich an, als hätten das Meer und der endlose Horizont eine Leere in meinem Kopf heraufbeschworen, die ich nun füllen will, nein, muss!«

»Ich weiß genau, was du meinst. Kapstadt ist ebenso neu für mich wie für dich. Und es ist wunderschön! Schau, die Turmspitze, die dort hervorlugt. Wollen wir die Kirche suchen gehen?«

»O ja«, sagte Tilda und zog Bennet bereits am Arm vorwärts, während er noch einmal auf seine Taschenuhr sah. »Wir haben nicht mehr lang.«

»Ich weiß, ich weiß. Also schnell!«

Als sie eine Dreiviertelstunde später in den bereits vor dem Hotel parkenden Wagen stiegen, prickelten Tildas Füße, und sie spürte eine angenehme Müdigkeit in den Beinen.

Sie hatten nicht nur die kleine Methodistenkirche angesehen, sondern noch so vieles mehr. Ihr schwirrte der Kopf von all den neuen Eindrücken. Niederländische Gebäude aus dem 17. Jahrhundert, die von der Ostindien-Kompanie als Gäste- und Verwaltungsgebäude errichtet worden waren und das Stadtbild prägten, dazu das beeindruckende

Parlamentsgebäude, von dem man sagte, dass jeder einzelne der roten Ziegel per Schiff aus England hergeschafft worden sei. Schlussendlich hatte sie ihr Spaziergang in einen Garten geführt. Wie hätte es auch sonst kommen sollen? Sie hatten beide gelacht und sich ertappt gefühlt, als sie den Company's Garden betraten und sich ihre Schritte sofort verlangsamten. Der Park war ebenfalls schon mehrere Jahrhunderte zuvor von niederländischen Fernhändlern als Obst- und Gemüsegarten angelegt worden. Es gab uralte Bäume, die genauso gut in einem Urwald hätten stehen können. Darunter flanierten die Bürger von Kapstadt und ähnelten dabei verblüffend den Spaziergängern, wie es sie auch in London und Oxford gab. Von der schwarzen Bevölkerung war in den besseren Gegenden kaum etwas zu sehen. Das irritierte Tilda nach den lebhaften, bunten Märkten und Stadtszenen in Borneos Jesselton. In Kapstadt schien man sehr darum bemüht, Schwarze und Weiße voneinander zu trennen. Das gefiel Tilda nicht, auch wenn sie nicht genau in Worte fassen konnte, was genau ihr daran aufstieß, denn alles wirkte friedlich, und die Menschen schienen zufrieden. Es war wie ein schlechter Geschmack, der sich kaum merklich in einem herrlichen Essen ausbreitete, langsam intensiver wurde und dafür sorgte, dass man sich schlussendlich angeekelt abwandte, ohne genau sagen zu können, wann es aufgehört hatte zu schmecken.

Tilda streckte ihre Hand aus und nahm Bennets, der seine langgliedrigen Finger vertraut um ihre schloss.

Sie mussten nichts sagen, es reichte eine Berührung, und schon fühlte sich Tilda besser.

Während der Wagen über schmucke Straßen aus der Stadt hinausrollte, sah jeder auf seiner Seite aus dem Fenster.

Sie folgten der gewundenen Küstenlinie, die schon bald

schroffer wurde. Auf schartigen Felsen wuchs magere Vegetation, drückte sich in kleine Winkel und kroch flach gedrückt über den Stein. Es musste heftige Stürme geben, die jede lose Erdkrume davonwehte und jede Pflanze, sei es Baum oder Strauch, niederdrückte oder abbrach, wenn sie zu groß wurde.

Zwischen dem zerklüfteten Felsenland öffnete sich hin und wieder der Blick zum Meer. In Buchten zeigten sich traumhafte weiße Sandstrände, rollten dunkelblaue Wellen an den Strand. Wie verirrte Schneeflocken gaukelten Möwen über der Gischt.

Auf einem weiten, ebenen Stück Land waren plötzlich Baracken zu erkennen. Dazwischen marschierten Soldaten auf einem Appellplatz. Tausende mussten hier stationiert sein.

Tildas Kopf zuckte zu Bennet. Hatte er es auch gesehen? Waren dies die Soldaten, die zu der Flotte im Hafen gehörten?

Er sah sie an und hielt dabei den Kopf wie in Gedanken ein wenig schief gelegt. »Sie sammeln sie hier für die Auseinandersetzungen im Pazifik«, sagte er. Bennet musste die Information irgendwo aufgeschnappt haben. Er besaß die beneidenswerte Gabe, auch im Vorbeigehen aus Gesprächen alles für ihn Wichtige herauszufiltern und sich einzuprägen.

Sie schwiegen, bis sie das Lager hinter sich hatten.

Der Weg führte weiter nach Norden. Nur ein paarmal noch blitzte das Meer hinter ihnen auf, dann waren sie nur noch von lichten Wäldern und vor allem von weiten, üppig grünen Ebenen umgeben. Zahlreiche Blumen tupften die Flächen mit violetten und gelben Sprenkeln. Dahinter ragten einzelne Felsmassive in die Höhe, an deren steilen, leicht geschwungenen Hängen kaum etwas wuchs.

Schlanke Antilopen suchten das Weite, sobald sich der Wagen mit seiner Staubwolke näherte. Mittlerweile fuhren sie über eine Buckelpiste aus verkrustetem Lehm, sandfarbenen Steinflächen und einzelnen Pfützen.

Tilda hatte bereits eine große Schlange entdeckt, die sie beim Sonnenbaden gestört hatten und die erst im letzten Augenblick vor den heranrauschenden Rädern geflüchtet war.

Die idyllische Wildnis wich bald der gestrengen Ordnung eines Weinbergs. An sanften Hängen wuchsen zahllose Reben, dazwischen gingen Arbeiter umher. Sofort musste Tilda an ihre Zeit in Waterperry denken, wo sie zum ersten Mal in Kontakt mit Weinbau gekommen war. Die Rektorin hatte mit Sorten experimentiert, die auch für das wechselhafte Wetter Englands taugten und weder Rost noch Mehltau ansetzten. Tilda war von dem Thema fasziniert gewesen, doch für ein genaueres Studium war keine Zeit geblieben. Sie hatten, wie so oft, nur an der Oberfläche gekratzt.

Der Fahrer lenkte den Wagen durch einen weiß gestrichenen gemauerten Bogen. Seine geschwungenen Linien verrieten, dass auch dieses Portal aus der Anfangszeit niederländischer Besiedlung stammen musste. *Landers Bosch* stand über dem Bogen. Sie hatten die Ländereien ihres Gastgebers erreicht, waren aber, wie Tilda schnell feststellte, noch lange nicht angekommen. Weiter ging es durch sanftes Hügelland. Jeder Hang mit Süd- oder Südwestlage war dicht mit Wein bewachsen, während auf den Schattenseiten wilde, blühende Büsche und Hecken gediehen, über die sich hier und da Feigenbäume erhoben.

Das Anwesen der Familie Landers verdiente eher die Bezeichnung Palast. Es war ein prächtiger weißer Bau aus dem 17. Jahrhundert mit geschwungenen Dachkonturen und einem von vier Säulen gestützten Eingangsportal. Blühende Ranken wanden sich an den Steinzylindern hinauf, ihre Stämme waren dick wie Männerarme. Vermutlich wuchsen sie ebenfalls schon seit mehreren Menschenleben hier.

Steineiben beschatteten das Haus und die weite Auffahrt mit ihren dunkelgrünen Blättern.

Der Wagen wurde bereits erwartet. Zwei schwarze, livrierte Diener eilten dem Fahrzeug entgegen, sobald es ausrollte, und öffneten ihnen die Türen.

»Mr und Mrs Morris, Sie werden bereits erwartet«, sagte der ältere Angestellte, verneigte sich tief und machte eine einladende Geste. Der jüngere kümmerte sich um ihr Gepäck und trug es ohne ein Wort davon.

Wie so oft fühlte sich Tilda an diesem fremden Ort ein wenig überrumpelt. Sie brauchte Zeit, sich alles anzusehen, sich zurechtzufinden.

Bennet kannte sie mittlerweile gut genug, um zu begreifen, wie es ihr gerade erging. Während sie sich mit großen Augen umsah und gar nicht wusste, wohin sie zuerst schauen sollte, bot er ihr einfach schweigend seinen Arm. Sie klammerte sich an ihn wie an einen Anker. Er würde in den ersten Minuten das Reden übernehmen, während sie alles auf sich wirken ließ.

Sie passierten eine große, zweiflügelige Holztür. Ein breites Entree teilte das Anwesen in zwei Hälften. Die Wände waren reich mit Ölgemälden geschmückt, die den Weinberg im Wandel der Jahrhunderte zeigte.

Von der gegenüberliegenden Seite starrte das mächtige Haupt eines alten Elefantenbullen auf sie herab, daneben waren gekreuzte Speere an die Wand montiert. Mit diesen archaischen Waffen war der graue Riese sicher nicht erlegt worden. Falls doch, war dem Hausherrn Tildas Respekt sicher, auch wenn sie nichts von der Trophäenjagd hielt.

Sie gelangten in einen weiten, geschmackvoll eingerichteten Salon, dessen Westwand von großen Bogenfenstern eingenommen wurde, die den Blick auf einen parkähnlichen Garten freigaben. Der Kapitän und ein fremder Mann, bei dem es sich zweifellos um Mr Landers handelte, standen an einem dieser Fenster und hielten jeder ein Glas Weißwein in der Hand, an denen kühl das Wasser hinabperlte. Landers war ein schlanker, eher kleiner Mann mit lebhaften dunkelbraunen Augen und einem grauen, sorgsam gestutzten Vollbart. Sein Haar war kurz und glatt an den Kopf frisiert und ließ etwas mehr von dem Braunton erahnen, den auch sein Bart einst gehabt haben musste.

Bennet stellte sie vor, Hände wurden geschüttelt, und Tilda wusste nicht recht, ob sie ihren Gastgeber sympathisch finden sollte. Ihr Bauchgefühl schien unentschlossen. Da sie sich stets auf ihre Instinkte verließ, beschloss sie, lieber wachsam zu bleiben.

Kurz darauf trank auch sie den herrlich fruchtigen gekühlten Weißwein, während Landers die Geschichte des Anwesens und damit auch die Geschichte seiner Familie erzählte. Er war früh verwitwet und hatte seine Tochter und die beiden Söhne allein großgezogen, wobei ihn natürlich ein Heer von Angestellten unterstützte.

»Nun ist meine Tochter verheiratet, und meine Söhne sind dort.« Er wies vage in die Richtung, aus der sie angereist waren. Kurz schien ein Schatten über sein Gesicht zu huschen, dann lächelte er wieder.

»Dort? Wo?«, fragte Tilda. »Auf einem der Weinberge?«

»Auf einem der Weinberge sollen sie bald wieder sein, doch noch braucht das Empire sie. Wir sind Patrioten, Mrs Morris, ich bin stolz auf die beiden.«

»Das können Sie auch sein«, sagte Tilda schnell und wünschte zugleich, nie gefragt zu haben.

»Ja«, sagte er, strich sich mit der Linken den Bart glatt und blickte in sich gekehrt aus einem Fenster. Dann schien er sich mit einem Ruck aus den Gedanken zu lösen.

»Haben Sie bereits gedient, Morris?«, fragte er unvermittelt. »Ich würde ja, aber ich bin zu alt.«

Tilda drückte Bennets Ellenbogen, als müsse sie ihn festhalten, damit der geliebte Mann ihr nicht entfloh. Er musste seine Worte nun mit großem Bedacht wählen. Aber nicht nur er. Auch der Kapitän wusste von ihrer überstürzten Flucht aus Borneo und verstand hoffentlich, zu schweigen.

»Noch nicht, Sir. Ich werde mich melden, sobald wir daheim sind. Aber davor möchte ich sichergehen, dass meine Frau gut in England ankommt. Wir sind fast direkt nach der Hochzeit aufgebrochen und waren Jahre fort.«

Er hatte es gut ausgedrückt, fand Tilda. Dennoch ballte sich etwas in ihr zusammen, das sich anfühlte, als habe sie Steine verschluckt, die nun in ihr herumpolterten.

»Ich bin sicher, dass Kapitän Gerken die junge Dame auch ohne Ihre Anwesenheit sicher nach London bringen könnte. Und wenn nicht, dann hätte Ihre Begleitung auch nichts daran geändert. Von hier geht es für die Truppen in den Pazifik. Mr Gerken sagte, Sie wären fast so etwas wie ein Scout. Mit diesem Hin- und Hergeschippere verschwenden Sie nur kostbare Zeit. Machen Sie ein paar Tage Urlaub auf Landers Bosch, genießen Sie Ihre junge Ehe, und dann, wenn das Schiff wieder klar ist …« Er stieß sein Glas gegen Bennets. Es klirrte, und der helle Ton schien stark genug, um Tildas Seele entzweizuschneiden.

Bennet sah sie lange an. Sie sah seine Gedanken hin und her huschen. Er würde doch nicht ernsthaft in Erwägung ziehen …?

»Oder sind Sie ein Feigling, Mr Morris? Habe ich Sie so falsch eingeschätzt?«

20

Feldlazarett – Asmara, Eritrea – April 1941

Oliver wälzte sich auf die Seite. Seine Füße schmerzten bestialisch. Als er sie zu bewegen versuchte, steigerte sich die Pein noch weiter, was er bis zu diesem Punkt nicht für möglich gehalten hatte. Etwas war ganz und gar nicht in Ordnung, aber ihm fehlte die Erinnerung, er wusste nicht, was geschehen war. Auch jetzt war alles schwammig und wie verlangsamt, als triebe er durch eine zähe Masse, die seine Bewegungen lähmte.

Alles schien weit weg. Geräusche drangen wie durch Watte gedämpft an seine Ohren, in denen zudem ein hohes Fiepen die Aufmerksamkeit auf sich zog. Trotzdem erahnte er, dass nicht weit von ihm Männer und Frauen sprachen, allerdings ergaben die gehörten Worte keinen Sinn. Ihr Klang war melodisch, aber fremd.

Oliver wollte, musste fragen, was mit seinen Beinen war. Aber wie, mit einer Kehle so trocken und rau wie Schleifpapier? Er öffnete den Mund, heraus kam ein jämmerliches Stöhnen. Es war schrecklich heiß, und die Luft schmeckte nach Krankheit und Staub.

Schemen bewegten sich. Jemand strich ihm über die Stirn. Er blinzelte, bis sich endlich der Umriss eines Gesichts aus dem Nebel schälte. Es war ein hübsches Gesicht. Die Krankenschwester trug ein weißes Häubchen auf ihrem dunklen Haar. Ihr Mund war breit und sinnlich, wie geschaffen zum Lachen. Sie blickte ihn freundlich an. »Monsieur Sable, endlich sind Sie wach.« Die Worte bekamen durch ihre zarte Stimme eine wundersame Melodie. Sie strich ihm lächelnd über die Wange, doch in ihren warmen braunen Augen stand Bedauern.

Ein Engel wie sie sollte nicht hier sein, dachte er.

»Haben Sie Schmerzen?«

»Ja.«

»Nicht mehr lange, dann hört es auf.« Wieder dieses traurige Lächeln. »Gleich haben Sie keine Schmerzen mehr«, wiederholte sie und widmete sich ihrer Tasche. Es klimperte.

Als er zweimal geblinzelt hatte – vielleicht aber war auch mehr Zeit verstrichen –, hielt sie eine Spritze in der Hand.

»Morphium«, erklärte sie weich.

Er spürte den Einstich nicht, nur die kribbelnde Kälte, die sich schleichend in ihm ausbreitete.

Die junge Frau schob eine Hand unter seinen Kopf, hob ihn an und flößte ihm mit einem Glas etwas Wasser ein. Es spülte die würgende, raue Enge in seiner Kehle davon. Oliver leckte sich die Lippen, räusperte sich. »Was ist mit meinen Beinen passiert?«

Sie legte den Kopf schief und blickte ihn lange an, dann strich sie ihm über die Wange. »Alles wird gut, Mr Sable. Und jetzt schlafen Sie. Der Doktor kommt morgen zu Ihnen.«

Gemeinsam mit der prickelnden Kälte des Morphins legte sich eine Schwere auf seinen Körper, die sich besonders auf seinen Augenlidern konzentrierte. Kurz durchzuckte ihn ein Anflug von Panik, dann drängte das Morphium auch dieses Gefühl zurück. Er schaffte es mit letzter Kraft, sich aufzurichten. Mit verschwommenem Blick sah er an sich hinab. Da, wo seine Beine sein sollten, war nichts. Die Decke wurde ab der Hälfte seiner Oberschenkel flach!

Der Anblick traf ihn wie ein Faustschlag, und er fiel zurück in die Kissen. Sein Verstand weigerte sich, das Gesehene zu verstehen. Die Augen begannen zu tränen. Er blinzelte, doch die Decke über ihm verschwamm mit jedem panisch rasenden Herzschlag etwas mehr. Oliver ballte die Fäuste, doch gegen die Wirkung des Betäubungsmittels, das auf leisen Sohlen durch seinen Organismus kroch, kam auch er nicht an. Mit letzter Kraft bewegte er seine Beine und spürte die Zehen ganz deutlich gegen die Bettdecke schaben. Sie waren noch da!

Nun waren es doch Tränen der Erleichterung. Es war nur ein Albtraum gewesen, nur ein böser, böser Traum.

London, zur gleichen Zeit

Sibylla schreckte aus dem Schlaf auf. Sie hatte von Oliver geträumt. Oliver, der nach nur neun Tagen bei ihr und Philipp wieder an die Front zurückgekehrt war. Diesmal schickten sie ihn bis nach Afrika. Neun von vierzehn kostbaren Tagen. Er hatte seiner kleinen Familie nur etwas mehr als die Hälfte seines Fronturlaubs zugestanden, weil er fast eine Woche gebraucht hatte, um sich seelisch auf die Begegnung mit seinen Liebsten vorzubereiten. Er hatte Angst gehabt, den Schrecken des Krieges mit nach Hause zu bringen. Was brachte einen Mann dazu, so zu handeln?

Sibylla war noch immer nicht sicher, was sie fühlen sollte und durfte. Die Enttäuschung stand ihr nicht zu, und doch ließ sie sich nur schwerlich abschütteln.

Warum wollte Oliver nicht mit ihr über das Erlebte reden? Hielt er sie für so schwach, dass sie der Wahrheit nicht gewachsen war?

Sie hatten einander doch geschworen, in guten wie in schlechten Zeiten füreinander da zu sein! Ja, die Zeiten waren schlecht, aber sie hatten einander, und sie hatten ihren kleinen Sohn. Philipp war wie ein Lichtstrahl. Eine kleine, stets muntere Flamme, um die sie sich versammeln und an der sie sich wärmen konnten. Das Band, das sie zusammenschweißte!

Sibylla hatte sämtliche Termine abgesagt, die in jener Woche im Rahmen ihrer Arbeit für *Dig For Victory* angestanden hätten, um ganz für Oliver da zu sein. Der Regisseur hatte sich beschwert, doch ihr war es egal. Sie hätte die ganze Sache in den Wind geschossen, nur um ungestört Zeit mit ihrer kleinen Familie verbringen zu können.

Oliver verlor kein einziges Wort über das Erlebte. Es war, als habe er es wie eine Hülle abgestreift.

Sie liebten sich jeden Tag, oft morgens, bevor Philipp wach wurde, und dann abends noch einmal. Die Tage verbrachten sie daheim oder mit kurzen Ausflügen und Spaziergängen, die sie immer weit aufs Land führte, wo nichts an den Krieg erinnerte, solange man nicht krampfhaft danach suchte.

Sie suchten nicht.

Stattdessen spazierten sie zwischen Feldern, auf denen junges Getreide spross, und spielten mit Philipp in lichten Wäldern Fangen. Lauschten den Lerchen und Goldammern in blühenden Heckenrosen.

Oliver überhäufte sie mit Aufmerksamkeit, pflückte ihr Blumen, die sie zu einem Kranz wand und abwechselnd ihm oder sich selbst aufsetzte. Sie tanzten mit dem Kleinen auf dem Arm, als seien sie Teil eines Rituals, mit dem alles Böse der Welt aus ihrer Mitte verbannt werden konnte.

Hatte Sibylla anfangs noch versucht, Oliver zu Gesprächen zu motivieren, so erlag sie bald dem Zauber, den er um sie wob. Sie wollte nicht mehr denken, nur noch fühlen. Ihn und sich und wie sie sich küssten, über Belangloses lachten, bis sie keine Luft mehr bekamen.

Am letzten Tag hatten sie zu dritt einen Fotografen aufgesucht und Bilder gemacht, die sie nun Tag für Tag bei sich trug.

Dann kam der Zeitpunkt des Abschieds, und für einen kurzen Moment ließ Oliver seine Maske fallen, und sie blickte auf das, was darunterlag. Einen entschlossenen Mann, der sein Vaterland bis zur letzten Patrone verteidigen würde und doch Angst hatte, schreiende Angst.

Sie trennten sich an der Haustür.

Er kehrte in seinen Krieg zurück und sie zu ihren Eltern. Wieder fiel ihr gemeinsames Haus in einen gespenstischen Schlaf unter weißen Laken und hinter zugezogenen Gardinen.

Philipp freute sich bereits auf seine Großeltern, die auch jetzt auf ihn achtgaben, während seine Mutter nach London – das nicht mehr bombardiert wurde – gefahren war, um sich mit einem Sprecher des Ministry of Agriculture zu treffen. Es ging um neue Propagandaplakate, die genau auf die Hauptstadt zugeschnitten sein sollten, wo die vielen zerstörten Gebäude Platz für den Gemüseanbau hinterlassen hatten. Wieder wollte man Sibylla auf den Fotografien sehen, am besten mit verschiedenen Wahrzeichen der Stadt im Hintergrund.

Nun lag sie in ihrem Hotelbett und strich über die duftende, gestärkte Bettwäsche, die unter ihrer Berührung leise raschelte. Selten hatte sie sich an einem Ort so allein gefühlt wie an diesem Abend im Hotel. Alles war fremd, und sie konnte nicht schlafen.

Sollte sie noch einmal aufstehen und etwas schreiben? Einen Brief an Oliver oder ihre Freundin Tilda vielleicht?

Aber nein, Tilda war auf Reisen und würde bereits in einigen Wochen hier sein. Es warteten schon genug sorgsam verklebte und datierte Umschläge auf sie, in denen Sibylla von ihrem Alltag berichtete.

Wenn Du nur hier wärst, liebe Freundin, dann könnten wir morgen gemeinsam in die Kameras lächeln und den Leuten erzählen, dass sie Bohnen und Kartoffeln anbauen sollen. Auf ausgebombten Höfen, in Parks oder auf Dächern. Du könntest sie mit Deiner unverwüstlichen Art besser überzeugen als ich, denn ich bin müde, meine Haut fühlt sich dünn an wie Papier. Ich bin müde, und etwas stimmt nicht. Ich habe Angst …

Feldlazarett – Asmara, Eritrea – drei Tage später

Oliver lief durch feuchtes Gras. Die Erde war weich, Halme kitzelten zwischen seinen Zehen. Eine kleine, warme Hand schmiegte sich in seine. Glucksendes Kinderlachen. Philipp trippelte an seiner Seite, sichtlich stolz, auf seinen eigenen Füßen zu stehen und neben seinem Papa herzugehen. Es war einer der schönsten Momente in Olivers Leben.

»Schneller, schneller«, spornte er sein Söhnchen an. Oliver machte alberne Trippelschritte, um dem Kleinen die Illusion zu lassen, schneller zu sein als er.

Er war so glücklich! Das Gefühl war wie ein Licht, das durch seine Haut nach außen drang. Sibylla wartete bereits auf sie, hielt einen Teller mit klein geschnittenem Brot in der Hand.

»Schau, da ist Mummy mit deinem Essen.«

»Mummy!«, krakelte Philipp, lehnte sich in seiner Hand vor und stürmte los. Kurz darauf klammerte er sich an Sibyllas Bein, und Oliver küsste seine Frau. Sie setzten sich gemeinsam mitten auf den Rasen. »Geht es dir gut?«, fragte Sibylla, während Philipp die kleinen Schnittchen in sich hineinstopfte, als habe er tagelang nichts mehr zu essen bekommen.

Oliver sah ihm dabei zu, bis Sibylla die Hand an seine Wange legte und ihn besorgt musterte. Er versuchte, den Kopf wegzudrehen, doch sie hielt ihn wie in einer Schraubzwinge. »Geht es dir gut, habe ich gefragt«, wiederholte sie.

»Ich … Ich weiß es nicht. Aber ich liebe dich, Sibylla. Ich habe nie eine Frau so geliebt wie dich.«

Sie reagierte nicht, es war, als springe er in der Zeit zurück, und schon rannte er wieder auf sie zu, setzte sich ins Gras, und sie stellte erneut die Frage, sah ihm dabei bis tief in die Seele.

Er schüttelte den Kopf, schloss die Augen, und wieder der Sprung zurück. Ihre Frage, ihr Blick. Er war gefangen in einer Schleife. Sein Herz begann ängstlich in seiner Brust zu hämmern. Hämmerte, als wolle es gegen das enge Gefängnis der Rippen aufbegehren.

»Alles in Ordnung«, sagte er und starrte dabei auf seine Füße, spielte mit den Zehen im Gras. Sibylla küsste ihn auf die Wange, und der Wind blies ihr seidiges Haar über sein Gesicht. Einen Moment lang sah er nichts. Als sich das Haar wie ein Vorhang hob, stand er in einem Trümmerfeld. Aufgewühlte Erde, zersplitterte Bäume, nicht weit entfernt brannte ein zu Trümmern zerbombtes Dorf aus.

»Wir müssen hier weg«, schrie Oliver und griff die kleine Hand, die in seiner lag, ganz fest.

Philipp sah zu ihm auf. Sein rundes Kindergesicht war so ernst, als sei er verständig wie ein Erwachsener. Als eine Rauchwolke auf sie zutrieb, begannen sie zu laufen. Stolperten über aufgewühlte Erde, stiegen über Stacheldraht. Der Rauch hüllte sie bald ein, und mit ihm kamen die Geräusche, als habe jemand einen Schalter umgelegt. Schreie, oh, so jämmerlich, dass sie nicht mehr menschlich klangen. Explosionen brachten die Erde zum Beben. Erdbrocken klatschten in ihre Gesichter. Sibylla schrie und versuchte, ihren Kopf mit den Händen zu schützen. Der Rauch verschluckte sie.

Oliver rannte, Philipp rannte mit ihm, viel schneller, als es ein Kind seines Alters gekonnt hätte. Sie gingen hinter einem staubigen Erdwall in Deckung. Warteten mit schwerem Atem ab, bis Oliver sicher war, dass die kleine Kuppe dort wirklich nur aufgeworfene Erde und keine Geschützstellung war.

»Jetzt!«, schrie er. Philipp sprang mit ihm auf. Der Rauch war dicht, jemand schrie eine Warnung. Jemand, der nicht in diesem Traum war, ein Kamerad.

Oliver stolperte. Die kleine Hand wurde beinahe aus seiner gerissen, er blickte hinab. Dort war keine Kinderhand mehr, sondern sein Gewehr. Er hatte sich mit dem Fuß in einem verbogenen, schmiedeeisernen Zaun verfangen. Er riss am Metall, schnitt sich die Hände auf und spürte den Schmerz nicht. Rannte in einen Bombenkrater hinein und am anderen Ende hinaus. Dann ein weißer Blitz. Er flog durch die Luft, flog mit den Erdbrocken um ihn herum, landete hart auf dem Rücken.

Seine Zehen spielten in feuchtem, grünem Gras. Er richtete sich auf, sah an sich hinab – die Beine waren fort.

Oliver schrak aus seinem Traum hoch und meinte, noch immer die Explosionen zu hören. Noch immer das grelle Fiepen in den Ohren, das dem Knall und der Druckwelle gefolgt waren. Er fühlte sich wie erschlagen, von einem unsichtbaren Panzer überrollt, dessen Ketten seinen Rücken und die Beine getroffen hatten.

Ein angenehm kühler Wind hob die Laken und Vorhänge, mit denen sein Bett notdürftig von den anderen abgetrennt war. Über sich waren Latten und Schindeln eines unverkleideten Dachs zu erkennen. Der Wandputz aus Lehm und die schlichte Bemalung in Ockertönen erinnerte ihn daran, dass er sich in Nordafrika befand. Vermutlich in irgendeinem Stall. Dazu passte auch der Duft von Stroh, der sich hin und wieder unter den Gestank von Desinfektionsmittel, Jod, Blut und Angstschweiß mischte.

Der Angstschweiß stammte hauptsächlich von ihm. Wie lange war er schon hier? Wie viel Zeit hatte er verschlafen? In den vergangenen Tagen, vielleicht Wochen, war er immer wieder weggedriftet. Sobald sie ihm Morphium gaben, rutschte er in ein Tal der Albträume, in dem ihn seine geliebte Sibylla, Philipp und das Minenfeld bereits erwarteten.

Die Minen … Er hatte Kameraden verloren, sich selbst beinahe auch.

Sibylla wartete bestimmt schon lange auf eine Nachricht von ihm. Er sollte, nein, musste ihr schreiben.

»Sie sind wach«, sagte der Engel, der ihn begleitete, seitdem er hier war. »Möchten Sie etwas gegen die Schmerzen?«

Er schüttelte den Kopf. »Nein, es geht.« Erst jetzt nahm er den kleinen Metallwagen wahr, den sie neben sein Bett geschoben hatte.

»Ich muss die Verbände wechseln«, sagte sie weich und

tätschelte ihm die Hand. »Schließen Sie die Augen, schlafen Sie.«

»Nein!« Oliver war selbst überrascht von seiner energischen Erwiderung, bislang hatte ihm für derlei die Kraft gefehlt.

Sie stopfte ihm ein Kissen in den Rücken, sodass er leicht aufgerichtet saß. Zum ersten Mal war er wach und bei klarem Verstand.

Es kam ihm vor, als sei er aus einem Albtraum aufgewacht, nur um festzustellen, dass der Albtraum noch immer da war. Er klebte an ihm, krallte sich mit Dornen und Widerhaken in sein Fleisch, die ein Entkommen unmöglich machten. Nur nach und nach sickerte die Erkenntnis in sein Bewusstsein, dass dieser Albtraum nun seine neue Realität war.

Er schloss die Augen nicht, auch wenn sein Engel es ihm noch einmal mit höherer Dringlichkeit empfahl.

Ihr Blick wurde ernst. Es war, als ließe sie eine Maske fallen. Darunter sah sie unendlich müde aus. Müde von all dem Elend, Leid und Tod, die ihr hier tagtäglich begegneten und das Äußerste abverlangten.

Müde von Männern wie ihm, die weinten, wenn ihre Bettdecke zurückgeschlagen wurde.

»Nein, nein, nein«, stammelte Oliver und begann, am gesamten Körper haltlos zu zittern. Sein linkes Bein war am Knie zu Ende, vom rechten war nur noch der halbe Oberschenkel da. Beide Stümpfe waren bis fast hinauf zur Hüfte bandagiert.

»Warum haben Sie mich nicht sterben lassen?«, brüllte er. »Warum?«

»Wir Schwestern und Ärzte beenden Leben nicht, sondern retten sie.«

»Aber was soll das für ein Leben sein?« Er keuchte, seine

Lunge pumpte wie ein Blasebalg. Sein Herz polterte steingleich durch seine Brust, doch zerspringen wollte es nicht.

Er wurde an den Schultern gefasst und zurück ins Kissen gedrückt. »Mr Sable, beruhigen Sie sich, sonst muss ich Sie ans Bett binden!« Ihr Gesicht war ganz nah vor seinem, während sie über ihn hinwegschrie. Das brachte ihn merkwürdigerweise dazu stillzuhalten. Er wollte ihr nicht versehentlich wehtun oder ihr die Arbeit noch schwerer machen, als sie es ohnehin schon war.

»Fesseln Sie mich ruhig, das macht keinen Unterschied. Ich bin mehr tot als lebendig. Tot und doch nicht begraben.«

Sie strich ihm über den Kopf, als würde sie ein weinendes Kind beruhigen. »Schsch, schsch, denken Sie an Ihre Frau, an Ihren Sohn. Philipp braucht seinen Vater. Ich habe Ihnen Briefe vorgelesen, auch wenn Sie sich nicht erinnern, und beim Klang seines Namens haben Sie immer gelächelt.«

Oliver warf den Kopf zurück, presste die tränennassen Augen zusammen und sah wieder Philipp vor sich, wie sie Hand in Hand über die Wiese rannten, die nackten Füße im feuchten, weichen Gras.

Die Szene würde niemals wieder mehr als eine Erinnerung sein. Er würde nie mehr mit seinem Sohn rennen, ihm nie Fußballspielen beibringen können. Niemals wieder mit Sibylla tanzen oder sie auch nur in den Armen tragen, wie er es manchmal tat, ehe sie sich liebten. Er war ein Krüppel, eine Last. Was sich all die Zeit über durch den Morphiumnebel zu ihm hatte durchkämpfen wollen, traf ihn nun wie ein Faustschlag: die Erkenntnis, dass er ein Krüppel war. Eine Last.

Die Krankenschwester hatte begonnen, den linken Stumpf vom Verband zu befreien. Zuerst spürte er kaum etwas, dann setzte ein reißender Schmerz ein, der bis in die Wade ausstrahlte, die gar nicht mehr vorhanden war. Er biss die Zähne aufeinander und krallte die Hände in die Matratze.

Wie bei einem Unfall, bei dem man nicht wegsehen konnte, starrte er auf das, was unter den Verbänden zum Vorschein kam.

Wulstige Nähte zogen sich kreuz und quer über den Stumpf. Neben der eigentlichen Amputation, die aussah, als sei Frankenstein am Werk gewesen, zogen sich Schnitte den Oberschenkel bis zur Hüfte hinauf. Die Explosion, an die er sich nicht erinnerte, musste ihn regelrecht zerfetzt haben. Es war ein Wunder, dass er noch lebte, auch wenn er sich nicht darüber freuen konnte.

Die Krankenschwester tupfte die Nähte vorsichtig sauber und behandelte auch die offenen Stellen. »Bald bekommen Sie Prothesen, neue Beine, verstehen Sie?«

Er nickte. Natürlich verstand er. Zwei klobige Dinger, die er sich umschnallen und jeden Abend abnehmen musste, wenn er zu Bett ging. Er würde sie abnehmen, bevor er Sibylla liebte. Und seine schöne Ehefrau würde lächeln, ihm Koseworte ins Ohr flüstern und sich dabei insgeheim vor dem ekeln, was aus ihm geworden war. Vor den Stümpfen und den wulstigen Narben.

Doch nein, er tat ihr unrecht. Sibylla würde sich nicht ekeln, sie war besser, als irgendein Mann es verdiente. Er selbst war derjenige, der nicht hinschauen konnte, dem beim Anblick seines rohen Fleisches ein Schauer über den Rücken lief. Das, was da noch übrig war, das war nicht mehr er. Er war schon immer nur ein passabler, eher schlechter Tänzer gewesen. Nun war er gar keiner mehr. Der verdammte Krieg hatte nicht nur ihn beraubt, sondern auch seine Frau.

In Olivers Magen wuchs ein harter Klumpen. »Machen

Sie sich nicht so viel Arbeit, es hat doch ohnehin keinen Sinn.«

»Sagen Sie das nicht. Sagen Sie das niemals!«, fuhr sein Engel ihn überraschend heftig an.

Oliver ließ sich einfach nur zurück in die Kissen fallen. Das andere Bein wollte er lieber gar nicht erst sehen.

Stunden später brachte ihm Mary, denn so hieß sein Engel, Stift und Papier, damit er Sibylla schreiben konnte. Sie brachte ihm auch das ersehnte Morphium, und so driftete er zurück in seine Albtraumwelt, bevor er auch nur ein einziges Wort zu Papier gebracht hatte.

»Pa? Pa, wo bleibst du?«, rief der kleine Philipp im Traum und rannte mit seinen kurzen, speckigen Beinen durch das sattgrüne Gras. Oliver zog sich auf Händen hinterher. Im Traum weinte er, doch Philipp und Sibylla merkten es nicht einmal. Sie nahm den Kleinen auf den Arm, neckte ihn und verschwand zwischen dicht stehenden Bäumen.

Er war allein, und vielleicht war es besser so. Vielleicht sollte seine geliebte Frau den gemeinsamen Sohn nehmen und einfach davongehen, ohne zurückzusehen. Er wusste, dass sie das niemals tun würde.

Aber er, er würde es können. Was machte es schon? Eine Hälfte von ihm war doch bereits tot. Ein Halbtoter würde nie wieder ganz lebendig. Seine Beine lagen irgendwo im Minenfeld und verfaulten.

Er musste ihnen nur folgen.

21

Atlantischer Ozean

Ich hätte bleiben sollen«, sagte Bennet. »Ich hätte verdammt noch mal bleiben sollen, aber ich war zu feige!«

So hatte Tilda ihren Bennet noch nicht erlebt. Wie ein Getriebener lief er in ihrer winzigen Kabine auf und ab. Drei Schritte, dann herum und wieder drei. Schlimmer als ein eingesperrtes Tier.

Seine Augen wirkten giftgrün. Katzenaugen. Er schien bereit zum Sprung, bereit, seine Krallen und Zähne einzusetzen, um aus dem Gefängnis auszubrechen, in das er sich selbst gesteckt hatte.

Er fuhr sich durchs Haar, bis es zu Berge stand. »Eine Schande für England, das bin ich.«

»Nun reicht es aber!« Tilda stand von ihrer Pritsche auf und verstellte ihm den Weg. Normalerweise hielt sie sich heraus, wenn Bennet in dieser Laune war, aber diesmal war es schlimmer als sonst, und sie konnte seinen Selbsthass keine Sekunde länger mit ansehen.

»Lass mich, Tilda.«

»Nein.«

Er wollte an ihr vorbei, doch sie legte ihm eine Hand auf die Brust. »Nein, nein und nochmals nein. Bleib stehen und sieh mich an, verdammt!«

Hätten Blicke töten können, wäre sie nun zu Staub zerfallen. Stattdessen sah sie zu, wie Bennets Panzer bröckelte. Das giftige Katzengrün wurde dunkler, weicher.

»Du hast immer gesagt, dass dir der Gedanke an Nationen fremd ist. Dass du Weltbürger bist. Wie kannst du da eine Schande für England sein?«

»Dann sag ich es anders. Ich bin eine Schande für die freie Welt. Landers hatte recht. Ich verfüge weder über Rückgrat noch über Anstand. Ich bin ein feiger Hund.«

Tilda legte ihm eine Hand an die Wange. »Nein, das stimmt nicht. Du bist der mutigste Mensch, den ich kenne, sonst wärst du nicht mein Mann. Du nimmst es mit giftigen Tieren und Kannibalen auf, du kletterst in turmhohe Bäume, und du hast mich geheiratet. Ein Heldenepos verdienst du, nicht Schimpf und Schande.«

Zwischen Bennets dunklen Brauen erwuchs eine steile Falte. Sie strich sie fort, doch er wies sie mit einem leichten Kopfschütteln ab. »Es ist entschieden. Ich gehe im nächsten Hafen von Bord. Der Krieg im Pazifik wird kommen, so sicher wie ein Unwetter in einem heißen Sommer. Er wird kommen, und ich kenne die Region.«

»Nein, Bennet, nein!« Tilda fühlte sich, als würde man ihr das Herz aus der Brust reißen. »Du hast versprochen, dass wir gemeinsam zurückkehren, geschworen hast du es mir!«

»Tilda«, sagte er weich und fasste sie an der Schulter. »Tilda, so versteh doch.«

»Nein, das kann ich nicht. Und ich will es auch nicht! Es gibt so viele Millionen anderer Männer, da kommt es auf dich nicht an. Du machst keinen Unterschied! Also bleib bei mir, hörst du?«

»Nein …«

Sie verstand nicht, was er danach sagte, denn da war dieses Rauschen in ihrem Kopf, das anschwoll wie die Meeresbrandung und alle anderen Geräusche verschlang. Tränen verschleierten ihren Blick. Ihre Knie wurden weich, und sie wäre zu Boden gestürzt, wenn Bennet sie nicht in seinen starken Armen gehalten hätte. Er presste sie an sich, und sie spürte sein Herz noch schneller jagen als ihr eigenes.

»Nein, nein, nein«, hörte sie sich wimmern. Bennet strich ihr über den Kopf, vergrub sein Gesicht in ihrem Haar, das er angeblich von ihrer ersten Begegnung an geliebt hatte. Lange standen sie so da, während das Schiff sie langsam gen Norden trug, sie den Puls des Meeres im Heben und Senken des Bodens spürten.

»Danke«, beendete Bennet die Stille schließlich und rückte von ihr ab. »Danke, dass du mich so lieb hast und trotzdem gehen lässt.«

»Das tue ich nicht«, sagte sie weinend. Aber sie wusste, dass er recht hatte. Sie würde ihn gehen lassen, weil er es wollte. In ihrer Ehe respektierten sie den Willen des anderen, auch wenn es manchmal wehtat. So schrecklich wehtat.

Sie wusste, dass er bleiben würde, wenn sie wirklich darauf bestand, aber sie sagte nichts. Stattdessen ging sie auf die Zehenspitzen und küsste ihn, als sei es das letzte Mal in ihrem Leben und sie müsse all ihrer Liebe in diesem einen, einzigen Kuss Ausdruck verleihen.

Als sie schließlich gemeinsam an das winzige Bullauge traten, hatten sie sich versöhnt. »Wir müssen genau durchgehen, was ich in England machen soll. Mit den Pflanzen und den Dokumenten, meine ich.«

»Und du brauchst Vollmachten von mir«, ergänzte Bennet.

»Wie lange haben wir noch?«

»Einige Tage«, murmelte er.

»Tage nur«, flüsterte Tilda und ballte die Fäuste. Sie hatte genug geweint, ab jetzt würde sie tapfer sein. Eine bislang ungekannte Kraft ballte sich in ihr zusammen. Sie ahnte, dass es die Kraft war, die ihre Eltern und Großeltern dazu gebracht hatte, auch dann weiterzumachen, wenn sie sich am liebsten zusammengerollt hätten wie ein kleines, ängstliches Tier. Und ein Teil von ihr wollte genau das. Nichts hören, nichts sehen und sich irgendwo verkriechen, bis alles vorbei wäre.

Stattdessen rückte sie sich neben Bennet einen Klappstuhl zurecht, schmiegte ihren Kopf an seine Schulter und nahm ein Notizbuch zur Hand. Sie würde alles aufschreiben, was ihm wichtig war und was sie für ihre gemeinsame Zukunft brauchten. Wenn er dann irgendwann von der Front zu ihr zurückkehrte, sollte er stolz auf das sein können, was sie auf die Beine gestellt hatte.

An einen anderen Ausgang mochte sie nicht denken. Diese Möglichkeit existierte in ihrem Herzen nicht!

Nahe Oxford, Büro von Ephraim Temple

Es fühlte sich merkwürdig an, sich dem vertrauten Arbeitsplatz zu nähern. Er gehörte zu einer anderen Zeit, einem anderen Leben. Dem Leben vor dem Krieg. Damals war Francis ein anderer gewesen, so viel jünger und … er konnte es kaum in Worte fassen … auf gewisse Weise reiner.

Francis war mit seinem Fahrrad bis zur nächsten großen Straße gefahren und hatte sich von mehreren Lkw-Fahrern Stückchen um Stückchen mitnehmen lassen. Nun war es früher Nachmittag, und er hatte sein Ziel endlich erreicht. Sein weniges Gepäck hatte er direkt mitgenommen, doch eigentlich glaubte er nicht so recht daran, dass man Verwendung für ihn haben würde.

Er stellte sein Fahrrad in den Hinterhof, strich seinen Anzug glatt, der sicherlich hoffnungslos verknittert war, und betätigte die Klingel. Der Gong klang wie früher. Er hätte nun einfach hineingehen können. Die schwarz lackierte Holztür mit den altertümlichen Schnitzereien war zu Geschäftszeiten nie abgeschlossen.

Mr Temple öffnete persönlich die Tür und erbleichte kurz. Die Zigarette klebte ihm an der Unterlippe des leicht geöffneten Mundes fest. »Francis Boyle! Hol mich der Teufel!«

»Besser nicht, Sir.«

Mr Temple fing sich, schüttelte ihm die Hand, klopfte ihm kameradschaftlich auf die Schulter. »Kommen Sie rein, kommen Sie!«

Francis trat ein und stellte seine Tasche ab.

»Fronturlaub? Und da besuchen Sie ausgerechnet mich?«

»Kein Urlaub, es ist permanent. Sie könnten mich wiederhaben, wenn Sie wollen. Allerdings bin ich nicht ganz der Alte.« Er zeigte die Hand vor, und der Tremor im Arm kam so pünktlich, als habe er ihn gerufen. »Vermutlich werden Sie sich nun einen neuen Junior suchen wollen.«

»Unsinn, Boyle, einen Veteranen setzt man nicht vor die Tür. Erst einmal trinken wir etwas, und dann überlegen wir, wie Ihre Zukunft aussieht.«

Francis war starr vor Überraschung. Temple meinte es tatsächlich ernst! »Aber ich kann keine Pläne mehr zeichnen.«

»Dann lernen Sie um. Das haben schon andere geschafft. Oder sind beide Hände hinüber?«

»Nein, Sir, nur … nur eine«, stotterte er und folgte seinem ehemaligen und scheinbar auch zukünftigen Vorgesetzten in dessen beeindruckendes Büro. Es war weit und hell, mit hohen, stuckverzierten Decken und großen Fenstern, vor denen dünne Gardinen hingen, sodass zwar viel

Licht, aber keine direkte Sonne hineinfiel. Auf zwei großen Tischen lagen Pläne und Modelle aus. Offenbar gab es für Ephraim Temple auch in Kriegszeiten einiges zu tun.

»Whisky?«

»Ja, bitte«, murmelte Francis noch immer überwältigt. »Gibt es viele Aufträge?«

»Eher wenige. Aber ich habe ohnehin keine Arbeiter mehr. Zwei sind mir geblieben, das ist alles, und bei unseren Auftraggebern sieht es nicht besser aus. Unsere Mühlen mahlen langsam, aber sie mahlen, und nun hat Gott mir meinen besten Mann zurückgeschickt. Darauf trinken wir. Auf Gott, Gärten und das Leben!«

Francis stieß mit ihm an. »Auf Gott, Gärten und das Leben!«

22

Ende April 1941

Stundenlang hatte Sibylla an ihrem neuen Artikel geschrieben und immer wieder gefeilt. Jedes Wort musste sitzen, denn es war nicht nur ein Bericht, sondern ein Aufruf, ein Appell an die wohlhabenden Bürger des Empire.

Dig For Victory nahm schnell an Fahrt auf. Überall sprossen Gärten aus dem Boden, und nun fehlte es nicht mehr an willigen Teilnehmern, sondern an Platz. Besonders in den Großstädten und deren Umland hungerten die Menschen, weil es einfach nicht genug Anbauflächen gab.

Sibylla hatte ihrem Vater ohne großen Widerstand den Großteil der freien Rasenflächen abgerungen und auch mehrfach darüber berichtet, alles in der Hoffnung, seine Großzügigkeit würde seine Standesgenossen inspirieren, ihre weitläufigen Gärten ebenfalls dem Gemeinwohl zu opfern.

Aber nein, fast ausnahmslos stellten sie sich stur oder lasen einfach keine Zeitung.

Sibylla regte das ungemein auf. Sie vergaben sich doch nichts! Niemand erwartete von diesen Leuten, selbst Schaufel und Spaten in die Hand zu nehmen. Ein Rasen ließ sich nach dem Krieg schnell wieder einsäen, und schon nach wenigen Monaten würde alles wieder aussehen wie früher. Stattdessen hungerten Kinder und alte Leute. Es gab erste

Berichte von Menschen, die den Klee von den Wiesen aßen, Hufe und Tierhäute auskochten.

Sie rieb sich die Augen, schloss sie einen Moment lang. Vielleicht, nein, vermutlich wäre sie früher genauso ignorant gewesen. Aber das war Jahre her. Ihre Freundin Tilda hatte ihr die Augen geöffnet, ebenso wie Francis. Beide waren ungeheuer fleißige Menschen, die sich alles im Leben hart erarbeiten mussten. Francis hatte erzählt, dass es so manchen Tag gegeben hatte, an dem sie als Kinder hungrig ins Bett gegangen waren. Und das ohne Krieg. Es brauchte nicht viel, um sich vorzustellen, wie sich eine Mutter fühlte, deren Kinder vor Hunger weinten. Seitdem sie Philipp hatte, sah sie vieles klarer. Es war, als fühle sie mehr und intensiver.

Und wenn sie einen Weg sah, wie sich das Leid verringern ließ, würde sie ihn beschreiten.

Heute war ein denkwürdiger Tag in ihrem Leben, und sie war schrecklich aufgeregt, denn sie würde etwas Verbotenes tun.

Wie Oliver wohl darüber denken würde? Schließlich kam er aus einer Familie von Richtern und Anwälten.

Aber er war nicht hier, um es ihr zu verbieten. Sie konnte sich genau vorstellen, wie er sie ansehen würde, wenn sie ihm später von ihrem wagemutigen und ein wenig verrückten Plan erzählte. Wie es in seinen intelligenten Augen funkeln würde, weil er sich amüsierte und ihr Handeln insgeheim befürwortete.

Der Pritschenwagen hielt im Morgengrauen vor dem Anwesen der Healeys. Darauf saßen sechs Schülerinnen der Waterperry School und zwei Burschen, die noch zu jung waren für den Krieg. Sie wirkten gut gelaunt, trugen robuste Arbeitskleidung und hielten Taschen oder Werkzeug in den Händen.

»Guten Morgen, meine Damen und Herren!«, rief Sibylla, als sie auf die Ladefläche kletterte. Ihr Herz jagte schon jetzt wie verrückt. Ihre acht Mitstreiter trommelten mit den Füßen auf den Boden, dass er nur so vibrierte. Sibylla bekam eine Gänsehaut. Ihr Mund fühlte sich ganz trocken an, als sie sich räusperte.

»Sie wissen, was wir heute vorhaben, ist verboten. Wir betreten fremdes Eigentum, und – viel schlimmer! – wir zerstören hübschen Rasen.«

Die Frauen und jungen Männer brachen in Gelächter aus. »Jawohl, genau das!«, rief der blonde Andrew und rammte seinen Spaten auf die Ladefläche.

»Ich bin niemandem böse, der es sich anders überlegt. Wir könnten mit dem Gesetz in Konflikt kommen.«

»Das wagen die nicht«, sagte lachend eine junge Frau. »Es wird doch ein Fotograf von Ihrer Zeitung kommen, nicht wahr?«

»So ist es.«

»Dann los. Fahr zu!« Andrew klopfte übermütig auf das Führerhäuschen, und bevor Sibylla sich hingesetzt hatte, ruckelte der Wagen auch schon los. Sie plumpste zwischen zwei junge Frauen, die ihren Beinahesturz abfingen. Nun lachten sie alle.

Sie stimmten einen fröhlichen Kehrreim an, den sie in den vergangenen Wochen schon oft beim Arbeiten gesungen hatten. Sibylla sang laut und vielleicht ein wenig schief und merkte, wie die Spannung mit jeder zurückgelegten Meile ein wenig schrumpfte.

Sie war nicht allein, sondern eine von vielen. Gemeinsam würden sie den reichen Industriellen schon überzeugen, etwas von seinem Land an die Armen abzutreten. Aber nur, wenn es ihnen gelang, Fakten zu schaffen.

Rasen, der erst einmal fort war … Sie grinste bei dem

Gedanken, zugleich machte sich aber wieder das flaue Gefühl breit, etwas Verbotenes zu tun und sich womöglich als Drahtzieherin verantworten zu müssen.

»Still jetzt«, sagte sie mit einem Blick am Führerhäuschen vorbei. Augenblicklich herrschte Schweigen. Ihre Mitstreiterinnen beugten sich wohl unbewusst ein wenig vor, als würden sie so auf ihrem Automobil unsichtbar. Der Fahrer drosselte die Geschwindigkeit, schließlich machte er sogar die Scheinwerfer aus. Kurz wurden sie von einer kleinen Nebelbank verschluckt, die von einem schilfgesäumten Bachlauf herübertrieb, dann erreichten sie eine hohe, lang gezogene Hecke. Am Vortag war Sibylla schon einmal hier gewesen und hatte das Grundstück ausgekundschaftet. An einer Stelle war wohl einmal ein Auto von der Straße abgekommen und hatte eine Lücke in die sonst sehr dichte und gepflegte Eibenhecke gerissen, die das parkähnliche Grundstück einfriedete. Dort hatte man junge Eiben nachgepflanzt, die noch lückenhaft und biegsam waren.

Der Wagen hielt an. »Alle zuhören«, sagte Sibylla gepresst. »Durch die Lücke dort gehen wir hinein, die Hecke wird nicht angerührt. Wir nehmen uns einen zwanzig Schritt breiten Streifen gleich dahinter vor. Er ist vom Haupthaus nicht einsehbar. Arbeitet so leise und so schnell wie möglich. Jedes Stück umgebrochene Scholle ist Land, das wir für die Armen gewinnen. Keine Lampen, die Morgendämmerung wird uns reichen müssen.«

»Was ist, wenn wir entdeckt werden?«, fragte eine junge Frau, die unter ihren zahllosen Sommersprossen ein wenig blass wirkte.

»Wir stehen zusammen, niemand läuft weg, und keiner erhebt sein Werkzeug, ganz gleich, wie grob sie uns anfassen. Wir sind friedlich, um jeden Preis. Niemand soll uns

Schlimmeres vorwerfen können, als dass wir aus einem nutzlosen Rasen fruchtbaren Ackerboden machen.«

»Verstanden, Mrs Sable!«

»Dann los, in zwei Stunden kommt der Fotograf und wird bei unserem unfreiwilligen Gönner klingeln, angeblich, um eine Reportage über seine Fabriken zu machen.«

Sie sprangen von der Ladefläche. Sibylla nahm sich eine Hacke und einen Spaten und schlich ihrem kleinen Geheimkommando voran durch die Hecke.

Stets war in der *Dig For Victory*-Kampagne von der Heimatfront die Rede. Doch heute fühlte es sich zum ersten Mal tatsächlich so an, als zöge sie selbst in den Krieg. Sie war die Anführerin dieser winzigen Rebellion gegen die Ungerechtigkeit. Ausgerechnet sie, die Tochter eines Industriellen, die sich als Kind und junge Frau nichts anderes gewünscht hatte, als eines Tages in den Adelsstand einzuheiraten.

Der Park lag in weichem Licht vor ihr. Eine sanfte Hügellandschaft, unterbrochen von Inseln aus Ziersträuchern. Irgendwo plätscherte ein Brunnen. Ein Käuzchen rief wie vom Morgen überrascht in einer knorrigen Eiche, die wie ein Mahnmal auf dem Hügelchen thronte, das die kleine, mit Gartenwerkzeug bewaffnete Gruppe vor ungebetenen Blicken schützte.

Sibylla maß fünfundzwanzig Schritte ab. Zwanzig für den Garten und fünf als Abstand zur Hecke, damit sie die Wurzeln nicht verletzten.

Mit Gesten teilte sie ihre kleine Mannschaft auf. Sie stellten sich in einer Linie auf, dann hoben sie gleichzeitig die Hacken.

Dumpf schlugen sie in den Rasen ein, der duftete, als sei er noch am Tag zuvor gemäht worden. Sibylla riss an ihrer Hacke, und die erste Scholle kippte heraus. Fruchtbare dunkle Erde zeigte sich.

Hier würden sie Steckrüben setzen, dazu Kartoffeln und Kohl. Nicht einmal Dünger war nötig.

Sie holte wieder aus, ließ die Hacke heruntersausen, wieder und wieder.

In Waterperry hatte sie Feldarbeit nichts abgewinnen können. Heute, an diesem frühen Morgen, machte die Schufterei sie auf eine geradezu irrsinnige Art glücklich. Was sie taten, war richtig. Wer sie aufhalten wollte, würde es mit ihr zu tun bekommen. Sie würde so lange darüber in ihren Artikeln berichten, bis ihre Gegner reumütig einlenkten.

Hoffentlich kam es gar nicht erst so weit. Doch so oder so: Um eine Konfrontation kam sie nicht herum.

Seit drei Tagen arbeitete Francis wieder bei Mr Temple und hatte sogar seine alte kleine Wohnung wieder beziehen können. Wie der Zufall es wollte, war die Familie, die zwischenzeitlich dort gewohnt hatte, nachdem ihr früheres Zuhause ausgebombt worden war, in der Woche zuvor ausgezogen.

Francis kam es so vor, als meine es jemand gut mit ihm. Nach seiner Verwundung schien alles, was er anpackte, zu gelingen, wenn auch mit Hindernissen und kleinen Rückschlägen. Da machte es ihm fast nichts aus, dass er derzeit nur Hilfsarbeiten verrichtete. Schaufel, Spaten und Richtschnur waren sein Handwerkszeug.

Sie arbeiteten bei einem Stahlfabrikanten, der zu den Gewinnern dieses Krieges gehörte. Die Fabriken lagen zu weit nördlich im Land, um durch deutsche Bomber in Gefahr zu sein, und die Rüstungsindustrie gierte nach jedem Gramm Rohstahl, den er ausschmelzen konnte. Und so hatte er genug Geld, um sein gewaltiges Grundstück durch einen klassizistisch anmutenden Garten aufzuwerten.

Francis war mit zwei älteren Männern am frühen Morgen ausgerückt, um Gräben für Mauerfundamente, Wasserleitungen und Heckenpflanzungen anzulegen. Das Aufmaß war längst gemacht. Sein Vorgesetzter führte die Aufsicht und würde später nachkommen. Deshalb hatte er Francis den Plan überlassen, damit der sich an den gesteckten Pflöcken orientieren konnte.

Nach einer halben Stunde war alles mit Schnüren und Kreidepulver markiert, und für den Rest des Tages blieb nur noch harte körperliche Arbeit. Francis begrüßte sie, auch wenn seine Schultern bereits schmerzten, als er nur Schaufel und Spaten zu seinem Einsatzort trug. Er war nichts mehr gewohnt, das ärgerte ihn und gehörte so schnell wie möglich korrigiert.

Er setzte den Spaten auf einer Kreidelinie an und stieß ihn mit dem Fuß in den Boden. Gegen den Muskelkater der Vortage ankämpfend arbeitete er sich zügig zwei Blatt breit in die Tiefe und stieg in die Grube. Die neue Arbeitshöhe war angenehmer, und er verfiel in alte Bewegungsmuster. Flüssig und gleichmäßig wie ein Uhrwerk arbeitete er sich die Linie entlang. Bald gaben auch seine Muskeln den Protest auf und taten, erst einmal aufgewärmt, nicht mehr weh.

Das Zittern in seinem Arm zeigte sich nicht, wie er vermutet hatte. Solange er den Spatenstiel nur fest genug packte, funktionierte alles, wie es sollte.

Während die beiden Alten etwas abseits von ihm arbeiteten und fast beständig rauchten und tratschten, genoss es Francis, seine Ruhe zu haben. Er war noch nicht bereit für leichte Unterhaltung mit Fremden, dafür wog jeder seiner Gedanken zu schwer.

Als er ein gutes Stück geschafft hatte, drückte er den Rücken durch und stützte sich auf den Spaten. Am bewölkten Himmel zog lärmend ein Schwarm Stare vorbei. Sie wechselten hektisch die Richtung, ballten sich zusammen und stoben gleich darauf wieder auseinander. Er konnte ihren Flügelschlag hören. Francis beschirmte die Augen, und erst da entdeckte er den Falken, der wie ein Geschoss zwischen die kleinen Körper stieß und es wieder und wieder versuchte, bis ein kleiner Vogel in einem Federregen aus dem Schwarm stürzte, dicht verfolgt von seinem Jäger.

Ein kleiner Tod vor einem malerischen Himmel. Francis zuckte mit den Schultern, und mit einem Seufzen rammte er den Spaten tief in die Erde.

Langsam geriet er wieder in seinen alten Trott. Stechen, abkippen, schaufeln, stechen … Der Wind, der um seinen Kopf brauste und in den Baumwipfeln sang, eine Lerche, die in der Hecke rief. Stechen, abkippen …

Mit der Monotonie kam eine gleichförmige Leere über ihn, die wie Balsam für seine Seele war. Seine alte Arbeit schien sich wie ein Bollwerk gegen die Kriegserlebnisse aufzutürmen und ihn davor zu beschützen.

»Meine Güte, Boyle, Sie ersetzen mir eine halbe Kolonne, wenn Sie so weitermachen.« Ephraim Temple hatte sich lautlos genähert, obwohl er ebenfalls Arbeitsschuhe trug.

»Ich versuche, wieder reinzukommen«, entgegnete Francis und wischte sich mit seinem Ärmel den Schweiß von der Stirn.

»Sieht aus, als hätten Sie keine Probleme. Der Arm macht mit?«

»Ja, Sir.«

»Gut, das höre ich gerne. Ich hatte Sie gerufen, aber Sie haben offenbar nichts gehört?«

Francis schüttelte den Kopf und stieg aus seinem angelegten Graben. »Entschuldigen Sie.«

»Das macht nichts, Sie waren wohl in Gedanken.«

Eben nicht!, wollte Francis erwidern, doch was ging Temple das an? Gar nichts. Sein Arbeitgeber hielt ihn für einen Kriegshelden – so konnte es gern bleiben. »Weshalb hatten Sie mich sprechen wollen?«

»Hier.« Temple faltete einen Plan auseinander und strich ihn auf dem Knie glatt, bevor er ihn Francis vorhielt. »In diesen Feldern wünscht sich die Frau unseres Auftraggebers möglichst natürlich anmutende mehrjährige Blumenrabatten. Sie waren lange genug Head Gardener bei den Healeys, um etwas Ansprechendes zusammenstellen zu können. Um ehrlich zu sein, diese kleineren Blühpflanzen …«

»Ich weiß«, sagte Francis lächelnd. Sein Vorgesetzter war mehr Architekt als Gärtner, Zierbeete lagen ihm nicht. »Ich kümmere mich gern um die Auswahl. Gibt es noch etwas, das ich wissen sollte? Farben? Bestimmte Lieblingspflanzen?«

»Sie mag Schmetterlinge.«

Francis nickte und hatte sofort eine ganze Palette von Farben und Arten im Kopf. »Mit einer Steinmauer, um die Wärme zu speichern. Wildrosen, große Zierdisteln, Lavendel, mehrere Schmetterlingssträucher in der Nähe, wenn es in Ihr Konzept passt«, sagte er schnell, die Worte überschlugen sich beinahe, und er musste sich zusammenreißen, um nicht die Augen zu schließen, um sich alles besser vorstellen zu können.

Temple legte ihm eine Hand auf die Schulter. »Guter Mann. Die Maße entnehmen Sie den Plänen. Sie schreiben mir eine Liste, am besten mit ein, zwei Alternativen, die Baumschulen haben kaum Auswahl. Fast alle bauen nur noch Essbares an.«

»Versuchen Sie es bei den Allers in Wheatley«, schlug

Francis aus dem Bauch heraus vor. Die Familie von Sibyllas Freundin Tilda beschränkte sich sicherlich nicht nur auf Tomaten und Gurken.

Francis faltete den Plan zusammen und schob ihn in seine Jackentasche. Mit dem Entwurf würde er sich am Abend befassen. Erst einmal galt es, einen Graben auszuheben. Zufrieden stieß er das angeschliffene Spatenblatt in die Erde. Ja, sein Eindruck täuschte nicht, er hatte Glück. Hoffentlich blieb es ihm noch eine Weile hold, zumindest bis er sich wieder besser im Griff hatte.

23

Sibylla blickte auf ihre schmale Armbanduhr. Es war kurz vor neun, und sie hatten mehr geschafft, als sie je für möglich gehalten hatte. Soeben steckten sie die letzten Setzlinge in den Boden. Vorgezogene Karotten, verschiedene Rüben, Zwiebeln, Kohl und jede Menge Kürbis, der gut sättigte.

Sie selbst schlug mit dem Schaufelblatt vorgefertigte Plakate in den Boden. Sie waren auf dicke Pappen geklebt und an angespitzten Latten befestigt.

Draußen an der Hecke flatterte nun ein selbst geschriebenes Banner. *Hier entsteht ein Dig For Victory-Garten!* stand darauf, und die ersten Schaulustigen lugten bereits durch die Lücke in der Hecke. Eine ältere Dame hatte ihnen sogar Tee und selbst gemachte Karamellbonbons gebracht und war nur schnell nach Hause geeilt, um sich grobe Sachen anzuziehen und dann mitzuhelfen.

Sibylla lutschte langsam den letzten Rest des köstlichen Bonbons auf und überprüfte noch einmal die Uhrzeit. Genau jetzt mussten ihre Kollegen von der Zeitung eintreffen und an Mr Dickens' Pforte klingeln.

Was hätte sie alles dafür gegeben, um das Gesicht des Stahlfabrikanten zu sehen. Gespannt lauschte sie, doch natürlich war es unmöglich, von hier aus etwas zu hören.

»Macht weiter«, wies sie die anderen an, ließ ihr eigenes Werkzeug zurück und machte sich an den Aufstieg auf den kleinen Hügel mit der alten Eiche.

Hinter dem knorrigen Stamm verborgen lugte sie vorsichtig zu dem herrschaftlichen Anwesen hinüber und war erstaunt, dort ebenfalls Leute mit Schaufeln und Hacken zu sehen. Pflöcke, Schnüre und Kreidespuren markierten Veränderungen in großem Maßstab. Das musste alles in den vergangenen Tagen passiert sein. Noch am Freitag zuvor hatten die weitläufigen Grünflächen in einer Art Dornröschenschlaf gelegen.

Es war müßig, weiter darüber nachzudenken. Denn in der Einfahrt stand der dunkelblaue Wagen des *Herold,* und die beiden Reporter waren nirgends zu sehen. Sie mussten bereits im Gebäude sein und Dickens die Hiobsbotschaft überbringen.

Genau jetzt wurden Rufe laut. Ein beleibter Mann verließ das Anwesen auf der Rückseite, gefolgt von einer Frau, einem Butler und den beiden vertrauten Gestalten der Reporter. Einer hielt eine Kamera fest, ganz dicht am Körper, als müsse er sie beschützen. Sie hatten Mühe, mit dem erzürnten Eigentümer Schritt zu halten.

Sibylla verstand nicht, was Dickens rief, doch die Arbeiter strömten auf ihn zu und schlossen sich der kleinen Prozession an, die eindeutig zu ihnen unterwegs war.

Ihr sackte das Herz tiefer. Nein, das war keine Prozession, sondern vielmehr eine Kampftruppe! Nun schloss auch noch jemand auf, der zwei große Wachhunde führte. Ihr Bellen ließ Sibylla das Haar zu Berge stehen.

Vielleicht hatten sie sich doch den falschen Eigner ausgesucht. Aber für Reue war es jetzt zu spät. Kurz huschte der feige Gedanke durch ihren Kopf, einfach ihr Werkzeug zu nehmen und zu fliehen. Noch konnten sie es schaffen, gemeinsam durch die Lücke in der Hecke zu entkommen und davonzufahren.

Doch dann trat sie entschlossen hinter dem Baumstamm hervor. Nun war es egal, ob sie entdeckt wurden. Dickens wusste, dass Eindringlinge auf seinem Grund und Boden waren. Sie eilte den kleinen Hang hinab.

»Sie kommen, steht zusammen. Keine Angst zeigen. Die Presseleute sind mit dabei. Dickens' Leute werden uns nichts tun, das wagen die nicht.« Sibylla verwunderte selbst, wie sicher ihre Stimme klang. Das war vor allem deshalb merkwürdig, weil sie selbst nicht ganz glaubte, was sie sagte, und eigentlich selbst jemanden gebraucht hätte, der ihr Mut zusprach.

Die Schülerinnen bildeten eine Reihe mit ihr in der Mitte.

»Die Jungen nach hinten!«

»Aber Mrs Sable!«, protestierte einer von ihnen.

»Keine Diskussion. Sie werden keine Frauen schlagen, bei euch bin ich mir nicht so sicher.« Sibylla trat mit weichen Knien ein Stück vor, damit jeder sie als Rädelsführerin erkannte.

Francis verstand nicht ganz, was plötzlich in Mr Dickens gefahren war, nur dass er ihm folgen sollte, wie auch die beiden Hilfsgärtner und zwei kräftige Kerle aus dem Haushalt des Industriellen, von denen einer zwei dunkel gestromte Schäferhunde an den Leinen führte.

Die Rede war von Hausfriedensbruch, von Eindringlingen, die Dickens' Eigentum zerstörten. Francis spürte ein merkwürdiges Summen in sich, das allzu sehr an die unheilvolle Spannung erinnerte, die ihn an der Front kurz vor Gefechten befallen hatte. Es war die Macht, die ihm die

Kraft gegeben hatte, in Belgien deutsche Soldaten zu töten. Mit Gewehr, Messer und bloßen Fäusten. In ihre jungen Gesichter zu sehen, während das Licht in ihren Augen verlosch und sie sich in einem letzten Aufbäumen der Angst in die Hosen machten.

Die Männer neben ihm marschierten, als glimme das unheilvolle Feuer auch in ihnen. Sie alle waren Veteranen, sei es aus dem Ersten Weltkrieg oder aus dem jetzigen. Fiebrig wirkten sie, wie er, als sie den kleinen Hügel mit der malerischen Eiche hinaufstürmten.

Sibylla sah die Männer über den kleinen Hügel kommen. Je näher sie kamen, desto stärker erinnerten sie an eine kleine Armee. Zwei Arbeiter hielten ihre Spaten wie Gewehre. Ihr Blick war starr, die Schirmmützen tief in die Gesichter geschoben, sodass ihre Züge im Schatten lagen.

Dickens, ein fülliger Mann in einem hellen Anzug, marschierte allen voran den Hügel hinab. »Raus!«, brüllte er. »Runter von meinem Grund und Boden!«

Sibylla reckte das Kinn vor, gab sich in Gedanken einen Schubs und trat ihm entgegen. »Mr Dickens, schön, dass Sie kommen. Ich sehe, die Herren vom *Herold* haben Sie informiert, dass nun auch Sie Teil einer großartigen Bewegung sind, die das Land vom Hunger befreien wird«, wies sie ihn mit freundlicher, nur wenig zitternder Stimme auf die Anwesenheit der Presseleute hin. Alles, was er nun tat, würden sie mitbekommen. Der Fotograf hielt seine Kamera erhoben und bereit.

Dickens schnappte mit puterrotem Kopf nach Luft, für einen Moment ratlos, was er tun sollte. »Raus!« war das Einzige, wozu er sich durchringen konnte.

Sibylla ballte die Fäuste und stemmte sie in die Hüften, um mit jeder Faser ihre Entschlossenheit auszudrücken. Wie erwartet, machte der Fotograf sein Bild. »Wir gehen nicht, Mr Dickens. Wir sind hier, weil die englische Bevölkerung Hunger leidet. Mein Vater ist Industrieller wie Sie und hat fast all seine Wiesenflächen unserer Bewegung überlassen. Fassen Sie sich ein Herz, Sir!«

Der Reporter trat näher. »Was sagen Sie, Mr Dickens, haben Sie ein Herz für das Anliegen der jungen Dame?«

»Jetzt soll ich Einbrechern und Dieben die Hand reichen und sie einladen, auch noch das Tafelsilber mitzunehmen? Ist denn die ganze Welt verrückt geworden?«

»Bitte«, versuchte Sibylla es nun freundlicher. »Sie müssen nichts tun, die Menschen nur hineinlassen, damit sie etwas anbauen können. Sie merken nichts davon, von Ihrem Anwesen aus ist diese Fläche nicht zu sehen. Und wenn die Krise vorüber ist, planieren wir alles ein und legen neue Rasenflächen an, darauf gebe ich Ihnen mein Wort!« Sie streckte ihre Hand aus, doch er schlug nicht ein. An seinem Hals schwoll eine pochende Ader. Und Sibylla begriff, dass sie diesen Kampf wohl verlieren würde.

Sie hatte ihn noch nicht bemerkt. Francis hingegen konnte den Blick nicht von ihr wenden. Sibylla war schön wie eh und je. Auch die letzten kindlichen Züge waren mittlerweile aus ihrem Gesicht verschwunden. Es war schmaler geworden, was wohl am Krieg lag, der ihnen allen einen neuen Ernst beibrachte, und an ihrem Kind, das sie reifer gemacht hatte. Sie sprach anders als früher. Damals war ihre Stimme hin und wieder ein wenig schrill geworden. Nun trug sie ihre Forderungen vor wie eine Politikerin.

Er wäre ihr so gern beigesprungen. Ihre Sache war gerecht und richtig, und doch stand er auf der anderen Seite und würde tun müssen, was sein Vorgesetzter verlangte. Denn die Chance, trotz seiner Behinderung wieder für Temple arbeiten zu dürfen, wollte er nicht verspielen. Nicht nach nur drei Tagen. Es war doch immer so, kaum lief etwas in seinem Leben gut, schlug es ihm kurz darauf mit der Faust ins Gesicht.

Er griff seinen Spaten fester, als könne er sich daran festhalten.

»Runter von meinem Grund, ich sage es nicht noch einmal«, sagte Dickens in diesem Moment erstaunlich beherrscht. »Und Sie, Mr Temple, sorgen dafür, dass man morgen hier nichts mehr von diesem Unfug sieht. Anfangen, sofort.«

Francis zögerte, während die beiden alten Hilfsgärtner auf ein paar Kürbispflanzen zugingen und sie mit ihren Spaten entzweihackten. Dann ging alles ganz schnell.

»Nein!«, heulte einer der jungen Aktivisten auf und sprang vor. Sibylla bekam ihn am Arm zu fassen, doch zugleich machte der Mann mit den Wachhunden einige Schritte auf ihn zu. Die Hunde kläfften, rissen mit gefletschten Zähnen an den Leinen.

Sibylla stieß den jungen Mann zur Seite und lag plötzlich direkt vor den Hunden am Boden.

Francis reagierte nur noch. Beim nächsten Herzschlag war er mittendrin. »Weg mit den Hunden, Mann!« Er stieß den einen Hund mit dem Bein zur Seite, dem anderen hieb er den Spatenstiel auf die Schnauze. Blitzschnell schob er sich zwischen Sibylla und die Biester. Eines biss sich in seiner Jacke fest und bekam seinen Ellenbogen zu spüren. Ein hohes Winseln zeigte an, dass sein Stoß das Ziel nicht verfehlt hatte.

Sibylla war ohnmächtig. Ihr Strumpf war zerrissen, und sie blutete. Die verdammten Hunde hatten sie erwischt.

Die Frauen, vermutlich Waterperry-Schülerinnen, drängten sich wie scheues Wild zusammen, die beiden jungen Männer standen schützend davor, während hinter Francis die Hunde hysterisch kläfften. Sie waren nah, so nah, dass er ihren schlechten Atem riechen konnte.

Er kniete sich neben Sibylla und strich ihr zögernd über die Stirn.

»Boyle, kennen Sie das Mädchen?«, fragte sein Vorgesetzter nun und beugte sich über ihn.

»Ja, ich kenne sie. Das ist Sibylla Sable. Die Tochter von Healey, meinem alten Arbeitgeber.«

»Healey? Du meine Güte.« Temple richtete sich auf und begann, wild in Richtung seiner Arbeiter zu gestikulieren. »Aufhören, sofort aufhören.«

Er trat zu Mr Dickens und sprach leise auf ihn ein, scheinbar, damit die Presseleute nichts mitbekamen. Francis hörte nicht hin. Seine einzige Sorge galt nun Sibylla. Sie blinzelte und schien langsam zu sich zu kommen.

Es fühlte sich an, als würde sie schweben.

»Alles wird gut, ich kümmere mich um dich«, sagte eine vertraute Stimme.

Jemand trug sie. Trug sie, aber wohin? Sie sah einen fremden Garten, eine Eiche, die ihre knorrigen Äste über ihr ausbreitete wie einen Schirm.

»Deinen Leuten geht es gut, wir haben sie fortgeschickt. Die Beete sind fast alle noch in Ordnung.«

Große, gleichmäßige Schritte. Ein vertrauter männlicher Geruch. Sie riss die Augen auf und blickte aus nächster

Nähe in das Gesicht ihrer einstigen großen Liebe. Ihr Herz schien kurz auszusetzen, aber sie war noch zu benommen von dem Sturz, um tiefer in sich hineinhorchen zu können. Nun gesellte sich noch ein pochender Schmerz in ihrem linken Unterschenkel hinzu.

»Francis.«

»Ja, ich bin hier.«

»Trägst du mich? Du musst mich nicht tragen«, murmelte sie.

»Und wie ich muss.« Er wirkte angespannt.

Sibyllas Erinnerung kehrte rasch zurück. Die Aktion war fehlgeschlagen, jemand hatte Hunde auf sie gehetzt. Sie war gebissen worden und gefallen. Aber wo kam Francis her?

»Was machst du hier?«

»Arbeiten«, erwiderte er knapp. Sein Atem ging schwer. Er hatte sie schon fast bis zu Dickens' Anwesen getragen. Sibylla legte einen Arm um seine Schultern, um es ihm etwas leichter zu machen. Mittlerweile pochte es heftig in ihrer Wade, die Haut fühlte sich nass an, und der Stoff ihrer Hose klebte daran fest.

Sie wusste nicht, was sie sagen sollte. Francis, ihr Francis trug sie fort von der Gefahr. *Nicht mehr mein Francis, schon lange nicht mehr.* Sofort musste sie an die Drohungen ihres Vaters denken. Sie durften keinen Kontakt haben!

Andererseits waren sie einander zufällig begegnet, und wie ein Schutzengel hatte Francis sie vor größerem Unheil bewahrt.

»Ich habe gedacht, sie beißen mich tot«, murmelte sie.

Francis trug sie ins Haus.

»Gehen Sie«, fuhr er die Presseleute an, die sich mit durch die Tür drängeln wollten. Sibylla hörte ihren Protest kaum. Sie kamen nicht hinein.

Gleich würde der Augenblick der Nähe vorbei sein. Sie schämte sich dafür, wie sehr sie es genoss, von Francis gehalten zu werden, den würzigen Duft seiner Haut zu riechen. Er benutzte noch immer dasselbe Rasierwasser, darunter mischte sich weicher Erdgeruch.

Seine Brust hob und senkte sich gegen ihre Seite. Ihre Herzen pochten schnell und nah beieinander.

»Legen Sie die Madam hierhin«, sagte eine kratzige Stimme, die eindeutig zu Dickens gehörte. Nun klang er nicht mehr so unerschütterlich.

»Wir brauchen Verbandszeug«, sagte Francis. »Einen Arzt.«

»Keinen Arzt, so schlimm ist es nicht«, mischte sich Sibylla ein. »Ich kann sitzen.«

»Wie Sie wünschen.« Dickens entfernte sich und rief nach seinem Hauspersonal. Francis setzte sie vorsichtig auf einem lederbezogenen Sofa ab, dann ging er vor ihr in die Knie. Mit großem Ernst krempelte er ihr Hosenbein hoch, dabei zitterte seine rechte Hand ein wenig. War er nervös in ihrer Nähe? Sibylla betrachtete ihn. Er war schmaler geworden, das Gesicht kantiger. Den Hauch eines Lächelns, das sich früher stets in den Winkeln seines hübschen Mundes verborgen hatte, musste sie lange suchen. Es war beinahe völlig unter Sorgenfalten verborgen. Etwas war geschehen, und es hatte wahrscheinlich nichts mit ihr zu tun. Da war ein Schatten in seinen graublauen Augen, als hätten sie mehr gesehen, als für seine Seele gut war. Sibylla kannte diesen Blick.

»Warst du an der Front?«

Er blickte auf, seine Kiefer arbeiteten, als er nach Worten suchte und schließlich nur nickte. Seine Hände strichen über ihren Unterschenkel. Der Schmerz kam plötzlich, stechend, und trieb ihr die Tränen in die Augen.

»Das wird wieder. Wir müssen nur dafür sorgen, dass es sich nicht entzündet. Du wirst die Zähne zusammenbeißen müssen.«

»Das werde ich.« Sie rang sich zu einem verkrampften Lächeln durch.

Eine schwere kleine Tür wurde aufgestoßen. Ein Hausmädchen brachte ein Tablett und stellte es neben ihnen auf einem Tisch ab. Sibylla sah heißes Wasser in einer Schüssel, ausgekochte Lappen, Jod und Verbandszeug. »Soll ich die junge Lady versorgen?«

»Wäre wohl besser so«, murmelte Francis und erhob sich.

»Nein«, Sibylla griff nach seiner Hand. »Ich möchte, dass er es macht, wir kennen uns.«

Das Hausmädchen verneigte sich knapp. »Wie Sie wünschen.«

Sibylla sah ihr nach und empfand einen Augenblick lang Reue. Sie hätte Francis fortschicken sollen, so wenig wie möglich mit ihm sprechen. Es wäre etwas anderes gewesen, wenn sie nichts mehr für ihn empfunden hätte, doch das entsprach nicht der Wahrheit. Schon jetzt fühlte sie sich in seiner Gegenwart wie im freien Fall.

Francis räusperte sich, kniete sich erneut vor sie und begann, ihr den Schuh auszuziehen. Vorsichtig zog er ihre Ferse aus dem erdverschmierten Stiefel und legte ihn zur Seite. Die Socke folgte. Seine Berührungen, auch wenn es wenige waren, zogen bis in ihre Lenden hinauf.

Sie setzte sich aufrechter hin, um sich mit dem Blick auf ihre Verletzung abzulenken. Blut. Viel Blut, das seine Wirkung nicht verfehlte. Sie schluckte. Vier tiefe Löcher in ihrer Haut, dazu noch Kratzer. »Das gibt Narben.«

»Aber keine allzu schlimmen. Bestimmt wird man sie kaum sehen. Stell deinen Fuß in die Schüssel, damit wir nicht alles durchnässen. Ich wasche die Wunden aus.«

Das Wasser war so heiß, dass es gerade so erträglich war. Sie biss die Zähne zusammen, während Francis einen Lappen nahm und das Blut abwusch.

»Wo hast du das gelernt?«

»An der Front«, sagte er, ohne den Blick zu heben. Sie hätte so gerne in seine graublauen Augen gesehen und überprüft, ob der Schatten darin nun dunkler wurde, so wie es bei seiner Stimme der Fall war.

»Musst du zurück?«

Kopfschütteln war die Antwort.

»Warum nicht?«

Sein Gesicht ruckte hoch und wirkte plötzlich ganz schmal. »Warum stellst du mir all diese Fragen?«

»Ich …« Sie hielt inne. Plötzlich pochte ihr Herz wie verrückt. Sie hatte Francis nie angelogen. »Weil du mir noch immer wichtig bist und ich mich die ganzen Jahre über gefragt habe, wie es dir ergangen ist, Francis.« Jedes Wort schien zerbrechlich wie Glas, scharfkantig, als könne man sich daran schneiden, wenn man nicht achtgab.

Nun schlich sich doch das kleine Lächeln in seine Mundwinkel, das ihr so gefehlt hatte. Ein Hauch von Stolz mischte sich darunter. »Du hast dich nie gemeldet.«

»Ich hatte Angst. Einmal hat mein Vater sogar schon einen Brief an deinen Vorgesetzten geschrieben, nur weil er ohne jeden Anlass glaubte, ich hätte mich nicht an unsere Abmachung gehalten. Außerdem hast du mir das Versprechen abgenommen, es nicht zu tun.«

»Das stimmt. Jetzt wird es kurz wehtun.« Er trocknete ihr Bein ab, schob die Schüssel zur Seite und griff nach dem Jodfläschchen.

»O Gott«, keuchte sie. Erinnerungen wurden wach. Das Zeug brannte wie der Teufel. »Ich kann nicht versprechen, dass ich nicht schreie.«

»Dann schrei, wenn es dadurch leichter wird.« Er drückte ihren Fuß auf den Boden, griff nach ihrer rechten Hand, drückte sie kurz und legte sie auf seine Schulter, damit sie sich an ihm festhalten konnte.

»Ich habe meine Ausbildung abgeschlossen, sogar einige Semester studiert. Nach meinem ersten großen Auftrag kam der Krieg, und ich habe mich freiwillig gemeldet. Wollte es einfach hinter mir haben.« Es gluckerte in dem Jodfläschchen, als er etwas auf einen Lappen träufelte. Sibylla fühlte den Puls in ihrer Kehle klopfen. Sie wollte um jeden Preis tapfer sein. Sie hatte ein Kind geboren! Was war da schon ein bisschen Jod?

Sibylla warf den Kopf zurück und krallte die Hand in seine Schulter. Nicht mehr als ein Stöhnen kam über ihre Lippen, während er die Wunde großflächig einrieb und Jod in die Löcher drückte, die die Fänge geschlagen hatten. Er hatte genügend Kameraden erstversorgt, um zu wissen, dass dies der wichtigste Teil war. Infektionen konnten tödlich sein, auch hier, jenseits der Front.

Er legte zügig einen Verband an, während sie die Augen weiter geschlossen hielt. Als Sibylla sie schließlich öffnete, hingen an ihren langen Wimpern feine Tränenperlen. Er hätte sie gerne fortgeküsst oder wenigstens mit einer Fingerspitze berührt, doch das gehörte sich nicht. Sie war die Frau eines Fremden und dieser Moment eine Ausnahme, die sich niemals wiederholen würde. Am liebsten hätte Francis ihn endlos hinausgezögert, doch das konnte er nicht. »Fertig«, sagte er mit leiser Enttäuschung und rollte ihr Hosenbein herunter.

»Ich mach das schon«, sagte sie plötzlich, und ihre Hände

berührten sich, die Finger stolperten übereinander. Beide zuckten sie zurück. Sibylla starrte ihn an. Er konnte ihre Gefühle noch immer in ihren Augen lesen. Sie standen dort so deutlich für ihn geschrieben wie in einem Buch. Sibylla hatte ihn noch nie anlügen können.

Daher begriff Francis nun in aller Klarheit, dass nicht nur er sich wie ein kranker Hund nach ihr sehnte, sondern sie ebenfalls noch etwas für ihn empfand.

Hektisch zog sie sich den Stiefel wieder an und mied plötzlich seinen Blick. »Ich muss nach Hause, Francis, mein Sohn wartet.«

Eine Stunde später saß sie trotzdem neben ihm im Wagen. Es war Mr Temples Automobil. Er hatte Francis gedrängt, Sibylla heimzufahren, während er den Schaden bei Mr Dickens begrenzte. Der hatte sich mehrfach bei Sibylla entschuldigt und danach erlaubt, dass der Gemüsegarten weiter auf seinem Land existieren durfte, wenn sie im Austausch auf eine Anzeige verzichtete und ihre Freunde beim *Herold* bat, nicht über die Hundeattacke zu schreiben.

»Es ist ein komisches Gefühl, zu deinem Elternhaus zu fahren«, sagte Francis, weil er nicht länger schweigen wollte. »Lebst du noch immer dort?«

Sie blickte weiter aus dem Fenster. »Nein, wir haben ein Haus am Rand von Oxford, aber es ist groß, und ich fühle mich dort schrecklich allein. Immer wenn Oliver fort ist …«, sie seufzte. »Warum erzähle ich dir das überhaupt?«

»Weil ich gefragt habe. Vielleicht kann ich Narr dann endlich einen Schlussstrich ziehen.«

»Francis«, sagte sie leise und blickte auf ihren Schoß.

»Es tut mir leid. Es wäre anders, wenn ich es mir hätte aussuchen können. Konnte ich aber nicht … wie so vieles. Du warst fort, wir hatten einander versprochen, nie wieder

Kontakt aufzunehmen. Es war vorbei. Ich habe schrecklich geweint und mich so allein gefühlt. Monatelang habe ich mit meinen Eltern kein Wort gewechselt und Waterperry nicht mehr verlassen. Dann kam irgendwann Oliver und hat mir beharrlich den Hof gemacht. Er ist ein guter Mann, Francis, er liebt mich und verdient nicht, dass ich ihn hintergehe. Nicht einmal in Gedanken.«

»Liebst du ihn?«, fragte er nüchtern.

»Ja, aber … ganz anders als …« Sie drückte die Hand auf den Mund, als versuche sie, Worte oder ein Schluchzen daran zu hindern, auszubrechen.

Da war eine leise Wut in ihm, die sie noch immer dafür beschuldigte, ihm das Herz gebrochen zu haben. Dabei entsprach das nicht der Wahrheit, denn nicht Sibylla, sondern ihr Vater hatte sie getrennt.

»Gehst du noch tanzen?«, fragte er, als sie die Zufahrt zum Anwesen der Healeys beinahe erreicht hatten.

Sibylla wirkte erleichtert über den Themenwechsel. »Im letzten Jahr nicht mehr, ich bringe es nicht über mich, zu tanzen, während andere sterben. In der Tavern war ich seit … seit damals nicht mehr. Und du?« Der Blick, mit dem sie ihn nun von der Seite musterte, wirkte gläsern.

»Ich war neulich dort, vielleicht, weil ich zu viele Menschen habe sterben sehen. Meine Schwester Doris hat mich überredet.« Er lächelte. »Es tat gut. Die alte Medizin wirkt noch immer.«

»Alles vergessen, während der wummernde Rhythmus dich davonreißt«, sagte sie sehnsüchtig.

»An nichts mehr denken und nur noch fühlen, bis einem schwindelig wird …«

»… und die Füße brennen.«

»Ja.«

Er setzte den Blinker und lenkte den Wagen die Auffahrt

hinauf. Es war Zeit, Abschied zu nehmen. »Ich vermute, du wirst nach deinem Gemüsegarten bei Dickens sehen wollen. Wir werden noch einige Wochen dort arbeiten …«

Sie nickte und wirkte plötzlich blass. Sie wussten beide, dass sie sich besser nicht erneut begegneten. »Es liegt ein Hügel zwischen den Bereichen.«

»Ja.« Er trat auf die Bremse und ließ den Wagen vor dem Haupthaus ausrollen. Melancholisch betrachtete er seine alte Arbeitsstätte, die ihm mehrere Jahre lang ein Heim gewesen war. Der Garten hatte sich verändert, und die Hecken waren schon lange nicht mehr gepflegt worden. Für die Healeys, die leidenschaftliche Orchideensammler waren, hatte der eigentliche Garten immer nur nebensächliche Bedeutung gehabt, und sie waren froh gewesen, dass Francis sich um alles gekümmert hatte. Er wiederum genoss es, freie Hand zu haben.

Aber diese Zeiten waren vorbei.

Er stieg aus und öffnete Sibylla die Tür. Sie verließ den Wagen, stieß einen Fluch aus und sackte dann kurz weg. Francis fing ihren Sturz geistesgegenwärtig auf und fasste sie unter dem Arm.

»Ich hätte näher am Haus parken sollen«, sagte er zerknirscht.

»Ach, es war nur der erste Moment.« Sie humpelte tapfer neben ihm her. Eigentlich wirkte sie wieder recht munter, doch Francis ließ sie nicht los, auch wenn er immer nervöser wurde, je näher sie dem Eingang kamen.

Mr Healey öffnete, noch ehe sie die Tür ganz erreicht hatten. Francis blieb stehen, als pralle er gegen eine Mauer.

Er nahm die Schiebermütze ab und deutete eine knappe Verbeugung an, dann ließ er die Musterung seines ehemaligen Vorgesetzten über sich ergehen und machte sich innerlich bereit für ein Donnerwetter.

Sibylla ließ seinen Arm los, stützte sich am Türrahmen ab und hinkte hinein. »Papa, ich bin verletzt, Francis hat mir geholfen.«

»So, hat er das?«

»Ja, Sir. Es war Zufall, ich …«

»Gehen Sie, Boyle«, unterbrach Mr Healey ihn gefährlich ruhig.

Francis setzte sich die Mütze auf und eilte die Treppe hinunter. Nicht ein einziges Mal sah er sich nach Sibylla um, die leise auf ihren Vater einredete. Sie hatten sich alles gesagt.

Es geschah, was er nie wieder für möglich gehalten hatte. Mr Healey trat ihn erneut von seiner Schwelle wie einen räudigen Köter. In diesem Moment schwor er sich, dass Sibyllas Vater kein drittes Mal die Chance dazu bekommen würde.

24

Vor der Küste von Gibraltar, 1. Mai 1941

Es war nicht mehr weit bis nach Hause. Tilda saß an Deck, über den Knien eine kratzige, graue Decke.

Es war eine recht laue Sommernacht und schon spät. Sie hatte sich bereits einige Zeit auf ihrer Pritsche hin- und hergewälzt, dann aber den Versuch zu schlafen aufgegeben. Unter Deck fühlte sie sich wie in einem Gefängnis. Als sei sie in einen kleinen Schuhkarton gesperrt worden, blind und taub für die Welt.

Mittlerweile war ihr bewusst geworden, woher diese innere Unruhe kam. Es war die Stille. Die Motoren des Dampfers schwiegen. Sie trieben wie ein Korken im Wasser. Bis auf die Positionslichter und das stete Rollen der See bewegte sich nichts.

Sie warteten. Nicht weit von ihnen trieben andere große Kähne, Frachter und Passagierschiffe, allesamt zivile Fahrzeuge, die sich nur mit militärischer Eskorte um Portugal und Spanien herumwagten, um schließlich Kurs auf England zu nehmen.

Zwar war die deutsche Marine geschwächt, aber ihre U-Boote richteten noch immer große Schäden an. Sie wären ihnen hilflos ausgeliefert, wenn sie sich allein und unbewaffnet in ihre Gewässer wagten. Dies war der gefährlichste Teil ihrer Reise, trotzdem weigerte sich etwas in

Tilda, Angst zu empfinden. Als habe Bennet sämtliche Gefühle mit sich genommen und sie keine zurückbehalten. Seitdem er fort war, fehlte ein wichtiger Teil von ihr.

Tilda legte den Kopf in den Nacken. Der Nachthimmel spannte sich wie ein samtenes schwarzes Tuch über ihr. Schon seit einer Weile zeigten sich wieder vermehrt vertraute Sternbilder. Heute war die Luft besonders klar, und die Milchstraße leuchtete und funkelte wie ein Ozean aus Kristallen. Unter diesem mächtigen Bogen kam sich Tilda besonders winzig vor.

Wo Bennet jetzt wohl war? Immer wenn sie an ihn dachte, wurde ihr das Herz schwer. Drei Wochen lag ihre Trennung nun zurück. Er hatte sich mit einem Beiboot an Land bringen lassen, als sie in einem kleinen Küstenort Süßwasser aufnahmen.

Einige Passagiere waren darauf nicht gut zu sprechen gewesen. Hartnäckig hielt sich das Gerücht, er sei an Land gegangen, um in den Weiten Südafrikas unterzutauchen. Tilda schwieg dann stets und zog sich zurück. Was hatte sie als seine Frau schon dazu zu sagen? Wie ihn verteidigen, wo sie doch insgeheim hoffte, dass er wirklich tat, was man ihm unterstellte? Wieder zur Besinnung kam und untertauchte?

Besser, du gehst und rettest dich, selbst wenn du ganz verschwinden musst und irgendwo ein neues Leben mit einem neuen Namen beginnst. Alles wäre mir da lieber, als dich im Sarg oder schwer verwundet zurückzubekommen, richtete sie ihre Gedanken an ihn. Vielleicht würde Gott ihn wissen lassen, was ihre Seele wünschte.

Aber Bennet war ein Sturkopf und ihr darin nicht unähnlich. Ein einmal gefasster Beschluss wurde verfolgt, bis das Ziel erreicht oder die Unternehmung gescheitert war.

Vermutlich durchlief er daher mittlerweile nahe Kapstadt

eine übereilte militärische Grundausbildung, um demnächst das Paradies, das sie für über zwei Jahre beheimatet hatte, mit Tod und Vernichtung zu überziehen. Der Gedanke daran war kaum auszuhalten.

Tilda rieb sich die Schläfen. Am liebsten hätte sie sich irgendwo versteckt und zusammengerollt, Winterschlaf gehalten, bis dieser schreckliche Krieg vorbei war. Denn es war nichts anderes als das: ein schrecklicher, eisiger Winter, vor dem fast alles Leben kapitulieren musste und der selbst uralte Bäume in klirrender Kälte zerbersten ließ.

Natürlich wurde ihr Wunsch nicht erhört.

Stattdessen wuchs die Kraft, die Tilda gen England zog, mit jedem Tag stärker an. Auch die Sorge um ihre Eltern und Grandma Maryann nahm zu. Sie hatte ihre Familie alleingelassen, dabei hätte sie in diesen Zeiten mehr für sie da sein sollen als je zuvor.

Seit mehreren Monaten waren keine Briefe von Sibylla mehr gekommen, die Tilda zuvor ihre Ängste genommen hatten. Bis zu dem Augenblick, da sie ihre eigenen Schritte in die Gärtnerei führten, würde sie nicht erfahren, wie es um die Familie stand.

Plötzlich brach an Deck Unruhe aus. Matrosen eilten umher. Einer suchte mit einem Fernglas den Horizont ab. Tilda erhob sich mit einem unguten Gefühl. Nahte dort Freund oder Feind? Der Matrose mit dem Fernglas wies einen Kameraden mit ausgestrecktem Arm auf etwas hin, dann sah auch Tilda die Gruppe länglicher Flecken, die sich von Westen aus dem offenen Atlantik näherten. Wenn es die erwartete Eskorte war, bestand sicherlich längst Funkkontakt.

Wenn nicht …

Ein Schiff war ein schreckliches Ding. Wie ein Käfig ohne Gitter. Sie konnte sich nur im Kreis drehen, vom Bug zum

Heck, von Steuerbord nach Backbord laufen und doch einem Angriff nicht entfliehen. Tilda fühlte Panik in sich aufsteigen. Noch wurde sie von ihrem sachlichen Verstand in Schach gehalten. Aber für wie lange?

Kopflos zu werden, nutzte niemandem. Sie warf einen letzten Blick zu den Sternen hinauf und ging unter Deck. Es war weit nach Mitternacht. Sie sollte schlafen und wusste doch, dass sie kein Auge zubekommen würde. Wenn Bennet bei ihr gewesen wäre, hätten sie gemeinsam einen Brandy getrunken, darüber geredet, wie sinnlos es war, sich um Dinge zu sorgen, die sich nicht beeinflussen ließen. Danach wären sie gemeinsam auf eine der engen Pritschen gekrochen, hätten sich fest in den Arm genommen und sich schließlich lange und achtsam geliebt. Danach schliefen sie immer beinahe gleichgültig ein, in dem Wissen, Arm in Arm zu sterben, falls eines der deutschen U-Boote das Schiff zerstörte.

Aber Bennet war nicht da, sondern eine Viertelwelt von ihr entfernt. Sie war allein, und sie hatte ihm versprochen zu überleben, wie auch er es versprochen hatte.

Tilda konnte nur hoffen, ihren Schwur nicht zu brechen. Dann ging ein Ruck durch das Schiff, und sie erschrak bis ins Mark.

Healey House

Ausgerechnet Boyle«, schimpfte Sibyllas Vater auch noch beim Frühstück am nächsten Morgen. »Das kann kein Zufall sein!«

»War es aber.« Sibylla kaute lustlos auf ihrem Brötchen mit Orangenmarmelade herum, nachdem sie eine halbe Stunde lang versucht hatte, Philipp erst mit Brei, dann mit

Brotstückchen und Käse zu füttern. Er hatte die ganze Zeit gequengelt und versucht, ihre Hand wegzustoßen. Schlussendlich waren alle am Tisch gereizt gewesen, und das Kindermädchen hatte den kleinen Jungen weggeholt, um ihn zu wickeln. Er zahnte und war schon seit Tagen unleidlich.

»Vermutlich hat der Junge gespürt, dass seine Mutter die Augen woanders hatte.«

»Nun lass es doch gut sein«, mischte sich nun Sibyllas Mutter ein.

Sibylla hatte sich vorgenommen, dass es das Beste war, einfach den Mund zu halten. Für mehr hätte sie ihren Eltern beichten müssen, dass sie bei einem der angesehensten Industriellen Oxfords eingebrochen war und sein Anwesen »verwüstet« hatte. Den Streit, der darauf zweifellos folgen würde, wollte sie sich und ihnen ersparen.

Vermutlich würden sie noch früh genug davon erfahren. Zwar lasen sie den *Herold* nicht regelmäßig, aber spätestens, wenn eine von Mutters Freundinnen davon erzählte, wäre es vorbei mit der Heimlichtuerei.

Dabei hatte sie die Begegnung mit Francis auch so schon gehörig durcheinandergebracht. Beweis dafür war die wirre Mixtur von Träumen und Erinnerungen, die sie in der Nacht heimgesucht hatte. Immer wieder war sie hochgeschreckt. Entweder weil ihr Bein schmerzte, zumeist aber wegen ihres schlechten Gewissens darüber, dass die Erinnerungen sie Mal um Mal zurück in Francis' Arme trugen. Zurück auf die Tanzfläche der Tavern, unter den strahlenden Himmel der Spiegelkugel. Wo der Pulsschlag vom schnellen Rhythmus der Musik bestimmt wurde, ihre Hand in seiner lag, ihr Leib an seinem rieb, wenn sie schnelle, hektische Figuren tanzten.

Manchmal hatten sie sich in stillere Winkel zurückgezogen. Dort, wo nur wenig Licht die gerahmten Plakate an den Wänden beschien und die Luft schwanger war von Zigarettenrauch und dem Atem vieler Menschen, konnten sie einander tief in die Augen sehen und sich küssen, nur beobachtet von den amerikanischen Größen des Jazz und Swing hinter ihren Glasrahmen.

»Sibylla? Sibylla, deine Mutter hat dich etwas gefragt!« Vaters energische Stimme ließ sie aufschrecken. Sofort stellte sich ihr schlechtes Gewissen ein. Sie hatte gerade nichts anderes getan, als Oliver in Gedanken zu betrügen!

»Entschuldigt, ich war in Gedanken, der Angriff der Hunde gestern sitzt mir noch etwas in den Knochen.«

Ihre Mutter legte ihr eine Hand auf den Arm und sah sie mitfühlend an. »Ich wollte nur wissen, wie es dir geht. Hast du Schmerzen, Darling?«

»Es geht. In der Nacht bin ich hin und wieder wach geworden.«

»Wir sollten den Doktor kommen lassen.«

»Vielleicht. Francis meinte auch, dass wir es ansehen lassen sollten. Aber er hat viel Jod benutzt, und es pocht nicht. Wenn es entzündet wäre, würde es doch pochen.«

Der Blick ihrer Mutter wurde hart. Sie hätte seinen Namen nicht erwähnen dürfen. In Sibylla regte sich Trotz. Sollte ihre Mutter doch grimmig schauen! Es war nichts zwischen ihnen geschehen, gar nichts!

Als Sibylla sich einfach wieder ihrem Essen zuwandte, gab ihre Mutter schließlich ihre finstere Miene auf. »Ich lasse nach dem Arzt schicken. Du solltest vorerst daheimbleiben.«

»Nichts anderes hatte ich vor. Aber mit meinem Sohn in den Garten darf ich doch wohl?«

Ihr Vater gab einen unwirschen Laut von sich. »Du verhältst dich kindisch, Tochter.« Rasch leerte er seinen letzten Schluck Tee und stand auf. Die Arbeit rief nach ihm. Die

Produktion in der Stoffmanufaktur lief Tag und Nacht, denn die Armee brauchte ständig neue Uniformen für neue Soldaten. Mehr, immer mehr.

Es war später Vormittag und der Arzt gerade erst fort, als das Hausmädchen Sibylla im Garten fand, wo sie sich auf ein Bänkchen zurückgezogen hatte, um ein wenig zu lesen. Das verletzte Bein hatte sie auf einem Hocker mit einem Kissen darauf hochgelegt.

»Madam, ein Brief von Ihrem Ehemann!« Sie wedelte mit dem Umschlag. »Ich dachte, Sie möchten ihn bestimmt sofort lesen.«

»Ein Brief!« Sibylla ließ ihr Buch achtlos auf die Bank fallen und wäre aufgesprungen, wenn nach der Behandlung durch den Arzt nicht alles so geschmerzt hätte.

Die junge Frau reichte ihr den Brief, der bereits geöffnet war. »Nur aufgeschlitzt, damit Sie ihn sofort lesen können.«

Sibylla musterte die junge Frau, doch die schien sich einer Verfehlung nicht bewusst. Stattdessen stand in ihr Gesicht eine entwaffnende Ehrlichkeit geschrieben. Sie freute sich einfach für Sibylla, und die glaubte zu verstehen.

»Haben auch Sie jemanden an der Front?«, erkundigte sie sich.

»Meinen Bruder und meinen Liebsten, Madam.«

Sibylla nickte und drückte dabei Olivers Nachricht an ihr Herz. Die junge Frau war erwartungsvoll stehen geblieben.

»Sie sind entlassen, danke.«

Kurz blitzte Enttäuschung in dem jungen Gesicht auf. Dann wandte sie sich zackig um und eilte zurück zum Haus.

Ein Brief, ein Brief, endlich wieder!

Der Tag schien sich doch zum Guten zu wenden. Sibylla hatte schon begonnen, sich noch mehr zu sorgen als sonst, weil Oliver so lange nichts geschrieben hatte. In solchen

Zeiten klammerte sie sich stets daran fest, dass jeder Tag, an dem kein Soldat mit traurigem Gesicht und einer Todesnachricht vor ihrer Tür stand, ein guter war.

Hektisch zog sie den Brief aus dem Umschlag, roch kurz daran und faltete ihn mit klopfendem Herzen auseinander. Er war auf den 22. April datiert.

Liebste Sibylla,
ich hoffe, dieser Brief findet Dich und den Kleinen wohlauf. Sicherlich wartest Du schon lange auf eine Nachricht von mir. Bitte verzeih mir, die Umstände haben es verhindert. Jeden Tag war ich in Gedanken bei Dir, jeden wachen Moment. Die hübsche Fotografie von uns dreien steht nun an meinem Bett, denn ich liege in einem Lazarett in Nordafrika. Ich sehe sie immer wieder an, während ich Dir schreibe. Hier ist es beinahe unerträglich warm, selbst dünnes Leinen klebt nach wenigen Minuten auf der Haut. Ich wünsche mich zurück nach England mit seinem Schmuddelwetter. Doch meine Erinnerungen müssen genugen.
Nie hätte ich es für möglich gehalten, einen Menschen so zu lieben wie Dich, und ich bin für immer dankbar, dass Du diese Liebe erwidert hast.
An dieses Gefühl klammert sich meine Seele, wenn ich Dir nun schreibe, dass ich Dich verlassen muss.
Der Tod ruft nach mir, einen Teil von mir hat er bereits bekommen.

»Nein!« Sibylla keuchte auf und drückte sich eine Faust auf den Mund, um nicht zu schreien. Die Hand, die den Brief hielt, begann zu zittern, und kurz verschwamm Olivers ordentliche, schöne Schrift vor ihren Augen. Sie drückte sich den Brief auf die Knie und las ihn noch einmal von vorn. Wie immer begann er mit einer Liebeserklärung. Aber dann lag eine Finsternis über jedem Wort, die wie ein Sog an Sibylla zerrte. Sie wollte nicht weiterlesen … Oliver schrieb ihr, schrieb ihr mit seiner schönen Schrift, die nicht anders aussah als sonst. Was bedeuten musste, dass er so schwer verwundet nicht sein konnte, oder?

Sie klappte den Brief zusammen und atmete einige Male tief durch, um sich vor dem nächsten Abschnitt zu sammeln. Ihre Kehle fühlte sich an, als würde sie gewürgt, mit jedem Luftzug wurde sie enger, als läge ein Band darum, das sich langsam zuzog. Kalte Eisenreifen zogen ihren Brustkorb zusammen.

Die Zeit sollte stehen bleiben, die Erde aufhören, sich zu drehen! Dieser Brief hätte niemals kommen dürfen, nicht zu ihr, nicht zu Philipp.

Sibylla sah zum Haus zurück, suchte das Fenster, hinter dem der Kleine friedlich schlief, nachdem er lange mit seinen Bauklötzen gespielt hatte. Er brauchte seinen Vater doch!

Schließlich klappte sie das Schriftstück auf, auch wenn sie sich längst nicht bereit dafür fühlte.

Ich bin schwer verwundet worden, und beide Beine … Sie sind fort, und ich spüre sie trotzdem. Die Schmerzen sind kaum zu ertragen, aber schlimmer noch sind die Träume. Jede Nacht renne ich mit Philipp über den Rasen in unserem Garten. Aber ich habe keine Beine mehr und werde nie wieder rennen können. Stattdessen bleibt mir nur das Morphium, das mir kurze, glückliche Träume schenkt.

Ich war nie ein guter Tänzer, keiner weiß das besser als Du, Sibylla. Trotzdem hast Du es mit mir ausgehalten, selbst wenn ich ungeschickt war. Wenn ich nicht mehr bin, wünsche ich mir, dass Du wieder tanzt. Sei glücklich, finde einen neuen Partner, der Dich liebt und Philipp als Sohn annimmt. Der Junge braucht einen Vater, der mit ihm Fußball spielt und über Wiesen rennt, schnell wie der Wind.

Ich schreibe meinen Eltern, dass unser Junge den vollen Erbteil bekommen soll, auch wenn Du wieder heiratest. Trage mich im Herzen bei Dir und gehe mutig Deinen Weg weiter. Du bist eine bewundernswert starke Frau, und ich bitte Dich: Sei es auch jetzt.

Es tut mir leid, wie unser Abschied nun vonstattengeht. Ich habe ihn mir stets anders vorgestellt. Wir beide uralt, umringt von Kindern und Enkelkindern.

Nun liege ich hier allein in einem Lazarett, zumindest der klägliche Rest, der von mir übrig ist. Schon sehne ich den Moment herbei, in dem das schrille Fiepen in meinen Ohren nachlässt, das meinen Kopf seit der Detonation unablässig anfüllt. Sehne mich danach, dass mein Körper nicht mehr nach Morphium schreit und endlich die Schmerzen aufhören. Aber noch ist es nicht so weit. Ich werde einige Tage warten, bevor ich gehe. Ich möchte, dass Du es in meinen eigenen Worten gesagt bekommst, nicht durch einen anonymen Boten.

Ich liebe Dich, Sibylla, und werde es für immer tun.

Wenn Du dies liest, bin ich bereits tot und in Frieden, wie es nur ein Mann sein kann, der ein glückliches Leben geführt hat.

Ich war glücklich. Leb wohl.

In Liebe,

Dein Oliver

Sibyllas Finger ruhten auf den letzten Worten und fuhren den Strich nach, den er darunter gezogen hatte. Die Tinte wurde dünner, als liege sie im Nebel oder ziehe sich in eine andere Welt.

Sie hatte keinen Zweifel. Oliver war tot. Ein Mann wie er machte keine hohlen Versprechen. Er hatte seine Beine verloren und ging nun von eigener Hand. Weil er schreckliche Schmerzen hatte. Und weil er seiner Frau nicht das belastende Leben mit einem Schwerversehrten zumuten wollte.

»Du dummer, dummer Mann«, schluchzte sie bitter. »Ich hab dich doch lieb, mit oder ohne Beine … Wir hätten es zusammen geschafft. Dein Sohn kann alleine rennen, wenn du ihn bloß danach in den Arm nimmst, mehr braucht er nicht. Mehr brauche *ich* nicht.«

Sie zog die Nase hoch und kramte dann hastig nach einem Taschentuch. Wischte die Tränen von ihren Wangen und presste den Rücken gegen die hölzerne Bank, bis sich die Latten schmerzhaft hart in ihren Körper drückten. Alles in ihr schien zu versteinern. Sie war nicht bereit für den Schmerz, weigerte sich, den Verlust zu akzeptieren.

Eine Härte wuchs in ihr, die sie durch die nächsten Stunden und Tage tragen würde.

Sie las den Brief noch einmal, faltete ihn dann klein zusammen und steckte ihn in ihre Rocktasche. Niemand durfte wissen, was darinstand. Olivers Tod – allein schon die Worte zu denken war wie Gift – war ihr bitteres Geheimnis.

Wenn es nicht offiziell gemeldet wurde, sollte niemand erfahren, dass er sich das Leben genommen hatte. Niemand!

Sie kannte Oliver gut genug, um zu wissen, dass seine Eltern nicht in sein Geheimnis eingeweiht werden würden. Er ging als Kriegsheld, nicht als Feigling. Denn so wurden Selbstmörder noch immer angesehen, ganz gleich, warum sie sich das Leben nahmen.

Sibylla würde gute Miene machen müssen. Lügen. Jedes Lächeln würde sich wie lange Nadeln in ihre Seele bohren, jedes falsche Wort ihr den Magen umdrehen. Sie durfte erst trauern, wenn der Soldat in der Ausgehuniform an ihrer Tür klingelte, um die schreckliche Nachricht zu überbringen. Erst dann.

Sie wünschte, er käme schon jetzt.

Langsam lehnte sie den Kopf in den Nacken und ließ die Sonne auf ihr Gesicht scheinen. Die wärmenden Strahlen spürte sie fast nicht, denn die Kälte war in ihr und würde nicht wieder gehen.

Hoffentlich kam der Mann mit der Todesnachricht bald. »Ich bin nicht so stark, wie du glaubst, Oliver«, sagte sie leise.

25

Das Meer duftete, wie es nur das Meer ihrer Heimat tat. In der Dämmerung zeichnete sich bereits Land ab. Wäre London ihr Ziel gewesen, hätte Tilda jetzt schon zu Hause sein können. Doch seitdem sie sich den Begleitschiffen angeschlossen hatten, die so überraschend in der lauen Sommernacht vor Gibraltar aufgetaucht waren, hatte sich ihr Ziel mehrfach geändert.

London war vor einigen Tagen unerreichbar geworden. Die Deutschen hatten Anfang Mai begonnen, Seeminen in der Themsemündung abzuwerfen, und sie damit für große Schiffe beinahe unpassierbar gemacht. Die wenigen Korridore, die entweder geräumt oder deshalb frei waren, weil ein Schiff bereits in eine Mine gefahren war, blieben der Marine und den Frachtern vorbehalten, die die hungernde Bevölkerung versorgten.

Der neue Kurs stand auf Bristol. Von dort würde Tilda mit der Bahn über Land weiter nach Oxford reisen. Mittlerweile hatte sie die ersten fast aktuellen Zeitungen gelesen, und die Bilder, die sie von London gesehen hatte, glichen einem Albtraum. Verwüstete, brennende Straßenzüge, hungernde Zivilisten, Frauen und Kinder, die sich in Bunkern und U-Bahn-Tunneln versteckten. Wie durch ein Wunder war Oxford bislang von Bombardierungen verschont geblieben, als hielte eine höhere Macht eine schützende Hand über die ehrwürdige Universitätsstadt.

Mit Tilda hatten sich viele andere Passagiere an Deck versammelt und schauten mit sehnsüchtigem Blick ostwärts, wo sich eine schroffe, grüne Hügellandschaft aus dem Meer erhob.

Aus der Ferne waren Wiesen zu erahnen, auf denen vereinzelt Disteln ihre stacheligen Köpfe reckten. Tilda stellte sich vor, wie das Land dahinter sanfter und üppiger wurde. Die dunklen Linien aus windgebeugten Hecken, hier und da eine alte, schiefe Eiche oder ein aus Feldsteinen gefügter Schuppen. Schafe, die sich ruhig und mit gesenkten Köpfen über die Weiden bewegten. Irgendwo ein Bauernhof aus grauem Stein, aus dessen Schornstein der unverkennbare, würzige Geruch eines Torffeuers drang …

Tilda zog es wie an einer Schnur zu diesem Land hin. In den vergangenen Wochen war ihr Sehnen nach dieser vertrauten Landschaft langsam, aber stetig gewachsen. Nun konnte sie es kaum noch erwarten, endlich wieder einen Fuß auf englischen Boden zu setzen.

Borneo war indes zu einem fernen Traum geschrumpft, einem Ort, den sie hinter sich gelassen hatte und zu dem sie vermutlich nie wieder zurückkehren würde. Sie fühlte sich entwurzelt wie ein junger Baum. Aus dem Boden gezogen, die Wurzeln für die Reise gut verpackt. Und nun wurde sie wie auf dem Transporter ihres Vaters, mit dem er die Pflanzen auslieferte, hin und her geworfen und wusste nicht, wohin man sie brachte.

Der Bristolkanal öffnete sich wie ein weiter, gezahnter Rachen ins Meer und ergoss blaugrünes, stilles Wasser in die See. Die Pazifikwogen schienen vor dem Süßwasser zurückzuschrecken und kräuselten sich dort, wo die verschiedenen Ströme aufeinandertrafen. Die Küste war schroff hier und stieg steil an. Klippen ragten beinahe senkrecht aus dem Meer empor. In kleinen Buchten lag zwischen herausgebrochenen Felsen unberührter, weißer Sand.

Neben Tilda umarmte eine junge Frau ihren Begleiter. »Endlich. Endlich, wir sind daheim!«

»Noch haben wir es nicht überstanden«, erwiderte er und drückte sie an sich. Dabei blieb sein Gesicht maskenhaft und bis auf eine erschreckende Leere ohne Ausdruck. Als sei er nur körperlich anwesend und im Geiste weit, weit fort.

Tilda musste nicht mit ihm sprechen, um zu wissen, dass sie einen Veteranen vor sich hatte.

Auch ihr Vater bekam diesen Blick manchmal, sobald jemand in einem Gespräch Frankreich oder Belgien erwähnte. Auch wenn das Thema ein völlig anderes war, dachte er allein bei der Erwähnung der Länder an den schrecklichen Krieg zurück. Erinnerte sich, wie er als junger Mann in den Gräben gekämpft hatte.

Die Schiffsmotoren wurden gedrosselt, es war nicht nur zu hören, sondern auch die stete Vibration unter ihren Füßen, die Tilda sonst kaum noch wahrnahm, änderte sich.

Schwarzer Rauch stieg aus den Schloten. Möwen huschten hindurch und stürzten sich mit grellen Schreien in das aufgewirbelte Fahrwasser. Das Schiff wurde nun merklich von den Wogen geschaukelt.

Über Land und See ballten sich tief hängende graue Wolken, die aussahen, als würden sie ihre nasse Fracht bald über Weiden, Menschen und Schiffe ergießen. Englisches Wetter.

Tilda schlug den Kragen ihres kurzen Mantels hoch und zupfte ihren Schal zurecht, dabei sah sie sich nach den anderen Schiffen um, die mit ihnen fuhren. Ihr Konvoi war auf fünf zusammengeschrumpft, und nur zwei weitere Schiffe würden ebenfalls in den Bristolkanal einlaufen.

Wind heulte um die Aufbauten, während an Bord die Betriebsamkeit zunahm. Die Böen klangen seltsam, zu schrill. Tilda legte den Kopf in den Nacken und musterte die Wolken. Sie hingen tief, waren dunkel und an den Rändern flockig. Auffrischender Wind riss Fetzen hinaus, doch nichts an ihrem Aussehen versprach Sturm.

Tilda wollte schon auf ihr fehlgeleitetes Bauchgefühl schimpfen, als ihr Blick den jungen Veteranen streifte. Er hatte seine Begleiterin fest an sich gepresst und musterte den Himmel mit zusammengekniffenen Augen.

»Ist etwas?«, rutschte es Tilda heraus.

»Ich könnte schwören, da …«

Plötzlich röhrten die Schiffsmotoren auf. Die Schlote spien schwarzen Rauch aus, und der Wind drückte ihn den Passagieren ins Gesicht. Sofort tränten Tildas Augen, sie duckte sich, hielt sich an der Reling fest und bewegte sich aus dem warmen Qualm heraus. Schreie wurden laut, als sich ein tiefes Dröhnen bis in die Knochen zu fressen begann. Das war nicht das Donnern der nahen Brandung.

Auch wenn sie noch nie im Leben welche gehört hatte, wusste Tilda, was dort, verdeckt durch die Wolken, über den bleigrauen Himmel zog: deutsche Bomber!

Einen Moment lang setzte jeder klare Gedanke aus. Wie zur Salzsäule erstarrt blieb sie stehen und suchte panisch den Himmel ab. Kein Flugzeug in Sicht, nur das Dröhnen wurde lauter. An Bord schrillten die Alarmglocken. Die meisten Passagiere flohen unter Deck, aber sie stand einfach da, ebenso das junge Paar. Der Soldat wusste, dass er einem Angriff auf das Schiff nicht entfliehen konnte. Schlohweiß, doch mit ruhigen, kontrollierten Bewegungen, öffnete er eine der Kisten mit Rettungswesten, nahm drei heraus und reichte eine davon an Tilda weiter, bevor er seine eigene anlegte.

Tilda musste all ihre Selbstbeherrschung aufbringen, um danach zu greifen, sich zu bedanken und die Weste anzuziehen. Auf ihren langen Seereisen hatte sie es schon oft getan, war mit den verschiedenen Riemen und Schnallen vertraut. Immer waren es nur Übungen gewesen. Doch die zahlreichen Wiederholungen zahlten sich nun aus. Obwohl in ihr ein Sturm tobte, konnte sie einen Schritt nach dem anderen ausführen.

Tilda trat zu den beiden. Sie war es gewohnt, an Bord allein zu sein, doch in diesem Moment brauchte sie die Nähe der anderen. Die Nähe von Menschen, die auch bei drohender Todesgefahr nicht panisch oder kopflos wurden.

»Wenn es kleine Flugzeuge sind, Stukas, dann gehen wir unter Deck«, sagte der junge Mann ruhig. »Sind es die großen, bleiben wir. Wenn ich sage, wir springen, dann springen wir.«

»Verstanden.« Tilda nickte und hielt sich mit beiden Händen an der Reling fest, dann legte sie den Kopf in den Nacken.

Es waren große Bomber und nicht die kleineren, wendigen Junkers. Erst war es nur einer, dann wurden zwei weitere von den dunklen Wolken ausgespuckt. Zugleich fing es an zu regnen. Dicke Tropfen klatschten Tilda auf die Wangen und durchnässten ihre Kleidung beinahe sofort bis auf die Haut.

»Hoffentlich fliegen sie weiter«, sagte die junge Frau, deren Namen sie nicht kannte, und sprach damit das aus, was Tilda sich erfolglos zu denken verbot.

War es Sünde, das Unheil anderen, fremden Menschen zu wünschen und sich selbst Schonung?

Tilda beschloss, dass es sie in diesem Moment nicht scherte. Sie wollte leben! Musste!

Sollten die verdammten Deutschen ihre Bomben auf

irgendeine Stadt werfen oder am besten abstürzen und verrecken. Tilda wünschte sich Flakstellungen an der Küste, die aus allen Rohren schossen und die Bomber zerstörten, bevor sie ihre unheilvolle Fracht abwarfen. Aber es geschah nichts. Pfeilgerade bewegten sich die bauchigen Flugzeuge über den Himmel.

»Wo bleibt die Royal Air Force, wenn man sie braucht?«, murmelte der junge Mann neben ihr.

Kein Abfangjäger zeigte sich, als sich die Klappen an den Unterseiten der Flugzeuge öffneten. Klobige Objekte fielen heraus und trudelten durch die Luft.

Es war, als würde man dem eigenen Tod zusehen. Als liefe die Zeit nur noch mit halber Geschwindigkeit, während das Herz jagte und jagte und jagte und doch nicht davonlaufen konnte.

Alle Schiffe strebten nun in unterschiedliche Richtungen auseinander, doch sie waren entsetzlich träge. Ihres hatte die Mündung des Kanals beinahe erreicht, als die ersten Geschosse ins Wasser fielen. Dunkelblaue Wogen wurden zerrissen, aber die Geschosse explodierten nicht. Seeminen?

Nun fiel die tödliche Fracht der Bomber wie schwerer Hagel vom Himmel. Der junge Soldat verfolgte die Flugbahnen der Bomber, musterte konzentriert den Weg der abgeworfenen Last. Vermutlich wollte er vom Schiff springen, wenn sich eine der Minen auf ihrem Kurs befinden sollte.

Aber eigentlich erlagen sie alle drei einer Illusion, wenn sie glaubten, sich durch einen beherzten Sprung in die eisige See und schnelles Schwimmen retten zu können. In Wirklichkeit konnten sie nur zusehen, wie der Tod auf sie zuraste. Tilda fühlte, wie sie innerlich Abstand zu ihrem Schicksal nahm. Die Willkür, mit der über ihr Leben bestimmt wurde, ängstigte sie nicht mehr. Sie dachte an die

Spanische Grippe, die ihr die Geschwister genommen und sie und ihre Familie mit tiefen seelischen Narben zurückgelassen hatte. Dachte an das Salzwasserkrokodil, das Bennet die Schwester raubte und bis zum heutigen Tage für Albträume sorgte.

Sie würde sterben oder es aushalten.

Die Bomber waren fast vorüber, wurden wieder von den Wolken verschluckt. Tilda ahnte, dass sie nun drehen und auf ihrem Weg zurück zu ihrem Stationierungsort in Nordfrankreich oder Belgien den Rest der Fracht über der Mündung des Bristolkanals abwerfen würden. Danach wäre auch dieser wichtige Zugang zu verschiedenen englischen Häfen vermint.

Es sah beinahe so aus, als würde das Hakenkreuz bald auch über London wehen wie über so vielen anderen europäischen Hauptstädten.

Ein Lichtblitz ließ sie zusammenzucken, gefolgt von einer dumpfen Detonation. Der norwegische Frachter, der sich ihnen vor drei Tage angeschlossen hatte, neigte sich unter einem schweren Treffer seitwärts. Aus der Ferne sah sie Menschen von Bord springen. Sie wirkten winzig wie Ameisen, und doch meinte Tilda, ihre Schreie zu hören. »Sie werden ertrinken«, sagte sie und presste sich eine Hand auf den Mund.

Ihr eigenes Schiff lief mit voller Kraft in den Bristolkanal ein, immer der Ebbe entgegen, die das bei Flut in die lang gestreckte Bucht gedrückte Wasser wieder hinaussog.

»Sehen Sie nicht hin«, sagte die junge Frau mit kalkweißem Gesicht und berührte Tilda am Arm.

»Aber …«

»Wir können nicht umkehren, die Bucht ist vermint«, sagte ihr Begleiter. »Aber hören Sie, die Bomber sind auf dem Rückweg.«

»Wir haben überlebt.«

»Ja. Und die Menschen dort draußen müssen sich schwimmend an die Küste retten.«

Fünf Stunden später liefen sie über den Mouth of Severn in Bristol ein. An Bord waren sieben Norweger, die von den Beibooten ihres Schiffs aus dem Wasser aufgelesen worden waren. Die Männer kauerten in Decken gehüllt dicht nebeneinander an Deck und hatten einen Schnaps zur Stärkung erhalten.

Bristol war eine vernarbte Stadt, das war schon vom Wasser aus zu erkennen. Viele Straßenzüge ähnelten inzwischen den grauen, schroffen Felsen der Küste, in Trümmer gebombt und ausgebrannt. Der letzte der *The Blitz* genannten Luftangriffe war wenige Wochen zuvor am 15. Mai erfolgt, seitdem wagten die Menschen es langsam, wieder aufzuatmen. Über allem hing der charakteristische Hafenstadtgeruch nach Salz, Fisch und Kalfater, vermischt mit dem Rauch der Kohleöfen und den Abgasen der Schiffe.

Nur zögernd hatte Tilda ihre Rettungsweste schließlich ausgezogen, nachdem sie mehrfach darum gebeten worden war. In den vergangenen Stunden hatte sie sich kaum vom Fleck gerührt, während das Gefühl der Lähmung langsam einer allumfassenden Angst wich. Heimzukehren machte ihr Angst. Die schreckliche Zerstörung und das Leid der Menschen … Es war alles so falsch. Bennet hätte an ihrer Seite sein sollen. Sie brauchte seine Nähe, seine ruhige Art, Probleme anzugehen. Sie brauchte seinen Geruch, den weichen, tiefen Klang seiner Stimme, sein seltenes Lachen, das so kostbar war, jedes einzelne ein Schatz. Sie brauchte ihn mit jeder Faser ihres Körpers, nur ihn und nichts sonst.

Das Schiff lief langsam in den Hafen ein und nahm Kurs auf den vorbestimmten Liegeplatz. Kurz zuvor war ein

Lotse an Bord gekommen, der sie durch das Trümmerfeld aus gesprengten Kais und ausgebrannten Schiffen lenkte. Überall waren Aufräumarbeiten zugange. Kähne schleppten Trümmer beiseite, Schweißer zerlegten von Explosionen verformtes Metall, damit es abtransportiert werden konnte. Die Straßen wirkten von ihrer Warte aus nur notdürftig frei geräumt, kaum mehr als schmale Fahrspuren zwischen hohen Trümmerbergen.

Mit einem dumpfen Knirschen stieß ihr Schiff gegen den Pier, dessen Pfeiler mit alten Seilen umwickelt waren. Haltetaue wurden geworfen und an Pollern festgezurrt.

»Ich bin angekommen, Bennet«, murmelte Tilda, und es war, als ginge ein Ruck durch ihren Körper. Sie hatte Aufgaben zu erledigen, ihre Weiterreise und der Transport des Gepäcks mussten organisiert werden. Sie strich sich das windzerzauste Haar hinter die Ohren und zurück unter ihren Hut. Mit hastigen Schritten ging es unter Deck und zu ihrer Kabine, wo sie penibel gestapelte Taschen und zwei Kisten erwarteten, die sie eigenhändig zugenagelt und adressiert hatte. Darin befanden sich Mikroskope und zwei Dutzend Herbarien, angefüllt mit all den bereits bestimmten und noch unbestimmten Pflanzen, die sie gesammelt hatten.

Zwei Tage zuvor hatte sie mit einem vom Kapitän geschickten Mann durchgeplant, wie diese Fracht und die Pflanzenkisten aus dem Frachtraum zu behandeln waren.

Sie selbst würde nur einen kleinen Lederkoffer und ihre Handtasche mitnehmen. »Unser ganzes Leben«, sagte sie leise und strich über die Kisten und Taschen, in denen sich beinahe alles befand, was Bennet und sie in ihrer jungen Ehe besessen hatten. Hoffentlich kam alles sicher an, doch wenn sie sich den Anblick der ausgebombten Stadt Bristol vor Augen rief, kamen ihr Zweifel.

Sie zweifelte auch an dem Wert der Dinge, an denen sie so hing. Die Menschen dort draußen kämpften um ihr Leben und besaßen oft nicht mehr als die Kleider an ihrem Leib. Und sie sorgte sich um Mikroskope und Pflanzen. Nichts davon ließ sich anziehen oder essen.

Sie gab sich einen Ruck, nahm ihre Taschen und verließ zum letzten Mal ihre Kabine.

Eine Stunde später stapfte sie mit einigen Dutzend anderer Passagiere durch ein Trümmerfeld. Den Weg zum Bahnhof mussten sie zu Fuß zurücklegen. Staub hing in der Luft, dabei lag die letzte Bombardierung Tage zurück, und es hatte dazwischen mehrfach geregnet. Ganze Straßenzüge waren zerstört. Hier und da reckten sich Kamine und einzelne Wände wie Mahnmale in den Himmel. Wo noch etwas stand, und sei es auch nur ein Zimmer mit drei Wänden, kauerten Menschen. Aufgespannte Laken, Türen flach auf Trümmer gelegt, boten notdürftigen Schutz. Darunter hockten kleine Kinder, offenbar abgestellt, um das wenige Hab und Gut zu bewachen, das gerettet worden war, während die Mütter sich um das Nötigste kümmerten.

Die meisten Menschen aber sprühten vor einer Betriebsamkeit, die Tilda tief beeindruckte. Die einen suchten in den zusammengestürzten Häusern nach Brauchbarem, andere bildeten Ketten, um Eimer für Eimer Schutt von den Straßen zu holen. Einfache Kehrreime und trotzige Spottlieder auf die Deutschen hallten durch die Gassen.

Tilda kam es vor, als laufe sie durch eine Albtraumwelt, aus der die Farbe gesogen worden war. Über allem lag ein grauer Schleier. Er bedeckte Häuser und Straßen, lag auf den Blättern der wenigen Alleebäume, die Feuer und Bomben überstanden haben. Haar und Kleidung der Menschen waren grau und stumpf, selbst die Straßenhunde wirkten farblos. Es war der Staub, der bis in die letzte Pore kroch.

Tilda sah an sich hinab. Sie trug ein moosgrünes Kostüm und um den Hals einen bunten Seidenschal. Ihre halbhohen Stiefel waren bereits verfärbt, und auch der Rocksaum schien wie ausgeblichen. Bei den anderen Passagieren sah es nicht anders aus. Als hole die Stadt die Neuankömmlinge schnell in ihren Schoß zurück.

Als der Bahnhof endlich in Sicht kam, trieb ihnen von einem weiteren Trümmerberg dumpfer, süßlicher Gestank entgegen. Faules Fleisch roch so. Tilda musste nicht weiter nachdenken, um zu wissen, was die Quelle dieses Geruchs war. Tote Menschen, so tief unter rotem Backstein, Eichenbalken, Sparren und Dachziegeln begraben, dass sie bislang unerreichbar gewesen waren. Ein alter Mann kauerte zwischen fortgeräumtem Schutt, die knotigen Arbeiterhände staubig und von zahllosen Rissen überzogen.

Grub er nach einem geliebten Menschen, der unter vielen Tonnen Gewicht begraben war?

Sie zog die Schultern hoch und wandte sich ab. Was sollte sie auch sonst tun? Sie musste nach Hause, und dort war der Bahnhof. Keinen Moment länger würde sie es hier aushalten, wo jeder Blick, egal wohin, offenbarte, welche Wendung ihr Schicksal in naher Zukunft nehmen könnte. Von einem Gefühl nagender Dringlichkeit erfasst, überholte sie andere Reisende, eine Frau mit einem voll beladenen Handkarren und einem plärrenden Kind auf dem Arm und zwei junge Männer in Uniformen.

Die Ledertasche schien in der vergangenen halben Stunde schwerer und schwerer geworden. Während Tilda weiterhastete, schlug das Gepäckstück gegen ihr Bein. Tilda wechselte es, ohne abzusetzen, auf die andere Seite und bewegte die schmerzende frei gewordene Hand.

Sie würde nicht mehr anhalten, bis sie mit der gekauften

Fahrkarte im Zug saß. Sie durfte keine Sekunde mehr verlieren!

Was, wenn ihre Eltern nur Stunden vor ihrer Ankunft starben? Wenn genau jetzt Bomben auf die Gärtnerei fielen?

Je mehr Tilda darüber nachdachte, desto sicherer war sie: Etwas Schreckliches war geschehen …

26

Oxford – Wolvercote Cemetery, 22. Mai 1941

Die neue schwarze Kleidung und der Hut mit dem dünnen Schleier kratzten auf ihrer Haut. Dennoch war Sibylla erleichtert, sie tragen zu können. Sie war nun Witwe, musste endlich nichts mehr vortäuschen, was nicht war. Musste ihre Tränen nicht mehr in sich verschließen wie in einem Tresor.

Sieben Tage hatte sie die Scharade aufrechtgehalten, gelächelt, mit ihren Eltern gegessen und geplaudert, als hätte Olivers Brief sie niemals erreicht.

Am sechsten Tag wurde sie von der absurden Hoffnung erfasst, er könne es sich noch einmal anders überlegt haben, und begann zu planen, was sich in ihrem Haus alles ändern müsste, damit Oliver sich mit Krücken oder Rollstuhl gut darin bewegen konnte.

Nach einer schlaflosen Nacht musste sie sich eingestehen, dass ihr Ehemann kein wankelmütiger Charakter war und seine unerträglichen Schmerzen sicherlich auch nicht von einem Tag auf den anderen verschwunden waren.

Zwei Tage darauf kam dann die Nachricht, und sie konnte ihrer Trauer endlich freien Lauf lassen. Sie hatte geweint und geschrien, eine Vase zerschlagen, damit ein Ding zerbrach und nicht sie selbst.

Seine Leiche kam fünf Tage später nach Hause, der Sarg

war verschlossen und durfte nicht geöffnet werden. Als Oliver schließlich in einer kleinen Kapelle aufgebahrt wurde, war er bereits seit mehreren Wochen tot. Dicke Kerzen flackerten im Zug, der durch die offenen Fenster wehte. In einem Schälchen verbrannte Weihrauch auf kleinen Kohlen. Der Duft war intensiv, beinahe greifbar und hinterließ ein trockenes Gefühl im Hals. Dennoch konnte Sibylla dem Gestank, der durch die Ritzen des geschlossenen Sarges entwich, nicht entfliehen.

Sie saß allein mit dem da, was von ihrem Oliver geblieben war. »Ich war tapfer«, flüsterte sie und strich über das glatt polierte Nussbaumholz. »Längst nicht so tapfer wie du, mein Geliebter. Aber tapfer genug. Sie werden dich als Kriegshelden erinnern, nicht als …« Ihre Worte drifteten davon. Sie wollte nicht aussprechen, was man über Soldaten sagte, die sich das Leben nahmen. Nicht einmal denken wollte sie es!

In dem offiziellen Schreiben stand, dass er an den Folgen einer schweren Verletzung gestorben war, einer Infektion, ausgelöst durch die Amputationen. Niemand hatte bemerkt, dass er seinem Leben selbst ein Ende gesetzt hatte, oder sie waren so anständig gewesen, es nicht zu vermerken. Vielleicht hatte er am Ende gar nicht selbst Hand anlegen müssen, und der Wundbrand war ihm zuvorgekommen.

Lange hatte Sibylla dort in der kleinen Kapelle gesessen und ihrer kurzen gemeinsamen Zeit gedacht. An Olivers beharrliche, liebevolle Art, mit der er sich in ihr Herz geschlichen hatte. Stets war er aufmerksam gewesen. Wie oft er ihr Blumen oder ein kleines Geschenk mitgebracht hatte, konnte sie gar nicht zählen. Das war auch nach ihrer Hochzeit so geblieben, bis der Krieg begonnen hatte, ihn ihr langsam zu entfremden.

Oliver hatte sich in sich selbst zurückgezogen, als schlösse sich vor ihren Augen das Tor zu seiner Seele. Sie hatte ihm nicht folgen können. Er hielt es mit aller Kraft verriegelt, weil er fürchtete, die Dunkelheit, die ihm von der Front nach Hause folgte, könne sie verletzen. Dabei hätte sie so gerne seine Sorgen mit ihm geteilt und die Last ein wenig leichter gemacht.

Sibylla hatte nie verstanden, warum er in ihr alles Reine, Schöne und Gute verkörpert sah. Sie war eine ganz normale Frau mit Schwächen und Fehlern, was sie ihm auch oft genug gesagt hatte.

Aber er wollte davon nichts wissen. Seine Antwort war meist ein geheimnisvolles Lächeln gewesen, dazu ein weicher Kuss, der ihr wortlos erklärte, was sie ihm bedeutete. *Verzaubert hast du mich*, sagte er dann leise und wie zu sich selbst.

Und nun war er tot. Ihr wunderbarer, herzensguter Mann, einfach tot. Mitten aus dem Leben gerissen.

In Sibylla formte sich ein stummer Schrei, der sich mit aller Kraft gegen ihre Kehle drückte. Sie öffnete den Mund, aber hinaus kam nichts. Die Trauer schüttelte sie krampfhaft, dann legte sie die Wange auf das glatte Holz und weinte.

Vielleicht waren nur Minuten vergangen, vielleicht auch Stunden. Der Sarg war nass von ihren Tränen. Sie hatte sie einfach laufen lassen, als sei nach einem schweren Gewitter ein Damm gebrochen. Nun brannten ihre Augen, und sie fühlte sich leer, wie ausgetrocknet.

»Ich gehe jetzt, mein Liebster.« Sie erhob sich mit weichen Knien und atmete tief durch. Es hatte gutgetan, hier allein mit ihm zu sein und ihrer Trauer freien Lauf zu lassen. Nun fühlte sie sich stark genug, um bei der Beerdigung nicht zusammenzubrechen.

Sie benutzte einen kleinen Handspiegel, um ihr Aussehen zu korrigieren, dann zog sie den fein getupften Schleier wieder über die rot geweinten Augen.

Er war wie ein Schutzwall, hinter dem sie sich verbergen konnte. Eine gazefeine, aber undurchdringliche Mauer, die sie vom Rest der Welt trennte.

Nun lag der Gottesdienst hinter ihr, und die Reihe der Beileidwünschenden lichtete sich. Neben ihr standen Olivers Eltern und sein älterer Bruder. Sie schüttelten Hände, bedankten sich und schienen alle in dieselbe Wolke aus Gefühllosigkeit gehüllt, versuchten krampfhaft, das Geschehen nicht zu nah an sich heranzulassen. Nickten mit ernstem Gesicht, bedankten sich.

Jedes Mal, wenn jemand sie umarmen wollte, wich Sibylla zurück und schüttelte ganz sacht den Kopf. Eine Berührung zu viel wäre genug, sie um ihre Fassung zu bringen. Ihre Selbstbeherrschung war zerbrechlich wie hauchfeines Kristallglas.

Wenn sie glaubte, es nicht mehr aushalten zu können, blickte sie nach rechts, wo unter einem alten Baum ihre Eltern mit Philipp standen. Dann wurde ihr wieder bewusst, dass Oliver sie nicht ganz verlassen hatte. Ein Teil von ihm würde für immer in ihrem Sohn sein. Schon jetzt sah er aus wie eine kleine Kopie seines Vaters.

Philipp winkte ihr. Er war noch zu jung, um zu verstehen, und spürte nur, dass seine Mama traurig war.

Sibylla winkte zurück und lächelte. Es war das erste Gefühl, das sie seit dem Beginn der Beerdigung nicht wie durch einen Schleier empfand. Sie liebte dieses Kind mehr als alles andere, auch in dieser dunklen Stunde.

Endlich kondolierte der letzte Trauergast, ein alter Schulfreund von Oliver, der nicht einmal versuchte, ihr durch den Schleier in die Augen zu sehen.

Gemeinsam mit den Sables sah sie den Leuten nach, wie sie zu Fuß davongingen oder in Autos stiegen. Sibylla umarmte ihre Schwiegereltern und ihren Schwager, versprach, sie bald mit dem Kleinen zu besuchen, und ging dann mit steifen Schritten zu ihren Eltern.

»Bringt mich heim«, sagte sie mit letzter Kraft, streifte ihren Schleier zurück und nahm Philipp auf den Arm. Er quietschte vergnügt und zupfte an ihrem Hut. Sie blickte ihn an, diesen kleinen Oliver Sable, und fühlte ihre Tränen versiegen.

»Wir werden es schon schaffen, mein Schatz.«

Philipp war ihr Licht, seine kleine Hand, die zögernd nach ihr griff, ihr Wegweiser.

Nach der Trümmerwüste Bristol wirkte Oxfords Unversehrtheit wie ein schöner Fiebertraum.

Ungläubig musterte Tilda vom Sitz des Taxis aus die heilen Gebäude und belebten Straßen, auf denen sich allerdings größtenteils Frauen zeigten. Die Männer waren an der Front oder in einer der kriegswichtigen Industrien beschäftigt.

Und dann waren da noch die Flüchtlinge. Frauen, Kinder und Alte, die ihre wenigen Habseligkeiten auf dem Rücken oder mit kleinen Handkarren beförderten. In den Randbezirken waren in Hinterhöfen und auf Freiflächen Zelte aufgestellt worden, andere Bedürftige waren in Geräteschuppen untergekommen oder hatten sich aus allem, was sich finden ließ, windschiefe Hütten gebaut.

In einigen Parks war der kurz getrimmte Rasen Anbauflächen gewichen. Davon hatte ihr Sibylla geschrieben, aber nun sah Tilda die Früchte von *Dig For Victory* mit eigenen Augen.

Der Menge der kostenlosen Essensausgaben nach zu urteilen, war ihr Engagement zur besseren Versorgung der Bevölkerung auch bitter nötig.

Wenn es die Arbeit in der Gärtnerei zuließ, würde Tilda sich vielleicht ebenfalls dort einbringen können. Ihre Eltern hatten ihr stets geschrieben, dass alles bestens lief. Wie viel davon der Wahrheit entsprach, konnte selbst Sibylla bei ihren Besuchen nicht immer herausfinden.

Ach, Sibylla! Tilda vermisste ihre treue Freundin beinahe ebenso sehr wie die Eltern. Gleich morgen wollte sie zu ihr fahren.

Bald lagen auch die Randbezirke Oxfords hinter ihnen, und sie tauchten in die idyllischen Landschaften Wheatleys ein. Gewundene Straßen schlängelten sich an alten, gebeugten Bauernhöfen vorbei, deren trutziges Äußeres sie teils wohl schon seit Jahrhunderten gegen alle Widrigkeiten bestehen ließ. Alte Eichen und knorrige Eschen beschatteten moosbewachsene Dächer. Die Felder wurden von Hecken oder lose aufgeschichteten Mauern aus Feldstein gesäumt.

Tilda merkte erst jetzt, wie sehr ihr sogar diese Landschaft gefehlt hatte, an der eigentlich nichts Besonderes war. Dies war ihr Zuhause! Das war Bedeutung genug. Sie hatte nicht vergessen, wie es sich anfühlte, barfuß über die grünen Wiesen zu laufen und die gemütlichen Schafe aufzuschrecken. Oder wie sie dort oben in dem verwunschenen Eichenwäldchen jeden Herbst an den immer gleichen Stellen Steinpilze gesammelt hatte. Sie konnte bereits das Feld hinter dem Haus sehen, wo grüner Weizen spross und die dünne Rauchfahne aus dem Kamin aufstieg.

»Hier, Madam?«, brach der Fahrer sein Schweigen.

»Ja, halten Sie auf dem Hof, bitte.«

Kies knackte unter den Reifen, während der Wagen über

unebenen Grund rumpelte. Es waren einige neue Schlaglöcher hinzugekommen, die sich beim letzten Regen mit Wasser gefüllt hatten und nun wie kleine Spiegel das Himmelsblau reflektierten. Wie immer waren die Hecken und Ziersträucher sorgsam geschnitten, denn die Bepflanzung der Zufahrt war wie ein Aushängeschild für den Gärtnereibetrieb. Königsblauer Eisenhut schwang seine Blütenkerzen sacht hin und her, Rosen zeigten herrliche Blüten, und Tilda erinnerte sich so genau, welche davon ihres Duftes wegen und welche für ihr Aussehen gepflanzt worden waren, als sei sie nie fort gewesen.

Eine Neuerung gab es allerdings, und die erfüllte sie mit großem Stolz. Vater hatte ihre Rosen gepflanzt. Jene, die sie einst aus einem verwunschenen Garten mitgenommen hatte, nachdem sie vom Sturm abgeknickt worden war. Die etwas dubiose Herkunft war ihr Geheimnis. Sie redeten nicht mehr darüber. Es war nun Tildas Rosensorte, ihre ganz allein. Sie jetzt hier im Eingangsbereich der Gärtnerei zu sehen, fühlte sich an wie eine Auszeichnung.

Der Fahrer stieg aus und öffnete ihr die Tür, dann stellte er das Gepäck neben ihr ab, und sie bezahlte. Zum Glück hatten Bennet und sie fast ihr gesamtes Geld, das nicht für Schiffspassagen benötigt wurde, sparen können.

Als der Motor des Wagens wieder aufbrummte, näherte sich jemand aus Richtung der Baumschule. Tildas Herz begann wie verrückt zu klopfen. Schon als sie Vaters alte graue Schirmmütze mit dem abgegriffenen Rand für einen Augenblick zwischen dichten, grünen Sträuchern ausmachen konnte, kamen ihr die Tränen. Sie nahm ihre Taschen und begann zu rennen. Ihr Slalom um die Pfützen musste ulkig aussehen. Auf dem eigentlichen Innenhof blieb sie ruckartig stehen und ließ ihre Last fallen.

Ihr Vater erwartete wohl den überraschenden Besuch

eines Kunden. Als er sie nun dort stehen sah, verharrte auch er. Tilda bemerkte sofort, dass er abgenommen hatte. Sein über die Jahre gewachsener kleiner Wohlstandsbauch war so weit geschrumpft, dass er unter der groben Arbeitskleidung kaum noch zu sehen war. Der rote Rauschebart war hingegen üppig wie eh und je.

Ihr Vater nahm seine Kappe ab und wischte sich in einer Geste des Unglaubens über Augen und Stirn. Sein Blick wanderte an ihr hinauf und hinab. War sie es wirklich? Stand seine lang vermisste Tochter tatsächlich gesund und heil vor ihm?

»Ich bin es, Pa, erkennst du mich denn nicht?« Tilda hielt es nicht mehr aus und flog ihm in die Arme.

Er stolperte kurz zurück, dann drückte er sie so fest an sich, dass sie mit den Zehen vom Boden abhob. Sein lockiger Bart, der eine der frühesten Erinnerungen aus ihrer Kindheit war, strich über ihr Gesicht und fühlte sich genauso an wie vor zwanzig Jahren. Heute allerdings war er nass von Tränen, die nicht allein Tildas waren, auch wenn ihr Vater später sicher anderes behaupten würde.

»Tilda! Ach, Tilda, was machst du nur für Sachen.« Er hob ihr Kinn, tätschelte ihr die Wange und sagte: »Komm, die Frauen werden dich sehen wollen.« Er legte einen Arm um ihre Hüfte und presste sie auf dem Weg alle paar Schritte an sich. »Ich kann es nicht glauben«, murmelte er.

»Geht es allen gut?«

»Ja, nur Grandmas Knie machen nicht immer so mit, wie sie will.«

»Kein Wunder, bei ihrem Alter.« Eigentlich wollte sie es nicht einmal ansprechen, aber sie musste. »Und der Krieg?«

»Lässt uns in Ruhe. Die Lebensmittelrationierungen sind für viele hart, aber wir versorgen uns nahezu vollständig selbst.«

Sie erreichten eins der Gewächshäuser, das noch immer genauso zusammengeschustert aussah wie früher. Etwas Moos und ein paar Flechten mehr waren vielleicht noch hinzugekommen.

Tildas Mutter und Großmutter schrubbten Tontöpfe mit Bürsten sauber, daneben erhob sich ein Haufen feiner Anzuchterde. Bewurzelte Stecklinge von Lorbeer und Rosmarin warteten auf einem Tablett auf ihren Einsatz und verströmten in der warmen Luft ihre herrlich würzigen Essenzen.

»Schaut, wen ich euch bringe.«

Grandma, die auf einem kleinen Holzschemel saß, blickte auf. Der Tontopf fiel ihr aus den Händen und zerbrach mit einem dumpfen Knacken in zwei gleich große Scherben.

Ihre Mutter sprang mit einem erstickten Schrei auf, umarmte Tilda, und bald lagen sie sich alle drei in den Armen, während der Vater die Szene mit einem breiten Lächeln im Gesicht und strahlenden Augen aus einigen Schritten Abstand beobachtete.

Gearbeitet wurde an diesem Tag nicht mehr. Stattdessen vergingen Stunden mit Erzählen, gelegentlichen Umarmungen und Beteuerungen, sich so bald nicht mehr zu trennen.

Grandma buk einen ihrer berühmten Kuchen. Sie aßen ihn noch warm und tranken die Hälfte von Vaters bestem Tee dazu, den er eisern für diesen Moment aufgespart hatte.

Tilda taumelte durch ein wahres Gefühlslabyrinth. Mal wusste sie gar nicht, wohin mit ihrer gewaltigen Freude, ihre Lieben wiederzusehen, dann wieder musste sie an ihren Mann denken. Bennet sollte an diesem glücklichen Tag bei ihr sein! Er fehlte ihr so sehr, dass es ihr beinahe körperlich wehtat.

Ihre Verwandten schienen es zu merken und warfen

einander hin und wieder ernste Blicke zu. Als Grandma Maryann sie am Abend schließlich in einem ruhigen Moment zur Seite nahm, ahnte Tilda plötzlich, dass sie ihr Verhalten falsch gedeutet hatte. Sie sorgten sich nicht um Tilda. Jedenfalls nicht mehr.

»Was ist es?«, fragte sie leise und hielt sich an dem Stuhl fest, auf dem sie kurz zuvor Platz genommen hatte. Ihre Großmutter trat mit steifen Schritten zu einer kleinen Kommode, zog die oberste Schublade auf, nahm einen Umschlag hinaus und reichte ihn ihr.

Darin steckte eine Trauerkarte.

27

Francis hatte aus der Zeitung vom Tod Oliver Sables erfahren. Er hatte überlegt, Sibylla zu schreiben, es mit seiner zitternden Hand sogar versucht und den angefangenen Brief gleich wieder zerrissen. Wie würde es auch aussehen, wenn er, ausgerechnet er, ihr kondolierte?

Es konnte nur falsch verstanden werden. Ihre Eltern hätten sein Schreiben vermutlich sofort vernichtet, und auf Sibylla hätte es womöglich so gewirkt, als mache er sich wieder Hoffnungen. Dass Sable so schnell nach ihrem Wiedersehen gestorben war, hinterließ selbst bei Francis einen faden Beigeschmack. So wenig er über ihren Ehemann auch wusste – es war ausschließlich Gutes. Ein anständiger, aufrechter Kerl, der es nicht verdient hatte, auf irgendeinem Schlachtfeld in Afrika zu verrecken.

Er mochte sich nicht ausdenken, wie es Sibylla ginge. Allein mit einem kleinen Kind und ihrer Trauer.

Vermutlich würde sie ihr Engagement bei *Dig For Victory* nun aufgeben und sich erst einmal zurückziehen.

Auch deshalb sah er hin und wieder nach ihrem neu angelegten Gemüsegarten. Zähneknirschend hatte Mr Dickens die Existenz der kleinen Anbaufläche genehmigt. Um des lieben Friedens mit den Healeys willen, die in Oxford zu den angesehensten Familien gehörten, und natürlich, um schlechte Presse zu vermeiden.

Es war fünf Uhr. Francis hatte auch heute fast den gesamten Tag damit verbracht, die für Dickens' Frau geplanten Staudenrondelle aus mehrjährigen Blühpflanzen anzulegen. Neu hinzugekommen war die Umfassung mit großen Sandsteinbrocken. Nun fühlten sich seine Hände an, als habe er sie mit einem Schleifstein bearbeitet, und zwischen seinen Schulterblättern zog es unangenehm. Dennoch erklomm er nun die kleine Erhebung mit der alten Eiche, hinter sich das Dickens'sche Anwesen, vor sich den kleinen Acker. In Reih und Glied reckten sich junge Pflanzen der Sonne entgegen. Es war beeindruckend, was Sibylla mit ihren Leuten hier innerhalb weniger Stunden geschafft hatte. Diese Waterperry-Mädchen waren ungeheuer tüchtig. Vielleicht sollte er Mr Temple vorschlagen, die Lücken in ihrer Arbeiterschaft durch Absolventinnen dieser besonderen Mädchenschule zu schließen. Die Kriegsversehrten, die noch gesund genug waren, um körperliche Arbeiten zu leisten, waren rar gesät und wurden oft als Erntehelfer aufs Land geschickt.

Francis lief zwischen den Reihen hindurch. Riss hier und da Unkraut aus, zertrat Schnecken und knipste mit den Fingernägeln Wassertriebe aus.

Die Bohnen brauchten etwas mehr Pflege. Der kräftige Wind, der vor zwei Tagen über das Land gefegt war, hatte die Kletterhilfen umgebogen oder abgeknickt.

Er richtete sie wieder auf, wand die Ranken darum, wiederholte dasselbe bei den Erbsen. Morgen oder übermorgen würde er sich etwas mehr Zeit nehmen und mit neuen Stecken bessere Rankhilfen bauen.

Ein wenig kam es ihm so vor, als leiste er mit seiner heimlichen Arbeit Abbitte bei Sibylla. Dafür, dass er sie noch immer liebte und seit ihrer Begegnung wieder von ihr träumte. Nachts war es ihm egal, dass sie trauerte, nachts schlief sein schlechtes Gewissen. Wie ein kleiner Teufel flüsterte ihm etwas in ihm ein, die Hoffnung nicht aufzugeben.

Sicher würde sie ihn hassen, wenn sie je davon erführe. Da war er ganz sicher. Einen Mann mit so schlechten Gedanken konnte man nicht lieben.

Von leisem Zorn erfüllt zupfte er die Larven des Kartoffelkäfers vom grünen Laub der Knollen, zerdrückte Laich, wo er ihn sah.

Ja, dachte er dabei. Er sollte mit Mr Temple reden, damit er Waterperry-Absolventinnen beschäftigte. Vielleicht fand Francis unter ihnen ja ein Mädchen für sich und wurde den seit Jahren an ihm haftenden Fluch endlich los. Er musste Sibylla vergessen!

Tilda ließ sich gleich am nächsten Morgen von ihrem Vater zum Anwesen der Healeys fahren. Es war kurz vor acht, als sie etwas unsicher vor der verschlossenen zweiflügeligen Eingangstür stand. Nach dem hektischen Aufbruch zögerte sie nun plötzlich.

Waren die Healeys überhaupt schon wach? Und war Tilda nur einen Tag nach der Beerdigung von Oliver Sable hier willkommen?

Vielleicht sollte sie noch abwarten und der lieben Freundin Zeit geben, ihr Leben zu ordnen.

Sie blickte über die Schulter zurück. Vom Pritschenwagen ihres Vaters war nichts mehr zu sehen. Er hatte es eilig, zu einem Kunden zu kommen. Wenn sie jetzt umkehrte, würde sie fast zwei Stunden nach Hause laufen müssen.

Aus dem Anwesen drang plötzlich klares Kinderlachen, und das schenkte ihr den nötigen Mut zu klopfen.

Schnell wurde ihr von einer fremden Maid geöffnet. »Ja? Sie wünschen?«

»Ich möchte zu Mrs Sable, ich bin eine alte Freundin.«

Die Maid scheute sich nicht davor, sie spüren zu lassen, was sie von einer solchen Störung am Morgen hielt. Ihr Blick hätte Eisberge zum Bersten gebracht. »Wen soll ich melden?«

»Tilda Morris.«

»Warten Sie hier.« Das Hausmädchen schlug ihr die Tür vor der Nase zu. So war Tilda bei den Healeys noch nie behandelt worden, auch wenn sie sicherlich nicht gleichauf mit der wohlhabenden Industriellenfamilie war! Doch ihre Verärgerung hielt sich in Grenzen, viel zu groß waren die Sorge um ihre Freundin und die gleichzeitige Vorfreude auf das Wiedersehen.

Fußgetrappel, dann wurde die Tür aufgerissen. Sibylla im Morgenrock, das Gesicht blass, die Augen dafür groß und gerötet, riss so heftig an der Klinke, dass sie beinahe die Tür vor die Stirn bekam.

»Sibylla, es tut mir …« Weiter kam Tilda nicht, denn ihre Freundin fiel ihr mit einem gequälten Ausruf um den Hals. Tilda hielt sie fest, strich ihr über den Rücken, während Sibylla so haltlos weinte, dass ihr zarter Körper durchgeschüttelt wurde.

Tilda sagte nur leise »Schsch, schsch«. Es zerriss sie fast, den tiefen Schmerz zu sehen, mit dem ihre Freundin kämpfte und noch lange Zeit würde leben müssen.

Schließlich beruhigte Sibylla sich und wich zurück. Hektisch wischte sie sich über die Wangen, zog undamenhaft die Nase hoch und lächelte entschuldigend. »Was für eine Begrüßung! Es tut mir leid, ich bin in einem fürchterlich derangierten Zustand. Warte im Salon, ich mache mich etwas zurecht.«

Tilda glaubte, ihren Ohren nicht zu trauen. »Du bist meine beste Freundin, keine Fremde! Ich komme mit dir nach oben, und mir ist völlig egal, wie du aussiehst.«

»Und du bist noch immer ein Schatz«, murmelte Sibylla, nahm sie an der Hand und zog sie die Treppe hinauf. Offenbar hatte sie in ihrem alten Zimmer geschlafen.

Als sie es erreichten, wurde Tilda klar, dass sich ihre Freundin schon länger in ihrem alten Zuhause eingerichtet hatte. Neben ihrem eigenen Bett stand eine hübsche Wiege. Es gab einen großen Schreibtisch mit einer Schreibmaschine unter dem Fenster sowie einen hohen Stapel Zeitungen und Zeitschriften, vermutlich alles Ausgaben, in denen Artikel aus Sibyllas Feder abgedruckt waren.

Tilda war stolz auf ihre Freundin, aber dies war nicht der rechte Zeitpunkt, um es ihr zu sagen. Eigentlich wusste sie überhaupt nicht, wie sie ein Gespräch beginnen sollte.

Sibylla drückte die Tür ins Schloss und lehnte sich mit einem Seufzer dagegen. Langsam musterte sie Tilda, beginnend am Kopf mit dem wilden roten Haar, das sich noch immer nicht durch Lockenstäbe oder Plätteisen bändigen ließ.

»Du hast es nicht abgeschnitten«, sagte Sibylla und ließ den langen, dicken Zopf der Freundin durch die Hand gleiten. »Und braun bist du geworden.« Sie lächelte. Für die Länge eines Herzschlags schien die Trauer um ihren Mann in den Hintergrund zu rücken. Nun stellte sie sich ganz nah vor Tilda. »In deinen Augen war schon immer etwas Wildes, aber nun meine ich, von einer Räuberbraut angeschaut zu werden. Sag, bist du eine Räuberbraut geworden?«

»Das nicht, aber ich habe eine Weile unter Menschenfressern gelebt. Zumindest erzählt man sich das über diese

Leute«, sagte Tilda und begann zu ahnen, dass ihre Freundin nach jedem Strohhalm greifen würde, um nicht über ihren Verlust nachdenken zu müssen. Und Tilda war bereit, alles dafür zu tun, damit sie es nicht musste. Würde ihr keine Strohhalme, sondern dicke Äste reichen. Sie hatte genug Geschichten erlebt, um sie für Tage und Wochen von ihrem Leid abzulenken. Sibylla machte bei der Erwähnung des Wortes Menschenfresser große Augen. »Komm, setzen wir uns, liebe Freundin.«

Stunden verstrichen damit, dass sie sich gegenseitig von den vergangenen Jahren erzählten, allerdings ohne dabei die schmerzlichen Themen auch nur zu streifen. Der Krieg waberte wie ein Gespenst durch das Zimmer, doch sie ließen nicht zu, dass seine neblige Silhouette Gestalt annahm.

Sibylla sprach kaum über Oliver und fragte nicht nach Bennet, nachdem sie gemerkt hatte, wie weh es Tilda tat, wenn sie ihn erwähnte. Stattdessen tratschten sie bald bei Tee und Gebäck über Erinnerungen an Waterperry, über ihre gemeinsame Lehrerin Mrs Havergal und ihr Engagement bei *Dig For Victory* sowie über Sibyllas Söhnchen, das nur kurz ins Zimmer gerannt kam, um sich etwas Süßes zu stibitzen. Tilda verkniff sich eine Bemerkung über Philipps Aussehen. Er war Oliver so ähnlich, dass es wehtat. Andererseits musste Sibylla froh sein, in ihm eine besondere Erinnerung an ihren liebevollen Ehemann zu haben.

Später am Tag spazierten sie ein wenig durch den Garten, und Tilda bewunderte, was daraus geworden war. Die Anbauflächen für Kartoffeln, Kohl- und Rübensorten, Zwiebeln und Bohnen waren beachtlich. Alles gedieh gut und versprach eine üppige Ernte. Sibylla erzählte lebhaft, wie sie ihrem Vater Stück für Stück mehr von seinem Rasen abgerungen hatte. »Und nun versorgen wir nicht nur bald unsere eigene Küche und die Familien aller Angestellten, sondern können im Spätsommer sicher auch an einige Armenküchen spenden.«

»Das ist ja großartig, ich bin so stolz auf dich, Sibylla! Damit du zur begeisterten Gärtnerin wurdest, brauchte es also nur eine Sache, für die du dich einsetzen konntest und die dich überzeugt.«

»So sieht es aus.« Sibyllas Mundwinkel zuckten. »Nur mit Orchideen hat es so ganz und gar nichts zu tun.«

Sie lachten. Dann wurde Sibylla plötzlich kreidebleich im Gesicht und begann still zu weinen. Eine Weile liefen sie langsam weiter. Tilda schwieg, denn sie hatte das Gefühl, ihre Freundin wolle es nicht anders.

Ein kleines Beet mit Rettichpflänzchen umrundend, lauschte sie in sich hinein. Sie war mittlerweile froh, heimgekehrt zu sein. Zwar hatten sie die überstandene Bombardierung und das zerstörte Bristol, das Elend der Bevölkerung und die Sorge um das eigene Leben bis in die Träume verfolgt, doch wäre es auf Borneo besser gewesen? Sicherlich nicht.

Bennet wäre auch dort früher oder später vor die Wahl gestellt worden, immer tiefer in den Dschungel zu fliehen oder sich zum Kriegsdienst zu melden. Vermutlich hätte er wieder so entschieden, wie er es nun getan hatte. Und ein Leben allein auf Borneo war für Tilda keine Alternative. Hier in England konnte sie ihrer Familie helfen und für ihre beste und eigentlich auch einzige wirklich gute Freundin da sein.

»Gleich geht es wieder«, sagte Sibylla und zupfte ein Taschentuch aus dem Ärmel ihrer Bluse. »Sehen wir uns an, was aus den ganzen herrlichen Pflanzen geworden ist, die du meinen Eltern geschickt hast.«

Als sie das wundervolle Gewächshaus erreicht hatten, waren die letzten Tränen getrocknet. Auch dieses Mal war

Tilda von dem gläsernen Kuppelbau erneut begeistert. Es war ein Kunstwerk, ein Tempel, errichtet zu Ehren der Natur. Selbst die Stahlverstrebungen waren so geformt, dass sie dem Auge schmeichelten, organische Formen mit kleinen Kapitellen an den Verbindungen. Alles wand sich der Mitte der Kuppel zu, wo von außen ein kleines, bronzenes Krönchen aufsaß, das über die Zeit grün geworden war, so wie es auch den anderen Zierelementen ergangen war.

Im Inneren umfing sie warme, feuchte Luft, aufgeladen mit allerlei Düften und Gerüchen. Satte Erde, hier und da ein wenig faulig, morsches Holz, süße Blütendüfte und würzige Ausdünstungen von Blättern und Stängeln. Noch befanden sie sich im kühleren, trockeneren Teil. Palmen und Stauden standen hier, dazu Oleander, Zitronen- und Orangenbäumchen auf Töpfe verteilt.

Hier und da waren Lücken in den Reihen. Die besten unter den Pflanzen wurden jedes Jahr für die Terrasse und den Gartenpavillon ausgewählt und standen dort, bis es zu kühl wurde.

Schweigend passierten sie eine weitere Tür. Hier wurde es nun wirklich warm und ein wenig stickig. »Das erinnert mich so sehr an Borneo«, sagte Tilda. »Es fehlen nur die heftigen Regenschauer, die alle paar Stunden niedergehen.«

»Gott bewahre!«

»Es gab nur zwei Monate, in denen es etwas weniger geschüttet hat, und die verbrachten wir immer auf Expedition, denn dann ist der Wald leichter passierbar.«

»Das musst du mir alles noch einmal ganz genau erzählen, die Briefe reichen nicht. Ich habe sie wieder und wieder gelesen und dabei gemeint, deine Stimme zu hören … Aber dich endlich wieder hier zu haben …« Sibylla hakte sich bei ihr unter und legte ihr kurz den Kopf auf die Schulter.

Tildas Blick huschte die schier endlose Menge an Pflanzkörben und Hölzer entlang, auf denen seltene Orchideen und Bromelien ihre fleischigen Wurzeln in den weichen Untergrund krallten. Manche hatten winzige, unscheinbare Blüten, grün und nicht größer als ein Fingernagel. Solche Gewächse waren wirklich nur etwas für eine kleine Zahl von Sammlern und Enthusiasten.

»Hier herüber!« Sibylla zog sie mit sich. Vor ihnen auf dem Weg huschten kleine, bunte Hühnervögel über den Boden und verschwanden unter Farnen, die sich im Gewächshaus ausgebreitet hatten, als wäre es ein echter Dschungel.

Ihre Freundin führte sie in einen Seitenflügel, der vor einigen Jahren angebaut worden war, weil die Sammlung der Healeys immer weiterwuchs. Hier standen alle Gewächse in Reih und Glied. In Regalen reihten sich die Pflanzen von Bennet und ihr, mehrere Etagen übereinander, schräg angeordnet, damit sie ausreichend Licht bekamen. Allesamt waren sie nummeriert und mit kleinen Namenstafeln versehen, soweit das möglich war. Bei den noch unbestimmten Exemplaren standen nur eine vermutete Gruppenzuordnung und dahinter das Kürzel *sp.*

Tilda ging das Herz auf. Genau so hatte sie es sich erhofft. »Es sind weit mehr gut angekommen, als ich es mir je erträumt habe. Wir werden deinen Eltern auf ewig dankbar sein.«

»Und sie euch, Tilda. Du kannst dir nicht vorstellen, was hier jedes Mal los war, wenn eine Lieferung ankam. Vater hat sich einmal sogar mitten in der Woche freigenommen, um alles zu sichten. Ihr beide habt die Pflanzen aber auch bestens für ihre lange Reise gewappnet.« Sibylla musterte sie zum wiederholten Male. Mehrfach schon hatte sie Bennet erwähnt, und bislang war Tilda ihr stets die Antwort auf ihre unausgesprochene Frage schuldig geblieben.

»Habt ihr euch zerstritten, Tilda? Du bist doch allein zurückgekommen, habe ich recht?«

»Natürlich haben wir uns nicht gestritten. Wir haben uns lieb wie am ersten Tag, mehr noch sogar!«, erwiderte sie hastig, dann wurde ihr die Kehle eng, und sie wich dem Blick ihrer Freundin aus.

»Aber er lebt, ja? Sag, dass er lebt!« Sibylla war schlagartig blass geworden. Tilda strich über die festen, glatten Blätter, als liege in deren dunkelgrüner Musterung irgendwo die Antwort verborgen, nach der sie sich so sehr sehnte.

»Er ist eingezogen worden. Hat sich gemeldet, bevor sie ihm auf die Schliche gekommen sind. Irgendwo in Afrika ist er nun, vielleicht auch wieder auf Borneo oder am Mittelmeer. Ich weiß nichts, seitdem er von Bord gegangen ist, ganz und gar nichts.«

Sibylla nahm ihre Hand und zog sie von der Pflanze weg. »Es wird ihm schon gut gehen.« Die Zuversicht, die aus ihren Worten klingen sollte, wirkte auf Tilda wie Hohn. Sibylla wusste doch selbst am besten, wie schnell es vorbei sein konnte. Vielleicht war Bennet längst tot.

»Ich fühle mich so hilflos«, gestand sie leise. »Wir waren seit unserer Hochzeit, zumindest aber seit Beginn der Reise beinahe immer zusammen. Tag und Nacht. Seitdem er fort ist, fühle ich mich unvollständig. Manchmal ist es so schlimm, da scheint es, als hätte er ein Stück von mir mitgenommen. Vielleicht vom Herzen. Ja, es muss das Herz sein, so weh, wie es tut.«

Sibylla legte ihr einen Arm um die Schulter. »Dann müssen wir jetzt besonders tapfer sein, du und ich. Aber wir schaffen das, denn wir haben jetzt wieder einander.«

»Ja«, würgte Tilda heraus und nahm sich vor, genauso stark zu sein wie ihre Freundin.

28

Kapstadt, Juni 1941

Bennet fiel es noch immer schwer, sich in das Leben als Soldat einzufinden. Er war kein geselliger Mann. Mit zehn anderen Kerlen wie ein Rudel Tiere in einer Baracke zu hausen, widersprach allem, was er als angenehm empfand. Dass es in der lang gestreckten Hütte mit dem Wellblechdach auch genauso roch, als sei darin eine Gruppe Hyänen eingepfercht, machte es nicht besser.

Die anderen Männer waren allesamt jünger als er, zwischen siebzehn und Anfang zwanzig, und schienen es zu genießen, in einer eingeschworenen Bruderschaft zu trainieren.

Bennet erinnerten sie an die jungen Männer vieler Stämme, die sich etwas abseits der Gesellschaft zusammenschlossen, um gemeinsam zu reifen und ihren Mut zu erproben.

Nachdem er von Bord gegangen war, hatte es ihn zehn Tage gekostet, nach Kapstadt zurückzukehren. Einmal dort gemeldet, begann seine Ausbildung gleich am nächsten Tag. Wie vermutet, bestand besonderes Interesse an seiner Kenntnis Borneos und anderen Regionen Indonesiens, was aber nichts daran änderte, dass sie ihn in die Grundausbildung eines Infanteristen steckten. Es war ein nicht geringer Trost, dass er schlussendlich nicht dort bleiben würde.

Er war schon zuvor ein guter Schütze gewesen, schließlich hatte sein Vater ihm das Schießen schon in frühen Kindertagen beigebracht, und er war nie wirklich aus der Übung gekommen. Aber es war etwas anderes, im Dschungel Vögel und andere essbare Tiere zu schießen, als menschliche Silhouetten ins Visier zu nehmen, stets in dem Wissen, dass ihnen vermutlich bald schon echte Menschen folgen würden.

Er hatte sich immer dagegen verwahrt, sich in lokale Konflikte hineinziehen zu lassen, wie gut er die Auseinandersetzungen einzelner Stämme, in denen er Gast war, auch manchmal nachvollziehen konnte. Er war nicht unparteiisch, aber er war auch nicht bereit, für die Sache anderer zum Mörder zu werden.

Und nun lag er regelmäßig in Ein-Mann-Schützenlöchern und feuerte auf Ziele in unterschiedlichen Distanzen.

Der Drill aber ging ihm besonders an die Nieren. Er war schon immer schlecht darin gewesen, Befehle zu befolgen. Blinder Gehorsam und er, das waren zwei Dinge, die sich abstießen wie Feuer und Wasser.

Schon das Universitätsstudium und gesellschaftliche Konventionen hatten ihm zu schaffen gemacht. Nun ließ er sich von einem Ausbilder anschreien und auf Gewaltmärschen durch die raue, aber wunderschöne Landschaft der Kap-Region treiben.

Die Anstrengung machte ihm nichts aus, aber er musste die Zähne zusammenbeißen und sich stetig selbst dazu ermahnen, diesem lauten Kerl nicht die Meinung zu sagen. Schließlich war er nun Soldat, und Soldaten hatten Befehlen zu folgen.

Andere waren schon für weniger im Loch gelandet, und Bennet hatte nicht vor, auch nur einen Tag seines Lebens in einer kleinen, engen Zelle zu verbringen.

Also beschwichtigte er sein Ego und hüllte sich in eine Art Panzer. Der Mann, der er war, all das, was ihn ausmachte, musste sich in die Tiefen seiner Seele zurückziehen, bis er den verdammten Drill hinter sich hatte. Er würde gehorchen, funktionieren und danach mit hocherhobenem Kopf vom Platz gehen.

Heute hatte er die ersten zwei Monate beendet und sich nach Abendappell und Essen von den Baracken entfernt. Sein Ziel war eine kleine Felsansammlung, aus der knorrige Akazien sprossen. Tagsüber waren sie fünf Stunden mit vollem Gepäck marschiert. Nun protestierten seine Beine, als er sich erneut aufmachte, doch es war nicht weit, und das bleierne Gefühl ließ schon nach wenigen Schritten nach.

Was hätte er dafür gegeben, das Meer sehen zu können, die Brandung zu hören, den würzigen Geruch von Salz in der Luft riechen!

Als er die Felsgruppe erreicht hatte, erklomm er eine rundliche Kuppe und setzte sich. Es war angenehm still hier oben. Das stete Lärmen im Lager war hier zu einem Summen wie von einem fernen Bienenschwarm zusammengeschrumpft. Es war leiser als der auffrischende Abendwind, der durch die dornigen Sträucher strich.

Dem Boden entstieg eine angenehme Feuchte und setzte sich auf den haarigen Blättern einer kleinen, gelb blühenden Staude fest.

Bennet strich gedankenverloren einen Tropfen ab und leckte ihn sich vom Finger. Der Tau hatte wie erwartet einen schwachen Beigeschmack.

Er lehnte sich an den Felsen hinter sich. Eidechsen huschten davon, und er ignorierte die Gefahr von Schlangen, die gerne in den Spalten sonnengewärmten Gesteins die Nacht verbrachten. Solange die Eidechsen noch da waren, konnte es nicht viele Schlangen geben, sonst wären sie längst geflohen.

Kurz drückte er den Hinterkopf gegen den warmen Sandstein, aus dem sich winzige Krümel lösten, die ihm in den Nacken rieselten. Die tief stehende Sonne überhauchte die weite Landschaft mit einem weichen Goldton. Aus dem Boden stieg ein dünner Nebel auf, der die Konturen verwischte wie in einem Aquarell.

Wäre doch nur Tilda bei ihm gewesen! Sie würde den Kopf an seine Brust schmiegen, ihm beim Atmen zuhören, und gemeinsam hätten sie zugesehen, wie die Natur des Tages jener der Nacht das Feld überließ. Sie hatte ein Auge für die kleinen Dinge. Für Tagfalter, die sich kopfüber an Gräser hängten und zum Schlafen die Flügel schlossen, für die ersten Fledermäuse, die sich unter die letzten Tagvögel mischten.

Es würde dunkel werden, und sie würden näher zusammenrücken, wenn es kälter wurde. Wie oft hatten sie an Orten wie diesem gemeinsam den Tag rekapituliert und über seltene Pflanzen oder Erlebnisse mit besonderen Menschen geplaudert, während der Gesang von Zikaden und Nachtvögeln anschwoll? Sie hätten überlegt, wonach die Natur an diesem Ort roch, wenn die Sonne unterging und der Tau die Essenzen aus den Kräutern lockte. *Rosmarin, fast unangenehm süße Vanille und ein wenig muffig wie nasse Wolle*, so hätte ihre Beschreibung lauten können.

Ach, er vermisste sie so sehr!

Dass eine Frau wie Tilda ihn liebte, war keine Selbstverständlichkeit, denn er war zweifellos ein eher schwieriger, eigensinniger Charakter. Und doch hatte sie nie versucht, ihn zu ändern oder einzusperren. Stattdessen hatte sie ihn mitsamt seinen vielen Schrullen geheiratet und es offenbar niemals bereut.

Auch wenn er sie womöglich nie wiedersehen würde, so war er doch ein glücklicher Mann. Bennet zündete sich eine Zigarette an und starrte auf den Feuerball der Sonne, der aussah, als würde er jeden Moment den Wald darunter entzünden. Er schimmerte bereits rötlich. Bennet gab sich einen Ruck, klemmte die Zigarette zwischen den Lippen ein und kramte Papier und das Kästchen mit dem Füllfederhalter hervor. Er war hergekommen, um Tilda zu schreiben. Inzwischen musste sie endlich daheim sein. Alles andere mochte er sich nicht ausmalen. Sie war daheim und wartete auf einen Brief von ihm. Er wusste selbst nicht, warum es ihm so schwerfiel, die richtigen Formulierungen zu finden und er es Tag um Tag aufschob, ein paar Zeilen an sie aufzusetzen.

Doch auch heute erschien ihm jedes Wort falsch, zu dünn und schwach, um das zu transportieren, was er ihr anvertrauen wollte. Aber die Zeit lief ihm davon, und es war gut möglich, dass dies sein letzter Brief an Tilda sein würde.

Kurz widerstand er dem Versuch, das Unternehmen auf morgen zu verschieben. Es musste heute sein, auch wenn die Sonne nun schon am Horizont kratzte. Heute …

Tilda hatte sich entgegen ihren eigenen Erwartungen schnell wieder in Wheatley eingelebt. Die Arbeit in der Gärtnerei half ihr dabei. Denn auch wenn sich vieles geändert hatte, war doch umso mehr gleich geblieben. Der Schwerpunkt hatte sich von Ziergehölzen und Kräutern hin zu Setzlingen essbarer Pflanzen verschoben, aber die Tätigkeiten an sich blieben unverändert.

Sie stürzte sich in jegliche Arbeit, putzte die Scheiben der Gewächshäuser, topfte Stecklinge ein und erntete Mangold, Möhren und Mairübchen, um sie im Ort zu verkaufen. Meist wurden sie ihre Ware innerhalb weniger Minuten los, und die Fahrt in den Ort fiel kürzer aus, als Tilda es je für möglich gehalten hatte. Immer dann kauften sie auch eine Zeitung und sahen die Aushänge durch, um zu erfahren, wie es um den Krieg stand. Die Zeichen standen schlecht für England. Seitdem Frankreich kapituliert hatte und sich zumindest der nördliche Teil faktisch vollständig unter deutscher Kontrolle befand, fehlte ihnen ein wichtiger Verbündeter. Die Front hingegen erstreckte sich um die halbe Welt. Das mit Hitler verbündete Italien machte in Nordafrika, wo auch der berüchtigte Rommel mit seinen Panzern wütete, große Geländegewinne. Währenddessen rechnete man immer mehr mit einer deutschen Invasion Großbritanniens und zog deshalb die Truppen aus dem so wichtigen Mittelmeerraum ab, um die Heimat zu schützen.

Um den Suezkanal und die Straße von Gibraltar, die wichtige Lebensadern des Empire waren, nicht zu verlieren, wurden dort Truppen des Commonwealth eingesetzt.

Doch wie Tilda zwischen den Zeilen zu lesen glaubte, boten sie Rommels Panzern kaum Widerstand.

Es war schwierig, angesichts der vielen Konfliktherde nicht den Überblick zu verlieren. Die Lage war schlimm, und sie drohte, noch viel schlimmer zu werden. Schon sah man kaum noch junge Männer auf den Straßen. Immer mehr Frauen übernahmen die Arbeiten der Einberufenen. Seit einer Woche war der Bäcker fort, die Post wurde schon länger von mehreren Frauen und einem einzelnen alten Mann ausgetragen. Auf den Feldern schufteten Frauen, Kinder und Alte.

Tilda selbst versuchte, ihre Tage so gut wie möglich mit Tätigkeiten anzufüllen, um nicht nachdenken zu müssen. Das einzige Mittel, um in den Nächten nicht von Albträumen heimgesucht zu werden, bestand darin, bis zur völligen Erschöpfung zu ackern. Dann glich ihr Schlaf eher einer Ohnmacht, und die Angst um Bennet drang nicht zu ihr durch.

Am heutigen Tag stand ihr eine etwas ungewöhnliche Aufgabe bevor. Es ging um ein *Dig For Victory*-Beet, zu dem sich Sibylla allein nicht wagte. Wo genau das Problem lag, hoffte Tilda, heute zu erfahren.

Kurz nach zwölf wartete sie in ihrer Arbeitskleidung in der Einfahrt zur Gärtnerei. Sie war froh über ihren breitkrempigen Hut, denn die Sonne hatte sich ausgerechnet diesen Tag ausgesucht, um schönstes Sommerwetter über die Landschaft zu zaubern.

Bald schon kam Sibylla in ihrem Automobil die Straße hinauf. Wie stets fuhr sie auch heute rasant und bremste schließlich abrupt.

Sie lächelte Tilda geradeheraus an, doch wie an so vielen Tagen wirkte ihre Fröhlichkeit auch heute ein wenig aufgesetzt. Dennoch fand Tilda ihre Freundin ungeheuer tapfer. Sibyllas Gefühle befanden sich seit dem Verlust Olivers in einem wilden Auf und Ab, das schlimmstem englischem Aprilwetter glich. Mal lugte kurz die Sonne hindurch, dann verdunkelte ihre Trauer wieder alles und begoss sie wie mit Regen und Hagel, bis sie pudelnass war und vor Kälte zitterte. Jedes Lächeln, das hatte Sibylla ihr neulich anvertraut, kam ihr vor wie ein Verrat an ihrem Oliver. Nur wenn der kleine Philipp bei ihr war, verspürte sie noch ehrliche Freude. Denn wer konnte dem unschuldigen Lachen eines Kindes schon widerstehen?

»Bist du bereit?«, rief Sibylla nun und lehnte sich aus dem heruntergekurbelten Autofenster.

»Ja, natürlich. Wofür auch immer.« Tilda stieg ein, schlug die Tür zu und lehnte sich im Sitz zurück. Der Wagen war von innen blitzblank. Tilda kam sich in ihrer Arbeitskleidung sofort wie ein Eindringling vor und strich sich über die staubige Arbeitshose, in der Hoffnung, der Dreck würde wenigstens nicht auf den Sitz, sondern in den Fußraum fallen. Im Pritschenwagen ihres Vaters ging es nie derart reinlich zu. Seit das Fahrzeug in die Jahre kam, lagen nicht einmal mehr alte Decken auf den Sitzen, um den Schmutz aufzufangen.

»Ich hätte mir die Arbeitskleidung auch mitnehmen und mich erst an unserem Ziel umziehen können«, sagte sie entschuldigend, doch Sibylla winkte ab. »Sorge dich nicht, ich habe auch mein grobes Zeug an.«

»Aber deines ist frisch gewaschen.«

Sibylla lenkte den Wagen rückwärts von der Einfahrt und beschleunigte zügig. Sie fuhren in Richtung Oxford.

»Wo wollen wir denn eigentlich hin?«

»Zu einem ganz speziellen *Dig For Victory*-Garten«, sagte Sibylla und wirkte schlagartig angespannt.

»Nun lass dir doch nicht alles aus der Nase ziehen!«

Sibylla seufzte und schloss die Hände so fest ums Lenkrad, dass die Knöchel weiß hervortraten. »Francis ist da, zumindest war er es beim letzten Mal, und ich will ihm nicht noch einmal begegnen! Du musst hineingehen und nach dem Rechten sehen. Wenn er nicht mehr bei Dickens arbeitet, komme ich nach. Sonst warte ich im Auto.«

Tilda blickte ihre Freundin fassungslos an. »Francis Boyle? *Der* Francis Boyle? Und das sagst du mir erst jetzt?«

29

Sie waren langsam vorangekommen, weil sie viel zu wenige Arbeiter hatten, aber seit zwei Wochen wurde es besser. Genauer: seit Francis' Vorgesetzter schließlich seinem Vorschlag gefolgt war und zwei Absolventinnen aus Waterperry eingestellt hatte. Die schwarzhaarige Sandy war eine kleine, aber keineswegs zarte junge Frau, die ihr Haar nach der Mode kurz trug und deren Lächeln immer ein wenig schüchtern wirkte. Ohnehin lächelte sie wenig und fast nur mit geschlossenem Mund, wohl weil sie sich für ihre Zahnlücke schämte, die Francis tatsächlich entzückend fand. Was er ihr allerdings nie gesagt hätte, da er spürte, dass Sandy Komplimente eher verschreckten als schmeichelten.

Die andere Helferin hieß Claudia, war ein munterer Wuschelkopf und erinnerte Francis in ihrer unermüdlichen Tüchtigkeit an Sibyllas Freundin Tilda.

Seitdem die beiden Frauen da waren, kamen sie zügiger voran, auch wenn die zwei alten Arbeiter den jungen Damen am liebsten jede schwerere Tätigkeit abgenommen hätten. Francis hatte sie in den ersten Tagen mehrfach gemahnt, ihre eigenen Aufgaben nicht zu vernachlässigen, nur weil sie überzeugt waren, die Mädchen dürften weder schwere Eimer tragen noch mit den angeschärften Spaten hantieren.

Nun hatten sie sich ein wenig besser eingespielt. Francis setzte soeben eine Trockenmauer um eine der vier über den Garten verteilten Blumenrabatten. Die Männer pflanzten noch immer Hecken, denn davon würde es viele geben, einige sogar wie kleine Labyrinthe angeordnet. Die Waterperry-Mädchen kümmerten sich um die Einjährigen-Beete. Heute setzten sie eine Unzahl von Tagetes und Margeriten. Ihr Lachen war bis zu ihm zu hören. Sie freuten sich, in schweren Zeiten eine Anstellung gefunden zu haben und mit ihrem Gehalt ihre Familien unterstützen zu können, und sie arbeiteten gern an der frischen Luft.

Francis wischte sich die Hände an den Arbeitshosen sauber. Nach der Arbeit mit dem rauen Naturstein fühlten sie sich ein wenig wund an, dennoch trug er ungern Handschuhe.

Mit beinahe sauberen Fingern zog er seine Taschenuhr aus der Weste. Hatte sein Magen ihn also nicht getrogen: Es war Zeit für eine Pause und damit auch Zeit, nach Sibyllas Gemüsegarten zu sehen.

Er ging zu einem Schuppen, wo immer etwas zu essen für die Arbeiter bereitstand. Dort goss er sich schwarzen Tee in eine Blechtasse, gab Zucker hinzu und ergänzte beides mit einem großen Schluck fetter Milch, sodass das Getränk beinahe selbst zur Mahlzeit wurde. Mittlerweile hatte er sich nach vielen kleinen Unglücken eingeprägt, die Tasse nicht mehr mit rechts zu halten. Die zitternde Hand bekam nun eines der herzhaften Sandwiches. Er trank einen Schluck Tee ab, dann machte er sich auf zu seinem üblichen Erkundungsgang.

Der Garten der Initiative benötigte nicht viel Pflege, solange er nur regelmäßig von Unkraut befreit wurde. Ansonsten war der Boden derart fruchtbar und das Wetter so warm und feucht, dass das Gemüse eigentlich von selbst wuchs.

Francis durchquerte den Hauptgarten, der mittlerweile fast fertiggestellt war, und erklomm den kleinen Hügel mit der Eiche. Zuerst blickte er zurück zum Haus und zu den neu angelegten Grünflächen. Der Garten sah aus jedem Winkel anders aus, vermittelte schöne, neue Perspektiven und interessante Ansichten. Die verschiedenen Blühphasen von Blumen und Sträuchern versprachen ein im Jahresverlauf wechselndes lebhaftes Farbenspiel. Er war zufrieden mit seinem Werk, und wenn er hier arbeitete, konnte er die Fronterinnerungen beinahe hinter sich lassen.

Aber eben nur beinahe.

Sibyllas Garten holte vieles zurück, das ihn der Ziergarten gerade erst hatte vergessen lassen. Denn er verdankte seine bloße Existenz dem Krieg. Weil die eigene Bevölkerung hungerte, während die jungen Männer auf dem Schlachtfeld starben wie die Fliegen.

Niemals würde er das grelle Heulen der deutschen Sturzkampfbomber vergessen können, wenn sie, die blendende Sonne im Rücken, kreischend aus den Wolken fielen und wie die Rache eines wütenden Gottes über sie kamen. Die Detonationen, die sich bis ins Herz fraßen und es ein wenig schrumpfen ließen. Der Blick seines besten Freundes, der mit einem Lächeln im Gesicht starb, stolz auf ihn, auf Francis, weil er eine dieser Teufelsmaschinen vom Himmel geholt hatte.

Aber welche Bedeutung hatte das überhaupt noch? In den Zeitungen wechselten sich Durchhalteparolen mit Untergangsszenarien ab.

Francis trank einen großen Schluck von dem süßen Tee, der zugleich angenehm bitter war, und versuchte, die Fronterinnerungen zurückzudrängen. Er hatte alles gegeben. Warum plagte ihn dann noch immer ein schlechtes Gewissen, weil er nicht in die Schlacht zurückkehrte?

Er wischte sich mit dem Ärmel über die Stirn und erinnerte sich dann wieder, weshalb er hergekommen war. Einen ordentlichen Bissen von seinem Frühstück kauend, wandte er sich dem Gemüsegarten zu. Zwei Frauen arbeiteten dort. Eine hatte feuerrotes Haar. Die andere hätte er sogar in stockfinsterer Nacht erkannt, denn noch immer schien er wie von einem uralten Instinkt getrieben von ihr angezogen zu werden.

Er wusste, dass es besser gewesen wäre, umzudrehen und schleunigst zu seiner Arbeit zurückzukehren, doch er konnte nicht.

Es fühlte sich an, als wären sie in der Zeit zurückversetzt worden. Seite an Seite arbeiteten Tilda und Sibylla im Gemüsebeet, ganz wie damals in Waterperry. Sibylla schien aufzublühen, als schwelge auch sie in Erinnerungen an eine Zeit, in der ihre größten Probleme noch darin bestanden hatten, an den Wochenenden nicht genug Zeit zum Tanzen zu haben oder gegen eine Mitschülerin im Tennis zu verlieren.

Tilda hatte den Garten zuerst durch eine Lücke in der Hecke betreten und sich umgesehen. Als dort niemand zu sehen war, kletterte sie wie von Sibylla angeraten auf den kleinen Hügel. Von dort oben konnte sie zwei alte Arbeiter und zwei junge Gärtnerinnen ausmachen, die an der Neuanlage eines Parks arbeiteten.

Die Fertigstellung stand kurz bevor.

Beruhigt kehrte sie zu Sibylla zurück. »Ich konnte ihn nirgendwo sehen«, beschied sie ihrer Freundin und flüsterte dabei, obwohl es völlig unnötig war. Sie durften hier sein, wie sie von Sibylla erfahren hatte.

Der Eigentümer Mr Dickens hatte zähneknirschend eingewilligt, nachdem Sibylla von seinen Hunden verletzt worden war.

Mittlerweile kannte Tilda die ganze Geschichte, auch dass Francis wie aus dem Nichts aufgetaucht war, um Sibylla zu retten. Danach hatte er sie verarztet und nach Hause gefahren.

Eine Woche danach war Oliver gefallen.

Noch immer machte sich Sibylla Vorwürfe, weil sie das Zusammentreffen mit ihrem ehemaligen Geliebten nicht kaltgelassen hatte.

Nun rupften sie den Giersch aus, von dem in den Beeten erstaunlich wenig wuchs, obwohl sie angeblich nicht mehr gepflegt worden waren, seit Sibylla sie angelegt hatte.

»Ich sag doch, jemand war hier!« Tilda richtete sich auf und zeigte wie eine Detektivin auf welkes Unkraut, das einen kleinen Haufen unter der Hecke bildete.

Sibylla sah nicht einmal hin. »Das glaube ich nicht, von der Initiative traut sich keiner mehr her, außerdem sind wir ständig mit neuen Projekten beschäftigt.«

»Nun hab die Güte und guck doch, Sibylla! Meinst du, das Unkraut dort stapelt sich von alleine?«

Sibylla richtete sich auf und stemmte die Hände in die Hüften. »Kann Zufall sein«, tat sie den Fund mit gerunzelter Stirn ab.

Schritte nahten auf der Wiese. Im gleichen Moment nahm Tilda aus dem Augenwinkel eine Bewegung wahr. Doch es war bereits zu spät, um Sibylla zu warnen.

»Guten Morgen, Ladys«, sagte eine vertraute Stimme, die ihre Freundin erstarren ließ.

Dort stand er. Sibyllas Gärtner, der längst nicht mehr *ihrer* war. Francis' Gesicht wirkte kantiger, der Blick der graublauen Augen tiefer, als lauere dahinter ein Abgrund. Er wirkte wie jemand, der durch die Hölle gegangen war und sich gerade mit letzter Kraft wieder daraus hervorgezogen hatte. In dieser Hinsicht war er Sibylla gar nicht so unähnlich, doch das wollte ihre Freundin jetzt sicher als Allerletztes hören.

Francis nippte an einer dampfenden Tasse. In der Rechten hielt er ein angebissenes Sandwich.

»Was machst du hier?«, fuhr Tilda ihn an. Etwas schroff vielleicht, doch wer dafür verantwortlich war, dass Sibylla weiß wie eine Wand wurde, hatte es nicht besser verdient.

»Ich freue mich ebenfalls, dich zu sehen, Tilda … Morris«, erwiderte er. Das Lächeln wollte ihm nicht ganz gelingen. Er schien es fast schon krampfhaft zu vermeiden, ihre Freundin anzusehen. Fast als sei Sibylla nicht da.

Als Tilda nichts antwortete, wies er auf den ausgerissenen Giersch in ihrer Hand. »Das Kraut solltest du besser nicht wegwerfen, es ist sehr gesund, enthält viel Vitamin C und gibt mit Kartoffeln und etwas Speck eine recht anständige Suppe.«

Sie blickte auf das Unkraut, das sie daheim nur hin und wieder als Würze benutzten, wenn sie keinen Sellerie zur Hand hatten, und stopfte es dann in ihre Tasche. Sie wollte nicht mit Sibyllas alter Liebe über Unkraut sprechen. Eigentlich sollte Francis Boyle gar nicht hier sein. Immerhin hatte Tilda ihrer Freundin versprochen, dass er nicht da sein würde. Doch offenbar hatte sie das Grundstück nicht lange genug beobachtet.

Spannung lag in der Luft und brachte sie zum Knistern.

Diese beiden Menschen litten, wenn sie sich nahe waren, und sie litten noch immer, wenn sie einander über Jahre fern waren, begriff Tilda plötzlich. Für Sibylla und Francis schien es keinen Ausweg zu geben.

Tildas erster Impuls war es gewesen, Sibylla zu schnappen und zu verschwinden. Doch vielleicht sollte sie das nicht. Vielleicht würde es Sibylla guttun, mit einem anderen Menschen zu sprechen, der einmal einen großen Platz in ihrem Herzen eingenommen hatte. Ganz gleich, wie viel Überwindung es sie anfangs kosten würde. Es brauchte nur jemanden, der das Eis brach. Und waren beste Freundinnen nicht genau dafür da?

»Warst du das?« Tilda wies auf den Haufen mit welkem Unkraut.

»Ja, immer wenn ich in den Pausen Zeit habe, sehe ich nach dem Gemüsegarten. Ich dachte, nach allem, was mit Mr Dickens geschehen ist, traut sich vielleicht keiner mehr her.« Er blickte mit einer Sehnsucht zu Sibylla hinüber, dass es Tilda schon beim bloßen Zusehen ans Herz ging. Liebte er sie etwa noch immer?

»Danke«, murmelte Sibylla, ging zwei Schritt zur Seite und begann, mit einer kleinen Rübenhacke den Boden aufzulockern.

Francis trank seinen Tee aus und biss noch einmal in sein Sandwich, dann legte er den Rest vorsichtig auf der Tasse ab und begann ebenfalls zu arbeiten.

Tilda fühlte sich ein wenig überrumpelt. Um der unangenehmen Situation zu entgehen, zupfte sie schweigend weiter Giersch und Löwenzahn aus, der sich im warmen Sommerwetter in Windeseile vermehrte.

Sie hörte Francis leise fluchen und schielte zu ihm herüber. Er stand bei den Bohnen und versuchte, neue Triebe die Stangen hinaufzuleiten, doch seine rechte Hand zitterte wie bei einem Anfall, und der Trieb glitt ihm immer wieder aus den Fingern.

Sibylla sah es ebenfalls.

Schließlich gab sie sich offenbar einen Ruck und trat zu ihm. »Hast du Schmerzen?«, hörte Tilda sie leise fragen.

»Nein, es sind nur die Nerven. Ich kann mich einfach nicht daran gewöhnen.«

»Wird es wieder? Was sagen die Ärzte?«

Er schüttelte den Kopf, und Tilda wandte sich ab, während Francis und Sibylla gemeinsam die Bohnenranken wanden.

»Und dein Bein?«

»Zwei kleine Narben, du hast es gut versorgt.«

Fast eine Viertelstunde arbeiteten sie zu dritt im Garten, dann strich sich Francis die Hände geräuschvoll an den Hosenbeinen ab und hob Tasse und Sandwich vom Boden auf. »Meine Pause ist vorbei. Wir sind nur noch diese Woche hier beschäftigt, dann könnte ich höchstens noch an den Sonntagen nach den Beeten sehen.«

»Männer wie du sind bei *Dig For Victory* jederzeit willkommen«, sagte Sibylla. Sie wirkte wie eine Marionette, die jemand an den Schultern fasste und herumdrehte.

Francis blickte sie an wie ein waidwundes Tier, dann gewann er seine Fassung zurück, warf Tilda erneut ein erzwungenes Lächeln zu und tippte sich zum Abschied an die Schiebermütze. Mit großen Schritten erklomm er den grasbewachsenen Erdwall und war kurz darauf nicht mehr zu sehen.

Tilda trat zu Sibylla. »Alles in Ordnung? Hätte ich ihn mit Schaufel und Hacke zum Teufel jagen sollen?«

»Nein, nein, schon gut. Er kann ja nichts dafür.« Unvermittelt brach Sibylla in Tränen aus. »Ich hasse ihn ein wenig dafür, dass er noch da ist, nachdem mir das Schicksal Oliver genommen hat. Immer wenn ich an Francis denke, fühle ich mich fürchterlich. Ich ... Ich ...«

Tilda schloss ihre Freundin in die Arme. »Die Welt ist manchmal nicht gerecht«, murmelte sie und strich Sibylla kreisend über den Rücken. »Auch wenn das Leben es nicht gut mit euch gemeint hat, bin ich froh, dass Francis nicht mehr an die Front muss. Zumindest einer, den der Krieg nicht bekommt.«

»Ja«, stimmte Sibylla trotzig zu. »Und nun lass uns den Rest in Ordnung bringen und von hier verschwinden, ich halte es nicht mehr lange aus.«

30

Indonesien, Dezember 1941

Meine liebste Tilda,
seit Wochen verbringe ich fast all meine Tage auf See und brüte über Plänen. Zwar bin ich offiziell nur ein gewöhnlicher Infanteriesoldat unter vielen Tausend, doch zu meinem Glück werde ich nicht in die Schlacht gegen den Feind geworfen.
Mein Platz ist bei den Offizieren und Kommandanten mit ihren Karten. Ich kann Dir kaum Details schreiben, denn alles ist mehr oder minder geheim. Den ganzen Tag lang fliegen Aufklärer über den weiten Ozean. Die Berichte erreichen uns oft verschlüsselt über Funk, selten werden Fotografien und Filme direkt geliefert. Der Pazifikkrieg der Japaner scheint sich auszuweiten, und wir befinden uns in höchster Alarmbereitschaft.
Ich fürchte um unser geliebtes Borneo … Nein, ich fürchte um die ganze Welt.
Deine Briefe sind endlich angekommen und mir ein großer Trost. Es geht Dir gut, daran halte ich mich in dunklen Stunden fest …

Bennet sah auf und rückte seine Hutkrempe zurecht. Die Sonne stand tief und brannte angenehm auf ihn nieder. Er hatte beinahe zehn Stunden unter Deck verbracht, wo er stets fror, obwohl es eigentlich sogar unangenehm warm und feucht war. Die Kälte kam aus seinem Inneren und folgte ihm überallhin, außer an Deck. Nur die Sonne des Südens konnte sie für einen Moment vertreiben. Wenn er auf das Meer hinaussah, fühlte er sich weniger wie ein Gefangener. Unter Deck, umgeben von Stahlwänden und abgestandener Luft und ohne jede Möglichkeit, anderen Menschen aus dem Weg zu gehen … Das war nicht seine Welt.

Gemeinsam mit einem Javaner und einem Mann von den Philippinen war er der Einzige, der die meiste Zeit über keine Uniform trug. Sie waren Armeeangehörige und waren es doch auch nicht. Beim Aufbruch hatte er seine Uniform noch regelmäßig getragen, was aber immer wieder zu Problemen führte, wenn er mit dem Rest seiner ursprünglichen Einheit zum Dienst herangezogen wurde, obwohl sein Aufgabengebiet ein anderes war. Für Diskussionen war an Bord kein Platz. Niemanden interessierte es, dass er die halbe Nacht über den Karten gebrütet und die Nachrichten der Aufklärer ausgewertet hatte. Es gab nur Befehle und Dienstgrade.

Nun bestand eine andere Übereinkunft. Wurde sein Wissen als Kundiger der Region gebraucht, trug er so wie heute Zivil. An anderen Tagen trug er Uniform und nahm an Übungen teil. Er hasste den Drill, doch er liebte es, am Abend danach wie erschlagen schlafen zu gehen.

Ganz anders als heute. Unablässig hatte er auf Pläne gestarrt, von körnigen Schwarz-Weiß-Fotografien abgeleitet, was für ein Terrain an Land herrschte – unpassierbarer Sumpf, überschwemmte Reisfelder, Dschungel – und wie die Taktik dort aussehen könnte, wenn es zu einer Konfrontation mit Japan kam. Daran, dass die mit dem Deutschen Reich verbündeten Japaner die niederländischen und britischen Kolonien im Blick hatten, bestand kein Zweifel. Sie dehnten seit Jahren ihre Macht und ihren militärischen Einfluss im Pazifik aus und sorgten damit dafür, dass die Marine Mann und Material über den halben Globus strecken musste, statt massiv gegen Hitler vorzugehen.

Die Lage war umso angespannter, nachdem die USA ein vollständiges Ölembargo gegen Japan verhängt hatten, das bis dahin den Großteil des Rohstoffs von dort bezogen hatte. Schätzungen zufolge reichten ihre Reserven nur noch wenige Monate aus, um den Bedarf von Armee und Industrie zu decken. Daran änderte sich auch nichts, nachdem die Japaner Französisch-Indochina mit vierzigtausend Mann besetzten, denn nun schloss sich Niederländisch-Indien dem Embargo an. So kam der Außenhandel fast vollständig zum Erliegen. Im britischen Teil Borneos gab es Ölquellen. Man musste nur zwei und zwei zusammenzählen und wusste, was passieren würde. Der Großteil der britischen Flotte war im Krieg in Europa gebunden, die Niederländer hatten fast keine mehr.

Nun patrouillierten sie hier, sandten Flugzeug um Flugzeug aus, um die Bewegungen der japanischen Zerstörer zu überwachen, während im Ärmelkanal deutsche U-Boote militärische und zivile Schiffe versenkten.

Bennet blickte wieder auf den nur zur Hälfte geschriebenen Brief und malte sich aus, wie Tilda ihn auseinanderfaltete und kurz an ihr Herz drückte. So war sie immer mit den Briefen ihrer Freundin Sibylla verfahren, und er war überzeugt, dass seine dieselbe liebevolle Behandlung erhalten würden.

Tilda war nicht allzu romantisch, und er war froh darum,

denn er war es ebenso wenig, und es wäre ihm schwergefallen, es künstlich zu versuchen.

Es hatte damals schon mit dem ungelenken halben Heiratsantrag begonnen, der vor allem zweckdienlich gewesen war, um Tilda auch gegen den Willen ihres Vaters die Reise nach Borneo zu ermöglichen.

Seine liebste Erinnerung mit Tilda hatte mit ihrer Eheschließung nichts zu tun und brachte ihn noch immer zum Schmunzeln. Es war auf einer ihrer Expeditionen gewesen. Nach einem Tag im Dschungel, an dem es noch viel mehr geregnet hatte als sonst und sie beide müde und übellaunig waren, schlugen sie endlich ihr Lager auf. Tilda stieg einen ausgewaschenen Hang hinunter zu einem Flüsschen, um sich zu waschen, verlor auf dem glitschigen Untergrund den Halt und landete schließlich viele Meter tiefer im Ufermorast. Bennet bekam den Schreck seines Lebens, doch Tilda ging es gut, was an den saftigen Flüchen zu erkennen war, die in einer nicht enden wollenden Tirade zu ihm hinaufdrangen. Er verkniff sich jede Erwiderung und wollte ihr zu Hilfe eilen. Kurz darauf lag er neben ihr im Matsch, nachdem er sich am Hang sogar einmal überschlagen hatte. Tilda hatte ihn mit zornesrotem Gesicht angestarrt und war dann in Gelächter ausgebrochen. Zur Antwort hatte er ihr eine Handvoll Schlamm entgegengeschleudert. Da saßen sie und lachten, bis ihnen die Bäuche wehtaten, während der Regen weiter auf sie hinunterpladderte. Bennet sah jedes Detail vor sich. Ihr rotes Haar, nass und schwer, das Blitzen in ihren Augen, eine Mischung aus Schalk und Empörung. Sie hatte sich auf ihn gestürzt und ihn geküsst. »Vor allem hast du mich vor dieser Reise gewarnt, Bennet Morris, nur vor diesem verfluchten Schlamm nicht! Ich hätte dich nie geheiratet, hätte ich gewusst, dass ich meine Ehe im Matsch verbringe!« Sie hatte ihm spielerisch vor die Brust geboxt und er sie zurückgeschubst, sodass sie noch tiefer im Schlick landete. Für ihre einheimischen Begleiter musste es ein kurioses Bild abgegeben haben, wie sie beide am Flussufer lagen, lachten und immer dreckiger wurden.

Danach waren sie mitsamt der Kleidung baden gegangen und an einer geeigneteren Stelle wieder zum Lager hinaufgeklettert. In der darauffolgenden Nacht hatten sie sich gleich zweimal geliebt, inmitten der Wildnis, ein Stückchen von den Zelten entfernt, um auch wirklich allein zu sein. Ihre Haut, die im Mondlicht schimmerte, der würzige Geruch von Erde und Kräutern, der bei jeder Bewegung aufstieg … Es begann, in seinen Lenden zu ziehen, wenn er nur daran dachte.

Bennet seufzte. Als er merkte, wie er lächelte, richtete er seinen Blick mit einem Seufzen hinaus auf das Meer. Wale zogen als große dunkle Schemen durch das Wasser und stießen hin und wieder durch die Wellen, um geräuschvoll zu atmen.

Am Himmel näherte sich eine graue Front, an deren Rand es aussah, als rollten sich die Wolken auf. Sie würden sich auf einen Wetterwechsel gefasst machen müssen.

Sofort war jeder Gedanke an Tilda vergessen. Bei einer geschlossenen Wolkendecke würden die Aufklärungsflugzeuge nicht viel bringen, und die japanischen Flottenverbände konnten sich unbemerkt bewegen. Ein ungutes Gefühl setzte sich in Bennets Magengegend fest. Etwas würde passieren. Etwas Schlimmes.

Die Monate waren verflogen, als habe Zeit keine Bedeutung mehr. Sibylla hatte sich an Routinen festgeklammert, hangelte sich von einem festen Punkt in ihrem Leben zum nächsten, und ganz langsam war der Schmerz erträglich geworden. Aushaltbar.

In ihr gemeinsames Haus war sie monatelang nicht zurückgekehrt. Es war wie ein Museum, eine Erinnerung an all das, was nicht mehr war und nie sein würde. Ihre Ehe war vorbei gewesen, bevor sie gemeinsam in einem richtigen Alltag angekommen waren. Es gab sogar noch eine letzte Kiste mit Aussteuer, die sie seit der Hochzeit nicht ausgepackt hatten.

Sie wusste nicht, ob sie das Haus behalten sollte. Es war ein solider Bau und irgendwann sicherlich ein schönes Erbe für Philipp. Aber sie selbst würde darin niemals glücklich werden können. Nicht allein und vor allem nicht mit einem neuen Mann, sollte es jemals einen geben.

Doch dauerhaft bei ihren Eltern im Haus zu wohnen, schien ihr auch keine Lösung. Schließlich war es Tilda, der die rettende Idee kam.

»Du solltest in das hübsche kleine Cottage bei deinen Eltern im Garten ziehen!«

Wohlweislich hatte sie den Namen *Francis* nicht ausgesprochen. Er hatte dort gelebt, bis Sibyllas Vater ihn vor die Tür gesetzt hatte. Sein Zimmerchen zu beziehen schien ihr falsch. Aber da gab es ja noch die andere Hälfte des Häuschens, in dem bislang der Portier und Fahrer der Healeys gelebt hatte. Erst unlängst war er ausgezogen, um sich um seine verwitwete Tochter zu kümmern.

In seinen beiden Zimmern würde sie wohnen, und irgendwann könnte dann Philipp seine eigenen vier Wände bekommen. Noch war er dafür zu klein und spielte meist unter Aufsicht im Wohnzimmer.

Sibylla erschien es wie die perfekte Lösung. Sie brauchte den Neuanfang, gleichzeitig aber auch die Geborgenheit des Vertrauten. Das Cottage würde ihr kleines Nest werden, ein sicherer Ort, an dem sie Philipp von allem Übel der Welt abschirmen würde.

Heute kümmerte sich ihre Mutter um den Kleinen, denn Sibylla wollte ihrem alten Haus einen Besuch abstatten. Schon jetzt fürchtete sie sich vor den Erinnerungen, die sie dort einholen würden. Aber zum Glück war sie nicht allein.

»Lies mal«, sagte Tilda wenig später. Sie wirkte ein wenig blass um die Nase. Schon auf der Fahrt von Wheatley nach Oxford war sie seltsam still gewesen und hatte dabei ihre Handtasche umklammert.

Bevor sie ausgestiegen waren, reichte sie Sibylla nun einen Brief. Er war von Bennet.

»Das ist privat«, wehrte sie ab, scheute sich aber eigentlich vor allem vor dem Gedanken, in den Briefen von Tildas Mann womöglich denselben Ton vorzufinden wie in Olivers kurz vor dessen Tod.

»Bitte.« Tilda strich sich hastig durchs Haar. Ihre roten Locken sprangen störrisch zurück. An diesem Tag war offenbar jeder Schlichtungsversuch zwischen ihr und ihrem Haar vergebens geblieben.

Sibylla überflog die Zeilen. Sie kannte Bennet Morris nicht gut genug, doch was sie las, war Sorge, Sorge um einen weiteren Kriegsschauplatz. Schon jetzt hatte das Empire nicht genug Soldaten und Material für all die Brandherde. Doch wenigstens schien er nicht von derselben Verzweiflung befallen wie Oliver. Dann erinnerte sie sich auch wieder, warum das so war. »Er hatte noch keinen Feindkontakt, nicht wahr?«

»Nein, aber bald, wenn ich das so lese. Ich mache mir solche Sorgen!«

Sibylla nahm Tildas Hand und drückte sie fest. »Du

kannst nur beten und für ihn stark bleiben. Noch ist er ja auf dem Schiff und nicht in Kämpfe verwickelt.«

In Tildas Augen begannen Tränen zu schimmern, sie glitzerten an ihren Wimpern, doch noch hielt sie sie eisern zurück. »Francis war auch auf einem Schiff, als er schwer verwundet wurde, und Bennet haben sie auf einem Flussboot angeschossen, auch ganz ohne Krieg! Dass er nicht an Land ist, schützt ihn vor gar nichts!«

Sibylla biss sich auf die Lippe. Recht hatte Tilda. Nirgends war es sicher, und so verkniff sie sich jede Erwiderung. Was sie auch sagte, konnte nur falsch sein.

Aber warum hatte Tilda ausgerechnet jetzt wieder Francis zur Sprache bringen müssen? Sibylla versuchte doch, so wenig wie möglich an ihn zu denken, und tat es trotzdem öfter, als gut war.

Sie hatten sich in den vergangenen Monaten dreimal gesehen, denn an den Sonntagen half er hin und wieder bei den *Dig For Victory*-Beeten. Sie hielten Abstand voneinander, ohne sich aus dem Weg zu gehen. Unterhielten sich vorsichtig. Francis redete offener von seinen Kriegserlebnissen, als es Oliver auch auf ihr Drängen hin je getan hatte. Francis versuchte nicht, sie in Watte zu packen und vor dem Übel dieser Welt zu beschützen. Wenn sie ihn etwas fragte, antwortete er offen und ehrlich, so bitter und brutal die Wahrheit auch sein mochte. Dabei hätte sie sich wohl eigentlich gar nicht mit ihm unterhalten sollen und es auch nicht getan, wenn er sich aufgedrängt hätte.

Aber Francis war zurückhaltend, freundlich und tüchtig wie immer. Wenn er glaubte, sie merke es nicht, beobachtete er sie. Sibylla spürte es jedes Mal, als bestünde eine unsichtbare Verbindung zwischen ihnen. Sie wandte sich dann nicht um, sondern machte stur mit dem weiter, was sie gerade tat.

Sie ertappte sich dabei, nicht besser zu sein als er. Francis war ein gut aussehender Mann, und wenn er an warmen Herbsttagen im Unterhemd Hacke oder Spaten schwang, um dem Boden neues Ackerland abzuringen, war sie nicht die einzige Frau, die hinsah. Mit seinen kräftigen Armen und Schultern, der sonnengebräunten Haut und den geheimnisvollen, meergrauen Augen war er unter all den alten Männern und halbwüchsigen Burschen, die mit ihm arbeiteten, eine auffällige Erscheinung. Wer ihn so sah, mochte kaum glauben, dass er kriegsversehrt war. Doch in den Pausen, wenn seine Rechte so zitterte, dass er sogar beim Porridgeessen Probleme hatte, war jeder Zweifel ausgeräumt.

Einige der jungen Frauen, die ihm bis zu dem Moment schöne Augen gemacht hatten, wandten sich erschrocken ab. Es war eine Sache, wenn der geliebte Ehemann verwundet von der Front zurückkam. Aber sich von vornherein einen Zitterer aussuchen? Francis schien sich mit seinem Schicksal abgefunden zu haben. Außerdem ignorierte er konsequent die Avancen der jungen Damen.

Sibylla ahnte auch, warum. Er liebte sie noch.

Ein Rascheln neben ihr holte sie ins Hier und Jetzt zurück. Tilda knetete noch immer Bennets Brief, als könne sie alle besorgniserregenden Botschaften mit Gewalt daraus entfernen.

»Tilda«, sagte Sibylla leise, und als sie nicht reagierte, wiederholte sie etwas lauter: »Tilda!«

Sie zuckte zusammen, blickte auf ihre Hände und stopfte dann den Brief zurück in ihre Handtasche. »Du verstehst das nicht«, murmelte sie. »Ich habe nichts von ihm. Du hast wenigstens den kleinen Philipp, der seinem Vater wie aus dem Gesicht geschnitten ist. Ich habe nichts. Wir wollten unsere Familie immer erst nach der Reise gründen. Das schien uns das einzig Vernünftige. Und als auf dem Schiff klar wurde, dass Bennet zurückkehren wollte, hat er sich geweigert, ungeschützt mit mir zu schlafen, weil er keinem Kind eine Welt im Krieg zumuten wollte. Aber wie kann er das entscheiden? Wie kann er mich verlassen und mir nicht einmal das geben?«

»Er wird wiederkommen, hörst du?«

»Und wenn nicht? Meine Eltern hatten vier Kinder, und nur ich bin geblieben. Bennet und ich, wir haben kein einziges!«

Sibylla schwieg. Ja, Tilda hatte in allen Punkten recht. Dennoch verstand Sibylla auch Bennet nur zu gut.

»Tilda, du musst diesen Gedanken aus deinem Kopf verbannen. Es hilft nichts, genauso wenig wie meine Albträume um mein Söhnchen«, sagte sie schließlich.

»Was für Albträume?«, schniefte Tilda und schien sich wieder zu fangen.

»Dass es zu einer echten Hungersnot kommen könnte und er leidet. Dass es zu einer Invasion kommt oder wir doch noch bombardiert werden. Was, wenn der Krieg so lange dauert, dass er ebenfalls eingezogen wird? Ach, die Liste hat kein Ende.«

»Oh, Sibylla …« Tilda seufzte aus tiefstem Herzen. »Mir scheint, dir geht es mit deinen Sorgen nicht besser als mir.«

»Wie man es macht, es ist falsch.«

»Dann lass uns hineingehen und erledigen, wofür wir hergekommen sind!«

Sie sprangen beinahe gleichzeitig aus dem Wagen, und es war, als könnten sie ihre schwersten Sorgen in dem Automobil zurücklassen. Wäschekörbe und Kisten unter den Armen, betraten sie das Haus, fest entschlossen, sich mit Tatendrang abzulenken.

31

Mitten in der Nacht röhrten die Schiffsmotoren auf. Bennets Koje vibrierte, als liege er auf einem Bienenstock. Er war schlagartig wach. Ohnehin driftete er seit dem Zubettgehen immer nur kurz in die Traumwelt. Er fühlte sich übermüdet, gereizt und zugleich hellwach.

Um ihn herum standen die doppelstöckigen Betten dicht an dicht. Es roch nach schlechtem Atem, Männer schnarchten und furzten im Schlaf. Das Kantinenessen bekam kaum jemandem gut.

Wie immer schimmerte die Notbeleuchtung durchs Dunkel. Es reichte, um sich zurechtzufinden. Er rieb sich über das Gesicht, zog sich Jacke und Schuhe an und stand auf.

»Is was, Morris?«, meldete sich eine verschlafene Stimme neben ihm.

»Nur so ein Gefühl.« Dasselbe Gefühl, das ihn nun schon seit einer Weile verfolgte.

»Scheiß auf dein Gefühl, Mann.«

»Du mich auch, Kelly«, erwiderte Bennet im Flüsterton und schlich an dem Kameraden vorbei, den er aus dem ganzen Haufen noch am besten leiden konnte, einen eigentlich maulfaulen Iren, der leidenschaftlich gern Schach spielte und nur dann die Zähne auseinanderbekam, wenn ihn jemand beim Schlafen störte.

Bennet erreichte den Waschraum und klatschte sich kaltes Wasser in Gesicht und Nacken. Nun fühlte er sich besser. Um den Bartschatten konnte er sich immer noch kümmern, falls sein Bauchgefühl ihn trog und er nicht gebraucht wurde.

Im Gang kam ihm ein Soldat entgegengeeilt. Er rannte nicht, doch er war kurz davor. »Morris?«, rief er.

»Ja, der bin ich. Was ist los?«

Der Soldat warf ihm einen nervösen Blick zu und erinnerte damit an ein gehetztes Tier, dem in diesem Moment klar wurde, dass es seinem Verfolger nicht entfliehen konnte. Dafür hielt er sich recht gut und überspielte seine wachsende Furcht mit ruppigen Kommandos. »Erfahren Sie gleich. Mitkommen, na los.«

Bennets mulmiges Gefühl ballte sich in seinen Innereien zu einem Sack voller Steine zusammen, während sie mit schweren Schritten durch die Gänge eilten.

Als er in der geräumigen Kabine ankam, in der er die vergangenen Wochen verbracht hatte, fand er dort alles versammelt vor, was Rang und Namen hatte. Überall Abzeichen und Ornat, deren Bedeutung er sich noch immer nicht merken konnte. Da machten es einem die Eingeborenen mit ihrem Kopfputz und den aufwendigen Ketten und Zierwaffen schon einfacher. Bennet merkte, wie seine Gedanken Ausflüchte suchten, und riss sich zusammen. Jetzt galt es.

»Was ist passiert?«, fragte er den Nächstbesten.

»Die Japsen haben angegriffen.«

Bennet biss die Zähne aufeinander und beugte sich vor. Auf dem großen Tisch vor ihm lagen Seekarten von den Gewässern um British Malaya. Ein junger Offizier verteilte mit verbissener Miene kleine Markierungen, die japanische Landungsboote, Minenleger und Zerstörer darstellten. Dabei sah er immer wieder auf eine Notiz.

In Bennets Ohren wuchs langsam, aber stetig ein schrilles Fiepen, das jedes andere Geräusch in den Hintergrund drängte. Es kam ihm vor, als laufe die Zeit verlangsamt ab. In Seelenruhe konnte er die Gesichter der Kommandierenden mustern. Sie wirkten ernst und ruhig. Niemand schien in Eile. Sie hatten einen Angriff dieser Art erwartet, und offenbar konnte keine plötzlich ausgerufene Hektik noch etwas an dessen Ausgang ändern.

Die kurz nach Mitternacht erfolgte Attacke auf British Malaya schien im Ausgang bereits sicher. Er meinte, jemanden von heftigen Gefechten am Strand sprechen zu hören, der von der 8. indischen Infanteriebrigade verbissen verteidigt wurde. Sie wurden von einer britischen Artillerieeinheit aus Kota Bharu unterstützt. Eine australische Fliegerstaffel griff die Invasoren aus der Luft an.

Dennoch war es den Japanern schließlich unter großen Verlusten gelungen, den Strand einzunehmen. Nun bauten sie diese Stellung aus und brachten mehr und mehr Truppen an Land.

Doch nicht nur von Britisch Malaya kamen derlei Berichte. Denn die Japaner griffen zugleich auch noch Thailand von der See aus an und bombardierten Singapur. Kaum jemand hatte erwartet, dass die Japaner mit solch massiver Truppenstärke an so breiter Front angreifen würden. Bennet begann daran zu zweifeln, dass sie zu besiegen waren, selbst wenn sich alle Soldaten des Commonwealth zusammenschlossen. Doch Zweifel waren das Letzte, was sie in dieser Situation brauchen konnten.

Immer mehr Markierungen erschienen auf den Karten. Bennet starrte sie an und wünschte sich, er könnte noch ein letztes Mal Tilda in die Augen sehen, ihr sagen, wie sehr er sie liebte, und dabei seine Hände in ihren schweren, roten Locken vergraben.

7. Dezember 1941

Kiste um Kiste schleppten Tilda und Sibylla in das kleine Cottage. Sie hatten die Fenster aufgerissen, damit es auslüften konnte, und brachten nun alles hinein, was sie am Vortag in Sibyllas altem Heim zusammengepackt hatten.

Tilda, die das alte Haus auf dem Grundstück der Healeys bislang nur von außen gesehen hatte, war sofort in dessen trutzigen Charakter verliebt.

Als Vorbereitung für ihren Einzug hatte Sibylla die Wände weiß überstreichen und die dunklen Eichenbalken an den Decken ölen lassen. Die tiefen, steinernen Fensterbänke waren frisch geschrubbt und das wellige Glas so sauber, wie es nur sein konnte.

Die alten Bohlen unter ihren Füßen waren schon am Vortag durch einige große Teppiche aus Healey House gemütlich gemacht worden.

Tilda trug zwei übereinandergestapelte Kisten und klemmte die obere mit dem Kinn fest. Im Inneren klirrte es gefährlich.

»Das ist eigentlich das perfekte Häuschen für mich, nichts für eine feine Dame wie dich«, nuschelte sie.

»Du kannst ja mit einziehen!« Sibylla nahm ihr die obere Kiste ab und stellte sie auf einen Tisch. »Das ist mein voller Ernst.«

»Auf was für verrückte Ideen du kommst!«, protestierte Tilda, auch wenn ihr die Vorstellung sofort gefiel.

»Es sind ja auch verrückte Zeiten, und ich könnte mir nichts Besseres vorstellen, als mit meiner liebsten Freundin und meinem Sohn zusammenzuwohnen. Ein Zimmerchen ist noch frei.«

Es war das von Francis. Sibylla hatte es nicht übers Herz gebracht, es zu leeren. Tilda fand, sie behandle es beinahe wie ein Museum. Bett, Schreibtisch und Schrank standen noch genauso da wie an dem Tag, als ihr Vater seinen Head Gardener von einem Tag auf den anderen vor die Tür gesetzt hatte.

Sibyllas Umgang mit Francis' altem Zuhause sagte mehr als alle Worte, die sie nach ihrer Trennung je über ihn verloren hatte.

»Nun, was meinst du?« Sibylla legte fragend den Kopf schief. So schnell ließ sie nicht locker.

»Meine Eltern haben mich gerade erst wieder, außerdem geht es Grandma nicht mehr so gut, ganz gleich, wie energisch sie auch behauptet, alles sei bestens. Ich möchte bei ihnen sein, verstehst du das?«

»Ungern«, entgegnete Sibylla ein wenig schnippisch, ließ das Thema aber ruhen.

Das Häuschen war erst kürzlich elektrifiziert worden, deshalb lief nun laute, wilde Tanzmusik auf einem Plattenspieler, und ihre Freundin flitzte mal hierhin und mal dorthin, stellte hübsche Kerzenhalter auf und zupfte Gardinen zurecht. Tilda fühlte sich von alldem ein wenig überfordert.

Hier war Sibylla, die perfekte Hausfrau, und richtete gerade ihr zweites Heim wunderschön ein, während sie selbst nach ihrer Hochzeit nicht einmal Bennets anderthalb Zimmer grob verändert hatte. Stattdessen lebten sie bis zu ihrem Aufbruch nach Borneo aus Truhen und Kisten und hatten all ihr Hab und Gut mit einem Achselzucken zurückgelassen.

Vielleicht sollte sie sich an ihrer Freundin ein Beispiel nehmen und für Bennet und sich ein Heim einrichten, in dem er sich direkt wohlfühlen würde, wenn er zurückkam.

Sie hatten bereits auf ihrer Expedition beschlossen, dem Wunsch von Tildas Eltern nachzukommen und in die Gärtnerei zu ziehen. Dort würden sie beide arbeiten und die

Früchte ihrer Reisen vermehren könnten. Es war genug Platz für ein gesondertes Arbeitszimmer, was ihnen beiden sehr wichtig war, außerdem ein Schlaf- und Wohnzimmer.

Schwieriger würde es werden, ein beheiztes kleines Gewächshaus einzurichten, was ihr Vater als *Unsinn für reiche Leute* abtat. Aber es waren genau diese reichen Leute, die Bennet und ihr zu einem guten Auskommen verhelfen sollten.

Freilich war zurzeit ohnehin nicht daran zu denken, die meisten Leute kauften Nutzpflanzen, Nutzpflanzen und nichts sonst. Was sie wieder an etwas erinnerte.

»Entschuldigst du mich für einem Moment?«, fragte sie Sibylla, die mit Hingabe kleine Bilderrahmen in einer Wandnische drapierte. Mit jeder Geste, jedem Handgriff, den sie in ihrem neuen Heim verrichtete, schien ein winziges Stückchen Trauer von ihr abzufallen und durch die Bruchstelle ein Funken Hoffnung in ihre Seele abzustrahlen. Tilda freute es, einen Teil dazu beitragen zu können, dass ihre Freundin neuen Lebensmut gewann.

»Jaja, geh nur«, entgegnete die gerade abwesend.

Im Nu war Tilda in ihre warme Jacke gehüllt, hatte ihre kräftigen, wenngleich frisch geputzten Stiefel übergestreift und war aus der Tür. Ihr Vater hatte am Morgen etwas für sie abgeliefert und hinter das Häuschen gestellt, wo Sibylla es nicht sofort sehen würde. Es waren gleich sechs von Tildas eigenen Rosen, die nun im Dezember leider nicht viel hermachten.

Wie abgesprochen standen auch ihr Spaten und eine kleine Schaufel bereit. Tilda atmete die angenehme, kühle und ein wenig klamme Winterluft ein, dann schulterte sie den Spaten, klemmte sich zwei Töpfe unter den Arm und suchte einige schöne Stellen beiderseits des Eingangs aus.

Die Erde war hart und von festen Wurzeln durchzogen.

Sie musste ganz schön anpacken, um den Boden für ihre Schützlinge aufzulockern. Wie zu erwarten, blieben ihre Bemühungen nicht unbemerkt.

»Was machst du denn da?«, schallte es von drinnen zu ihr.

»Nicht rauskommen, bevor ich fertig bin!«

Sie brauchte fast eine halbe Stunde, bis sie fertig war. Aber dann waren nicht nur ihre eigenen Rosenzüchtungen im Boden, sondern auch Christrosen, die zu Weihnachten blühten, sowie viele Zwiebeln von Krokussen, Narzissen und Tulpen, damit ihre Freundin zu jeder Jahreszeit einen kleinen blühenden Gruß von ihr hatte.

»Komm«, sagte Tilda ein wenig aufgeregt und streckte Sibylla durch die halb geöffnete Tür die Hand hin.

Ihre Freundin trat heraus und schien zuerst Tildas verschlammte Schuhe und den auf dem Weg abgelegten Spaten zu sehen. Dann erst drehte sie sich zu dem schmalen Beet um, das ihr Cottage flankierte. Ihr Blick wirkte angestrengt, während sie die nackten Rosenstöcke und die Pflanzen dazwischen musterte.

Willst du dich denn gar nicht freuen?, dachte Tilda verzagt. Ihr war noch immer etwas warm von der Schaufelei. Der feine, kalte Sprühregen, der wie Staub vom Himmel fiel, kümmerte sie daher kaum.

Sibylla rieb sich hingegen fröstelnd über die Arme. »Sind das etwa deine Rosen? Für mich?«

»Du hast sie wirklich erkannt?«

»Natürlich nicht, du Dummerchen, es sind ja nur Stöcke! Aber der Gedanke war naheliegend, und nächstes Jahr werden sie wunderschön sein, danke! Und Christrosen!« Sie berührte eine der schweren, cremefarbenen Blüten, dann wandte sie sich um, drückte Tilda an sich und gab ihr einen dicken Kuss auf die Wange. »Danke.«

»Ich habe auch noch einige Überraschungen für den Frühling versteckt. Zu einem richtigen Zuhause gehören doch auch schöne Blumen und nicht nur Gemüse.«

»Recht hast du, Tilda-Darling, und zur Belohnung gehen wir heute Abend ins Kino.«

»Kino? Ich war seit vier Jahren nicht mehr im Kino.«

»Na, dann wird es Zeit. Sie zeigen einen amerikanischen Spionagefilm mit der wunderbaren Ilona Massey in der Hauptrolle. Es wird dir gefallen. Die Überraschung wollte ich dir eigentlich erst später verraten, aber nun, da du aussiehst, als bräuchtest du ein Bad …«

Tilda knuffte ihre Freundin liebevoll in die Seite. Doch Sibylla hatte recht, sie war nach der Pflanzaktion schmutzig, und es würde dauern, bis sie wieder in einem präsentablen Zustand sein würde.

»Wir tun es wirklich? Ausgehen, als gäbe es keinen Krieg?« Sie konnte es noch gar nicht fassen.

»O ja! Und danach gehen wir etwas trinken, nur du und ich. Du bist eingeladen!«

Es fühlte sich seltsam an, in einem schicken Kleid aus Sibyllas schier unerschöpflichem Vorrat nach Oxford zu fahren.

Es waren mehr Menschen auf der Straße als sonst um diese Uhrzeit. Tilda meinte, vermehrt Plakatierer zu sehen, und auch die Paperboys mit ihren Zeitungen und Extrablättern schienen an jeder Ecke auf Kundschaft zu lauern. Etwas lag in der Luft.

Sibylla schien blind für diese kleinen Anzeichen, und Tilda nahm sich vor, sie ebenfalls nicht zu sehen. Es konnte sich weder um eine bevorstehende Invasion noch einen drohenden Bombenangriff handeln, denn dann wären die Menschen daheim oder in ihren Kellern geblieben. Allerdings jubelten sie auch nicht, also war der Krieg nicht zu Ende – eine Möglichkeit, an die Tilda ohnehin kaum noch glauben mochte. Vielmehr breitete sich das Blutvergießen immer weiter aus und schien den gesamten Erdball zu erfassen.

Sibylla parkte den Wagen in einer schmalen Gasse an der Walton Street, von wo aus das Kino bereits zu sehen war. Es war ein schlichtes, geradliniges Gebäude, eingebettet zwischen Wohnhäusern aus Backstein, vor denen auch zu dieser Abendstunde noch Kinder spielten. Zwei kleine Mädchen ließen ihre Puppen über eine Stufe tanzen, während eine lärmende Gruppe kleiner Jungs mit Glasmurmeln warf. Einer hatte einen prallen Beutel mit den gewonnenen bunten Schätzen gefüllt, während sein Nachbar mit hochrotem Kopf seine letzten drei Murmeln zum Einsatz brachte.

Sibylla hakte sich bei Tilda unter. Ihre Schuhabsätze klapperten über das Kopfsteinpflaster, das noch vom letzten Nieselregen glänzte. Vor dem Kino warteten bereits zwei Dutzend Menschen. Die Frauen waren in der Überzahl, das hätte es früher nicht gegeben.

Eine Lampe beleuchtete die über der Tür montierten Lettern. *The Scala* war eines der ältesten Lichtspielhäuser und bereits seit 1913 in Betrieb. Schon weit vor Tildas erstem Besuch war es von Stummfilm auf Ton umgerüstet worden, und die Lautsprecher waren so modern, dass einem, wenn es spannend wurde, die Haare zu Berge standen, weil man glaubte, mitten im Geschehen zu sein.

»Ich freue mich so«, sagte sie. Und tatsächlich: Sibyllas Plan ging auf, denn für den Augenblick hatte sie ihre Sorgen vergessen.

»Hoffentlich lassen sie uns da drin nicht erfrieren, ich war noch nie im Winter hier«, entgegnete Sibylla, die eigentlich immer fror. Wenn es ihr gerade eben warm genug war, dann hätte Tilda sich stets am liebsten bereits die Kleider vom Leib gerissen. Heute war ihre Freundin in einen warmen Kamelhaarmantel gehüllt, trug einen dicken Schal, einen Glockenhut und einen Muff aus dunklem Nerz.

Tilda fühlte sich in ihrem Trenchcoat mehr als gut gerüstet, und den Schal hatte sie nur genommen, weil Sibylla ihn ihr aufgedrängt hatte.

Sie stellten sich in die Schlange und betrachteten die Filmplakate, zwischen denen auch hier die obligatorischen Propagandaanschläge mit ihren Durchhalteparolen nicht fehlen durften.

»Churchill ist sicher froh, dass die Amerikaner den verdammten Nazis endlich den Krieg erklärt haben«, sagte soeben ein älterer Herr, der vor ihnen anstand. Andere in der Reihe stimmten ihm zu. Bruchstückhaft hörten sie von Umstehenden: »Wohl eher Hitler den Amerikanern! … hätte nicht erst so weit kommen müssen … fast völlig vernichtet … eine Schande für so eine große Nation …«

Tilda drückte Sibyllas Arm, dann richtete sie sich an den älteren Herrn: »Entschuldigen Sie, Sir, was ist denn geschehen?«

Er hob erstaunt seine buschigen, grauen Augenbrauen. »Haben Sie denn kein Radio gehört, Miss?«

»Nein, dazu hat uns heute die Gelegenheit gefehlt.« Tilda dachte an die vielen Platten, die Sibylla ohne Unterlass nacheinander aufgelegt hatte, während sie im Cottage für Ordnung sorgten.

»Die Japaner haben Pearl Harbor angegriffen und einen Großteil der amerikanischen Pazifikflotte zerstört. Daraufhin haben die Amerikaner Japan natürlich sofort den Krieg erklärt. Und da Japan mit dem Deutschen Reich gemeinsame Sache macht, folgte prompt Hitlers Kriegserklärung.«

»Noch mehr Nationen im Krieg«, murmelte Sibylla. Sie war schlagartig blass geworden.

Die Schlange rückte nach vorn. Die Menschen vor ihnen wirkten glücklich, beinahe ausgelassen fröhlich, und Tilda verstand auch, warum. Es hatte nicht gut ausgesehen für England, nachdem Frankreich so schnell kapituliert hatte. Zwar war das Commonwealth riesig, doch die Truppen und das Material schien dennoch nicht auszureichen. Seit Kriegsbeginn hatten die Amerikaner sie still mit Nahrung und Waffenlieferungen unterstützt, doch nun würden sie endlich auch aktiv in den Krieg eingreifen.

Amerika umfasste einen halben Kontinent. Das bedeutete schier unendliche Ressourcen. Nun gab es wieder Hoffnung, den Krieg zu gewinnen. »Versteh doch«, flüsterte Tilda und fühlte die Hoffnung wie einen Funken in sich aufglühen. »Sie werden herkommen, und gemeinsam werden unsere und ihre Soldaten die Nazis in die verfluchten Löcher zurücktreiben, aus denen sie herausgekrochen sind.«

Sibylla zog die Nase kraus. »Glaubst du wirklich?«

»Ja, ganz fest!«

Langsam kehrte die Farbe in ihr Gesicht zurück. »Dann will ich es auch. Hoffentlich sind sie bald hier.«

Sie kamen an die Reihe. »Zwei Tickets bitte und zwei Flaschen Limonade.«

»Aber das ist doch nicht nötig!«, flüsterte Tilda, die bei dem Preis für die Limonade große Augen machte. Dafür konnte man eine einfache, wohlschmeckende Hauptmahlzeit kochen!

»Und wie das nötig ist!« Nun strahlte Sibylla. »Du hast doch gesagt, wir haben allen Grund, froh zu sein!«

»Bitte sehr«, sagte der Kassierer und reichte ihnen Tickets, Getränke und Wechselgeld. »Bleiben Sie nach dem Film noch sitzen, Ladys. Wir sollen neuste Bilder von Pearl

Harbor und eine Ansprache von Mr Churchill bekommen. Mit Glück werden sie vor Filmende aus London geliefert.«

»Vielen Dank«, sagte Tilda und verzog den Mund zu einem freundlichen Lächeln, auch wenn ihr nicht danach zumute war. Denn auf blutrünstige Aufnahmen hätte sie an solch einem Abend gerne verzichtet.

Sie kuschelten sich in die plüschigen Kinosessel. Das Licht war bereits schummerig, und die Zuschauer sprachen leise, obwohl die Leinwand noch schwarz war. An den Wänden glommen goldgelbe Lampen und spendeten gerade so viel Licht, dass sich Umrisse erkennen ließen. Es roch nach allerlei Knabbereien, und noch war die Luft nicht geschwängert von Zigarettenrauch.

Was war es nur, das einem Kino diesen ganz besonderen Zauber verlieh? Waren es der viele rote Samt und die goldglänzenden Lampen, die den Zuschauern vermittelten, an etwas Besonderem teilzuhaben? Waren es die anderen Menschen, die ebenso erwartungsvoll nach vorn sahen, wo ein schwerer Vorhang den Blick versperrte?

In jedem Fall hatte Tilda diese Atmosphäre vermisst. Zu ihrer Schulzeit in Waterperry waren sie samstagnachmittags öfters ins Kino gefahren, auch wenn es Sibylla jedes Mal einiges an Überredungskunst gekostet hatte, weil Tilda jeden Penny sparen wollte.

Der Vorhang wackelte kurz und brachte damit die Gespräche zum Verstummen, dann öffnete er sich langsam. Sibylla stieß ihre Limonadenflasche gegen Tildas. »Auf die Zukunft«, flüsterte sie. »Auf die Zukunft«, sagte auch Tilda und stieß ihre Flasche gegen Sibyllas, bevor sie am Strohhalm sog.

32

Ende März 1942

Es lief schlecht im Gartenbau, zumindest wenn man Gartenarchitekt war und nicht gerade Obst und Gemüse zog. Mr Temple hatte Francis und allen anderen Arbeitern über den Winter gekündigt und ihm versprochen, ihn so bald wie möglich wieder einzustellen. Daran klammerte er sich. Er zweifelte nicht an Temples Ehrlichkeit, dazu gab es keinen Grund.

Andere Arbeit allerdings gab es genug. Viel zu viele junge Männer waren an der Front. Die Lücken wurden durch Frauen oder Männer wie ihn geschlossen.

Es hatte nur drei Tage gedauert, bis er sich an einem Fließband zwischen weiteren Kriegsversehrten wiederfand. Sie hatten ihm eine Tätigkeit zugewiesen, die kaum Fingergeschick erforderte. Sie überprüften Granathülsen auf Unebenheiten und setzten sie zusammen. Schon nach einigen Tagen dachte Francis nicht mehr daran, mit welch gefährlichen Stoffen er hantierte. Seine Hände führten die Arbeiten aus, während seine Gedanken auf Wanderschaft gingen. Nur so ließen sich die neun, manchmal zehn Stunden Monotonie überstehen.

Ein Lichtblick in der langweiligen Arbeit war sein Nachbar am Fließband. Jonah Lewis war ein schier unerschöpflicher Quell von Witzen und abenteuerlichen Frontgeschichten. Andere zum Lachen zu bringen war wohl seine Art, mit seiner schweren Verwundung umzugehen. Mit seinen Sommersprossen und den kurzen, rotblonden Locken wirkte er jünger, als er eigentlich war. Nur die beiden Krücken, die hinter ihm an der Wand lehnten, verrieten, dass er bereits gedient hatte.

»Die Nazis haben mir mein Bein geklaut«, witzelte er immer. »Vermutlich wollen sie es auffressen, ich hoffe, sie ersticken dran.«

»Das hoffe ich auch«, sagte Francis dann, und sie malten sich aus, wie die Mistkerle Ausschlag und die Scheißerei bekamen.

Dass ihnen nie langweilig wurde, lag nicht zuletzt an den jungen Frauen, die in der Fabrik arbeiteten, denn auch bei ihnen kannte Jonah keine Zurückhaltung. Dass er bloß ein Bein hatte, schien er keineswegs als Nachteil zu empfinden, höchstens als kleinen Mangel, den er mit Chuzpe und einer gehörigen Portion Charme wettmachte.

Als Pilot hatte er sieben Abschüsse zu verzeichnen, was ihn besonders in den Augen der hübschen Charlie zu einem Helden machte. Er wollte unbedingt mit ihr ausgehen, und zwar ausgerechnet in ein Tanzlokal.

»… aber ich brauche Unterstützung, Francis, und das wirst du sein.« Es war nicht einmal als Frage formuliert, sondern eine Feststellung, und Francis brachte es nicht übers Herz, seinem neuen Freund diesen Gefallen zu verwehren.

»Am besten bringst du auch ein Mädchen mit, dann wird es netter«, sagte Jonah und grinste ihn breit an. »Würde dir auch mal wieder guttun.«

»Jaja.« Francis seufzte und dachte wieder an die eine Frau, die ihm in seinem Leben wichtig gewesen war.

Sibylla starrte auf den Brief, als sehe sie das siebte Weltwunder vor sich. Sie kannte diese Handschrift nicht. Sie war krakelig, beinahe wie von einem Kind, doch der Name der Absenderin war ihr bekannt. Francis' Schwester, die Sibylla nie kennengelernt hatte.

Auf diese Weise hatten sie ihre Kommunikation früher schon geheim gehalten. Auch jetzt war ihr das Schreiben am Morgen von ihrer arglosen Mutter in die Hand gedrückt worden. Zweifellos stammte der Brief von Francis. Er musste ihn mit seinem gesunden linken Arm geschrieben haben, deshalb wirkte die Schrift so ungelenk. Er lernte das Schreiben neu.

Sie hasste sich für das Glücksgefühl, das sie beim Anblick des Briefs wie aus dem Nichts überfallen hatte und sich nun ganz gemein in ihrer Brust einnistete.

Wie konnte er es wagen, ihr zu schreiben, und das nicht einmal ein Jahr nach Olivers Tod?

Sibylla saß in einem gemütlichen Schaukelstuhl und sah Philipp zu, wie er sein kleines Nachziehpferdchen durch einen Parcours aus Bauklötzen manövrierte und dabei immer wieder aneckte. Er war ganz in seinem Spiel aufgegangen und merkte nicht, dass seiner Mutter Tränen über die Wangen liefen.

Sie wischte sie so unauffällig wie möglich fort und starrte dabei auf den Brief, der vor ihren Augen verschwamm.

Ihre Kehle fühlte sich eng an, so eng, als würde sich das würgende Gefühl nur mit einem gellenden Schrei daraus vertreiben lassen. Aber sie durfte nicht schreien. Vor Philipp musste sie Haltung wahren.

Der Kleine hatte das Verschwinden seines Vaters einfach hingenommen, denn Oliver war niemals zu einem Fixpunkt in Philipps noch so kurzem Leben geworden. Sein Vater war für ihn nicht mehr gewesen als ein ferner Onkel oder ein Freund der Familie, der hin und wieder zu Besuch kam und dann mit ihm spielte.

Noch immer wusste Sibylla nicht, wie sie diesbezüglich fühlen sollte. Einerseits tat es ihr furchtbar leid, dass ihr Sohn als Erwachsener wohl keine Erinnerung mehr an seinen Vater haben würde, der ihn doch so geliebt hatte. Andererseits war sie froh, dass Philipp der beinahe unerträgliche Schmerz des Verlusts erspart blieb.

Und immer noch war da der Brief in ihrer Hand. Sie sollte ihn fortwerfen, am besten verbrennen und Francis bei ihrer nächsten Begegnung an sein altes Versprechen erinnern, nie wieder Kontakt aufzunehmen.

Sibylla rieb mit den Fingern über das glatte Papier. Nein, sie brachte es nicht über sich. Vielleicht hatte er einen ganz alltäglichen Grund, ihr zu schreiben. Schließlich engagierte er sich an den Sonntagen ebenfalls bei *Dig For Victory*. Womöglich ging es genau darum. Ein neues Stück Land, das sie bestellen könnten, oder einen weiteren Arbeitseinsatz.

Es wäre kindisch gewesen, ihre eigenen Befindlichkeiten über das gemeinsame Ziel zu stellen. Mit diesem Gedanken als Rechtfertigung im Kopf riss sie den Brief auf und kam sich dabei fast schon wagemutig vor.

Früher hatte sie Francis' Post immer vorsichtig aufgeschnitten, sie wie einen Schatz behandelt. Schon dass der Umschlag zerriss, mitten durch seine Handschrift mit der Adresse, fühlte sich an wie ein Schritt auf dem Pfad der Heilung.

Liebe Sibylla,
sicherlich verwundert es Dich, einen Brief von mir zu erhalten. Es wundert mich selbst, dass ich mein Versprechen breche und Dir schreibe.
Du glaubst nicht, wie viele Versuche nötig waren. Die Vorgänger wurden allesamt zerrissen, denn ich wusste nicht, wie ich beginnen soll.
Mein Arbeitgeber hat mich und alle anderen beurlaubt, weil es schlichtweg keine Arbeit im Gartenbau gibt. Seitdem bin ich in einer Waffenfabrik untergekommen und habe mich schnell mit einem anderen Kriegsgeschädigten angefreundet. Jonah Lewis war Pilot und ist ein Kriegsheld, wie man ihn sich vorstellt. Ein wunderbarer Charakter, der seine Lebensfreude nicht verloren hat, obwohl er Invalide ist. Nun hat er sich in den Kopf gesetzt, die hübsche Charlie auszuführen, und mich gebeten, als Begleitung mitzugehen. Ich habe niemanden, den ich mitnehmen kann, da ich keiner Dame falsche Hoffnungen machen möchte und meine Schwester verhindert ist.
Ich musste allerdings an Dich denken und dass Du vielleicht auch gern einmal wieder tanzen würdest. Nur tanzen, ohne jeden Hintergedanken. Du hast einmal gesagt, es sei Medizin für die Seele, und recht hast Du. Ich brauche diese Medizin mehr denn je, denn diese Welt ist so finster, dass sie kaum noch zu ertragen ist.
Nun also meine Frage: Würdest Du mit einem Zitterer, einem Einbeinigen und einem arglosen jungen Fräulein namens Charlie ausgehen? Ich kann Dir aber nicht versprechen, so geschickt zu sein wie früher …

Sibylla las den Brief langsam zu Ende. Schon diesen Samstagabend wollten sie in die Tavern. Diesen Samstag!

Sie fühlte sich fiebrig. Ihr Puls klopfte schnell und bis in die Schläfen hinauf. Tanzen! Seit Olivers Einberufung war sie nicht ein einziges Mal mehr in einen Club gegangen.

Es war Montag, und Francis erwartete eine Antwort, die sie spätestens morgen absenden müsste. Noch einmal las sie die Zeilen, die so unverfänglich klangen. Könnten sie wie Freunde miteinander umgehen? Sechs Mal hatten sie schon zusammen in einem Gemüsegarten gearbeitet, und es war ihr bei jedem Mal weniger schrecklich vorgekommen. Anfangs hatte sie sich noch gefühlt wie eine Verbrecherin, doch wenn sie ehrlich zu sich war, hatte sie sich keines Vergehens schuldig gemacht.

»Sei brav, Mummy muss kurz nach nebenan«, sagte sie zu Philipp, der mittlerweile dazu übergegangen war, seine Bauklötze zu einer Mauer aufzurichten und sein Pferdchen mit Schwung hindurchzuziehen. Er klappte seine Händchen auf und zu, um ihr zu winken.

Sibylla schloss die Tür hinter sich und ging in ihr Schlafzimmer. Dort setzte sie sich aufs Bett und zog die oberste Schublade ihres Nachttischchens auf. Olivers Abschiedsbrief lag obenauf.

Sofort war das Klopfen aus ihren Schläfen verschwunden. Mit dem Brief zog Kälte in sie ein. Sie hatte ihn schon so oft gelesen, konnte ihn auswendig dahersagen und faltete ihn trotzdem auseinander:

Ich war nie ein guter Tänzer, keiner weiß das besser als Du, Sibylla. Trotzdem hast Du es mit mir ausgehalten, selbst wenn ich ungeschickt war. Wenn ich nicht mehr bin, wünsche ich mir, dass Du wieder tanzt. Sei glücklich …

»Wie soll ich glücklich sein, wenn du nicht da bist? Wie soll ich tanzen?«, flüsterte sie und drückte eine Faust auf ihren Mund, um nicht zu schreien. »Wie kannst du das von mir verlangen?«

Francis stand nahe der Landstraße unter einer alten Eiche, in der schon seit seiner Ankunft vor einer halben Stunde ein Käuzchen rief. Es klang wehmütig, als versuche es, alle Traurigkeit der Welt in einem einzigen Laut zu vereinen, was ihm auch verflucht gut gelang.

Francis' anfängliche Aufregung drohte in eine morbide Stimmung umzukippen, doch er konnte nichts anderes tun, als zu warten und wieder und wieder auf seine Uhr zu schauen.

Er war früh dran. Viel zu früh.

In den vergangenen Tagen hatte es stark geregnet, und er hatte erwartet, dass die Wege in einem schlechteren Zustand wären. Deshalb hatte er für den halbstündigen Marsch zum Treffpunkt auch seine Arbeitsstiefel angezogen und die guten Tanzschuhe in der Hand getragen. Mit den groben Schuhen war er allerdings trotz Schlamm und Fließrinnen gut vorangekommen. An der Eiche hatte er sie schließlich in einem Hohlraum versteckt und die guten Schuhe angezogen. Von da an hieß es warten.

Der Mond stand längst am Himmel, doch es war noch immer ein wenig hell. Das Licht reichte gerade eben aus, um die Schlammspritzer von seinen Hosenbeinen zu kratzen. Er wollte zumindest eine halbwegs passable Figur machen, und sich zu beschäftigen, lenkte ihn zudem ein wenig von seiner Aufregung ab.

Ob sie wirklich kommen würde? Es hätte ihn nicht gewundert, wenn sie sich im letzten Moment noch einmal umentschied. Schließlich war sie seit nicht einmal einem Jahr verwitwet, und er hatte die Dreistigkeit besessen, ihr einen solchen Brief zu schreiben.

Als sie tatsächlich mit einer Zusage antwortete und diesen Treffpunkt vorschlug, hatte es ihm den Atem verschlagen.

Allerdings nahm sie ihm das Versprechen ab, wirklich nur als Freunde auszugehen. Er hatte sich fest vorgenommen, genau das zu tun, doch er wusste andererseits nur zu gut, wie es um sein Herz stand. Es war wie verhext. Zwei Mal war er seit seiner Rückkehr von der Front mit anderen Frauen ausgegangen, und beide Male war er nicht mit ganzer Seele bei der Sache gewesen.

Der Motor eines PS-starken Wagens zerschnitt die ländliche Stille und übertönte bald den zarten Abendgesang der Vögel. Wie auf Kommando zitterte Francis' rechter Arm, oder er bemerkte es nun einfach wieder, weil es ihn vorher nicht gestört hatte. Er schloss seine linke Hand um den rechten Unterarm und zwang ihn zur Ruhe. Von Weitem mochte es wie eine entspannte Körperhaltung aussehen, doch in Wahrheit war es anstrengend, denn die verletzten Nerven interessierte nicht, was er wollte.

Dunkelgrüner Lack, glänzendes Chrom. Der Jaguar war eine Augenweide, und zugleich machte er ihm klar, dass er niemals an Oliver Sable heranreichen konnte, der seiner Frau einen solchen Wagen hinterlassen hatte.

Francis widerstand dem plötzlichen Impuls, sich hinter den zerfurchten Stamm der alten Eiche zurückzuziehen und Sibylla vorbeifahren zu lassen. Zögernd winkte er ihr. Sie bremste das Automobil ab, und er konnte ihr Gesicht als hellen Schemen ausmachen. Ihre Augen wirkten ein wenig zu groß, als sei sie erschrocken, ihn tatsächlich am Treffpunkt stehen zu sehen.

Er öffnete die Beifahrertür. »Guten Abend«, sagte er und nahm Platz. Dabei verkniff er es sich, sie allzu lange anzuschauen. Wie immer sah Sibylla atemberaubend schön aus. Er hätte ihr so gern ein Kompliment gemacht, doch er fürchtete, sie könne ihm schon das falsch auslegen. Sie hatte ihr hellbraunes Haar in modische Wellen gelegt, und die Augen waren nur dezent geschminkt, was ihnen einen natürlichen Hauch und doch etwas Geheimnisvolles verlieh. Ihr Profil war so ebenmäßig und perfekt, als sei es von einem Künstler erdacht worden, und ihr Mund … Ach, alles an ihr erinnerte Francis daran, wie es war, sie zu küssen.

Er biss die Zähne aufeinander und ballte die Hand so hart zur Faust, dass sich selbst die kurz geschnittenen Nägel noch schmerzhaft in die Innenflächen bohrten. Das half, zumindest fürs Erste.

»Danke, dass du gekommen bist«, sagte er leise, genau in dem Augenblick, als sie den Blinker setzte und wieder losfuhr.

Sie sah kurz zu ihm herüber, als fühle sie sich nicht recht wohl in ihrer Haut. »Oliver wollte, dass ich nach seinem Tod wieder tanzen gehe. Ich dachte, ich könnte es nicht, könnte nie wieder fröhlich sein.«

Francis fühlte einen Stich in der Brust, jedes ihrer Worte war wie ein kleiner Dolch, der sich zielgenau hineinrammte. Er versuchte, sich nichts anmerken zu lassen. »Aber du solltest wieder fröhlich sein … irgendwann«, sagte er schließlich.

»Das sagt sich leicht, Francis.«

»Nein.« Er schüttelte den Kopf. Was wusste sie schon? »Es sagt sich nicht leicht. Du warst nicht dort, Sibylla. Du weißt nicht, wie es sich anfühlt, wenn die Welt um einen herum zerbricht, und ich hoffe, dass du es niemals erfährst. Ich habe deinen Oliver nie kennengelernt, aber das muss ich auch nicht, denn jeder Soldat macht wohl dieselben Erfahrungen. Im Gefecht verlierst du die Kontrolle. Andere befehlen über dich, Kugelhagel, Bomben, Granaten, sie rauben dir willkürlich die Kameraden, reduzieren Freunde von einem Augenblick auf den anderen zu nichts.«

»Francis, ich will das nicht hören.«

»Nur eines noch, dann bin ich still, denn ich will, dass du verstehst. Bitte …«

»Dann sprich.« Ihre Hände fassten das Lenkrad so fest, dass die dünnen Lederhandschuhe knirschten.

»In jenen Momenten, während man in einem Schützenloch liegt, hinter einer Flak hockt und einfach nur hoffen kann zu überleben, denkt man an seine Lieben daheim. An die glücklichsten Momente in seinem Leben. Dann wünscht man sich, dass, ganz gleich, was einem selbst geschieht, zu Hause alle weiterhin glücklich sind, weiterhin lachen und tanzen. Es ist ein Rettungsanker, um angesichts des Todes nicht zu verzweifeln, nicht den Verstand zu verlieren. Also tanze und lache für deinen Oliver, auch wenn deine Seele schmerzt. Wenn wir verlernen zu leben, dann ist dieser Krieg längst verloren.«

Er sah sie lange an. Sibylla starrte geradeaus auf die Straße. In ihren Augen schimmerten Tränen, doch sie weinte sie nicht. »Danke, Francis«, murmelte sie.

Sibylla hatte gefürchtet, Francis' Worte könnten den Abend schon auf der Fahrt in den Club zunichtemachen. Es schien ihr wie ein Sakrileg, dass er Olivers Namen aussprach und Parallelen zwischen ihm und sich zog. Schlussendlich aber hatte er ihr die Augen geöffnet.

Mit dem wenigen, das er gesagt hatte, verstand sie all

das, was in Olivers Briefen stets vage geblieben war. »Er hat nie darüber gesprochen, weißt du?«

»Das ist nicht gut.«

»Nein.« Sie seufzte. »Nun erzähl mir, wie es dir in der Fabrik ergangen ist und von diesem Flieger und seiner Freundin.«

Auf Francis' Gesicht breitete sich ein erleichtertes Lächeln aus, was ihr zeigte, wie schwer es auch ihm gefallen war, sie an seiner Fronterfahrung teilhaben zu lassen. »Nun, noch ist sie nicht seine Freundin, aber sie soll es werden. Weiß der Teufel, warum er ausgerechnet mit ihr tanzen gehen will und warum er mich dazu auserkoren hat, mitzugehen …«

Er begann seine Erzählung, und bis sie die Tavern erreicht hatten, war die Leichtigkeit in ihr Miteinander zurückgekehrt. Nur zu gern verlor sich Sibylla in dem Tratsch über den charmanten, sommersprossigen Flieger und seine Angebetete, amüsierte sich über mitgehörte ungeschickte Unterhaltungen und schmachtende Blicke über ein Fließband hinweg.

Francis klagte mit viel gutmütigem Spott für sich selbst über sein Schicksal als Fabrikarbeiter, das hoffentlich bald wieder endete. Sibylla meinte herauszuhören, dass es ihm dennoch guttat, denn die monotone Arbeit half ihm, seine Gedanken zu sortieren und in den Alltag zurückzufinden.

»Ist das voll!«

Sie fuhren am Club vorbei, vor dem sich eine lange Schlange gebildet hatte, und Sibylla steuerte auf einen Parkplatz zu. Souverän manövrierte sie den Wagen in eine enge Lücke. Francis' Anmerkung, das würde doch nie im Leben passen, ignorierte sie mit einem breiten Grinsen.

Er pfiff beeindruckt durch die Zähne und stieg aus, um ihr aus dem Wagen zu helfen. Als er die Tür öffnete und ihr die Hand hinstreckte, zögerte sie kurz, dann ergriff sie sie. Heute Abend würden sie miteinander tanzen, da würden sie sich noch viel häufiger berühren. Doch dieser eine, erste Moment der Nähe kostete sie Überwindung.

Trocken, warm, ein wenig rau war seine Hand. Erinnerungen blitzten auf, dann durchfuhr ein Zittern seinen Arm wie ein Stromschlag und löschte sie aus. Dies war ein anderer Francis, eine andere Zeit. Sie versuchte, sich nicht anmerken zu lassen, dass sie sich ein wenig erschreckt hatte, und stieg aus.

Sofort ließ er sie los.

Sibylla schloss den Wagen ab.

»Darf ich dir ein Kompliment machen?«

»Besser nicht«, sagte sie schnell und wusste selbst nicht, warum.

»Dann denke ich mir nur, dass du wunderschön aussiehst und dir dieses Nachtblau ausgezeichnet steht.«

»Das ist auch besser so, dass du es dir nur denkst«, erwiderte sie und konnte sich doch ein Lächeln nicht verkneifen. Dann gab sie sich einen Ruck und hakte sich bei ihm unter. Francis schien sofort ein Stückchen zu wachsen. Sie sagte ihm nicht, dass auch er gut aussah und dass sie es vermisst hatte, ihn in seinen Tanzschuhen zu sehen.

»Dort sind sie«, sagte er nun und winkte einem Paar, das schon recht weit vorn in der Schlange stand. Sie ignorierten den Protest der anderen Wartenden und traten zu ihnen. Francis stellte sie vor. Charlie war eine etwas üppige Blondine mit einem rundlichen, gefälligen Gesicht und wunderschönen braunen Rehaugen. Der Mann an ihrer Seite passte schon auf den ersten Blick zu ihr. Er stützte sich auf eine Krücke, schien aber eine Prothese zu tragen.

»Du hast ein Bein!«, sagte Francis ungläubig.

»Nagelneu, kam genau rechtzeitig mit der Post.« Jonah

Lewis klopfte auf sein linkes Knie, und es klang, als schlage er auf Holz.

»Herzlichen Glückwunsch.«

»Danke, und Pech für dich, denn nun wirst du doch nicht mit meiner Charlie tanzen dürfen, du alter Schwerenöter.« Er versetzte Francis einen freundschaftlichen Schlag auf die Schulter.

»Ich tanze mit Sibylla«, sagte der nüchtern.

Jonah Lewis musterte sie mit neu erwachtem Interesse. »Wenn das deine Schwester ist, fress ich einen Besen.«

»*Wie* eine Schwester, sagte ich!«, korrigierte Francis ihn. Sibylla glaubte, aus dem Augenwinkel zu sehen, wie er ein wenig rot wurde. »Wir sind nur Freunde«, sprang sie ihm bei, doch das half ihm nicht.

Charlie und Jonah wechselten vielsagende Blicke, dann murmelte er: »Mein Beileid«, und schlug Francis mit der Krücke vors Schienbein.

Na, das kann ja heiter werden, dachte Sibylla und widerstand dem Drang, die Flucht anzutreten. Das wäre ja noch schöner, wenn ausgerechnet sie vor ein wenig gutmütigem Spott Reißaus nahm. Das würden die beiden noch bereuen, sich mit Sibylla Sable anzulegen!

33

Dschungel von Borneo, Frühjahr 1942

Als die Sonne aufging, lärmten die Brüllaffen in den Bäumen. Ihre lauten Stimmen hallten durch die nebelverhangenen Wälder wie durch eine Kathedrale, und es schien Bennet, als würde der Schall ihrer Rufe die Tautropfen von den Blättern schütteln.

In Scharen prasselten sie auf das Dach des kleinen Unterstandes nieder, das er behelfsmäßig aus trockenen Palmwedeln und frischen Zweigen einer großblättrigen Feigenart zusammengeschustert hatte. Darunter war es halbwegs trocken und angenehm dunkel. Er lag auf einer dicken Schicht aus trockenem Laub und Moos, die er auf Zweigen aufgehäuft hatte, damit die Nässe aus dem Boden nicht in sein Lager zog.

Er rollte sich auf den Rücken, konnte ein Stöhnen nicht unterdrücken und kreuzte die Hände hinter dem Kopf. Zwei Tage wollte er hierbleiben und sich so wenig wie möglich bewegen. Sein linker Fuß brauchte Ruhe. Er hatte ihn sich verstaucht oder vielleicht sogar gebrochen, als er vor den Japanern geflohen war. Seitdem war er durch Bäche gewatet, hatte sich über einen Grat zwischen zwei Bergen geschleppt und fühlte sich nun endlich so sicher, dass er es wagte, zu ruhen.

Seine Vorräte waren gering. Geräuchertes, getrocknetes

Affenfleisch, zwei Kochbananen und vier Kokosnüsse. Genug für zwei Tage … Zwei Tage Ruhe, die schon jetzt an seinen Nerven fraß.

Danach würde er jagen müssen. Fallen, bestehend aus einfachen Schlingen, hatte er jetzt schon aufgestellt. Würde sein weiteres Vorgehen planen und Entscheidungen treffen müssen. Nur eine Möglichkeit stand nicht zur Wahl: sich den Japanern zu ergeben, wie es seine Kameraden getan hatten.

Sein Kriegsdienst war von kurzer Dauer gewesen.

Noch im Januar hatte er den Einsatz gewechselt und war zur ABDA-Flotte abkommandiert worden, einem neu gegründeten Zusammenschluss alliierter Verbände, deren einziger Existenzgrund darin bestand, den japanischen Vorstoß aufzuhalten. Bennet wusste nicht, wie es woanders aussah, doch auf Borneo waren sie gescheitert. Die Insel wurde überrannt. Die Niederländer sahen sich gezwungen, ihre eigenen Förderanlagen zu sprengen und die Ölfelder in Brand zu stecken, bevor sie flohen oder sich ergaben.

Die Japaner kamen in solcher Truppenstärke an, dass nach kurzen, erbitterten Kämpfen oft alles verloren war.

Bennet landete über mehrere Umwege schließlich in Ledo, einem Ort, den er recht gut kannte. Mehrfach war er über Wochen dort gewesen, um in den umliegenden Wäldern Pflanzen zu suchen. Dieses Mal erörterte er mit dem Kommandanten des dort stationierten britisch-indischen Bataillons Möglichkeiten, das Flugfeld mit Guerillataktiken zu verteidigen. Zwar hatte er im Kampf wenig Erfahrung, doch er war mit dem Wald und der Topografie vertraut, außerdem beherrschte er die Sprache der zurückgezogen lebenden Einheimischen.

Doch alles Planen half nichts, als die Japaner am 27. Januar plötzlich einfielen. Bennet war mit einer Einheit im

Wald, um die jungen britischen Soldaten mit den Tücken ihres neuen Einsatzgebietes vertraut zu machen. Zwar gab es ein Dschungel-Handbuch, das an sie ausgegeben worden war, doch die Praxis konnte es nicht ersetzen.

Sie hatten einen achtstündigen Marsch mit vollem Gepäck hinter sich, bergauf, bergab über unwegsames Gelände, waren verschlammt, schweißgebadet und die Haut malträtiert von Insektenbissen, als von dem Flugfeld der Lärm von Schüssen und Explosionen in die Berge drang. Sie hetzten zurück, dem beißenden, schwarzen Rauch und den Schreien sterbender Kameraden entgegen.

Bennet erhaschte einen Blick auf nachrückende japanische Infanteristen mit Fahrrädern, die keinerlei Eile an den Tag legten. Das konnte nur bedeuten, dass die Schlacht bereits geschlagen und das Flugfeld verloren war.

Er hieß die jungen Rekruten, sich etwas zurückzuziehen und sich im Wald zu verschanzen, während er sich mit einer Gruppe von sechs Mann den Quartieren näherte.

Sie hatten den Waldrand noch nicht erreicht, als sie auf den traurigen Rest des Bataillons trafen, der nach dem Kampf mit den zahlenmäßig und technologisch weit überlegenen Japanern übrig war. Sie zogen sich tief in den Wald zurück, um sich zu sammeln und herauszufinden, was nun zu tun war.

Sie waren zu wenige, um einen effektiven Guerillakampf zu führen, zumindest nicht an diesem Standort. Das Flugfeld war verloren.

Erst nach einem Tag bekamen sie eine Funkverbindung zustande, und die zeigte, dass die Lage an anderen Stellen nicht besser war.

Die von vornherein schlecht aufgestellte ABDA-Flotte war in mehreren Seeschlachten fast vollständig vernichtet worden, der strategisch wichtige kleine Hafen Permangkat und das ehemalige Sultanat Sambas waren gefallen. Es sah finster aus.

Schließlich entschieden sie, sich quer durch den Dschungel bis zum vierhundert Kilometer entfernten Flughafen Kotawaringin durchzukämpfen. Es war ein wahnwitziges Unternehmen, doch keiner der Männer war bereit, sich den Japanern zu ergeben. Auf Waldpfaden und mit Flößen arbeiteten sie sich in den folgenden Wochen Stück für Stück nach Süden vor.

Die Männer litten, viele bekamen brachiale Magen-Darm-Beschwerden. Sie verloren sieben Mann allein durch Unfälle. Mehrere Verwundete erlagen ihren schwärenden Wunden.

Es war ein harter, nicht enden wollender Marsch, doch sie schafften es, angetrieben von sturem Überlebenswillen.

Als sie schlussendlich ihr Ziel erreichten, waren die Männer nur noch Haut und Knochen. Doch statt der rettenden Kameraden fanden sie auch in Kotawaringin nur japanische Soldaten vor.

Angesichts des desolaten Zustands seines Bataillons beschloss der Kommandant daher zähneknirschend, sich den Japanern zu ergeben.

»Ich nicht«, hatte Bennet nur gesagt. »Ich bleibe im Wald.«

»Und was wollen Sie dort, Morris?«, hatte der Kommandant gefragt. »Sich einer Affenhorde anschließen?«

»Ich suche mir ein abgelegenes Dorf und harre dort aus, bis der Krieg vorbei ist.«

»Die Japaner zahlen den Wilden Prämien für jeden gefangenen Soldaten. Es sind Menschenfresser und Kopfjäger in diesen Wäldern.«

Bennet hatte die Zähne gebleckt, was aussehen sollte wie ein Grinsen, auch wenn er selbst ahnte, dass es eher einer

Grimasse glich. »Ich weiß, aber sobald ich Ihnen den Rücken kehre, bin ich kein Soldat mehr.«

Der Kommandant hatte nur genickt und ihm eine Hand auf die Schulter gelegt. Seine Kameraden überließen Bennet einige ihrer letzten Vorräte, und noch in derselben Nacht verschwand er in den Dschungel.

Er war leise gewesen, doch nicht leise genug. Ein Mann aus einer japanischen Patrouille hatte ihn bemerkt, auch wenn er nicht genau ausmachen konnte, wo er war.

Bennet erstach ihn.

Nun, Tage später in seinem Versteck liegend, blickte er auf seine Hände, die in dem Dämmerlicht weiß und sauber aussahen. Dennoch meinte er, noch immer das warme Blut auf ihnen zu spüren und wie es getrocknet war, während er rannte, weiter und weiter bergauf hetzte, bis er den Pass erreichte und auf der anderen Seite wieder abstieg, braunes, krümeliges Blut an den Händen und einen schrecklichen Druck auf der Brust. Er war gerannt, weitergestolpert, bis alles wehtat und er glaubte, nie mehr auch nur einen einzigen Schritt tun zu können.

Seinen Schuldgefühlen konnte er nicht entkommen, und so lief er wider besseren Wissens weiter, bis er auf einem moosbewachsenen, morschen Stamm schließlich ausrutschte, das Gleichgewicht verlor und einen Hang hinunterfiel. Bis jetzt wusste er nicht, ob das laute Knacken von seinem Bein oder einem Ast gestammt hatte.

Und nun lag er hier, stur entschlossen, lieber im Dschungel zu verrecken, als sich zu ergeben und in irgendeinem Arbeitslager umzukommen. Er glaubte nicht, dass die Japaner ihn noch verfolgen oder gar finden würden. Dafür hatte er als Junge zu oft mit gleichaltrigen Kindern im Dschungel gespielt. Einer lief weg, die anderen mussten ihn anhand der Fährte finden. Er war gut darin gewesen. Gut im

Weglaufen und Verschwinden, weniger gut im Fährtenlesen.

Auch auf der Flucht vor den Japanern hatte er die nötige Sorgfalt walten lassen. War viel durch Bachläufe und kleine Flüsse gegangen, oft viele Kilometer weit, und hatte sie erst dort verlassen, wo Felsen bis an die Ufer reichten.

Dennoch hatte er in der Nacht geträumt, sie würden ihn massakrieren. Oder er sah wieder das Gesicht des jungen Mannes vor sich, dem er das Leben genommen hatte. Es ging einfach nicht fort!

Bennet rieb sich über die Stirn, doch die Bilder waren in seinem Kopf. Die erstaunten Augen, der zum Schmerz geöffnete Mund. Leichter Schweißgeruch, der von dem Fremden aufgestiegen war und bald im Blutgestank unterging, als Bennet ihm wieder und wieder sein Messer in die Brust rammte. Er war vielleicht achtzehn Jahre alt gewesen, ein freundlicher, fröhlich aussehender Junge, der kurz zuvor noch mit seinen Kameraden gescherzt hatte.

Sein ein wenig zu schrilles Lachen hatte ihn verraten. Er war abgelenkt gewesen, als er beinahe in Bennet hineingestolpert war, der sich in einem Gewirr aus Zweigen und dornigen Ranken verbarg.

Wie es jetzt wohl dem Bataillon erging, das sich ergeben hatte? Würde der Kommandant irgendwann den Brief abschicken können, den Bennet ihm für Tilda mitgegeben hatte? Es tat ihm so weh, sie in Ungewissheit zu lassen. Sie kannte ihn, und sie verlor nie die Hoffnung. Sobald sie wusste, dass er sich im bornesischen Dschungel befand, würde sie sicher sein, dass er sein Versprechen hielt.

Hab keine Angst, hatte er gesagt, *hab keine Angst, ich überlebe und komme zu dir zurück.*

Sie hatten sich gut mit Charlie und Jonah unterhalten. Sibylla zweifelte nicht daran, dass die beiden füreinander bestimmt waren.

Als ein ruhiger Walzer anklang, lehnte Jonah seine Krücke an die Wand, stützte sich auf Charlie und humpelte an ihrer Seite zur Tanzfläche, die bereits voller Paare war.

Sibylla lehnte sich gegen den Tisch und sah mit leiser Wehmut im Herzen zu, wie Jonah seine Angebetete ein wenig ungelenk über die Tanzfläche schob. Charlie wirkte völlig verzückt und kuschelte sich ungeniert an ihn.

»Ich glaube, die hätten uns gar nicht gebraucht«, sagte Francis und folgte ihrem Blick. Er hatte sich eine Zigarette angezündet und blies den Rauch in die ohnehin schon zum Schneiden dicke Luft.

»Das glaube ich auch«, stimmte Sibylla zu. »Vielleicht wollte er dir auch etwas Gutes tun. Ich vermute, du hast nicht damit hinterm Berg gehalten, wie gerne du tanzt.«

»Gut möglich, dass es mir herausgerutscht ist.« Er zwinkerte ihr zu, und Sibylla stahl ihm die Zigarette zwischen den Fingern heraus. Sie hatte in den letzten Jahren hin und wieder einmal beim Ausgehen geraucht und mochte den Tabakgeschmack, doch auf eine ganze Zigarette hatte sie nie Lust. Francis wirkte überrascht, sagte aber nichts, sondern sah ihr beim Rauchen zu. »Das nächste flotte Lied ist unseres«, meinte er. »Aber wir lassen es langsam angehen.«

»Langsam und flott?« Ihr Mund kräuselte sich.

»Du weißt, was ich meine. Du willst sicher nicht auf der Nase landen, also erst einmal keine Hebefiguren und andere akrobatische Einlagen. Ich bin nicht sicher, ob ich dich halten kann.«

»Natürlich«, sagte sie hastig, als sie sah, wie weh es ihm tat, das Thema überhaupt auszusprechen. »Vermutlich bin ich ohnehin eingerostet.«

»Du? Niemals«, protestierte er.

Sie sahen den anderen noch eine Weile zu, und Sibylla genoss es einfach, endlich wieder in der Tavern zu sein. Die vielen Menschen, der Holzboden, der mit den Bässen vibrierte, die ganze Atmosphäre hatte ihr gefehlt. Wie sehr, das wurde ihr erst jetzt klar. Hier drinnen war der Krieg weit weg.

Als der Sänger der kleinen Band schließlich ankündigte, dass es nun wieder etwas rasanter zugehen würde, hakte sich Sibylla mit klopfendem Herzen bei Francis unter.

Sie brachten Jonah seine Krücke. In dessen Gesicht stand eine Mischung aus Qual und Glück geschrieben. Er flüsterte Francis etwas zu, dann nahmen sie auf dem polierten Boden Aufstellung, während die anderen beiden davongingen. Jonah humpelte deutlich.

»Was ist?«, erkundigte sich Sibylla.

»Die Prothese hätte noch vom Arzt an seinen Stumpf angepasst werden sollen, aber er wollte nicht warten. Es …«

»Sprich nicht weiter«, sagte sie, denn sie wollte sich gar nicht vorstellen, was eine unangepasste Prothese mit einer verhältnismäßig frischen Narbe anstellte. »Scheinbar war es ihm das ja wert.«

»Ja, scheint so.« Francis grinste.

Der Schlagzeuger gab den Takt vor. Bläser wie Fanfaren. Francis zog Sibylla mit einem Ruck an sich. Sie merkte, wie sein Zittern verschwand, wenn er fester zugriff, trotzdem wich die Anspannung nicht aus seinem Gesicht. Er war mindestens so aufgeregt wie sie.

In Sibylla schien jeder schwere Gedanke in den Hintergrund zu rücken, während sich etwas in ihr an die Bewegungen erinnerte, als sei der letzte Tanz erst gestern gewesen.

Sie bewegten sich fließend über das Parkett, mit blitzschnellen Schritten. Ihr Rock flog in der Drehung. Francis stieß sie von sich und fing sie wieder auf. Die Spiegelkugel tupfte ihre Gesichter mit blitzenden Funken. Sibyllas Herz begann zu rasen. Francis wechselte die Richtung und sie mit ihm. Er führte keinen Deut schlechter als früher. Sibylla fühlte, wie sie innerlich losließ und sich ihm ganz und gar anvertraute.

Drehung, Richtungswechsel. Sie hielten einander an ausgestreckten Armen bei den Händen, während ihre Schritte schneller und schneller wurden. Sie rannten auf der Stelle, liefen der Dunkelheit davon ins Licht. Francis nickte ihr zu, wie er es früher getan hatte, wenn … Moment, hatte er nicht gesagt, das traue er sich noch nicht zu?

Würde er sie fallen lassen? Sibylla hielt den Atem an und flog, wirbelte an seinem ausgestreckten Arm herum, rutschte über das Parkett. Ihr Rock bauschte sich auf, die Bewegung endete abrupt, und sie landete in Francis' Armen.

Einen Augenblick später war der Song zu Ende. Atemlos sah Sibylla Francis in die Augen und meinte, lange nicht mehr so glücklich gewesen zu sein wie in diesem Moment.

Sie war spät heimgekommen, erfüllt von dem herrlich erschöpfenden Gefühl einer durchtanzten Nacht. Mit dem Rauchgeruch noch in den Haaren und einem leichten Rauschen in den Ohren, fiel sie beinahe sofort in einen tiefen, traumlosen Schlaf.

Sie wurde überraschend früh wieder wach, duschte und schaffte es gerade noch rechtzeitig zu dem traditionellen Sonntagsfrühstück der Familie, das um diese Jahreszeit im Wintergarten eingenommen wurde.

Rose hatte sich bereits um Philipp gekümmert, der Sibylla nun mit ausgestreckten Armen begrüßte. »Na, mein kleiner Schatz, hast du gut geschlafen?«

»Ja, Mummy«, sagte er mit einem breiten Grinsen und wies auf seinen Teddy, der neben ihm auf einem freien Stuhl saß. »Guten Morgen, Teddy«, begrüßte Sibylla das Kuscheltier und schüttelte ihm die Pfote. Dann erst wünschte sie auch ihren Eltern einen guten Morgen.

»Du strahlst ja richtig«, stellte ihre Mutter fest und ließ einen anklagenden Tonfall mitschwingen.

»Ich bin frisch geduscht.« Sibylla setzte sich und spürte ihre Stimmung sinken. Ihr Vater hatte bislang noch nicht von seiner Zeitung aufgesehen. Er las derart konzentriert, dass ihm die Brille bis auf die Nasenspitze gesunken war und herunterzufallen drohte.

»Pa? Gibt es Neuigkeiten?«

Er faltete die Zeitung zusammen und hielt sie so, dass Sibylla die Fotografien sehen konnte. Eine Trümmerstadt, in der eine wahre Feuersbrunst wütete. »Seit vier Tagen bombardieren unsere Männer Rostock. Glaubst du, das Ziel, die Bevölkerung zu demoralisieren, ist erreicht?«

Sibylla schluckte. »Haben sie die militärischen Ziele verfehlt?«

»Nein, die Flugzeugwerke und die Werften haben ihren Teil abbekommen. Nun fliegen sie gezielt die Innenstädte an.«

Sibylla sagte nichts. In ihren Augen sahen die zerstörten Straßenzüge dieser deutschen Stadt den ausgebombten Häusern Londons erschreckend ähnlich. Es war fürchterlich, was Menschen einander im Glauben an ein höheres Ziel antaten. »Wenn dies der einzige Weg ist, wie die Deutschen von einer Invasion Englands abgehalten werden können, dann musste es wohl so sein.«

Ihr Vater nickte und legte die Zeitung fort. Die Maid brachte Tee und noch mehr warmes Brot, Porridge und Rührei. Sibylla machte Philipp sein Frühstück fertig. Wie immer bestand er auf ein klein geschnittenes Würstchen, das er mit spitzen Fingern vom Teller klaubte.

»Demnächst wird er lernen müssen, vernünftig zu essen«, mahnte ihre Mutter.

Sibylla legte den Kopf schief und sah sie fragend an. Er war kaum Herr seiner Hände, und sie erwartete, dass er mit Messer und Gabel hantierte? Das konnte doch nicht ihr Ernst sein! Womöglich war es an der Zeit, dass sie auch die Sonntagsfrühstücke von Healey House in ihr kleines Reich im Cottage verlegte.

»Er hat noch Zeit, Mum.«

»Er würde es lernen, wenn seine Mutter sich mehr um ihn kümmern würde, statt vor laufenden Kameras die Schaufel zu schwingen.«

Ging das schon wieder los? »Ich kann mich nicht erinnern, dass du mit uns Kindern viel Zeit verbracht hättest. Da war immer nur unsere Kinderfrau und später die Hauslehrer. Du und Pa, ihr wart jeden freien Moment bei euren Orchideen, und ich trage es euch nicht nach. *Dig For Victory* ist ein wichtiger Beitrag zur Volksgesundheit. Die Menschen hungern, und wir zeigen ihnen Auswege. Nicht jedermanns Tafel ist so gut gefüllt wie unsere.«

»Nicht zanken, Mummy«, mischte sich Philipp ein und ließ ein Würstchenstück in sein Porridge fallen. Das anschließende Weinen brachte ihre Diskussion vorzeitig zu einem Ende.

»Ich rette dein Würstchen, schau.« Sibylla fischte es mit einem Löffel heraus und hielt es ihm hin, doch Philipp schüttelte in kindlicher Verzweiflung den Kopf. In seinen Augen war das Würstchen nun verdorben, völlig ungenießbar. Sibylla aß es auf, und erst als sie Ersatz von ihrem eigenen Teller auf seinen legte, war er getröstet. Vermutlich musste sie sich gleich wieder anhören, dass sie ihn zu sehr verhätschelte. Sollten sie sagen, was sie wollten, sie liebte diesen kleinen Jungen, und sie ertrug es schlecht, wenn er weinte. In seiner kindlichen Welt war ein ertrunkenes Würstchen ein himmelschreiendes Unrecht, aber eines, das sie reparieren konnte.

Sein Weinen verschwand ebenso schnell wie eine Wolke, die an einem windigen Tag vor die Sonne zog. Sein Gesicht war noch gerötet, aber nun lachte er wieder und versprühte seinen Charme, den er zweifellos von Oliver geerbt hatte.

»Er sieht aus wie sein Vater«, sagte Sibylla wehmütig.

»Aber auch wie dein Bruder.« Nun lächelte auch ihre Mutter wieder. Sie aßen eine Weile schweigend.

Erst jetzt merkte Sibylla, wie hungrig sie wirklich war. An anderen Tagen fehlte ihr morgens oft der Appetit, doch die Tanzerei hatte ihr nach so langer Zeit einiges abverlangt. Francis' Behauptung, durch seine Kriegsverletzung an Form verloren zu haben, war glatt gelogen. Er war genauso gut gewesen, wie sie es in Erinnerung hatte. Sie selbst hingegen fühlte sich eingerostet und wusste, dass sie mit schlimmem Muskelkater für ihre Eskapade würde büßen müssen.

Francis hatte sein Versprechen gehalten und sich wirklich wie ein guter Freund oder Bruder verhalten. Nur deshalb hatte sie ihm zugesagt, fortan mindestens einmal im Monat mit ihm tanzen zu gehen.

»Du bist gestern erst nach Mitternacht nach Hause gekommen, Sibylla. Darf ich fragen, wo du warst?« Vaters Stimme kam wie aus dem Nichts. Sie erschrak. Kannte er sie so genau, dass er fast ihre Gedanken lesen konnte?

»Ich war aus, mit Freunden.«

»So lange? Das gehört sich nicht für eine alleinstehende junge Frau.« Seine Stimme blieb ruhig wie immer, aber

Sibylla hörte dennoch heraus, wie sehr ihn ihr Verhalten ärgerte. Ihr Blick ging zuerst zu Philipp, doch der merkte nicht, dass erneut Streit in der Luft lag. Das sollte auch so bleiben, fand sie und zwang sich zu einem freundlichen Tonfall. »Ganz England besteht nur noch aus alleinstehenden jungen Frauen, Vater. So sind die Zeiten nun.«

»Was nicht bedeutet, dass die Sitten verfallen müssen, während Ehemänner und Väter ihr Leben an der Front riskieren.«

»Oliver ist bereits tot, falls du das vergessen hast«, sagte sie flüsterleise. »Und wer sagt, dass die Sitten verfallen, nur weil ich ein einziges Mal ausgehe? Die Uhr? Nicht einmal dein Fahrer muss mich noch abholen, ich habe einen eigenen Wagen.«

»Den dir dein Mann hinterlassen hat. Er würde sicher nicht wollen, dass seine Witwe ihn benutzt, um in der Stadt zu Hottentottenmusik zu tanzen, statt sich um sein Kind zu kümmern.«

»Lass gut sein«, mischte sich nun erneut ihre Mutter ein, und ihr Vater hob in einer defensiven Geste die Hände. »Das musste doch endlich einmal gesagt werden.«

Auch wenn die Sache für ihren Vater jetzt vielleicht erledigt war – für Sibylla war sie das nicht. Seine Worte hatten einen wunden Punkt getroffen, vielleicht, weil sie selbst nicht ganz überzeugt war, dass sie hätte ausgehen sollen. Doch statt das zuzugeben, regte sich Widerstand in ihr, denn Verständnis konnte sie von ihrem Vater am allerwenigsten erwarten.

»Mein Mann? Du hast keine Ahnung, was mein Mann wollte, du kanntest ihn gar nicht! In seinem letzten Brief hat er mich angefleht, nach seinem Tod glücklich zu sein und tanzen zu gehen. Ich kann nicht glücklich sein ohne Oliver, und wenn ich das erste Mal seit der Beerdigung wieder ausgehe, drehst du mir am nächsten Morgen einen Strick daraus!«

Sibyllas Augen brannten wie Feuer. »Du hast mir nicht mehr zu sagen, was ich zu tun und zu lassen habe«, schloss sie leise und trank von ihrem viel zu heißen Tee. Zwar verbrannte sie sich die Lippen, doch das drängte wenigstens die Tränen zurück, die sie vor ihrem Vater nicht weinen wollte.

»Jetzt reißt euch beide zusammen, um des sonntäglichen Friedens willen!« Ihre Mutter sah sie nacheinander mahnend an.

»Von mir aus gern, ich habe nicht angefangen«, murmelte Sibylla in sich hinein und sank auf ihrem Stuhl zurück.

Sie setzten das Frühstück eine Weile schweigend fort, während Sibylla mit ihrem schlechten Gewissen rang, weil es sich anfühlte, als habe sie sich tatsächlich einen Deut zu gut amüsiert.

34

Tilda nahm eine weitere Schraube und trieb sie energisch in das vorgestochene Loch. Das spröde Holz knirschte unter ihren Bemühungen und gab schließlich nach.

Endlich war auch das letzte Fenster an seinem Platz, und ihr eigenes kleines Gewächshaus, das sie im Winter mit einem Öfchen wärmen wollte, war beinahe fertig. Sie legte das Werkzeug zur Seite und schüttelte die verkrampften Handgelenke aus.

Es hatte einiges an Überzeugungsarbeit gebraucht, um ihrem Vater einen Großteil seines Vorrats an alten Fenstern abzuluchsen, um ein beheizbares Gewächshaus zu errichten – das erste dieser Art in der Gärtnerei Allers.

Ihr Vater hatte ihr geholfen, das Gerüst aus schweren Balken zusammenzufügen, die Fenster einzubauen aber war ganz allein ihr Werk gewesen, und Tilda fand, es konnte sich sehen lassen. Sie gönnte sich nur eine kurze Pause, trank einen Schluck Wasser und nahm dann den bereits angerührten Fensterkitt vom Pflanztisch. Auf einem kleinen Hocker stehend überprüfte sie nun einen Rahmen nach dem anderen und ergänzte Fehlstellen. Es waren nur noch kleine Reparaturen nötig, denn jedes Fenster war bereits vor dem Einbau überprüft und wenn nötig instand gesetzt worden.

»Sehr gut, junge Frau«, tönte plötzlich die Stimme ihres Vaters hinter ihr.

Tilda fuhr herum und geriet auf ihrem Hocker ins Wackeln. Schnell sprang sie herunter und stellte das Töpfchen mit dem Kitt zur Seite.

Die verschmierten Hände wischte sie an ihrer alten Kittelschürze ab und stellte sich dann in der gleichen herausfordernden Körperhaltung neben ihren Vater, die auch ihm zu eigen war.

Er legte ihr einen Arm um die Schulter und drückte sie an sich. »Du bist wahrlich ein Tausendsassa, Tildakind.«

»Von wem habe ich das wohl?«

Ihr Vater rieb sich durch den dichten, roten Rauschebart, und seine Augen blitzten dabei vor Vergnügen. »Und hier sollen deine merkwürdigen Pflanzen hinein?«

»Ja, all jene, die Bennet und ich noch nicht bestimmt haben. Wenn genug von jeder Sorte da ist, bleibt ein Teil bei den Healeys, und einer kommt hierher. Als Versicherung.«

»Falls es zu einer Seuche kommt oder ein Gewächshaus versagt, verstehe. Aber sosehr ich deinen Elan gutheiße, glaube ich doch, dass die Sache vergebens ist. Der Krieg wird noch dauern, und auch danach werden die Menschen wohl anderes im Sinn haben als seltene Pflanzen, die – es tut mir leid, wenn ich das so sagen muss – oft nicht einmal sonderlich schön sind.«

»Es ist Bennets Lebenswerk, Pa, und meines vielleicht auch, versteh doch.«

»Ich verstehe ja, Kind.« Er küsste sie auf den Kopf und seufzte. Wenn sich jemand mit der Bewältigung von Gefühlen auskannte, die schwer wie Felsbrocken wogen, dann waren es ihre Eltern.

Tilda wusste selbst, dass es ihre Art von Medizin war,

mit der Trennung von Bennet und der Angst um ihn fertigzuwerden. Sie schuftete von früh bis spät. Mit jedem noch so kleinen selbst gesetzten Ziel, das sie erreichte, wuchs ihre Hoffnung, dass alles wieder gut werden würde. Als müsse sie nur ihren Teil tun, damit Bennet sein Versprechen einlöste und heil zu ihr zurückkam.

»Brauchst du Hilfe?«, fragte ihr Vater und überprüfte ihr Bauwerk mit Kennerblick, ruckelte mal hier und mal da an den Verstrebungen und fand alle fest und gerade.

»Nein, heute nicht mehr. Ab jetzt kann ich wieder bei euch mitarbeiten. Morgen gehe ich dann in den Wald und hole mir dort morsches Holz und zersetztes Laub. Hoffentlich eignet es sich als Substrat für die Bromelien.«

»Dann komm, verlassen wir die *Casa Morris.*« Er lachte, und Tilda konnte nicht anders, als sich von seiner guten Stimmung anstecken zu lassen. »Was steht an?«

»Setzlinge vereinzeln. Rüben, Karotten, Zwiebeln. Eine Hälfte für den Markt, die andere für *Dig For Victory.*«

Sie ließ ein langes Seufzen hören.

»Zu langweilig für die feine Miss Botanikerin?«

»Natürlich, zu so etwas lasse ich mich nicht mehr herab.«

Arm in Arm erreichten sie einen kleinen, halb überdachten Innenhof, dessen Zentrum lange, hölzerne Pflanztische bildeten. Grandma Maryann stand in einer ihrer bunten Kittelschürzen am Kopfende und wirkte wie die Zeremonienmeisterin an einer Festtafel. Vorsichtig nahm sie je ein Töpfchen mit Keimlingen und zupfte die kleinen Pflänzchen einzeln auseinander. Diese wurden dann sorgsam auf einem Tablett aufgereiht und weitergeschoben, woraufhin Vater und Tilda sie in kleine Töpfchen mit gut gedüngter Erde platzieren würden.

»Da ist sie ja«, strahlte Grandma.

Tilda begrüßte sie mit einem Kuss. Die alte Dame war in

den letzten Jahren rührselig geworden und freute sich über jede Liebesbezeugung.

Tilda nahm gegenüber ihrem Vater Aufstellung. Die schon seit Kindertagen eingeübten Handgriffe gingen ihr flott von der Hand. Grandma summte wie immer vor sich hin, vergaß zwischendurch die Melodie und improvisierte aufs Abenteuerlichste. Tilda merkte erst, dass sie selbst schmunzelte, als sie aufsah und Vaters breites Grinsen bemerkte. Sie wechselten nur Blicke und arbeiteten dann zügig weiter.

Als sich jemand näherte, sah Tilda zuerst nicht auf, denn sie erwartete, dass sich ihre Mutter jederzeit zu ihnen gesellen würde. Grandma aber hörte auf zu singen, und auch Vaters Hände hielten mitten in der Bewegung inne.

Die Postbotin, die seit einem Jahr die Anstellung ihres Mannes übernommen hatte, schob mit ernstem Gesicht ihr Fahrrad näher und trat den Ständer hinunter. Sie hielt bereits einen Brief in der Hand. »Mrs Matilda Morris?«

Vater wies auf sie und trat gleichzeitig vom Pflanztisch zurück, als dränge ihn eine unsichtbare Kraft von dort weg.

Tildas Knie wurden weich. Langsam strich sie sich die Hände sauber. Sie fühlte sich, als stünde sie am Rand eines Abgrundes. Doch diesem Abgrund konnte sie nicht entgehen, indem sie sich umdrehte und von ihm fortging. Diese gähnende Tiefe würde ihr folgen, wohin sie sich auch wendete.

»Ich wollte ihn nicht einfach einwerfen«, sagte die Postbotin. Ihr Gesicht wirkte plötzlich älter als noch Augenblicke zuvor. Sie hielt Tilda das Schreiben mit ausgestrecktem Arm hin. Als die es nicht ergriff, legte die Postbotin es auf der Tischkante ab. »Es tut mir leid«, murmelte sie, kehrte zu ihrem Fahrrad zurück und schob es davon.

Tildas Welt schrumpfte auf ein kleines, weißes Quadrat

zusammen. Dort, wo ihr Herz sein sollte, war ein toter, bleischwerer Klumpen, der sie Richtung Abgrund zog. Sie schwankte. »Er hat mir doch versprochen, dass er heimkommt. Er hat es versprochen!«, schrie sie. Ihre Schultern bebten. Der Brief verschwand nicht. Er lag einfach da, ihre maschinengeschriebene Adresse vorne drauf.

»Soll ich nachsehen?«, fragte ihr Vater weich.

»Nein!« Tilda schnappte sich den Brief und lief davon. Sie hörte nicht mehr hin, als die anderen ihr nachriefen.

Inmitten der Baumschule hielt sie inne und sackte zwischen den Rosen, *ihren* Rosen, die sie einst zu Bennet geführt hatten, zusammen. Mit einem gutturalen Klagelaut riss sie den Umschlag auf und zerrte den Brief heraus.

Verschollen oder in japanische Gefangenschaft geraten, stand dort. »Nicht tot«, stotterte Tilda fassungslos. »Nicht tot!«

Ihr Zeigefinger rieb über ein einzelnes Wort. *Borneo.*

»Jeder mag in Borneo verschollen sein, aber nicht mein Bennet, nein«, flüsterte sie und sah vor ihrem inneren Auge, wie mühelos und leichtfüßig er sich durch den Dschungel bewegt hatte. »Sei vorsichtig, mein Liebster, und lass dich nicht fangen«, sagte sie, am ganzen Körper bebend. Der Brief zitterte in ihrer Hand. *Bennet war nicht tot!*

35

Zwei Jahre später – Anfang Juni 1944

Es war Francis über die Jahre zur angenehmen Gewohnheit geworden, gemeinsam mit zwei alten Gärtnern und einer Schar junger Frauen, darunter stets einige Waterperry-Schülerinnen, landauf, landab neue Gemüsegärten anzulegen oder bei der Ernte zu helfen.

Auch am heutigen Morgen war er noch vor der Dämmerung aufgestanden, hatte sich etwas Verpflegung gepackt und war dann mit dem Fahrrad zu einer Kreuzung gefahren.

Die monotone Arbeit in der Waffenfabrik brachte ihn beinahe um den Verstand. Wenn er Glück hatte, gelang es ihm, einen Trancezustand zu erreichen, während seine Hände wie Automaten ihre Arbeit verrichteten. Meistens aber hetzten seine Gedanken wie in einem Hamsterrad, rannten und rannten, ohne je ihr Ziel zu erreichen.

Da waren noch immer die Fronterinnerungen, dann Sibylla, mit der er sich nicht nur beim Tanzen, sondern auch im übertragenen Sinne im Kreis drehte. Sie gingen in die Tavern, redeten die Nächte durch, doch je länger das so ging, desto unüberwindbarer wurde die Mauer, die sich zwischen ihnen auftürmte. Freunde wollten sie sein. *Freunde!* Er sah ihr doch an, dass da mehr war, und über sein eigenes Herz brauchte er gar nicht nachzudenken. Es schlug nur für sie.

Und doch war der Widerstand, den einen Schritt zu tun, so groß, dass er es nicht wagte. Zu gewaltig war die Angst, alles kaputt zu machen und darüber auch die wenigen Treffen mit ihr zu verlieren.

Mittlerweile war ihm klar, dass er ein hoffnungsloser Fall war. Er würde nie eine andere lieben können. Hatte sogar versucht, Mädchen kennenzulernen, doch jede verglich er nur mit Sibylla, und sie verloren, bevor sie je eine echte Chance bekamen.

Francis hatte Sibylla ein Trauerjahr gewähren wollen, bevor er einen Vorstoß wagte, doch daraus war mehr geworden. Beinahe drei Jahre ging das nun schon so, und es war kein Ende in Sicht. Stattdessen wurden die Hürden immer höher.

Wenigstens konnte er mit ihr zusammen sein. Das war mehr, als er für lange Zeit zu träumen gewagt hatte. Er durfte mit ihr tanzen, ihr zusehen, wenn sie lachte, den Duft ihrer Haut einatmen …

Den rasselnden Motor des roten Pritschenwagens erkannte er sofort. Tilda fuhr den Wagen ihres Vaters nun schon seit einem Jahr. Unterrichtet hatte sie niemand anderes als ihre Freundin Sibylla. Endlich waren sie nicht mehr davon abhängig, sich von der *Dig For Victory*-Gruppe aus Waterperry oder von der Land Army mitnehmen zu lassen.

Francis winkte und fühlte gleich sein Herz ein wenig höherschlagen.

Rappelnd und klappernd kam das alternde Gefährt zum Halten. Im Führerhäuschen war Platz für drei, doch es war eng, was Francis nicht unangenehm fand, denn so war er Sibylla so nah, wie er es an diesem Tag nur sein konnte.

»Guten Morgen, Ladys«, sagte er, stieg ein und schlug die Tür zu.

Sie begrüßten ihn gut gelaunt, wobei Sibylla ihn nur kurz ansah und den Blick dann wieder auf die Straße richtete. Er konnte den Puls an ihrem schlanken Hals klopfen sehen. Schnell. Lag das an ihm? Er hoffte es. Ihr Bein schmiegte sich fest an seines, und in den Kurven berührten sich auch ihre Oberkörper.

»Ich hoffe, du hast reichlich gefrühstückt, Francis«, sagte Tilda gut gelaunt. »Wir bekommen ordentlich zu tun.«

»Ich freue mich schon die ganze Woche darauf, irgendetwas zu tun, das mit meinem alten Beruf in Verbindung steht, und sei es, zwölf Stunden die Hacke zu schwingen, bis ich sie nicht mehr heben kann. Die Fabrikarbeit bringt mich noch mal um. Also ja, ich habe gut gefrühstückt und bin bereit für jede Art von Arbeit, die ihr mir zudenkt.« Er wusste, dass sie nach London fuhren, mehr aber auch nicht.

Tilda wechselte einen Blick mit Sibylla. »Frag ihn«, flüsterte die nun. »Frag ihn jetzt.«

»Was fragen?« Francis lehnte sich vor.

»Wir müssen unserem Hilfsarbeiter kündigen, er trinkt so viel, dass er kaum noch zur Arbeit kommt, und wenn, dann benimmt er sich so ungeschickt, dass er mehr kaputt macht, als zu helfen. Meine Grandma kann eigentlich auch nicht mehr im Betrieb mitarbeiten, deshalb will Vater sich nach einem neuen Mitarbeiter umsehen. Es wäre nicht gut bezahlt und vermutlich nur auf Zeit …«

»Ja, verdammt, ja! Solange ich dabei nur mein Essen und die Miete bezahlen kann, fange ich morgen an.« Francis konnte kaum fassen, was Tilda da sagte. Neben ihm grinste Sibylla breit, und er begann zu ahnen, dass sie das Ganze eingefädelt hatte. »Ich möchte euch beide küssen!«

Tilda prustete los. »Später, und nur auf die Wange, Francis! Ich gehe also davon aus, dass du interessiert bist?«

Sibylla drückte kurz seine Hand. »Ist er.«

»Und ob.«

»Gut, dann halten wir am besten gleich auf dem Rückweg bei der Gärtnerei, und du besprichst den Rest mit meinem Vater. Ich habe ihn schon vorgewarnt.«

»Weiß er, dass ich den Healeys am besten nicht unter die Augen kommen sollte?«, fragte Francis nun ernster, als ihm bewusst wurde, dass Mr Allers mit Sibyllas Vater bekannt war und freundlichen Austausch pflegte.

»Ich glaube nicht, und wenn, dann ist es ihm gleich. Er würde sich nie vorschreiben lassen, wen er einstellt und wen nicht. Und du, Francis, bist für die Gärtnerei ein echter Glücksgriff.«

Tilda war froh, Francis so glücklich zu sehen. Schon lange hatte es ihr leidgetan, dass ein solch passionierter Gärtner und talentierter Gartenarchitekt in einer Waffenfabrik versauerte.

Als ihr Vater dann neulich außer sich vor Wut gewesen war, weil sein Hilfsarbeiter sturzbetrunken in eine Pflanzung gefallen war und dabei mehrere junge Obstbäume abgebrochen und dadurch unwiederbringlich vernichtet hatte, war ihr die Idee gekommen, ihn einzustellen.

Sibylla war die Erste, die von ihrem Plan erfuhr, erst dann schlug sie es ihrem Vater vor. Wenn Francis nun zusagte, war das zugleich der letzte Sargnagel für die Kündigung des Hilfsarbeiters. Tilda tat es ein wenig leid, denn sie kannte den Alten schon viele Jahre, doch wie es sich jetzt entwickelt hatte, war es ein unhaltbarer Zustand. Nachdem er ihrer Mutter gegenüber auch noch ausfallend geworden war, musste er gehen.

Tilda blickte unauffällig zu Francis und Sibylla herüber,

die sich leise unterhielten. Merkten die beiden denn nicht, dass sie noch immer füreinander bestimmt waren? Sie hätte ihnen so gern einen Schubs gegeben. Was hielt sie nur zurück?

Natürlich vermisste Sibylla Oliver noch, aber es war zu einem dumpfen, erträglichen Schmerz geworden, sagte sie. Ob sie das schlechte Gewissen plagte, weil sie Francis schon geliebt hatte, bevor sie Oliver traf? Glaubte sie, ihre Ehe zu entwerten, wenn sie zu ihrer alten Liebe zurückkehrte? Das waren alles Dinge, die Tilda sie nicht direkt fragen konnte, und sie war zu ungeschickt, um derlei durch genau geplante Gespräche herauszukitzeln. Um eine Sibylla zu überlisten, brauchte es eine Frau mindestens vom Format einer Sibylla, wenn nicht mehr.

Und so verlegte sich Tilda auf das, was sie verstand. Sie sorgte dafür, dass die beiden mehr Zeit miteinander verbrachten, was nun erledigt war.

Danach plante sie, Francis zu den Healeys mitzunehmen, wo noch immer recht viele ihrer kostbarsten Pflanzenimporte in den Gewächshäusern gediehen. Unter dem Vorwand, er müsse ihr helfen, würde sie ihn drängen mitzukommen. Dort musste dann ein Wunder geschehen und er sich mit Sibyllas Vater aussöhnen. So weit ihr Plan.

Es konnte doch nicht angehen, dass ihre beste Freundin das Glück direkt vor der Nase hatte und es dennoch nicht leben durfte!

Bei ihr selbst sah das anders aus. Bennet war verschollen. Es gab keine Nachricht von ihm, nichts. Manchmal glaubte Tilda, es keinen Tag länger mit dieser Ungewissheit auszuhalten. Andere hätten ihn wohl für tot erklären lassen. Sie aber war der festen Überzeugung, dass er lebte. Ein Bennet Morris ging nicht verloren! Nicht im Dschungel Borneos.

Und so hielt sie stur an dem Plan fest, ihre gemeinsame Zukunft vorzubereiten. Sie hatte für sie beide eine hübsche kleine Wohnung eingerichtet, vermehrte und pflegte die gemeinsam gesammelten Raritäten und bereitete alles darauf vor, dass Bennet sich bei seiner Rückkehr sofort wieder der Forschung widmen konnte.

Denn so sah sie ihre gemeinsame Zukunft vor sich. Er als Botaniker, sie als Gärtnerin, die sich um die Pflege und Vermehrung seltener Exoten verdient machte.

Und Kinder! Sie wollte endlich eine Familie mit ihm gründen.

»Tilda? Tilda, träumst du? Wir haben den Abzweig verpasst.«

Sibylla berührte sie an der Schulter, sodass sie erschrocken zusammenzuckte und beinahe das Lenkrad verrissen hätte.

Sie hielt an und wendete.

Tilda war nervös. In einer so großen Stadt wie London zu fahren behagte ihr nicht. Die schmalen Landstraßen mit wenig Verkehr mochte sie lieber.

Auch wenn die letzten Bomben vor drei Jahren auf London gefallen waren, wurde dennoch nicht überall wieder aufgebaut. Es fehlte an Geld, Material und nicht zuletzt Arbeitskraft. Ganze Straßenzüge glichen Skeletten. Von vielen Häusern stand nur noch die Außenmauer, nachdem sie von einer Bombe getroffen oder im folgenden Feuersturm ausgebrannt waren. Allerdings waren der Schutt zur Seite geräumt und die Bürgersteige sauber gefegt. Auf den Trümmerbergen wuchsen vereinzelt Blumen wie kleine, bunte Beweise dafür, dass das Leben trotz allem Elend und Verlust weiterging.

»Ich beginne, Gefallen an Unkraut zu finden«, meinte Francis beim Blick auf die mannshohen Königskerzen, die ihre leuchtend gelben Blüten in den azurblauen Sommerhimmel streckten. Dort, wo sich zwischen Mauerresten Regenwasser sammelte, blühten Kratzdisteln, gediehen Felder von Brennnesseln und hob vereinzelt zartes Seifenkraut die zartrosa Blütenköpfe. Schmetterlinge und Bienen hatten sich die überwucherten Halden zum Heim gemacht, wo sich auch verwilderte Katzen auf den Mauern sonnten.

»Ja«, sagte Tilda, »an manchen Orten gibt es nichts Schöneres als wildes Kraut und Stauden. Hier vermittelt es Hoffnung, findet ihr nicht?«

Sibylla räusperte sich. Ihre Lippen kräuselten sich amüsiert. »Wir sind hier, um zu ernten, Ladies and Gentlemen, nicht, um Wildwuchs zu bewundern.« Wie immer behielt sie auch jetzt ihr Ziel stets vor Augen.

Tilda lenkte den Wagen auf Sibyllas Geheiß durch ein Labyrinth von Straßen, von denen manche den Einfluss des Krieges nicht einmal erahnen ließen.

Ihr Ziel war ein Gewirr von Hinterhöfen, das durch mehrere Einschlagskrater erweitert worden war, eingerahmt von einer schaurigen Kulisse skelettierter Häuser, die wie rußgeschwärzte Mahnmale gen Himmel ragten.

»Hier ist es, jetzt rechts!« Obwohl sie zuletzt vor zwei Monaten hier gewesen war, schien Sibylla in ihrem Kopf eine deutliche Karte vor sich zu sehen.

Vorsichtig steuerte Tilda den Pritschenwagen über eine Zufahrt, die fast nur noch aus Schlaglöchern und tiefen Kratern bestand. Der Innenhof war sorgfältig frei geräumt worden. Drei Frauen und ein Mann, der sich schwer auf einen Stock stützte, erwarteten sie bereits.

Hinter ihrem Empfangskomitee erstreckten sich viele unterschiedliche Parzellen mit Gemüse und ein wenig Obst, von denen sie heute so viel wie möglich ernten wollten.

»Nur vier«, seufzte Francis, als er die wenigen Helfer sah. »Wohl eher dreieinhalb«, ergänzte Sibylla mit Blick auf den Mann mit dem Stock.

»Da kommen sicherlich noch mehr, wenn wir erst einmal loslegen.« Tilda fand, dass sie eigentlich gar nicht auf Helfer angewiesen waren und es auch allein in ein paar Stunden geschafft hätten, aber das wollten die beiden sicher nicht von ihr hören.

Sibylla hatte auch für diesen Tag wieder ihre Freunde von der Zeitung eingeladen. Zwar war die Versorgungslage seit dem Kriegseintritt der Amerikaner besser geworden, doch noch immer gab es Hunger in England. Besonders die einfachen Leute in den Städten litten. Der Sold der Soldaten oder das, was ihren Witwen zustand, reichte nicht, um sich zu ernähren, und war doch zu viel zum Sterben.

Von den Amerikanern kamen Mehl, Dosenfleisch und hin und wieder kleine Tütchen mit Vitaminpulver, damit die Menschen nicht an Mangelernährung krepierten. Wie viel besser war es da doch, wenn sie mit ein wenig Hilfe ihr eigenes Essen anbauten!

Tilda sprang aus dem Wagen und öffnete die Heckklappe. Zwischen dem Werkzeug warteten bereits vorgezogene Grünkohlpflänzchen und ein Säckchen Algenkalk, mit dem sie den Boden vor der Aussaat verbessern wollte. Angeblich hatten die Leute hier auch schon Kompost hergestellt.

Sibylla sprach mit den Helfern, während Tilda das Werkzeug auslud und alles in Augenschein nahm. Francis folgte ihr mit Hacke und Gabel über der Schulter. Bei den Kartoffeln blieb er stehen und stieß das braun gewordene Laub an.

»Ich fange an«, murmelte er, sichtlich ohne eine Antwort von Tilda zu erwarten. Die Kartoffelernte war die anstrengendste Arbeit, und als einziger Mann im Vollbesitz seiner Kräfte wusste er, an wem der Erfolg hauptsächlich hing. Das mochte Tilda an Francis, er redete nicht viel, wenn es nichts zu diskutieren gab, sondern packte an.

Sie selbst prüfte Rüben, Karotten und Bohnen, alles war reif. Ebenso der Knoblauch und Zwiebeln. Vor ihnen lag ein anstrengender Arbeitstag, der viele arme Menschen mit gesunder Nahrung versorgen würde.

»Es kommen gleich mehr Helfer«, rief Sibylla plötzlich. »Die Frauen stehen alle noch in den Suppenküchen an oder bei den Läden. Es gab heute erst neue Marken. Wenn sie aus der Schule kommen, helfen auch die Kinder mit.«

Sie hatten den ganzen Tag geschuftet. Am Abend lag ein kleiner Berg Kartoffeln vor ihnen, dazu Karotten, Rüben und mehrere Eimer voller Bohnen. Die Verteilung sollten die Helfer vornehmen, von denen doch noch ein Dutzend zusammengekommen war.

Alle, die an der Pflege der Beete beteiligt waren, sollten etwas abbekommen. Sibylla fand, es war ein rundum gelungener Tag. Dennoch sehnte sie sich nach einem Bad und einer warmen Mahlzeit daheim, aber daraus war nichts geworden. Stattdessen waren sie auch jetzt, weit nach Mitternacht, noch in London, und der alte Pritschenwagen der Allers stand mit gebrochener Achse im Hof. Ein wassergefülltes Schlagloch war weit tiefer gewesen als vermutet, und nun saßen sie hier fest.

Sibylla war unruhig, immer wieder weckte sie irgendetwas aus dem Schlaf. Sie teilte sich mit Tilda das Ehebett ihrer Gastgeber, die es ihnen so lange aufgedrängt hatten, bis sie angenommen hatten.

Ihre Freundin schien tief und fest zu schlafen. Tilda brachte so leicht nichts aus der Ruhe. Vermutlich hatte sie schon an viel fremdartigeren Orten geschlafen als im Bett eines alten Ehepaares in London.

Manchmal beneidete Sibylla ihre Freundin um deren lange, abenteuerliche Reise, dann machte sie sich wieder bewusst, wie entbehrungsreich diese gewesen war, und wollte schlussendlich doch nicht tauschen.

Draußen wurde es bereits ein wenig hell. Dämmerlicht lugte durch die Gardinen, vereinzelt sangen Vögel ihr Morgenlied. Es war noch viel zu früh, um aufzustehen. Also wälzte Sibylla sich auf den Rücken und starrte die Decke an, zählte Spinnweben und die feinen Risse in den Wänden.

Ob sich ihre Eltern Sorgen machten? Wenn Sibylla spät heimkam, merkten sie es oft nicht einmal, weil das Cottage ein Stückchen vom Haupthaus entfernt lag. Sibylla konnte nur hoffen, dass es dieses Mal auch so sein würde. Nicht auszudenken, wie es ihren Eltern sonst ergehen mochte.

Sooft es in der Familie auch zu Streit kam, schlussendlich liebten sie einander, was auch geschah.

Ein zarter, sirrender Ton mischte sich unter den Vogelgesang. Eine Grille vielleicht? Nein, so klang kein Insekt, das Sibylla bekannt war. Der Ton wurde lauter, eindringlicher und ließ auf ihren Armen die Haare zu Berge stehen. Sie rieb darüber, doch das merkwürdige Gefühl nahm nur noch weiter zu.

Schließlich stand sie auf und drückte sich kurz auf die Ohren. War das Geräusch in ihrem Kopf, oder hörte sie es wirklich?

Angetan mit einem langen, rosafarbenen Nachthemd voller Rüschen, das ihr viel zu weit war, schlich sie aus dem Schlafzimmer in die Küche, von wo eine Tür auf den schmalen Balkon hinausführte. Sibylla schob sich an einem aufgeklappten Wäscheständer vorbei und sah in den blassen Morgenhimmel. Aufgeschreckte Tauben drehten mit klatschenden Flügeln ihre Kreise. Sperlinge zischten durch die Luft. Die Tiere merkten etwas.

Sibylla sah zu dem roten Pritschenwagen hinunter, der mit seiner gebrochenen Achse im Hof parkte. Francis schlief darin. Er hatte sich vermutlich auf den drei Sitzplätzen ausgestreckt und sich fest in die Decke gewickelt, die Tilda ihm gegeben hatte.

Sibylla stellte sich sein friedliches, entspanntes Gesicht vor. Bestimmt war sein Haar zerzaust, der Mund leicht geöffnet. Sie malte sich aus, wie es sein würde, zu ihm zu gehen und heimlich eine Hand auf seine Wange zu legen, seine Wärme zu spüren. Warum konnten sie einander nicht nahe sein? Wann war der Panzer, den sie nach Olivers Tod um sich gehüllt hatte, so fest geworden, dass sie ihn selbst nicht mehr durchdringen konnte?

Francis hielt an dem Versprechen fest, das er ihr gegeben hatte. Er würde ihr ein guter Freund sein, nicht mehr, und das bis ans Ende ihrer Tage. Es sei denn, sie bat ihn um mehr.

Warum konnte sie sich nicht an seinem Feuer wärmen, wenn es doch noch immer so hoch und hell für sie brannte?

Aus dem schwachen Sirren war ein dunkles Brummen geworden. Es klang wie ein Flugzeug und doch völlig anders. Tiefer.

Die Tür des Pritschenwagens ging auf. Francis, das Haar in alle Richtungen stehend, stieg aus und sah zum Himmel hinauf. Er hörte es also auch. Als sich ihre Blicke trafen, hielten sie beide inne. Plötzlich begann Francis zu gestikulieren. Er sah etwas hinter ihr, über ihr. Sibylla drehte sich um, konnte aber in der Dämmerung nichts erkennen. Der

Lärm verstummte wie auf Knopfdruck. Francis rief ihren Namen. Sie wollte sich umdrehen, doch dann zerbrach die Welt in tausend Splitter.

Es war, als würde ihre Brust zerrissen, nachdem sie mit einem Schlag zusammengedrückt worden war. Das Bett rutschte über den Boden, Schränke fielen um. Staub, überall Staub.

Tilda drückte sich die Bettdecke aufs Gesicht, während schwere Brocken auf sie herabregneten. Sie streckte die Hand aus, doch das Bett neben ihr war leer.

Für eine Weile war da bloß noch dieses Druckgefühl auf den Ohren und das schrille Fiepen, das nur in ihrem Kopf zu existieren schien.

Sie rief nach Sibylla. Staub drang in ihren Mund, in ihre Lunge, sie musste husten, zog wieder die Decke über sich, keuchte und keuchte, bis sie kaum noch Luft bekam.

Sirenengeheul drang bis zu ihr durch.

Es krachte noch einmal. Glas klirrte, als der Holzboden die Schwingungen der Detonation aufnahm und übertrug.

Dies war kein Traum, dies war die Realität. Sie war in London, und es fielen Bomben auf sie nieder, nachdem jahrelang keine einzige von den Deutschen abgeschossen worden war.

Todesangst kroch wie ein feiges Tier in ihr Herz, setzte sich mit Zähnen und Klauen darin fest. Tilda begann unkontrolliert zu zittern, ihre Zähne schlugen aufeinander, und noch immer drang Staub durch ihre Decke und machte ihr das Atmen zur Qual.

In diesem Moment war sie sich sicher, dass sie sterben würde. Weitere Bomben würden fallen und sie zerreißen, oder es käme eine Feuersbrunst, angefacht von den Phosphorbomben, die in Häuser fielen, deren Dächer durch vorherige Explosionen davongefegt worden waren.

Menschen schrien, Glas brach.

»Sibylla! Sibylla? Tilda, mein Gott!« Jemand riss ihre Decke fort. Eine graue Gestalt, grau wie ein Gespenst. Tilda zuckte zurück, als das Gespenst sie an der Schulter fasste. »Tilda!«

Sie reagierte nicht, starrte nur, während das Gespenst unsanft an ihrer Schulter rüttelte und dann Arme und Beine befühlte. Sie kannte diese graublauen Augen, die weit aufgerissen in einem Sandsteingesicht saßen. »Francis?«, krächzte sie.

»Ja, ich bin hier! Bist du verletzt? Wo ist Sibylla?«, schrie er.

»Es geht mir gut«, sagte Tilda erstaunt, denn tatsächlich schien sie wie durch ein Wunder vollkommen ungeschoren davongekommen zu sein. Sie rutschte zur Bettkante und griff nach ihren Schuhen, die sie daneben abgestellt hatte. »Nein, erst die Hose, wo ist meine Hose, Francis?«

Er lief hektisch durch das Zimmer, sah unter das Bett und beachtete sie nicht weiter.

Tildas Hose war jetzt grau. Sie lag auf dem Stuhl. Sie griff danach und zog sie ganz langsam an. Erst jetzt nahm sie Stück für Stück wahr, wie sehr das Zimmer sich verändert hatte. Es gab keine Fenster mehr, was aber nur daran lag, dass die gesamte Außenwand fehlte. Die Deckenbalken ragten ins Nichts, die Füllschicht dazwischen war samt Putz herausgebrochen und teils auf dem Bett, teils auf dem Boden gelandet. Sie konnte den Bretterboden der darüberliegenden Etage sehen.

»Sibylla ist nicht hier?«, fragte sie und starrte auf den leeren Fleck neben sich. Das Denken fiel ihr noch immer schwer, als bewege sich jede Überlegung durch eine zähe Flüssigkeit.

»Nein«, sagte Francis mit wachsender Panik in der Stimme, fasste sie unter dem Arm und zog sie hoch. »Nein, sie war auf dem Balkon, dann ist alles explodiert. Ich finde sie nicht!«

»Raus hier«, sagte Tilda, als ihr klar wurde, dass eine Hälfte des Hauses fort war und sich im Boden unter ihren Füßen mehr und mehr tiefe Risse im Holz abzeichneten.

Francis antwortete nicht, sondern zerrte sie einfach mit sich.

Es ging durch die ehemalige Wohnungstür ins Treppenhaus. Die Stufen hingen schief, die Zierkacheln an den Wänden waren heruntergerutscht. Sie liefen über grau-beiges Fensterglas, das unter ihren Schuhen knackte. Alles hatte diese seltsame Farbe, die eigentlich gar keine war. Bilder huschten vorbei, wie Tilda sie sonst nur aus der Wochenschau kannte. Trümmerberge, Menschen mit leeren Gesichtern, Häuser, denen die Wände fehlten, Häuser, die brannten.

Der Gemüsegarten, den sie am Vortag noch bearbeitet hatten, war unter einem Meer aus Staub und Schutt begraben. Keines der umliegenden Häuser besaß noch Fenster.

Francis stammelte, dass er die Bombe gesehen hatte. Sie war aus eigener Kraft geflogen, wie ein kleines Flugzeug, und eine Häuserreihe weiter südlich aus seinem Sichtfeld verschwunden. Eine solche Detonation hatte er angeblich selbst an der Front noch nicht erlebt. »Dort war Sibylla, genau dort auf dem Balkon.«

Er wies auf eine große Lücke in der Häuserreihe. Darunter türmte sich Schutt, die Front schien einfach nach vorn gekippt und alles unter sich begraben zu haben.

Tilda spürte einen plötzlichen, heftigen Druck in der

Brust. Was sich da anbahnte, war Verlustschmerz, aber noch war sie nicht bereit dafür. Noch haderte sie damit, selbst völlig unversehrt zu sein. Sie konnte nur auf die Stelle starren, wo Sibylla angeblich eben noch auf dem Balkon gestanden hatte und nun ein gewaltiges Loch in der Häuserzeile klaffte.

Francis hatte eine Schaufel von der Ladefläche des völlig unversehrten Pritschenwagens genommen und begann, im Schutt zu wühlen. Wie ein Besessener, dem durch ein Wunder besondere Kräfte verliehen worden waren, wuchtete er mächtige Brocken zur Seite.

Tilda sah ihn und wollte ihm helfen, aber sie konnte nicht, war wie festgefroren. Dann wurden ihre Beine plötzlich weich. Sie fing ihren Sturz ab, setzte sich einfach auf die Straße und begann zu weinen.

36

Vier Stunden später

Francis grub, ganz gleich, wie sehr seine Muskeln schmerzten, wie sehr die Schultern ächzten. Mittlerweile waren ein gutes Dutzend Männer und Frauen zusammengekommen, die ihm halfen, den Schutt beiseitezuschaffen. Er konnte nicht glauben, dass Sibylla ihm einfach so genommen worden war. Aus seinem Leben gerissen, bevor ihre Liebe sich je richtig entfalten konnte.

Eben noch hatte sie auf dem Balkon gestanden und er bei ihrem Anblick in dem unvorteilhaften rosa Nachthemd eines Großmütterchens beschlossen, ihr bei der nächsten Gelegenheit endgültig seine Liebe zu gestehen. Und nun war sie fort. Was blieb, waren ein Berg von Schutt und beißender Kalkstaub in der Luft.

»Hier, hierher, helft mir«, rief er und verkantete einen Holzbalken unter einem Mauerstück von fast zwei Schritt Länge. Sofort sprangen ihm zwei Helfer bei, darunter auch Tilda, die sich nach ihrem Schock rasch erholt hatte. »Auf drei!«, rief er und rammte seine Schulter unter den Balken.

Der Block aus Backstein und Mörtel bewegte sich knirschend. Jemand setzte einen zweiten Balken an, und gemeinsam wuchteten sie den Brocken zur Seite. Francis hatte den Hohlraum darunter nur erahnt, nun konnte er ihn sehen, doch er war leer, kein rettendes Zeichen von Sibylla.

»Weiter!«, brüllte er. »Sie muss hier irgendwo sein.«

Jemand legte ihm eine Hand auf die Schulter. »Francis, trink etwas. Mach eine Pause.«

Es war Tilda, die ihn beschwörend ansah.

»Keine Pause«, keuchte er, befolgte ihren Rat aber trotzdem. Etwas Wasser würde ihm guttun. Nur ein Schluck, damit sein Hals nicht mehr so kratzte, dann konnte er weitermachen.

An Aufhören war nicht zu denken. Er würde so lange graben, bis er sie gefunden hätte, tot oder lebendig.

Auch an anderen Stellen gruben die Menschen verzweifelt nach Freunden und Angehörigen. Ein Krankenwagen hatte zwei von ihnen abgeholt. Sie würden durchkommen, und das gab ihm Hoffnung, Sibylla doch noch lebendig zu finden. Er musste einfach!

Überall in der Stadt heulten Sirenen. Es waren Feuer ausgebrochen, die von Haus zu Haus sprangen. Der Rauch vermischte sich mit Staub und der Furcht vor weiteren Bomben.

Francis würde nie vergessen, wie das Geschoss plötzlich am Himmel aufgetaucht war. Es musste eine neuartige Waffe sein, die sich die Nazis da ausgedacht hatten, denn sie besaß einen eigenen Antrieb. Der glühende Schweif war ausgegangen und die Bombe mit dem restlichen Schub in der Häuserzeile auf der anderen Straßenseite eingeschlagen. Die Detonation hatte sämtliche Fenster im Umkreis zerschmettert und als glitzernden Regen niedergehen lassen. Die Druckwelle riss eine Lücke in die Häuser, hatte auch das, in dem sich die Frauen aufhielten, halb einstürzen lassen, obwohl sie es nicht direkt getroffen hatte. Wäre das anders gewesen, hätte niemand von ihnen überlebt, selbst Francis nicht.

Doch er war verschont worden. Und er wurde das Gefühl

nicht los, dass er nur aus dem Grund noch lebte, Sibylla retten zu können.

Er gurgelte mit dem Wasser, spuckte aus, trank einen großen Schluck und goss sich den Rest über den Kopf.

Es versprach, ein heißer Tag zu werden, und er musste um jeden Preis durchhalten. Nur aus dem Augenwinkel nahm er einen Wagen wahr, der in der Zufahrt ausrollte und parkte. Es waren die Healeys. Sollten sie doch, sie interessierten ihn nicht mehr. Nicht in diesem Moment.

Er spuckte aus und kletterte wieder auf den Schuttberg. »Sibylla?«, schrie er, lauschte auf eine Antwort, und als keine kam, begann er wieder, mit bloßen Händen Backsteine zur Seite zu schaufeln. Dann formte sich eine Reihe aus Helfern. Irgendwoher kamen Eimer, die sie nun mit Steinen füllten und weiterreichten.

»Schneller! Das muss schneller gehen!«

Tilda sah die Healeys aussteigen und eilte ihnen entgegen. Wie sollte sie Sibyllas Eltern sagen, dass ihre geliebte Tochter verschüttet und womöglich tot war?

Mrs Healey klammerte sich an den Arm ihres Mannes und sah sich mit aufgerissenen Augen um.

»Mrs Morris!«, rief sie.

Tilda nahm ihre Hand. »Ich …«, stotterte sie und wies hinter sich. Der zerstörte Straßenzug, die Trümmer und Glassplitter, die farblose, staubüberzogene Szenerie sagten mehr, als sie je in Worte hätte fassen können. »Es tut mir leid.«

»Wo ist Sibylla, wo ist meine Tochter?«, herrschte Mr Healey sie an.

»Irgendwo dort drunter. Sie stand auf dem Balkon, als

die Bombe fiel.« Tilda strich sich über die Stirn. Noch immer lief ein wenig Blut aus der Wunde im Haaransatz, Schmerz spürte sie kaum. Mrs Healey starrte sie mit offen stehendem Mund an, während ihr Mann sie einfach losließ und zu den Trümmern rannte.

Mrs Healey wankte. Tilda bekam sie rechtzeitig zu fassen und stützte sie. Die ältere Dame war zart wie ihre Tochter. Nun war sie schneeweiß im Gesicht, und auch aus den Lippen wich die Farbe. »Ist sie tot?«

»Ich weiß es nicht.«

Francis wuchtete einen weiteren Balken zur Seite, hob ihn sich auf die Schulter und begann, ihn aus dem Trümmermeer hinauszutragen. Zwischen den grauen, staubbedeckten Helfern stach Mr Healey in seinem dunkelbraunen Anzug wie ein Eindringling hervor.

Sein Blick fror an Francis fest. Er kam direkt auf ihn zu und erreichte ihn, als er den Balken auf einen Haufen fallen ließ.

»Sie!«, fuhr er ihn an und packte ihn an der Schulter, als wolle er ihn schütteln wie einen ungehorsamen Welpen. »Sie hier? Überall, wo meiner Tochter Unheil widerfährt, immer wieder Sie!«

»Ja, um Sibylla zu retten, und wenn das nicht in Ihren sturen Kopf geht, Healey, dann verschwinden Sie von hier.«

»Wie können Sie es wagen!« Healey sah ihn mit glühendem Blick an, als gebe er an all seiner Verzweiflung und dem Bombeneinschlag, der ihm vielleicht seine Tochter genommen hatte, allein Francis die Schuld. Doch der schlug nur seine Hand zur Seite. »Wenn Sie nicht helfen wollen, verschwinden Sie einfach, Healey«, fauchte er und stapfte über den Schutt zurück an seine alte Position.

Sibyllas Vater blieb zurück. Francis hatte ihn im nächsten Moment vergessen, als er plötzlich etwas Rosafarbenes zwischen Backsteinen und Fliesenscherben aufblitzen sah. »Sibylla? Sibylla, kannst du mich hören?«

Alle Müdigkeit war vergessen, er stürzte auf die Knie, riss an Hölzern und Backsteinen. Es war eindeutig ein Stückchen von dem ausgeliehenen Nachthemd, das sie getragen hatte. Er rieb den Stoff zwischen den Fingern, als Mr Healey sich neben ihn kniete. »Was ist das?«

»Das hat sie angehabt. Sie ist hier, sie *muss* hier sein!«

»Dann graben wir«, sagte Healey verbissen.

Gemeinsam rissen, zerrten und wuchteten sie Stein um Stein auseinander. »Hoffentlich lebt sie noch«, keuchte Francis. »Ich weiß nicht, was ich machen soll, wenn sie nicht mehr lebt!«

Mr Healey sah ihn kurz mit fiebrigem Blick an. Dann nickte er nur. »Weiter.«

»Ja.«

Es war, als drücke etwas ihren Körper mit aller Macht zusammen. Gewichte lasteten auf ihrer Brust, so schwer, dass sie nur noch ganz flach atmen konnte. Sibyllas Beine wurden heruntergepresst, und der linke Fuß war eingeklemmt und seltsam verdreht. In ihrem Mund war der Geschmack von Blut und Staub, und von ihrer Stirn rann es warm aus einer pochenden Wunde.

Sie konnte den Kopf ein wenig hin und her bewegen, aber ihre Arme waren flach an den Körper gepresst, als liege sie bereits in einem Sarg. Sibylla konnte nicht sagen, wie lange sie bereits wieder bei Bewusstsein war. Viel Zeit konnte nicht vergangen sein, und doch war es kaum auszuhalten.

Seit einer Weile hörte sie etwas. Steine polterten, Erschütterungen, die sich bis hinab zu ihr fortsetzten. Mittlerweile wusste sie, dass sie wohl durch einen Bombentreffer verschüttet worden war. Verschüttet, nicht tot!

Nicht tot!, das wiederholte sie in Gedanken immer wieder, denn nur so gelang es ihr, nicht den Verstand zu verlieren. Die Panik hatte sie für eine Weile fest im Griff gehabt. Sie hatte mit aller Kraft versucht, sich zu bewegen, geschrien, bis sie keine Luft mehr bekam, und dann beinahe das Bewusstsein verloren.

Nun schwieg sie und klammerte sich an die Hoffnung, bald gerettet zu werden. Sie gruben nach ihr, das war eindeutig. Die Stimmen, die bis zu ihr drangen, waren zwar leise, aber vertraut. Francis … Francis und … ihr Vater? Wie konnte das sein? Hatte sie schon Halluzinationen? Sie war doch in London, was also machte ihr Vater hier?

Ein großer Brocken wurde zur Seite gerollt. Mörtel und Putz rieselten auf sie hinab und brannten ihr in den Augen. Nun hörte sie die Männer deutlicher.

»Wenn Sibylla noch lebt«, keuchte eine Stimme, die eindeutig zu Francis gehörte, »wenn sie noch lebt, dann wird mich niemand davon abhalten, ihr meine Liebe zu gestehen.«

»Wollen Sie meiner Tochter etwa einen Antrag machen, Boyle?« Das war fraglos ihr Vater, knurrig wie immer, wenn es um Francis ging.

»Wenn sie mich will, dann würde ich es sofort, und es wäre mir vollkommen gleich, was Sie darüber denken. Sibylla steht nicht mehr unter Ihrer Fuchtel!«

Sibylla hörte jedes einzelne Wort, und trotz ihrer scheußlichen Lage konnte sie nicht anders, als Liebe für Francis zu empfinden. Sein sturer Dickkopf und sein großes Herz ließen einfach nicht zu, dass er sie aufgab.

»Francis«, sagte sie leise, befeuchtete dann ihre Lippen und rief seinen Namen mit aller Kraft, die sie noch aufbringen konnte. Und da! Eine Berührung an ihren Fingern! Jemand nahm ihre Hand, und sie erwiderte den Druck.

»Sibylla! Sibylla, du lebst?«

»Ich bin hier, Francis.«

Schutt rutschte. »Sie ist hier! Meine Tochter lebt, helft alle mit!«, hörte sie ihren Vater nun rufen.

Immer mehr von ihrem Arm kam frei, dann ihre Schulter. Es wurde hell, und aus dem Licht schälten sich Francis' zerzaustes Haar und seine ozeangrauen Augen in einem staubigen, blutverschmierten Gesicht.

»Francis«, flüsterte sie und streckte ihre Hand nach ihm aus. Er beugte sich über sie, drückte seine Stirn gegen ihre. »O mein Gott! O mein Gott, du lebst.«

Seinen Atem auf ihrem Gesicht zu spüren, krampfte ihr das Herz zusammen.

Zahllose Hände räumten Schutt und Steine von ihrem Körper herunter, während sie ihre freie Hand in seine staubigen Locken grub und ihn einfach nur ansah. »Du hast mich wieder gerettet, Francis.«

Sein besorgter Blick wanderte über ihren Körper, er berührte die Platzwunde an ihrem Kopf, die Kratzer an ihren Schultern. Dabei verzog er seinen Mund zu einem ungläubigen Lächeln. Er hatte wohl nicht erwartet, sie lebend wiederzufinden.

»Sibylla, mein Mädchen«, hörte sie eine andere vertraute Stimme sagen.

»Pa?«

»Ich bin hier, deine Mutter auch.«

»Es geht mir gut«, versicherte Sibylla ihrem Vater schnell, dabei spürte sie mit jedem Stein, der fortgezerrt wurde, wie sehr ihr alles, einfach alles wehtat.

»Sie muss in ein Krankenhaus, sofort!« Die Stimme ihres Vaters wurde wieder energischer. Sibylla drehte den Kopf von ihm weg, hin zu Francis, der vorsichtig eine Hand unter ihre Schulter schob. Sie zog sich aus eigener Kraft an seine Brust und legte den Kopf auf seine Schulter. Wie gut es tat, wenn sich ihre Körper berührten. Sie seine lebendige Wärme spürte.

»Du hast mir so gefehlt«, murmelte sie.

»Du mir auch.« Er hob sie hoch und kam wackelig auf die Beine. Ihr Vater war gleich neben ihm. Er stützte Francis, während der vorsichtig einen Weg durch den Schutt suchte. Sibylla hörte Menschen jubeln. Es waren all jene, die geholfen hatten, die Verschütteten zu bergen.

»Zu meinem Wagen«, kommandierte ihr Vater. Und da waren auch ihre Mutter und die gute Tilda.

Sibylla lächelte die Schemen an, zu denen ihre Gesichter gleich darauf zerflossen.

Es gab nur noch Francis, der sie hielt und beschützte, und ihre Hand, die in seinem warmen Nacken spielte. Irgendwie gelang es ihm, sie auf die Rückbank zu bugsieren, ohne sie loszulassen. Tilda zwängte sich ebenfalls hinein, und ehe Sibylla es noch ganz merkte, fuhren sie bereits.

Ihre Mutter hatte sich auf dem Beifahrersitz nach hinten gedreht und redete und weinte. Tilda saß schweigend da, und Francis strich ihr langsam und gleichmäßig über den Kopf.

Sibylla indes konnte, obwohl ihr Körper mehr und mehr zu schmerzen begann, seine Worte nicht vergessen, die durch den Schutt zu ihr hinabgedrungen waren.

»Ja«, flüsterte sie ihm ins Ohr.

»Was sagst du?« Er wirkte irritiert. Verstand er denn nicht?

»Ja.« Sie räusperte sich und sprach lauter. »Ich habe jedes

Wort gehört, das du zu meinem Vater gesagt hast. Ich will dich heiraten, wenn du mich so lieb hast, dass uns nicht einmal eine deutsche Bombe trennen kann.«

»Wie schön«, sagte Tilda und lächelte von einem Ohr zum anderen, dann murmelte sie leise in sich hinein: »Na endlich.«

»Du hast dir den Kopf gestoßen«, erwiderte ihr Vater stur.

Sibylla spürte, wie Francis' Herz in seiner Brust raste, als wolle es herausspringen. Er drückte seine Wange auf ihre Stirn und seufzte so tief, als sei eine unendlich schwere Last von ihm genommen.

Ganz dicht an seinem Ohr flüsterte sie, dass sie ihn liebte, und wusste zugleich, dass Oliver, wo auch immer er war, nicht böse auf sie sein würde.

37

Drei Tage später

Tilda lag das Radfahren nicht, und so hatte es über eine Stunde gedauert, bis sie endlich Healey House vor sich sah. Der Pritschenwagen ihres Vaters war noch immer in der Werkstatt, weil es nicht leicht war, in dieser Zeit Ersatzteile aufzutreiben.

In ihrem Korb, den sie auf dem Gepäckträger befestigt hatte, befanden sich ein völlig durchgeschüttelter Kuchen für Sibylla und ein ganz besonderer Brief.

Sie schob das ausgeliehene Fahrrad das letzte Stück die Auffahrt hinauf und versuchte, wieder zu Atem zu kommen. Sibylla war nur eine Nacht im Krankenhaus behandelt worden. Nun lag sie mit einer gebrochenen und mehreren geprellten Rippen sowie zahllosen Blutergüssen und Schnitten im Haus ihrer Eltern und kurierte sich dort aus.

Tilda stellte das Fahrrad ab, klingelte und wurde von der jungen Maid eingelassen, die ihr gegenüber einst so herablassend gewesen war. Inzwischen kannte man Tilda hier, und so wurde sie freundlich behandelt und gleichzeitig kein großes Aufheben um ihre Anwesenheit gemacht. »Sind Sie so freundlich und bringen uns Tee und Kuchenteller hinauf?«

»Gern, Mrs Morris.«

Tilda ging die Treppe hinauf, klopfte an und trat ein.

Sibylla lag in ihrem Bett, doch sie war nicht allein. Philipp hatte sich an sie gekuschelt und sah mit ihr in ein Kinderbuch, aus dem sie vorgelesen hatte. Als er Tilda erkannte, begann er zu strahlen und war sofort vom Krankenbett hinunter, um sie mit einer Umarmung zu begrüßen. »Tante Tilda!«, rief er schrill.

»Deine Tante Tilda hat der Mummy Kuchen mitgebracht.«

»Kuchen, Kuchen, Kuchen!«, jubelte er und rannte enge Kreise um sie.

»Nun lass sie doch erst einmal ankommen, du Wirbelwind. Wir rufen dich, wenn wir ihn essen«, mahnte ihn Sibylla.

»Ja, Mummy!« Philipp nahm sein Steckenpferd, das angelehnt neben dem Bett gestanden hatte, und ritt hinaus in den Flur.

Tilda legte ihre Sachen ab und trat dann zu Sibylla.

»Du siehst fürchterlich aus, liebe Freundin, ganz blau und grün im Gesicht. Aber deine Augen strahlen, als sei darin die Sonne aufgegangen.«

»Ich bin glücklich, Tilda. Das ist es wohl.«

»Ja, das wird es sein.« Sie setzte sich auf die Bettkante.

»Wie geht es dir?«

»Alles tut weh, aber es lässt sich ertragen, wenn ich mich ruhig verhalte. Die Albträume aber … Jede Nacht liege ich wieder lebendig begraben unter einem Schuttberg, und dann gibt es keinen Francis, der mich rettet.«

»Aber er war da.«

»Ja, und er wird es immer sein.«

Eine Weile hielt Tilda nur die Hand ihrer Freundin und war mit ihr glücklich. Dann hielt sie es nicht länger aus. »Schau«, sagte sie und reichte Sibylla ohne weitere Erklärung einen Umschlag. Es gab keinen Absender.

Sie öffnete ihn und faltete den einzelnen Bogen Papier auseinander, den Tilda mittlerweile bereits stundenlang angesehen hatte. Sibyllas Stirn runzelte sich. »Das ist deine Rose«, stellte sie fest. »Jemand hat deine Rose gezeichnet, wie in einem Botanikbuch. Die Skizze ist hinreißend, aber …« Sie sah ihre Freundin fragend an.

Tildas Herz pochte bereits fiebrig, bevor sie es aussprach. »Nicht irgendjemand. Der Brief kommt aus Borneo, sieh, der Stempel.«

Sibylla sah auf und musterte ihre Freundin ungläubig. »Sag nicht …«

»Ich würde seine Zeichnung unter Tausenden wiedererkennen, Sibylla. Sie ist von Bennet! Er lebt, es geht ihm gut und er denkt an mich.«

»Das alles erkennst du an einer Zeichnung? Warum hat er nicht geschrieben?«

»Vielleicht würde er sich sonst verraten. Borneo ist vollständig in japanischer Hand. Ich wusste, dass er lebt, ich *wusste* es! Er würde dort niemals verloren gehen. Du hast ihn nicht im Dschungel gesehen. Wenn es einen Engländer gibt, der dort überleben kann, dann mein Bennet.«

Sibylla lächelte. »Ich wünschte, dein Liebster wäre schon wieder zurück.«

»Er kommt bestimmt bald. Die Amerikaner machen große Geländegewinne, seitdem sie die Normandie angegriffen haben. Bald werden Hitler die Bomben ausgehen, und Soldaten hat er schon jetzt nicht mehr genug. Angeblich schickt er jetzt alte Männer und kleine Jungen an die Front.«

»Fürchterlich.«

»Ja, das ist fürchterlich, aber es bedeutet auch, dass diese Hölle bald ein Ende hat.«

»Meinst du wirklich?«

Tilda nahm Sibyllas Hände in ihre. »Ja, ganz bestimmt! Und bis es so weit ist, halten wir zusammen, du und ich.«

»Versprochen«, sagte Sibylla.

»Versprochen.«

Epilog

12. Juni 1947

In die feierliche Stille, die in der Kirche herrschte, drang der schrille Gesang der Mauersegler. Als pfeilschnelle Schemen schossen sie hinter den bunten Glasfenstern vorbei, die heilige Szenen darstellten und das Sommerlicht in zahllosen Farben brachen.

Tilda wandte sich wieder dem Taufbecken zu. Dort stand Bennet mit seiner kleinen Tochter auf dem Arm. Beide hatten sie eine ernste Miene aufgesetzt. Die Kleine war ihm wie aus dem Gesicht geschnitten, wären da nicht die feinen roten Haare gewesen, die vorwitzig unter dem weißen Mützchen hervorblitzten. Nun war sie schon einen knappen Monat alt, und genau seit elf Monaten war Bennet wieder zurück in England. Tilda musste sie in einer der ersten Nächte empfangen haben.

Bennet sah auf seine stille Art so glücklich aus, dachte Tilda, und ihr Herz schlug ein wenig schneller, als wolle es auf ihn zueilen. Noch immer wirkte ihr Liebster ein wenig schmal. Die Zeit im Dschungel Borneos war nicht spurlos an ihm vorübergegangen. Er hatte Narben davongetragen, innerlich wie äußerlich. Gleich nachdem er den Japanern entkommen war, hatte er sich auf die Suche nach dem Stamm ehemaliger Kopfjäger aufgemacht, bei denen sie ihre letzte Expedition verbracht hatten. Er lebte mit ihnen, doch er vertraute ihnen nicht. Stets schwebte das Damoklesschwert über ihm, ausgeliefert zu werden.

Aber sie taten es nicht. Stattdessen wurde er mehr und mehr Teil der Gemeinschaft. Einige Male war er beinahe entdeckt worden, aber er hatte Glück: Am einzigen Tag, an dem eine feindliche Patrouille bis in das Urwalddorf vordrang, war er mit einigen jungen Männern auf der Jagd gewesen.

Vom Kriegsende hatte er erst mit mehreren Wochen Verspätung erfahren, doch dann kannte er kein Halten mehr.

Tilda erinnerte sich noch genau daran, wie sein Telegramm eingetroffen war. *Ich lebe, es geht mir gut, ich komme heim, so schnell ich kann.*

Doch leider hatte der Rest der Welt zunächst nicht recht mitspielen wollen. Bis Bennet schließlich in einem zerschlissenen Anzug vor ihr stand, war eine kleine Ewigkeit verstrichen, denn nach Kriegsende war vieles wichtiger als ein beinahe mittelloser Botaniker, der heim nach England wollte.

Die folgenden Wochen waren wie ein nicht enden wollender Glücksrausch gewesen. Erfüllt von Geschichten, Liebe und Schwüren, sich nie mehr zu trennen.

»Wie soll das Mädchen heißen?«, fragte der Geistliche plötzlich.

Bennet sah auf, sein Blick begegnete ihrem. »Beatrice Maryann Morris«, erklärte er feierlich, und aus seinen grünen Augen schien sich wie durch Zauberhand ein Schatten zu heben. Er nannte seine Tochter nach seiner viel zu früh verlorenen Schwester und schloss damit einen Kreis, aus dem er so lange auszubrechen versucht hatte.

Tilda nahm ihrer Tochter das Mützchen ab. Als die ersten Wassertropfen ihren Kopf benetzten, riss sie die blauen Augen auf und blickte erstaunt zum Kreuzgewölbe auf. Jeder erwartete wohl, dass sie schreien würde, doch Beatrice war die Tochter zweier Abenteuerreisender und ließ sich von ein wenig Wasser nicht aus der Fassung bringen.

Nicht weit von ihnen standen Sibylla und Francis mit dem kleinen Philipp an der Hand. Sie würden Paten werden. Sibylla strich über ihren runder werdenden Bauch und blickte kurz zu Francis, dessen Arm nur ganz leicht zitterte. Ihre Hochzeit war nach dem Bombardement Londons schnell gekommen, und seitdem lebten sie gemeinsam in dem kleinen Cottage auf dem Anwesen der Healeys und führten ein erstaunlich bescheidenes, aber doch sehr zufriedenes Leben. Francis hatte sich mit seinen Schwiegereltern weitestgehend ausgesöhnt, sodass sie vernünftig miteinander umgehen konnten. Alles darüber hinaus würde Zeit brauchen. Bis dahin konnte Sibyllas Mann gerne weiter in der Gärtnerei der Allers arbeiten, wo er sich wie erwartet zu einem geschätzten Mitarbeiter gemausert hatte.

Seit dem Ende des Krieges war England, nein, vermutlich die halbe Welt im Wiederaufbaufieber. Leider traf das nicht auf prächtige, große Gärten zu, und entsprechend wurden Gartenarchitekten noch immer nicht gebraucht.

Tilda und Bennet hatten daher auch mit ihren Exoten wenig Glück, aber zumindest gab es in der Gärtnerei immer viel zu tun, und nebenher arbeiteten sie an einer gemeinsamen Publikation über die Pflanzenwelt Borneos. Vielleicht könnten sie sich wirklich einen Ruf in der Wissenschaftswelt erarbeiten, und in einigen Jahren würde es auch wieder Käufer für ihre Raritäten geben.

Vorerst drehte sich ihre Welt ohnehin um ihr wiedergefundenes Glück und ihre kleine Tochter, die das Leben der Familie Morris perfekt machte.

Tilda sah zu Grandma Maryann, die auf der vordersten Bank saß und sich mit einem weißen Taschentuch die Freudentränen von den faltigen Wangen tupfte. Ohne sie hätte Tildas Leben eine völlig andere Wendung genommen. Nichts von alledem wäre geschehen. Tilda dachte an den Tag zurück, an dem ihre Großmutter ihr das Flugblatt von Waterperry zugesteckt hatte, der kleine Stein, der alles ins Rollen gebracht hatte, und wusste, dass sie ihr für immer dankbar sein würde.

Nachwort und Dank

Die Waterperry School of Horticulture war nur eine von vielen Mädchenschulen dieser Zeit, die sich auf Gartenbau spezialisiert hatte, allerdings eine der bekanntesten und renommiertesten. Ich habe versucht, den Alltag der jungen Frauen, die wegen ihrer groben Hosen und des burschikosen Auftretens oft belächelt wurden, so authentisch wie möglich darzustellen. Mrs Havergal muss eine außergewöhnliche Frau gewesen sein, mit sehr modernen Ansichten, die ihre Schülerinnen zu einem selbstbewussten und auch finanziell von Ehemännern unabhängigen Leben ermutigte.

Sie selbst hat bis ans Ende ihrer Tage nicht geheiratet und so lange unterrichtet, wie es ihr möglich war.

Dig For Victory war eine Initiative des britischen Landwirtschaftsministeriums, um die Not der einfachen Bevölkerung zu lindern. Sogar auf den Wiesen gegenüber des Tower of London wurde zeitweilig Gemüse angebaut. Es gab massive Propagandaaktionen, um Freiwillige zu gewinnen, aber auch, um in schwierigen Zeiten die Moral hochzuhalten. Noch lange nach dem Krieg wurde weiterhin Gemüse angebaut, denn die Versorgungslage blieb angespannt.

Tilda und Sibylla sind frei erfunden, Nebenfiguren wie

die Schriftstellerinnen Vita Sackville-West und Beatrix Potter haben tatsächlich gelebt.

Wie schon der Erste Weltkrieg, hat auch (und vielleicht noch mehr) der Zweite zur Emanzipation der Frauen beigetragen und zu größerer Selbstständigkeit geführt.

Bei den Kriegshandlungen habe ich versucht, so gut wie möglich zu recherchieren, mir allerdings hier und da minimale schriftstellerische Freiheiten erlaubt, wenn kleinere Anpassungen des Zeitverlaufs dem Romangeschehen förderlich waren.

An einem Roman sind weit mehr Menschen beteiligt, als es auf den ersten Blick scheint, und so gilt mein besonderer Dank Anne Scharf von Piper, die Waterperry als Romanthema entdeckt und mir anvertraut hat. Es war eine Freude, in die Welt der Gärten einzutauchen, aber ich freue mich auch schon auf die weitere Zusammenarbeit und neue Projekte.

Meine Lektorin Sarah Heidelberger verleiht meinen textlichen Rohdiamanten, die mir oft eher wie graue Steinklumpen vorkommen, einen guten Schliff und findet zuverlässig jede Macke. Vielen Dank für die vielen Jahre guter Zusammenarbeit, die Freundschaft und das ein oder andere Glas Wein.

In Zeiten von Corona, wenn Lesungen und Buchmessen ausfallen, werden persönliche Kontakte immer kostbarer, und man merkt erst nach einer Weile, wie sehr das alles fehlt. Schriftstellerei ist per se eine recht einsame Arbeit, ein Umstand, den ich die meiste Zeit genieße. Aber ich brauche auch den Kontakt zu Lesern, Bloggern, Buchmenschen im Allgemeinen, den Austausch und die Umarmungen von Kollegen.

Jennifer Benkau war trotz aller Widrigkeiten mit mir

Sushi essen und spazieren und hat sich geduldig meine Klagen über das Schreiben und die Welt an sich angehört. Mit Bernhard Hennen bin ich über archäologische Ausgrabungen gestapft, habe das ein oder andere Stück Kuchen vernichtet und dabei Geschichten fabuliert. Tom Finn nahm mich wie stets mit offenen Armen in Hamburg auf, trotz Baustellen und großer und kleiner Katastrophen. Mit Bernhard Stäber streifte ich durch die Telemark, erbeutete Pilze, starrte ins Lagerfeuer und verwüstete seine Küche bei der Herstellung von zig Gläsern Marmelade.

Anke Koopmann, meine Messefee und Lieblingshörnchen, warum wohnen wir nur so weit auseinander?!

Und dann sind da noch die lieben Menschen, die mich schon kannten, bevor ich die Schreiberei zum Beruf gemacht habe, oder die mich (trotzdem) mögen: Melanie Panz, Timo Sauer, Melanie Hohmann, Angela Kaufmann, Marcus Merz … Ihr seid die Besten.

Zu guter Letzt darf die Familie nicht fehlen. Meine Mama, Růžena Pax: Ich bin so stolz auf dich. Ich versuche, schneller zu schreiben, damit du nicht jedes Buch fünfmal lesen musst. Rafaela Pax, mein Schwesterchen in der Ferne, ich denke so viel öfter an dich, als ich anrufe, dabei vermisse ich dich doch!

Abschließend sind noch meine ständigen Begleiter zu erwähnen, die sich zugleich am wenigsten für Nachworte und Buchstaben interessieren: Yuri, der anhänglichste Kater der Welt, und Luis, sein wunderschöner Bruder. Ohne euch wäre meine Welt so viel ärmer.

Dieses letzte *Danke* steht hier für alle, die ich vergessen habe zu erwähnen.